Querverlag

Frau sucht Frau, nur für das eine!

Roman

Ariane Rüdiger

Erste Auflage Februar 2002

Umschlag und graphische Realisierung von Sergio Vitale
Gesamtherstellung: Druckhaus Köthen
ISBN 3-89656-074-3
Printed in Germany

Bitte fordern Sie unser Gesamtverzeichnis an:
Querverlag GmbH, Akazienstraße 25, D-10823 Berlin
http://www.querverlag.de

1. Kapitel

in dem sich eine Statistik als gefährlich für die Beziehungsharmonie erweist

Manchen Menschen sind Gewohnheiten ein Graus. Ihre wichtigste Maxime heißt Abwechslung. Sie fangen an, unruhig im Zimmer auf und ab zu gehen oder mit den Fingern auf der Stuhllehne herumzutrommeln, wenn nicht jeder Moment ihres Lebens voller unvorhergesehener Ereignisse ist.

Andere wiederum – und zu ihnen gehörten Carmen und Dolores – lieben das Gleichmaß, die Vorhersehbarkeit. Sie behaupten vielleicht, sich über Überraschungen zu freuen, aber im Grunde stimmt das nicht: Eigentlich hassen sie alles, was ungeplant über sie hereinbricht – sei es die Geburtstagsparty oder der Gerichtsvollzieher. Sie entwickeln Rituale und Abläufe, so selbstverständlich wie Atmen und Essen.

Carmen und Dolores waren seit mehr als zehn Jahren ein Paar – schon das allein zeugt von ihrem Hang zur Stetigkeit. Beide waren Ende dreißig.

Früher hatte Carmen einen knallroten, Henna gefärbten Stiftekopf gehabt und Dolores einen pechschwarz getönten asymmetrischen Schnitt, rechts lang, links kurz. Man konnte die ausgefallenen Frisuren noch auf einem Bild bewundern, das neben dem Fernseher, den sie übrigens sehr selten anschalteten, auf einem kleinen Tisch in der Ecke des Wohnzimmers stand. Von den ausgefallenen Frisuren ihrer frühen Erwachsenenjahre war mittlerweile nichts mehr übrig geblieben. Zu viel Aufwand, fanden sie und hatten sich unwillkürlich einander angeglichen: Die Haare beider hingen nun knapp schulterlang, gefärbt wurde nicht mehr. Die eine – Carmen – war jetzt mittelblond, die andere – Dolores – mittelbraun.

Immerhin waren Carmen und Dolores unterschiedlich groß, was es erleichterte, sie auch von weitem zu unterscheiden: Carmen maß einen Meter sechzig, dokumentiert durch einen Bleistiftstrich im Türrahmen der Küche, Dolores eins fünfundsiebzig, ebenfalls genau angezeichnet. Vielleicht verhinderte nur die Biologie, dass sie sich auch hier einander anglichen. Wer weiß. Aber es gab ja auch noch die Augen, die bei Carmen hellblau und bei Dolores hellbraun leuchteten. Nur konnte man die von weitem nicht erkennen.

Beide hassten Sex unter Zeitdruck. Das war nicht immer so gewesen. In den ersten Jahren fielen sie auch tiefnachts übereinander her, wenn sie sich danach fühlten, oder blieben morgens länger liegen und entschuldigten sich dann beim verspäteten Auftauchen am Arbeitsplatz oder im Seminar mit Weckerversagen. Mit den Jahren ließ das nach, und inzwischen schliefen sie eigentlich nur noch sonntagmorgens miteinander.

Carmen bedauerte das gelegentlich in aller Stille, ohne sich etwas anmerken zu lassen. Manchmal, wenn Dolores sie nicht beachtete oder nicht zu Hause war, saß sie versonnen auf der schweren, braunen Ledercouch. Zum Beispiel samstagmorgens, wenn Dolores noch im Laden arbeitete.

Die Ledergarnitur war ihrer und Dolores' ganzer Stolz. Sie stammte aus einem teuren Designerladen in der Fußgängerzone. Anlässlich ihres Umzuges hatten die beiden Frauen ihre Ersparnisse zusammengelegt, die wackligen Regale und ausgeleierten Sessel aus einem großen schwedischen Möbelhaus dem Sperrmüll überantwortet und waren losgezogen, um sich neu einzurichten. Für ein kirschholzfurniertes Regal hatte es auch noch gereicht. Das zog sich eine Wand entlang. Zum Teil war es mit Büchern, zum Teil mit Fotos und Postkarten vollgestellt, und ein Fach füllte Carmens Glaskatzensammlung.

Dolores fand die zwar scheußlich, hatte jedoch um des lieben Friedens willen nicht darauf bestanden, sie in Carmens Zimmer zu verbannen. Immerhin musste Carmen wegen Dolores' Allergie gegen felltragende Haustiere auf echte Stubentiger verzichten, die sie sonst liebend gerne besessen hätte. Um das Allergie-Risiko zu senken, gab es auch keine Teppiche, sondern nur blanken Parkettboden, den sie bereits vorgefunden hatten, breites Fischgrätmuster immerhin, edel wie in Gründerzeitvillen.

Carmen und Dolores hatten die Möbel gekauft, nachdem sie in diese schönere, größere und hellere Wohnung im dritten Stock gezogen waren. Sie lag in Sendling, einem ruhigeren Stadtviertel unweit von Isar und Innenstadt. Altbau, wenn auch ohne Fahrstuhl, aber mit Stuck an der Decke. Die Wohnung hatte drei Zimmer, eine große Küche mit Esstisch, einen Flur, der günstig in der Mitte lag, einen

Winzlingsbalkon im Wohnzimmer und ein Bad, das Dusche und Badewanne besaß. Auch an der Haustür sollte es nun etwas Gediegenes sein, kein handgemaltes und mit Tesa befestigtes Namensschild mehr. So prangte dort ein kupfernes Türschild mit geschwungenen Rändern. Darauf stand in Schreibschrift: „Carmen Sowirowski, Dolores Düllmann".

Zuerst hatten beide in winzigen Zimmern in Zweck-WGs gewohnt. Damals steckte Carmen gerade im BWL-Examen. Dolores stand im Begriff, ihren Laden *Ramsch und Reste* zu eröffnen, nachdem sie das Völkerkunde- und Philosophie-Studium wegen Nutzlosigkeit aufgegeben hatte. Sie hatte ihr ökonomisches Talent, Sachen superbillig einzukaufen und sie teurer zu verkaufen, entdeckt. Es dauerte allerdings einige Jahre, bis es sich zur vollen Blüte entfaltet hatte, und bis dahin war das Geld knapp, daher die Wohngemeinschaft.

Nach drei Beziehungsjahren mieteten die beiden Frauen ihre erste gemeinsame Wohnung. Carmen war mittlerweile studierte Sachbearbeiterin mit einem wenig beeindruckenden Gehalt. Es herrschte gerade eine Betriebswirtschaftler-Schwemme, und da ihr Examen wegen des unglücklichen Zusammentreffens mit der ersten stürmischen Verliebtheit in Dolores nicht berühmt ausgefallen war, hatte sie nichts Besseres gefunden. Daher beschränkte das Budget der beiden Frauen die Auswahlmöglichkeiten beträchtlich – schließlich war München ein teures Pflaster.

Sie fanden zwei geräumige Zimmer ohne Balkon, dafür aber mit reichlich Verkehrslärm an einer der Hauptverkehrsstraßen im Westend. Der Blick ging auf eine krakenartige Kreuzung. Die Heizung funktionierte nicht richtig, und die weiße Rauhfaser mussten sie zweimal überstreichen, ehe sie wieder jungfräulich wirkte. Darauf befestigten die beiden Frauen zwei Plakate. Eins zeigte k.d. lang und eines Blumen von Georgia O'Keefe.

Die hatten sie beim Umzug auch weggeworfen. Weil Carmen und Dolores ziemlich heikel in Geschmacksfragen waren, leuchteten die meisten Wände der nun schon nicht mehr ganz neuen Wohnung noch weiß. Einzig das Gemälde einer Münchner Szenekünstlerin in Orange und Hellblau mit etwas darauf, das einem lächelnden, fliegenden Hund relativ ähnlich sah, hatte ihre Gnade gefunden und zierte nun eine Wand des Wohnraums. Sie meinten übereinstimmend, das Bild hätte eine positive Ausstrahlung. Außerdem kannten sie die Malerin – sie hatte ihnen das Werk höchstpersönlich in die

Hand gedrückt, nachdem sie es während einer Ausstellung im *Café Glück* gekauft hatten. In der Ecke daneben stand ein Ficus in einem riesigen Topf. Carmen hasste Ficus-Büsche, aber Dolores hatte auf dem Grünzeug bestanden. Heimlich hoffte Carmen, ihre stille Verachtung werde das Ding irgendwann eingehen lassen – Pflanzen sollten ja angeblich so empfindsam sein –, doch dieser hier hatte anscheinend ein dickes Fell und dachte gar nicht daran. Obwohl zumindest von Carmen ziemlich stiefmütterlich behandelt, wuchs und wuchs er.

Immerhin war die alte Wohnung billig. Außerdem lebte über ihnen ein schwules Paar, das mitten in der Nacht lauthals zu vögeln pflegte, was die beiden Frauen häufig ebenfalls zu sexuellen Aktivitäten anregte. Manchmal stöhnten sie zu viert im Chor, um sich am nächsten Tag im Treppenhaus anzüglich anzugrinsen. Zu einer Freundschaft war diese seltsame akustische Beziehung aber nie gediehen – warum, wusste Carmen selbst nicht.

Damals, in der alten Wohnung, hatten Carmen und Dolores auf einer Doppelmatratze auf dem Boden geschlafen. Ein Bett war ihnen zu etabliert. Der Liebe hatte das nicht geschadet, aber dem Rückgrat. Carmens ewige Rückenschmerzen hätten sie sowieso gezwungen, ein neues Bett zu kaufen, und so erledigten sie das beim Umzug gleich mit: Jetzt hatte jede von ihnen ihr eigenes Boudoir. Das von Carmen diente gelegentlich als Gästezimmer, während Dolores in ihrem einen kleinen Schreibtisch aufgestellt hatte, auf dem sie manchmal am Wochenende genervt die Bücher ihres Geschenke- und Restposten-Geschäfts in Ordnung brachte. Die Matratzen auf dem Boden waren geräumigen Betten gewichen; jedes war so breit, dass zwei Personen bequem darin Platz fanden, obwohl sie oft genug allein schliefen. Auch im Schlafzimmer war Schluss mit der Naturholzromantik. Dolores hatte sich bei Schrank und Bett für Schwarz mit schmalen Silberstreifen am Rand entschieden, Carmen für Schiebetür-Schränke in Eiche hell.

Als sie hier eingezogen waren, vor genau drei Jahren, an einem scheußlich kalten spätwinterlichen Tag im frühen Januar, hatte Carmen zum ersten Mal das Gefühl, es geschafft zu haben. Was genau diese Empfindung in ihr auslöste, wusste sie selbst nicht. Die Maßstäbe ihrer Erzeuger – Auto, Haus und Ferienreise in den Süden – lehnte sie jedenfalls ab. Ihre Eltern lebten in einer württembergischen Kleinstadt im Eigenheim – mit Kehrwoche und allem Drum und

Dran. Nur ungern erinnerte sich Carmen daran, dass sie mit einem schweren Reisigbesen den Bürgersteig fegen musste. In München machten das Hausmeister oder die Stadtreinigung.

Manchmal schämte sich Carmen für die unbestimmte Empfindung, irgendwo angekommen zu sein, weil sie es spießig fand. Gelegentlich stand sie im Flur, warf einen Blick in die gediegen eingerichteten Zimmer und dachte: fast wie zu Hause. Gutbürgerlich eben. Dann lief ihr ein kalter Schauer über den Rücken, und sie ging schnell in die Küche, um sich einen Kaffee zu kochen.

Die Küche, weiß mit grünen Rändern, war – wie alles – neu. Nur der alte Tisch, ein Ikea-Naturholz-Modell, die letzte Reminiszenz einer nunmehr abgeschlossenen Ära, durfte mitkommen. Seine Platte hatte Dolores im Schweiße ihres Angesichts mehrfach abgeschmirgelt und neu eingelassen. Drumherum standen drei Klappstühle aus rotem Plastik. Der Herd hatte eine von diesen modernen Induktionskochplatten, die man nur mit einem Spezialspachtel sauber bekommt; Spül- und Waschmaschine passten genau in die Küchenzeile. Direkt neben der Küchentür hing eine kleine Pinnwand, an die alles Mögliche geheftet war: Veranstaltungshinweise, Zettel mit Adressen, Einkaufslisten.

Drei Jahre wohnen wir nun schon hier, dachte Carmen, ohne genau zu wissen, warum eine leichte Wehmut sie dabei überkam. Sie saß auf der Ledercouch und starrte das Foto neben dem Fernseher an. Das Bild stammte aus einer dieser Fotomaschinen, die in U-Bahn-Stationen herumstehen. Es erinnerte sie an die erste wilde Nacht, nachdem es endlich gefunkt hatte zwischen ihr und Dolores. Daran, dass weder sie noch Dolores damals ein Auge zugetan hatten und dass ihnen das vollkommen egal gewesen war. Im Gegenteil, sie waren am folgenden Morgen geradezu triumphierend mit roten Wangen und strahlenden Augen losgezogen, um ihren jeweiligen Pflichten nachzugehen.

Die kamen allerdings in den nächsten Wochen reichlich kurz. Carmen und Dolores hatten Besseres zu tun. Schließlich gab es allenthalben noch geheime Winkel am Körper der anderen zu erkunden, ungeahnte Seufzer zu hören und Berührungen auszuprobieren. Und dann waren da noch die Passbildautomaten. Gleich mehrmals in dieser Zeit hatten sie einen von ihnen gestürmt und ein Großbild geschossen. Eines dieser Fotos, das beste, stand nun im silbernen Metallrahmen neben dem Fernseher und zeugte von fernen Zeiten.

Heute würden wir solche Fotos nicht mehr zustande kriegen, grübelte Carmen. Vollkommen undenkbar, denn Dolores jammerte, wenn sie nicht mindestens acht, am besten aber neun oder zehn Stunden Schlaf bekam. Sie hatte dann tatsächlich sehr schnell Ringe unter den Augen. Mit ihr selbst war es auch nicht viel besser. Ihre Nächte vergingen ungestört von triebhaften Aufwallungen. Carmen seufzte tief. Waren das nur die Jahre oder vielleicht noch etwas anderes?

Während also Carmen auf dem braunen Sofa sann, sortierte Dolores in ihrem Laden eine Charge schwarz-weiß karierter Unterhosen, die sie für fünfzig Cent das Stück erworben hatte. Der Hersteller war insolvent geworden und sie hatte sich beim Ausverkauf bedient. Die Qualität war in Ordnung: Baumwolle, am Rand ein breites Gummiband, das bestimmt fünf Wäschen überstehen würde. Für eins fünfzig könnte sie die Dinger sicher losschlagen, ohne rot werden zu müssen. Satte zweihundert Prozent Profit! Aber solche Deals waren natürlich eher die Ausnahme.

Dolores' Laden *Ramsch und Reste* war eine skurrile Mischung von Ausverkaufswaren, die sie billig erstand, Geschenk- und Scherzartikeln sowie allerlei Nippes. Das einzige, was sie nicht einkaufte, war Second-Hand-Ware. Dinge, die sich schon in den Schränken anderer Leute befunden hatten, wollte sie nicht um sich. Aber bei neuen Sachen schreckte sie vor nichts zurück: von innen beleuchtete Plastikgummibären in diversen Größen, Mini-Schirme mit obskuren Aufklappautomatiken, die erfahrungsgemäß spätestens beim ersten heftigen Windstoß ihren Geist aufgaben, Aschenbecher in Playgirl-Form (hier sträubten sich die Reste ihres Frauenbewusstseins ein wenig, aber die Dinger gingen nun mal gut), Klebebordüren mit mehr oder minder geschmacklosen Motiven für die Kacheln im Bad, Kissen, die quietschten, wenn man sich auf sie setzte, Knallbonbons, Feng-Shui-Brunnen in Einfachstausführung oder eben superbillige Unterhosen. Dolores glaubte es selbst kaum, aber die schräge Mixtur kam an. Viele Kunden besuchten den Laden wahrscheinlich nur, um im Sortiment herumzuwühlen. Dolores fand, das regte die Phantasie an. Manchmal kauften sie dann was, manchmal nicht.

Dolores hatte soeben die Ladentür abgeschlossen und räumte jetzt noch ein bisschen auf. Dann würde sie nach Hause gehen, wo wahrscheinlich Carmen wartete. Angesichts des vor ihnen liegenden Samstagnachmittags war ihr eher ungemütlich zumute, denn Samstag bedeutete Aufräumen, Putzen, Einkaufen, noch ein bisschen Papierkram erledigen, der in der Woche liegen geblieben war, und danach fix und fertig sein. Zu mehr reichte die Energie nicht, obwohl Carmen und sie eigentlich doch Zeit gehabt hätten. Nur selten rafften sich die beiden samstags zu größeren Taten auf, es sei denn, irgendjemand lud sie zu einem Fest ein.

Noch nicht mal zum Sex hatten sie Lust. Das war allerdings eine neuere Erscheinung, die vielleicht damit zusammenhing, dass die neue Wohnung größer, schöner und damit auch aufwendiger zu reinigen war als die alte und eine Putzhilfe schwer zu finden, abgesehen davon, dass es Carmen vor Fremden in ihren vier Wänden grauste. Vielleicht liegt das mit der Lust auch noch an etwas anderem, dachte Dolores, und dabei wurde ihr ein wenig unwohl, so dass sie diesen Gedanken nicht weiter verfolgte.

Aber der Samstag würde vorübergehen wie die anderen Tage. Die waren immer im Nu vorbei. Von Montag bis Freitag waren sie sehr beschäftigt: Carmen arbeitete mittlerweile im Vertrieb einer Maschinenbaufirma, Dolores in ihrem Laden. Zum Ausgleich spielte Dolores Tischtennis bei den „Bunten Bällen", Carmen schwamm beim lesbisch-schwulen Wassersportclub „Rosa Wasserratten". Außerdem mochten Carmen und Dolores gelegentlich Kino, Lesungen und Ausstellungen. Einmal alle vierzehn Tage gingen sie zum Lesbenstammtisch. Kein Wunder, dass sie sich am Samstag ausruhen mussten!

Am Sonntag waren sie dann meistens beide erfrischt und gut gelaunt. Die Sonntage waren daher die Höhepunkte der Woche, zumindest in sexueller Hinsicht. Irgendwann zwischen zehn und elf standen die beiden Frauen auf, knurrten sich ein wenig an, um zu signalisieren, dass sie noch etwas Zeit für sich allein wollten, frühstückten schweigsam und häufig sogar getrennt – Carmen auf dem Balkon, Dolores am Küchentisch – lasen etwas oder erledigten die am Samstag liegengebliebene Hausarbeit.

Meistens war es dann Dolores, die Carmen je nach Laune stürmisch umarmte oder sanft ihre Schultern massierte. Carmen pflegte in diesem Moment zu erschauern, die Augen zu schließen und lustvoll zu seufzen. Früher oder später liebten sie sich. Danach lagen sie ermattet auf dem Bett, räkelten sich wohlig und dösten vor sich hin. Schließlich griff jede zu einem anderen Teil der Tageszeitung: Carmen las immer zuerst das Vermischte, Dolores die Kultur. Auch an jenem kalten Januarsonntag, an dem diese Geschichte beginnt, war es nicht anders.

An diesem Sonntag – der Sex war bereits vorbei und wie immer ganz nett, aber nicht himmelsstürmend toll gewesen – entdeckte Carmen im Vermischten einen Artikel mit dem Titel: „Im Durchschnitt 2,5-mal in der Woche Sex“. Angesichts ihrer grüblerischen Gedanken auf dem braunen Sofa am Tag zuvor war es kein Wunder, dass er ihr Interesse erregte. Sie begann zu lesen: Eine Umfrage unter Tausenden zufällig ausgewählter Männer und Frauen zwischen zwanzig und sechzig in allen denkbaren Familienständen und Lebensformen in verschiedenen Ländern Europas habe ergeben, dass die meisten Menschen – nämlich so um die vierzig Prozent – zwei- bis dreimal in der Woche Sex hätten. Nur zehn Prozent würden es bloß einmal in der Woche tun, und immerhin zwanzig Prozent mehr als dreimal. Beneidenswerte zwanzig Prozent machten es öfter als dreimal oder behaupteten das jedenfalls, und zehn Prozent machten es anscheinend gar nicht mehr. Leider war die Statistik weder nach Singles und Paaren noch nach Homos und Heteros getrennt.

Carmen staunte und war gleichzeitig beunruhigt, obwohl sie von Statistiken eigentlich nichts hielt. Denn nach diesem Bericht gehörten sie und Dolores eindeutig zu den unteren zehn Prozent der Lustpyramide! Waren sie auf dem Weg, den Tod in den Betten zu sterben? „Guck mal“, sagte sie dringlich und tippte Dolores aufmerksamkeitsheischend auf die Schulter.

Dolores studierte gerade eine Reportage im Reiseteil, in der es um Guatemala ging. Sie unterbrach ihre Lektüre, ließ sich von Carmen den Bericht zeigen und schüttelte dann den Kopf. „So ein Blödsinn! Glaube nur der Statistik, die du selbst gefälscht hast, hat meine Mutter immer gesagt.“

Aber Carmen war so einfach nicht zu beruhigen. „Überlege mal!“ insistierte sie. „Zwei-, dreimal in der Woche! Und wir? Wir schaffen's gerade noch einmal. Wenn überhaupt! Ich sage dir, wir sind auf dem besten Weg zum Sexmuffel! Zum unteren Ende der unteren zehn Prozent der Skala!“

„Na gut, öfter wäre vielleicht besser. Aber es funktioniert nun mal nicht so: Entweder wir sind müde, oder wir sind nicht da. Und außerdem: Lesben sind Sexmuffel, das weißt du doch!“ Dolores hasste es, beim Lesen unterbrochen zu werden. Leicht gereizt wandte sie sich wieder ihrem Reisebericht zu. Aber sie konnte sich nicht mehr auf den Text konzentrieren. War es wirklich so, dass andere viel mehr Sex hatten?

Dolores' scheinbare Gleichgültigkeit regte Carmen auf. „He, Lady! Leg gefälligst das blöde Blatt mal zur Seite! Hier geht es immerhin um unsere Lebensqualität!"

„Schon gut", sagte Dolores. Carmen hatte ja Recht. Sex war wichtig, oder nicht? Und natürlich war ihrer beider Sexleben nicht mehr so intensiv wie am Anfang. Aber war das nicht normal, fragte sich Dolores – schließlich kannten sie sich sehr gut, der Reiz des Neuen, das Abenteuer der Verführung ließ sich beim besten Willen nach so langer Zeit nicht mehr zurückholen. „Reicht dir nicht, was wir haben? Willst du mehr?" fragte sie Carmen.

„Ich weiß nicht. Eigentlich bin ich ganz zufrieden, und dann auch wieder nicht."

Dolores verdrehte die Augen. „Eigentlich und dann doch wieder nicht? Was soll denn das heißen? Ich finde es immer noch toll mit dir, nur …"

„Nur?" Carmen errötete.

Dolores sah zu Boden. „Nur ist es manchmal immer dasselbe und nicht so wie früher."

„Manchmal immer dasselbe und nicht so wie früher? Das klingt ja genau wie eigentlich und dann doch wieder nicht."

„Also haben wir vielleicht wirklich ein Problem", fasste Dolores den Diskussionsstand zusammen.

„Wir haben kein Problem!" Carmen hasste Probleme, auch wenn sie diejenige war, die diese Diskussion aufgebracht hatte. Probleme stahlen Zeit und Energie und waren sowieso vollkommen überflüssig.

Dolores hatte nicht vor, sich abwimmeln zu lassen: „Wem ist denn der Artikel aufgefallen? Dir doch. Und jetzt willst du plötzlich nichts mehr damit zu tun haben."

„Okay, okay. Aber was machen wir mit unserer bahnbrechenden Erkenntnis?"

Dolores seufzte. „Du bist doch sonst immer die große Analytikerin. Vielleicht sollten wir erst mal herauszufinden versuchen, ob wir wirklich so wenig Sex haben?"

„Du meinst, indem wir andere fragen?"

„Zum Beispiel."

„Und du glaubst, die sagen dir, wie das bei ihnen läuft?"

„Warum nicht?"

„Weil ich mir das nicht vorstellen kann. Außerdem geht es doch gar nicht um die Menge!"

„In dem Artikel ging es aber schon darum!“

„Aber du hast dich doch darüber beklagt, wir würden immer dasselbe tun.“

„Ach, hör auf! Das ist Haarspalterei.“ Dolores wandte sich ab. Sie hasste Diskussionen, die sich im Kreis drehten. „Ich werde mich jedenfalls erst mal erkundigen.“

„Na schön. Du wirst ja sehen, was du davon hast.“ Nachdenklich wandte sich Carmen wieder der Zeitung zu. Die schöne Sonntagsstimmung war dahin. Und das alles wegen eines Artikels. Sorgfältig schnitt sie ihn aus und hängte ihn an die Pinnwand.

Der Montagabend verstrich in düsterer Stimmung. Carmen und Dolores gingen sich aus dem Weg – Dolores, weil sie nicht wieder über ihren Recherche-Plan diskutieren wollte, Carmen, weil sie genau wusste, dass sie Dolores doch nicht von dem abbringen würde, was sie sich einmal vorgenommen hatte. Dazu war Dolores viel zu dickschädelig.

Am Dienstag ging Dolores allein zum Stammtisch, weil Carmen wegen eines Abendessens mit ausländischen Kunden ihrer Firma verhindert war. Der Stammtisch war schon vor Jahren gegründet worden. Einige Lesben fanden es blöd, immer in die Szenekneipen in der Innenstadt fahren zu müssen, um ihresgleichen zu treffen. Also setzte eine von ihnen eine Einladung an alle aus dem Viertel mit Termin und Ort ins Mitteilungsblättchen der Frauenszene, und schon war der Stammtisch gegründet. Der Zuspruch war nicht überwältigend, doch die Institution hielt sich. Schließlich musste man weder weit fahren noch Mitgliedsbeiträge bezahlen, um ab und zu Frauen zu treffen, die in der Nähe wohnten. Mittlerweile gab es solche Stammtische in allen möglichen Stadtteilen, aber die Frauen von Carmens und Dolores' Stammtisch waren stolz auf ihre Pionierrolle.

Sie trafen sich im Wirtshaus *Zum Grünen Krug*, dessen größte Eigenheit darin bestand, dass es eigentlich keine hatte. Das Essen schmeckte äußerst mittelmäßig, die Tische bestanden aus schwerem, naturfarbenem Holz wie in tausend anderen bayerischen Bierschwemmen, auf modischen Szene-Schnickschnack hatten die Wirte gänzlich verzichtet und an der Wand hingen speckige Bilder, die bajuwarisches Bauernglück zeigten. Das Etablissement hätte sich eher in Bayreuth, Memmingen, Passau oder Kleindingharting befinden können als im schicken München.

Weil meistens nur wenig Gäste hinter ihren Bieren dräuten, musste man nie lange darauf warten, bedient zu werden, und da es auch keine Musikbox gab, war es angenehm still, so dass sich die Frauen leise unterhalten konnten. Die Stille war das wichtigste Argument von Karin und Ulrike, den Gründerinnen und Hauptorganisatorinnen. Denn in den etwas trendigeren Lokalen wurde mit Essen und Trinken ein mehr oder weniger lautes akustisches Gebräu aus diversen Boxen auf die Gästeschar ausgeschüttet, das jedes Gespräch zunichte machte. Und ums Reden ging es hier schließlich, fanden sie. Die Ästhetik musste demgegenüber zurückstehen, fertig. Ihren Kunstsinn konnte die Lesbe von Welt schließlich in einer der zahlreichen Ausstellungshallen befriedigen.

Der harte Kern der Gruppe bestand aus drei Paaren, die alle schon Jahre zusammen waren: Karin und Ulrike, Bernie und Angie sowie Dolores und Carmen. Ansonsten hatten die Gesichter im Lauf der Jahre gewechselt. Manchmal kamen mehr Frauen und gelegentlich sogar eine, die noch keine kannte, aber das geschah inzwischen sehr selten. Sicher konnte man jedenfalls meist mit diesen sechs Frauen rechnen.

Am Dienstag nach der schicksalhaften Statistik-Diskussion waren außer Dolores nur Karin, Ulrike, Bernie und Angie gekommen. Dolores saß vor ihrem Bier und zögerte, froh, dass heute keine Neue erschienen war. Schließlich drängte es sie, das heikle Thema vom Sonntag anzusprechen. Aber wie, ohne gleich den Verdacht, das häusliche Glück hänge schief, auf sich zu lenken? Geduldig wartete sie auf eine Gelegenheit. Aber vorläufig drehte sich alles um das Comingout eines weiblichen Filmstars.

Als das Gespräch kurz stockte, ergriff Dolores die Gelegenheit beim Schopf. „Habt ihr den Artikel in der Zeitung vom Wochenende gelesen?"

„Welchen?" fragte Ulrike und fuhr mit der Hand durch ihren frisch geschnittenen Kurzhaarschnitt in Hellblond.

„Den mit dem Sex."

Dolores erntete verständnislose Blicke.

„Er stand auf der Seite mit den vermischten Meldungen und handelte von einer statistischen Erhebung darüber, wie oft Leute im Durchschnitt Sex miteinander haben."

„Und wie oft haben sie?" insistierte Karin, während sie nervös ihre Brille, die gern in Richtung Nasenspitze rutschte, nach oben schob.

„Haben sie *angeblich*", korrigierte Ulrike und presste indigniert die schmalen Lippen zusammen. Sie nahm alles sehr genau.

„Zwei- bis dreimal die Woche", sagte Dolores.

„Oho!" Angie warf demonstrativ ihre blonde Mähne über den Rücken. Sie und ihre Freundin Bernie lebten in demonstrativer Disharmonie, aber dennoch höchst dauerhaft miteinander.

„Was meinst du mit ‚oho'?" fragte Bernie angriffslustig mit einem bösen Glitzern in den Augen. Eigentlich hieß sie Bernardette, aber sie fand das in Anbetracht ihrer raffelkurzen Haare, der schweren Lederjacken, die sie bevorzugte, und der BMW vor dem Haus dermaßen unpassend, dass sie in ihrem Freundeskreis kurzerhand den Namen Bernie durchgesetzt hatte.

Bernie und Angie ähnelten etwas dem Klischee altmodischer Butch-Femme-Paare von vor dreißig Jahren. Angie ließ ihr fast hüftlanges Haar frei wallen und flocht im Sommer manchmal sogar ein Schleifchen hinein. War es warm, trug sie gern lange Schlabberröcke. Häufig ließ sie sich von Bernie die Tür aufhalten, nicht ohne zu versichern, dabei handele es sich um Ironie. Aber auch Bernie spielte ihre Rolle mit Bravour – sie brachte es sogar fertig, hinter Angie den Stuhl anzurücken, wenn diese sich setzte.

„Ich meine damit gar nichts", sagte Angie. Sie wusste, dass Bernie öffentliche Erörterungen sexueller Themen zuwider waren. Obwohl normalerweise streitlustig, respektierten die beiden in derart intimen Dingen meistens die Einstellung der anderen.

„Schade. Und ihr?" Dolores wandte sich Ulrike und Karin zu. Keine sagte etwas. „Bitte nicht vordrängeln!" Dolores grinste. „Meine Güte, ihr seid doch erwachsene Frauen. Kann man denn mit euch nicht mal vernünftig über Sex reden?"

Karin drückte ziemlich umständlich ihre Zigarettenkippe aus. „Sagen wir mal so: Montags habe ich Arbeitskreis für im Angestelltenverhältnis tätige Lesben, dienstags ist Stammtisch, mittwochs sind wir beide zu Hause, am Donnerstag habe ich Englischkurs, am Freitag ist Politgruppe oder Putzen, samstags fahren wir oft raus und am Sonntag sind wir meistens zu Hause. Ihr seht, wir sind gut beschäftigt."

„Habe ich mich unklar ausgedrückt? Ich wollte doch nicht deinen Wochenfahrplan wissen, sondern wie oft ihr es miteinander macht."

Ulrike öffnete den Mund, als wolle sie etwas sagen, unter dem Tisch gab es ein scharrendes Geräusch, dann schloss Ulrike den Mund wieder und presste die Lippen zusammen, als hätte ihr jemand gegen das Schienbein getreten. Wahrscheinlich stimmte das auch, denn der Blick, den Karin ihrer Freundin zuwarf, war alles andere als freundlich. Dann redete sie weiter.

„Und ich sage dir hiermit hochoffiziell, dass dich das nichts angeht. Wenn ich mein Intimleben öffentlich breittreten will, gehe ich zu Arabella Kiesbauer oder Pastor Fliege, aber doch nicht zum Lesbenstammtisch! Außerdem habe ich dir schon genug Hinweise gegeben, mal angenommen, dass man für Sex ein Minimum an Zeit und Ruhe braucht. Ach, übrigens: Warum willst du das überhaupt wissen? Klappt es bei euch etwa nicht mehr richtig?"

„Nein, ich meine ja, ...", verhaspelte sich Dolores. Gleichzeitig kalkulierte sie blitzschnell: Mittwoch und Sonntag. Und Samstag vielleicht nach dem Bergwandern, wenn sie dann nicht zu müde waren. Und sonntags auch noch, wenn es samstags nicht geklappt hatte. Machte drei. Mindestens! Das Ergebnis ihrer Berechnungen frustrierte sie: Dann stimmte es also wirklich! Ihre Freundinnen Karin und Ulrike, ebenfalls langjährig verpaart und auf den ersten Blick ziemlich verschlafen wirkend, hatten wahrscheinlich dreimal pro Woche Sex. Während sie es gerade einmal schafften, wenn überhaupt. Eine niederschmetternde Erkenntnis.

„Wenn du solche intimen Details wissen willst, möchten wir von dir auch was hören!" setzte Ulrike nach und kniff wieder einmal die Lippen zusammen, wobei sie diesmal auch noch die Brauen runzelte.

Dolores errötete. „Ja, also kommt irgendwie schon hin, die Statistik, glaube ich", stotterte sie. Sie war schon immer eine miserable Lügnerin gewesen.

„Na, dann ist ja alles prima und wir können uns wieder über was anderes unterhalten", sagte Karin betont gleichgültig. „Gibt es diesen Winter eigentlich noch einen Tanzkurs? Letztes Jahr hat doch im Februar einer angefangen."

Dolores war den Rest des Abends ziemlich still. Angie und Bernie auch noch zu fragen, traute sie sich nicht. Die Stimmung war schon geladen genug.

Sie berichtete Carmen bei ihrer Heimkehr gegen zehn, die durchschnittliche Sexualfrequenz der Stammtischfrauen liege bei mindestens 2,5-mal Sex pro Woche.

„Tatsächlich?"

Dolores überlegte einen Moment. Sie nickte. Natürlich stimmte das nicht, aber andererseits war es auch nicht unwahrscheinlich, denn immerhin entsprach es den Ergebnissen dieser statistischen Erhebung und war nach Karins Angaben durchaus möglich.

„Na, prächtig!“ seufzte Carmen. „Dann sind wir also wirklich irgendwie gestört.“ Insgeheim wurmte es sie allerdings, dass Dolores' Recherche wider alle Skepsis so klare Resultate erbracht hatte, und sie beschloss, nun auch selbst aktiv zu werden.

„Vielleicht, vielleicht auch nicht“, grummelte Dolores, die mittlerweile sehr verunsichert war. „Wenn wir wirklich sexuell gestört sind, können wir uns ja entstören.“

„Aber nicht mehr heute abend, ich bin nämlich völlig k.o.“, sagte Carmen. Es klang sehr endgültig.

Damit war das Thema fürs erste beendet. Die Stunden vor dem Schlafengehen saßen die Frauen eng aneinandergekuschelt auf dem Sofa und verfolgten einen kitschigen Spielfilm. Er handelte von einem Liebespaar, das viele Hürden überwinden musste, um zusammenzukommen. Als Held und Heldin es endlich geschafft hatten, versanken sie in einem leidenschaftlichen Kuss.

Hämisch bemerkte Carmen: „Ja, küsst euch nur! In zehn Jahren sprechen wir uns wieder. Mal sehen, wie es dann aussieht mit der Leidenschaft!“ Sie schaltete das Gerät aus und verschwand in ihrem Zimmer.

„Man muss auch gönnen können!“ rief ihr Dolores nach. Sie schüttelte den Kopf. War Carmen jetzt schon auf Filmliebhaber neidisch?

Carmen ließ das leidige Thema Sex keine Ruhe mehr. Sie hoffte auf das lesbisch-schwule Schwimmtraining am Mittwoch, um mehr herauszufinden. Das Training fand in einem städtischen Bad statt. Im letzten Winter hatte die Stadt renoviert. Seitdem gab es neben dem Becken massenweise exotische Palmen in Pflanzkübeln und die Zahl der BesucherInnen hatte stark zugenommen. Außerdem hatte man im ersten Stock eine großzügige Sauna eingerichtet. Es tat gut, nach dem Training in der Hitze die angespannten Muskeln zu lockern – vor allem im Winter. Das Becken war nach wie vor nur 25 Meter lang, was dem Ehrgeiz Grenzen setzte, und das Wasser chlorten die Bademeister so stark, dass sich die Augen schon nach wenigen Minuten röteten. Carmen trug wie alle eine Schwimmbrille, mit der sie, wie sie selbst fand, aussah wie ein Grottenolm. Außer Umkleideräumen, Sauna und Schwimmbecken gab es noch eine ziemlich trostlose

Kneipe, die billig heiße Suppen und kühle Biere servierte. Dort kehrten die SchwimmerInnen manchmal ein.

Als Carmen sich endlich umgezogen hatte, strampelten die SchwimmerInnen schon mit flachen Plastikbrettern, die sie mit den Armen unter den Oberkörper geklemmt hatten, durchs Nass. Das war gut, um den Beinschlag zu üben. Carmen hasste diese Übung, bei der sie sich immer vorkam wie eine bleierne Ente. Sie war froh, sie diesmal aufgrund ihrer Verspätung zu verpassen.

Am Beckenrand stieß sie auf Sabine, mit der sie sich von allen hier am besten verstand. Sabine war groß, breitschultrig und braungebrannt, was im Sommer an ihrem Job als Aushilfsschwimmmeisterin und im Winter an regelmäßigen Solariumsbesuchen lag. Sie war ziemlich schnell im Wasser. „Wenn mein Busen nicht so groß wäre, hätte ich es bestimmt in die Nationalmannschaft geschafft", hatte sie einmal kokett bemerkt, und das stimmte vielleicht sogar. Gelegentlich ertappte sich Carmen dabei, wie sie über Sabines Körbchengröße sinnierte. Gab es eigentlich E?

In der Liebe schien Sabine bisher weniger Glück gehabt zu haben. Immer wieder tauchten sportliche junge Frauen an ihrer Seite auf, die ein paar Monate später sang- und klanglos verschwanden. Aber trotzdem wirkte sie meistens wohlgelaunt und munter. Mit breitem Lächeln sah sie nun aus der herausfordernden Höhe ihrer 180 Zentimeter auf Carmen hinunter.

„Du siehst so ernst aus. Ist dir was über die Leber gelaufen?" fragte sie.

Sabine war vielleicht nicht ganz die richtige Gesprächspartnerin, wenn es um sexuelle Probleme von Langzeitpartnerinnen ging, zweifelte Carmen. Trotzdem, sie würde es versuchen. „Findest du es normal, sich darüber Gedanken zu machen, wie oft in der Woche man miteinander schläft?" fragte sie ziemlich unvermittelt.

Sabine musterte sie erstaunt. „Ich bin zur Zeit solo, da erübrigt sich das. Ich nehme es, wie es kommt."

Carmen wusste, dass weiteres Fragen ihr hinsichtlich ihrer ureigensten Probleme nicht viel brauchbare Informationen bringen würde, aber sie konnte einfach nicht anders. Die Neugier war stärker als die Vernunft. „Und wie kommt es?" insistierte sie daher.

Sabine grinste. „Ich verfolge gerade eine heiße Spur." Affektiert verdrehte sie die Augen. „Eine ganz Süße, kann ich dir sagen. Sie besucht mich heute Abend zum romantischen Dinner *à deux*, und vielleicht wird mehr daraus."

Carmen seufzte. Nun musste sie sich auch noch Ergüsse über die romantischen Erlebnisse anderer anhören. Wo ihr so ganz und gar unromantisch zumute war! Aber sie hatte es ja nicht anders gewollt. „Bringst du sie mal mit zum Schwimmen?" fragte sie höflichkeitshalber.

„Wahrscheinlich schon, wenn es klappt mit ihr. Sie ist nämlich auch eine Wasserratte. Und ansonsten mache ich das doch sowieso immer."

„Bist du eigentlich verliebt in sie?"

„Ja, ich glaube schon. Aber vor allem macht sie mich an. Sie hat eine tolle Figur." Sabine malte mit beiden Händen schwungvolle Linien in die Luft.

„Also geht's dir in erster Linie um Sex?" Carmen waren ihre eigenen indiskreten Fragen peinlich, aber sie musste es einfach ganz genau wissen. Bestand das Geheimnis eines aufregenden Sexuallebens vielleicht doch darin, dass man es so machte wie Sabine: Nehmen, was kommt, statt was zu Hause wartete? Das freilich passte kaum zu ihrem bisherigen Leben mit Dolores.

„Was stellst du nur für komische Fragen! Und wenn es so wäre?" Sabine zog die Brauen zusammen.

Carmen sah ein, dass die Fragerei nur dazu führte, dass sie selbst schlechte Laune bekam. „Ach nichts, ich meine nur. Ich muss jetzt ins Wasser, sonst schaffe ich heute noch nicht mal einen Kilometer."

„Bis nachher. Kommst du noch mit in die Sauna?" fragte Sabine.

„Ich glaube nicht." Carmen ließ sich ins Wasser gleiten. Sabine ging kopfschüttelnd von dannen, um sich auf einer der geheizten Steinbänke am Rand aufzuwärmen. Was war nur mit Carmen los?

Die dachte, während sie ihre Bahnen zog, permanent daran, dass Sabine anscheinend nichts als Sex im Kopf hatte. Und wenn Sabine diese Frau herumkriegen würde, dann würde sie es wahrscheinlich Tag und Nacht mit ihr treiben. Mindestens dreimal die Woche. Dann würde Sabine endgültig zu den oberen zwanzig Prozent der Statistik gehören, während sie und Dolores weiterhin ganz unten herumdümpelten.

Heftiger Neid durchflutete Carmen, während sie sich im Freistil durchs Wasser kämpfte. Es musste wirklich etwas geschehen! Aber was?

Als sie nach Hause kam, hatte sich Dolores bereits schlafen gelegt. Carmen war froh darüber, denn so musste sie an diesem Abend nicht weiter über das leidige Thema diskutieren.

Am Donnerstag ging Dolores wie üblich Tischtennis spielen. Dort traf sie Tom und Holger, zwei Freunde in den Anfangsvierzigern, deren Haupthaar bereits kräftige Geheimratsecken zierten. Tom war groß und schlacksig. Er trug eine Nickelbrille. Sein Geld verdiente er als Lehrer an einer Berufsschule. Der stämmige Holger, von Beruf Maschinenbauingenieur, hatte einen walrossartigen Schnauzbart, wodurch er mit seinem kleinen Bauch eher gemütlich wirkte. Aber wehe, er stand hinter der Tischtennisplatte! Dann flitzte er viel schneller hin und her, als man ihm aufgrund seiner Statur zugetraut hätte. Tom, Holger und Carmen waren die Senioren unter den sonst eher jugendlichen TischtennisspielerInnen bei den „Bunten Bällen". Das Durchschnittsalter der Übrigen lag bei etwa 25.

„Hallo", rief Holger zu ihr herüber, als Dolores in die Halle kam. „Hast du Lust auf einen flotten Dreier?"

Dolores zuckte zusammen. Flotter Dreier! Dachte denn alles um sie herum ununterbrochen nur noch an Sex? „Ich komme gleich!" rief sie mürrisch durch den Saal und verzog sich in die Umkleidekabine.

Dolores spielte schlecht. Egal, ob sie mit einem der beiden Jungs zusammen oder allein auf ihrer Seite des Bretts stand, meistens verpasste sie die Bälle. Ihre Schnitte misslangen: Entweder flog die kleine Plastikkugel weit über den Rand der Platte oder blieb an der Netzkante hängen.

Dann holten die drei Sibylle, eine jüngere Spielerin, dazu und wagten ein gemischtes Doppel: Tom spielte mit Dolores gegen Holger und Sibylle. An sich waren die Teams etwa gleich stark – sie waren schon öfters gegeneinander angetreten. Aber diesmal konnte sich Dolores nicht konzentrieren. Sie verschlug todsichere Bälle, so dass das Spiel für sie und Tom haushoch verloren ging.

„Menschenskind, was ist denn heute mit dir los? Liebeskummer?" fragte Tom ungehalten.

„Tut mir Leid. Aber ich habe keine Lust. Ich höre besser auf für heute", sagte Dolores.

Tom musterte sie besorgt. Irgend etwas stimmte nicht. „Gehst du noch auf ein Bier mit uns ins *Beauty Queen*?"

Dolores mochte die Kneipe nicht besonders, denn sie wurde hauptsächlich von schwulen Jungmännern frequentiert. Tom und Holger starrten die Gästeschar mit hungrigen Blicken an, während die jungen Gays Dolores behandelten, als wäre sie Luft, und zwar schlechte. Nirgends wurde sie so oft angerempelt und zur Seite geschoben. Tom und Holger waren eben potentielle Sexobjekte, obwohl schon etwas ältlich, wohingegen sie noch nicht mal im Traum für so etwas in Frage kam. Es sei denn, es hätte sich ein versprengter Bi in dem Etablissement befunden. Aber auf den hätte wiederum sie keine Lust. Wenn sie dennoch mitging, dann weil sie hoffte, dass sie mit den beiden vielleicht offener über ihr derzeitiges Lieblingsthema reden könnte als mit den Stammtischfrauen. Also nickte sie und wartete vor der Hallentür.

Gemeinsam fuhren die drei ein paar Stationen mit der U-Bahn und quetschten sich dann in die überfüllte Bar, in der es nach den verschiedensten Rasierwasservarianten duftete. Dolores konnte außer sich selbst keine einzige Frau entdecken.

„Heute bin ich also wieder die Alibi-Lesbe", sagte sie seufzend.

„Stört dich das? Hattest du etwa noch was vor?" frotzelte Tom.

„Ich bin wie immer auf der Jagd nach der ultimativen Traumfrau, um mein Sexualleben aufzupeppen!" Dolores tat so, als hätte sie ein Fernglas vor Augen, zuckte aber enttäuscht mit den Schultern. „Nichts zu entdecken weit und breit."

„Zugegeben, auf einem einsamen Eiland stünden deine Chancen wahrscheinlich noch besser, sofern auch nur eine einzige weitere Frau anwesend wäre. Dafür ist das Bier klasse."

„Und die Jungs", ergänzte Holger mit der Zunge schnalzend.

Das war das Stichwort – jetzt oder nie! Dolores atmete tief durch. Dann sagte sie: „Wie ist das eigentlich bei euch mit dem Sex?"

„Wie: Wie das ist?" fragte Holger erstaunt.

„Wie oft ihr's macht."

Tom musterte zuerst Holger ziemlich verblüfft, dann starrten beide Dolores an. Danach räusperten sie sich ausführlich.

„Verlegen?" fragte Dolores.

„Wieso interessiert dich denn auf einmal unser Sexualleben?" wich Holger aus.

Dolores wurde unbehaglich. Warum mussten die Leute auf diese Frage immer mit Gegenfragen antworten? „Ach, nur so. Mir ist aufgefallen, dass Carmen und ich kaum jemals mit irgendeiner unserer Freundinnen offen darüber geredet haben, wie oft sie es tun."

„Ist denn das auf einmal so wichtig?" wollte Holger wissen.

„Irgendwie schon. Es gibt da so eine Statistik, in der steht, die meisten machen es zwei-, dreimal in der Woche."

„Kann schon sein. Stand das in der Zeitung?"

Dolores nickte.

„Blöde Marktforscher. Die wollen die Leute doch nur verunsichern, damit sie dann mehr Dildos, Gummipuppen und Lederzeug kaufen", bemerkte Tom abfällig.

„Meinst du wirklich?" Einen Moment war Dolores versucht, ihm mehr zu glauben als ihrer Zeitung.

„Kann natürlich sein, dass die Zahlen stimmen. Wer weiß, was für Typen die Untersuchung gemacht haben. Vielleicht hat sie ein Sexartikelhersteller dafür bezahlt. Und außerdem: Kommt es darauf an? Beim Sex geht's doch um Qualität, nicht um Masse!" sagte Tom, sah zustimmungsheischend zu Holger hinüber und hob sein Glas. „Prost!"

Holger nickte und stieß mit ihm an.

Dolores widersprach Tom nicht, aber sie fand seine Argumente nicht überzeugend. Klasse statt Masse? Wenn es so einfach wäre ... Und selbst, wenn ein Sexartikelhersteller die Forschung finanziert hätte – änderte das etwas an den Ergebnissen?

„Im Übrigen: Wir reden mit unseren Freunden auch nicht dauernd drüber, wie oft wir es tun. Wir tun es einfach." Holger lachte. „Oder willst du eigentlich was ganz anderes wissen?"

„Und traust dich nur nicht zu fragen?" setzte Tom nach.

„Suchst du vielleicht eine Neue?" ergänzte Holger. „Wo du doch so eine nette Freundin hast."

Dolores wurde knallrot. Genau das hatte sie befürchtet. Nichts als üble Verdächtigungen kamen dabei heraus, wenn frau einmal ehrlich nach dem fragte, was sie im Innersten bewegte. „Nein, nein! Wie kommt ihr denn darauf?" wehrte sie ab.

Außerdem wusste sie ja bereits genug: Holger hatte gesagt, es könne sein, dass die Statistik stimmte. Und Holger hatte gesagt, dass er und Tom es einfach taten. Das hörte sich ziemlich selbstverständlich an, geradezu alltäglich. Nicht sonntäglich, wie bei Carmen und ihr.

Lustlos trank Dolores ihr Bier aus und philosophierte stumm über die Ungerechtigkeit des Schicksals, das allen Menschen außer ihr ein erfülltes Sexualleben zu schenken schien. Aber wenigstens war sie nun gewarnt: Die Leidenschaft in ihrer Beziehung war tatsächlich dabei, sich aus mysteriösen Gründen restlos zu verflüchtigen, während sie bei anderen trotz langjährigen Zusammenseins noch munter zu lodern schien. Vielleicht war das der tiefere Grund für das leise Unwohlsein, das sie manchmal befiel.

Am folgenden Sonntag lief zunächst alles wie immer: Aufstehen mit Gegrummel, Lesen und Hausarbeit. Aber statt sich wie üblich sonntäglichen Zärtlichkeiten hinzugeben, saßen die beiden Frauen plötzlich mit ernsten Gesichtern nebeneinander auf dem Sofa.

„Wir müssen jetzt wirklich miteinander reden“, sagte Dolores. „Du weißt doch: über unser Problem.“

„Problem?“ fragte Carmen, die bei diesem Begriff grundsätzlich erst mal die Ohren auf Durchzug schaltete.

„Die Sache mit dem Sex“, beharrte Dolores.

Carmen verdrehte die Augen. „Ach, das meinst du. Ja, ich habe rumgefragt wegen dem Sex.“

„Du?“

„Ich habe mit Sabine von den Wasserratten gesprochen.“ Carmens Stimme klang leicht genervt, weil sie wusste, dass Dolores Sabine nicht leiden konnte.

„Ausgerechnet mit der!“

„Na, hör mal! Das musst du gerade sagen! Du hast doch fast eine eigene Umfrage gestartet: ‚Wie halten es Münchens Lesben und Schwule mit dem Sex? Eine Forschungsarbeit von Dolores Düllmann.‘“

„Wieso? Ich habe doch nur mit den paar Freundinnen vom Stammtisch und mit Tom und Holger geredet!“

„Hast du etwa allen brühwarm berichtet, dass wir nur einmal in der Woche miteinander schlafen?“ Diesmal steigerte sich Carmen zu einem heiseren Tremolo.

„Beruhige dich! Natürlich nicht!“ wehrte Dolores im Brustton der Überzeugung ab. „Im Übrigen hast du vollkommen Recht. Alle halbwegs funktionierenden Paare schlafen öfter miteinander als wir. Das kann nicht so weitergehen. Wir haben eine Sexkrise, und was tun wir dagegen? Nichts. Und wenn du den Artikel nicht gefunden hättest, wären wir nie drauf gekommen.“

Carmen winkte ab. Die Ehre, ein echtes Problem entdeckt zu haben, war ihr eigentlich zu viel. „Schon gut. Allerdings denke ich, wir sollten uns trotzdem nicht völlig verunsichern lassen.“ Sie ergriff ganz gegen ihre Gewohnheit die Initiative und streichelte verführerisch Dolores' Nacken, doch die zeigte sich ungerührt.

„...und einfach so tun, als wäre nichts passiert? Offen gesagt, in so einer Situation kann ich mich auf Sex gar nicht konzentrieren." Dolores schüttelte Carmens Hand ab wie ein lästiges Insekt.

Carmen schmollte. „Dann eben nicht. Was also denkst du soll jetzt passieren?"

„Ist doch klar: Ich finde, wir sollten etwas dagegen unternehmen. Toys, Therapie, Partnerwechsel, was weiß ich?"

Etwas unternehmen! Carmen seufzte. Das war typisch Dolores. Sie dachte immer sofort ans Handeln: Aktion, Aktion! Carmen dagegen erging sich gern in theoretischen Erwägungen. Sie überlegte sehr gründlich, bevor sie ihr Leben veränderte. Ein ganzes Jahr hatte sie gebraucht, um BWL als Studienfach auszuwählen, mehrere Monate hatte sie gezögert, ehe sie sich für Dolores entschied. Sie hatte auf rund fünfzig Ledercouchgarnituren probegesessen, bis sie die braune kaufte, und sie würde auch keine x-beliebigen sexuellen Experimente zweifelhaften Erfolgs durchführen.

„Wenn alle so wären wie du, dann säße die Menschheit immer noch in den Bäumen", sagte Dolores manchmal mit einer Mischung aus Bewunderung und Ärger, wenn ihre schnellen Entschlüsse wieder einmal durch ihre Partnerin unsanft gebremst wurden. Sie selbst war da ganz anders.

Carmen erinnerte sich deutlich an ein Beispiel für Dolores' Aktionismus. Hätte sie ihr damals nachgegeben, dann säßen sie heute womöglich auf bastenen Fußmatten, Dolores hätte ihren Schreibtisch so aufgestellt, dass er mit dem Rücken zur kalten Hauswand stand, und würde deshalb ständig schmerzende Nieren haben und sie wären umgeben von Kunstbrunnen, die Tag und Nacht nervtötend plätscherten. Es handelte sich um die Sache mit dem Feng-Shui-Buch.

Damals wohnten sie noch in ihrer ersten Wohnung. Carmen hatte es aus reiner Neugier aus der Bücherei mitgebracht und ein wenig darin geblättert. „Faszinierend. Diese ganzen Energien, und alle in unserem Wohnzimmer! Nur, dass ich so wenig davon merke, wundert mich", hatte sie am Ende gesagt und das Buch zugeklappt. Damit war das Thema für sie eigentlich erledigt.

Ganz anders Dolores: Sie griff nach dem Ratgeber und schmökerte zwei Stunden darin, um danach sofort zur Tat zu schreiten. Zuerst rannte sie ins Klo und knallte den Deckel zu. Als nächstes schaffte sie die auf dem Spülkasten residierende mickrige Grünlilie in die Küche. Dann begann sie, die offenen Ikea-Bücherregale auszuräumen.

„Was soll denn das?" fragte Carmen entgeistert. „Setz dich doch mal hin. Du machst mich ganz nervös!"

„Nervös? Du müsstest eigentlich nervös sein, bei all der negativen Energie, die wir hier um uns aufbauen. Wenn du es mit Feng Shui ernst meinst, müssen die Bücher sofort weg. Wir brauchen geschlossene Regale, sonst verfängt sich das Chi. Und den Klodeckel machst du besser auch zu, da fließt das Chi direkt in die Kanalisation, und du brauchst dich über Dauerflaute in der Kasse nicht zu wundern. Außerdem soll man auf dem Klo auch keine Blumen haben. Und wir müssen eine andere Telefonnummer beantragen. Unsere endet nämlich mit einer Vier. Das bringt Unglück."

Carmen tippte sich an die Stirn und verlangte einen sofortigen Stopp der Aktivitäten.

„Wieso? Du hast das Buch doch herbeigeschafft!" konterte Dolores. Tatsächlich, es stimmte, und Carmen bedauerte ihren Griff ins Regal mittlerweile heftig.

Es gab einen lauten Streit, in dessen Verlauf Carmen Dolores maßlose Übertreibung vorwarf, während Dolores Carmens folgenloses Herumtheoretisieren kritisierte. Schließlich einigten sie sich darauf, dass weitere Umgestaltungen unterbleiben würden, wenn Carmen das Buch so schnell wie möglich zurückbrächte. Am Ende blieb alles, wie es war.

Nun also ging es um ihr gemeinsames Sexualleben, ein weit wichtigeres Thema als irgendwelche altchinesischen Weisheitslehren. Carmen war, obwohl ihr überstürztes Handeln entschieden widerstrebte, wild entschlossen, sich in diesem Fall keine Tatenlosigkeit vorwerfen zu lassen.

„Also gut, lass uns anfangen. Jetzt, sofort!" sagte Carmen finster entschlossen.

„Warum beschließen wir nicht, einfach öfter Sex zu haben?" Das erschien der auf Aktionen sinnenden Dolores als einfachste und logischste Methode.

„Typisch! Handeln ohne Analyse! Das würde wahrscheinlich genausoviel helfen, wie wenn die Bundesregierung beschließt, einfach weniger Geld auszugeben", widersprach Carmen.

„Du meinst, es würde nichts ändern? Es würde einfach so weitergehen wie bisher?"

„Genau! Unser Problem ist ja nicht, dass wir mehr Sex miteinander wollen und ihn nicht kriegen."

„Sondern?"

„Unser Problem ist, dass wir gar nicht öfter daran denken, Sex miteinander zu wollen. Wir haben keine Lust mehr aufeinander."

„Du meinst also, wir müssten erst mal dafür sorgen, dass wir wieder Lust kriegen."

„Ja. Der Rest kommt dann von selber, denke ich." Versonnen starrte Carmen in die Luft.

Dolores strapazierte ihre Phantasie. „Wie wäre es mit einem Tantra-Wochenende für Paare in einem Frauenferienhaus irgendwo auf dem Land?"

„Tantra? Igitte. Ich hasse pseudoasiatische Erleuchtungslehren." Carmen schüttelte den Kopf.

„Tatsächlich? Und was war mit dem Feng-Shui-Buch?"

„Hör bloß damit auf. Das habe ich schließlich wieder zurückgebracht!"

„Oder wir melden uns zu einem von diesen Vier-Wochen-Sexkursen an, die das Frauengesundheitszentrum neu anbietet."

„Keine Lust. Ich möchte nicht unter lauten sich gummiartig verrenkenden Junglesben sitzen, die mit dem Spekulum versuchen, ihren G-Punkt zu finden."

„Angeblich gibt es den auch gar nicht, habe ich gelesen", bemerkte Dolores. „Oder wir gehen in einen Sexshop und gucken mal, ob uns da was gefällt."

Carmen verdrehte die Augen. „Du bist so kommerziell!"

So ging es eine ganze Weile weiter: Dolores produzierte Ideen, Carmen zerpflückte sie mit analytisch-logisch unwiderlegbaren Argumenten und kritischem Gesichtsausdruck. Pärchenparties? Zu große Gefahr, sich Pilze oder Schlimmeres zu holen. Reizwäsche? Aus Plastik, daher vielleicht allergieauslösend, außerdem geschmacklos und teuer. Erotische Kochkunst? Dazu fehlten Geduld und Erfahrung.

Sie hatten bestimmt schon eine Stunde diskutiert, als Dolores die Arme übereinanderschlug und sich im Sofa zurücklehnte. „So, meine Liebe. Jetzt drehen wir den Spieß um. Du schlägst was vor, und ich zerpflücke deine Ideen, wenn ich Lust habe."

„Ich denke, ich würde am liebsten erst mal die Sextipps in den Zeitschriften studieren", sagte Carmen, ihre Fingernägel betrachtend.

Dolores verdrehte die Augen. „Zeitschriften! Das ist wieder typisch für dich! Papier statt Taten!"

„Na und?" Carmens betriebswirtschaftliche Ader meldete sich. „Diese Tantra-Kurse zum Beispiel sind sicher sündhaft teuer. So einen können wir immer noch machen, wenn uns gar nichts Besseres einfällt. Ich finde, wir sollten mit den einfachen Dingen anfangen. Ich muss nächste Woche zum Zahnarzt. Da liegen genug Postillen herum. Ich werde mich also umsehen."

„Wenn du meinst", stimmte Dolores resigniert zu. Dann schaltete sie die Sportschau ein, was sie nur in Momenten tat, in denen sie die ganze übrige Welt nicht mehr interessierte. Für Sonntagssex waren die beiden Frauen inzwischen zu entnervt.

2. Kapitel

in dem Dolores und Carmen zu duftenden Bädern, öligen Essenzen und erotischer Massage Zuflucht nehmen, wobei es zu einem medizinischen Zwischenfall kommt

Am nächsten Donnerstag um dreizehn Uhr dreißig, knapp vierzehn Tage nach der Entdeckung des Artikels mit der Sexstatistik, saß Carmen im Wartezimmer ihrer Zahnärztin, Dr. Jolande Pelzig. Eigentlich ging es ihr schlecht, denn sie musste sich einer Wurzelbehandlung am Backenzahn unterziehen. Den restlichen Nachmittag hatte sie frei genommen, um sich davon zu erholen.

Jolande Pelzig legte großen Wert darauf, dass ihre Patientinnen während der unvermeidlichen Minuten, bevor sie auf den Stuhl stiegen, nicht allzu sehr an die mehr oder weniger peinvolle Behandlung dachten. Daher sorgte sie stets für ein gut sortiertes Angebot an Zeitschriften aller Art. Für die Reiselustigen gab es *Geo*, für die Politinteressierten den *Spiegel*, für die Freunde schlüpfriger Geschichten *Neue Revue* und *Praline*, für die Fans der Adelsgeschlechter *Bunte* und das *Goldene Blatt* sowie für ratsuchende Frauen *Brigitte*, *Cosmopolitan* und *Freundin*.

Für die lesbische Klientel gab es nichts Spezielles. Deshalb griff Carmen im Wartezimmer meistens nach *Geo*, weil sie die Bilder so toll fand. Diesmal allerdings wurde sie magisch von der Titelseite einer Frauenzeitschrift angezogen. Riesige rote Lettern versprachen: „Frühlingsfit im Bett: Erotische Düfte für Sie und Ihn". Das kam ja wie gerufen! Freudig erregt griff Carmen nach dem Blatt, um zu verhindern, dass ihr jemand anders zuvorkäme. Sie schlug den angekündigten Artikel auf, überflog den Text und war begeistert. An die Wurzelbehandlung verschwendete sie keinen Gedanken mehr.

Öle und Essenzen, hieß es in dem Bericht, vitalisierten den Körper und weckten die Sinne. So mancher schöne Abend habe schon mit dem richtigen Tropfen hinter dem Ohr begonnen – von Ganzkörper-

Massagen mit bestimmten Essenzen und den erotisierenden Wirkungen per Duftlämpchen im Raum verbreiteter natürlicher Aromen ganz zu schweigen. Die Autorin empfahl zur weiteren Lektüre das Buch: *100 Wege zu mehr Entspannung und glücklichem Sex*. Carmen beschloss sofort, es zu kaufen.

Außerdem wollte sie den Zeitschriftenartikel schwarz auf weiß mit nach Hause nehmen. Also wartete sie, bis sie einen Moment allein war – der Patient vor ihr musste ins Sprechzimmer und nach ihr war noch niemand gekommen –, riss die Seiten heraus und versenkte sie in ihrem Rucksack. Gelassen erwartete sie dann den Aufruf und ließ das Herumgepuhle in ihrem dentalen Nervensystem über sich ergehen.

„Na, gar keine Angst heute?“ fragte Frau Doktor Pelzig, während sie mit den feinen Instrumenten hantierte.

Carmen schüttelte den Kopf und Frau Doktor lächelte zufrieden. Sie hatte eben ein Händchen auch für die sensiblen Fälle!

Wenn es doch einmal ziepte und zwickte, dachte Carmen sofort an die Überraschung, die sie für heute Abend plante, und schon war alles nur noch halb so schlimm.

Zwar fühlte sich Carmen etwas wacklig auf den Beinen, als sie die Praxis verließ, aber sie nahm sich fest vor, sich nicht unterkriegen zu lassen. Ein bisschen frische Luft, dachte sie, und dann geht es mir gleich wieder richtig gut. Tatsächlich betrat sie bereits eine halbe Stunde später einen Buchladen. Sieh an – gleich am Eingang lag ein großer Stapel des knallbunten Paperbacks, das die Zeitschrift empfohlen hatte. So ein Zufall! Carmen kaufte unbesehen ein Exemplar für stattliche 15,50 Euro und zog sich ins nächstgelegene Café zur Lektüre zurück.

Die Autorin, sie hörte auf den malerischen Namen Sandrivanda Atmopriti, schwärmte seitenlang so eindrucksvoll von Bio-Aromen, Massagen und gemeinsamen Baderitualen, dass Carmen sich wunderte, warum Dolores und sie so etwas nie ausprobiert hatten, um mehr Spaß am Sex zu haben.

Voller Vorfreude zückte sie das Handy und rief Dolores an. „Halt dir den Abend frei, ich habe eine Überraschung für dich“, flötete sie in den Hörer.

Doch Dolores reagierte sehr seltsam: „Der passt natürlich wunderbar zu einem blauen Sofa!“ hörte Carmen sie sagen.

„Blaues Sofa? Was hat denn das damit zu tun?“ fragte Carmen irritiert. „Wo bist du nur mit deinen Gedanken?“

„Meine Liebe, nebenbei gehe ich einem Beruf nach", raunzte Dolores ungehalten, und dann: „Entschuldigen Sie, nein, ich habe Sie nicht gemeint, wie Sie sehen, telefoniere ich nebenbei. Ja, auch zum grünen Sofa. Schade – schaun Sie doch mal wieder rein!"

Carmen hörte die Ladenglocke.

„Mist! Jetzt ist die Kundin weg. Eine blöde Zicke, aber fast hätte sie den Zeitungsständer gekauft."

„Ich kann ja wieder auflegen", sagte Carmen indigniert.

„Sei nicht beleidigt! Ich weiß ja, dass du nicht ahnen konntest, was hier gerade los ist. Auf dem Preisschild des Ständers steht fünfzehn Euro, und die tat so, als würde er eine Million kosten. Soll sie die Postillen doch von mir aus direkt auf ihr blaues Sofa legen! – Und was deinen Vorschlag angeht: Ich habe heute wie immer donnerstags Tischtennis."

„Kann das nicht mal ausfallen, ich meine, wenn ich schon eine Überraschung vorbereite?" bettelte Carmen.

Dolores überlegte kurz. „Na gut. Dann komme ich eben nach der Arbeit sofort nach Hause."

„Du wirst es nicht bereuen!"

Carmen machte noch einen Abstecher in die nächstgelegene Bio-Drogerie. Schließlich wollte sie erstklassige Zutaten und möglichst wenig Chemie auf der Haut. Hilfesuchend wandte sie sich, den Ausschnitt aus der Zeitschrift in der Hand, an eine Verkäuferin. „Ich hätte gern das erotische Duftpaket aus diesem Artikel, bitte!"

Dienstbeflissen eilte die junge Frau, die nach einem schweren Parfum roch, zu einem Regal und zog ein bombastisch verhülltes Konglomerat verschiedener Fläschchen heraus. „Das ist wirklich etwas ganz Spezielles: Das ‚Erotische Yin-Yang-Set für Sie und Ihn.' Es kostet nur 49 Euro 90. Mit zwei sehr charaktervollen Düften: Moschus-Badeessenz und einem Rosen-Massageöl."

„Yin-Yang ist vielleicht nicht ganz das Richtige", zweifelte Carmen. „Haben Sie auch Yang-Yang? Oder von mir aus Yin-Yin?"

„Yang-Yang oder Yin-Yin?" fragte die Verkäuferin sichtlich verwirrt. „Meinen Sie vielleicht Ylang-Ylang? Ein sehr schöner Duft aus Indien. Das geht natürlich auch."

Carmen hasste stundenlange, detailstrotzende Verkaufsgespräche. Zudem fielen ihr die vielen auf sie einströmenden Gerüche auf die Nerven: Süßlich, herb, frisch und lieblich duftete es um sie herum durcheinander. „Dann nehme ich das Paket und ein Fläschchen Ylang-Ylang dazu“, sagte sie kurz entschlossen.

Wahrscheinlich würde ihr Dolores wegen dem Yin-Yang einen Vortrag über den Heterosexismus in der Kosmetikindustrie halten, falls sie erfuhr, wie das Paket hieß. Aber musste sie das überhaupt? Schließlich sollte sie vor allem seinen Inhalt genießen. Außerdem kaufte Carmen einige Teelichte für die Dekoration. Ein bisschen Feuerwerk gehörte einfach zur gehobenen erotischen Atmosphäre. Das hatte auch in der Zeitschrift gestanden. Schließlich entdeckte sie beim Herausgehen im Schaufenster noch eine alberne gelbe Plastikente, die anscheinend weder ein Öl enthielt noch aus Seife bestand. Sie stand einfach nur zwischen den Fläschchen mit Badeöl und grinste. Sofort gewann das Schwimmtier ihr Herz.

Carmen drehte auf dem Absatz um und ging zurück in den Laden. „Was kostet die?“ fragte sie, auf die Ente im Schaufenster deutend.

„Die Ente ist unverkäuflich, sie gehört zur Dekoration!“ sagte die Verkäuferin.

„Und wenn ich sie gern hätte?“

Die Verkäuferin warf ihr einen Blick zu, als zweifele sie am Verstand dieser seltsamen Kundin. „Da muss ich fragen“, sagte sie und verschwand im Hintergrund.

Kurz darauf kehrte sie eifrig nickend wieder. „Ausnahmsweise. Fünf Euro, und die Ente gehört Ihnen.“

Carmen zögerte keine Sekunde. Beschwingter Stimmung bestieg sie dann die U-Bahn und fuhr nach Hause.

Als Carmen hereinkam, war Dolores bereits in der Wohnung. Sie saß vor ihrem Laptop, der meist in einem Stahlcontainer unter ihrem Schreibtisch verstaut war. Nun aber starrte Dolores reglos und wie gebannt auf den Bildschirm.

„Was machst du denn da?“ fragte Carmen, einen Blick über Dolores' Schulter riskierend. Soeben zerstob mit einem roten Blitz ein finster dreinblickender Geselle in tausend Fetzen, während eine extrem kurvige Frau mit den Muskeln eines Möbelpackers dem nächsten Abenteuer entgegenhastete.

„Ich spiele! Das ist die neue Version von *Lara Croft – Superwoman of the Galaxy X*“

„Seit wann interessieren dich diese brutalen Computerspiele! Ausschalten, und zwar sofort!“ kommandierte Carmen. Sie missbilligte

Dolores' gelegentliche Anfälle von Computerspielleidenschaft ganz entschieden.

„Seit es welche gibt, die weibliche Heldinnen haben", konterte Dolores. „Außerdem ist es gerade richtig spannend. Wie wär's, wenn ich die Sache erst zu Ende bringe?"

„Kommt nicht in Frage! Hast du schon vergessen, was wir uns vorgenommen haben?" beharrte Carmen. „Ich denke, unser Sexualleben ist am Absterben? Aber wenn ich dann was dagegen tun will, versteckst du dich hinter dieser dämlichen Lara Croft! Dabei ist die nur aus Bits und Bytes, während man mich anfassen kann. Lass dich gefälligst mal verwöhnen!"

Dolores grinste. „Sexualleben? Davon hast du am Telefon nichts gesagt. Das ist natürlich was vollkommen anderes. Was soll ich tun?"

„Nicht viel. Zieh dich aus, wirf den Bademantel über und warte hier. Ich rufe dich dann."

Carmen packte in aller Eile ihre Mitbringsel aus, ließ Wasser in die Wanne, stellte überall am Wannenrand Teelichte auf, entzündete sie und schüttete ziemlich viel Schaumbadessenz ins Badewasser. Dort, wo der Strahl aus dem Hahn auf die Wasseroberfläche traf, bildete sich sofort ein ansehnliches Gebirge aus feinen weißen Blasen. Mitten in das Schaumgebirge setzte sie die gelbe Ente. Dann entblätterte sich Carmen und betupfte sich selbst mit einigen Tropfen der Rosenessenz. Auf dem Wannenrand stellte sie das Fläschchen mit Ylang-Ylang und das Massageöl bereit. Dann rief sie: „Du kannst hereinkommen!"

Gehorsam öffnete Dolores die Tür. Das Bad war düster, erhellt nur von den flackernden Flammen der Teelichte. Sie trat einen Schritt vor und fragte: „Carmen?"

Carmen sagte „Pssst!" und legte Dolores eine Binde um die Augen.

„He, was soll das!" rief Dolores.

„Vertrau mir", raunte Carmen geheimnisvoll.

Dolores seufzte und spürte gleichzeitig, wie eine wohlige Gänsehaut ihren Rücken hinabkroch. Von hinten schmiegte sich Carmen an sie und schob sie sanft in die Richtung, wo Dolores die Badewanne vermutete.

„Heb das Bein!" befahl Carmen. „Du steigst jetzt ins Wasser."

Langsam ließ sich Dolores von Carmen ins dampfende Nass dirigieren. Die Dunkelheit, die ungewohnte Rollenverteilung, auch dass sie nicht wusste, was passieren würde – alles erregte Dolores.

„Ist es heiß genug?" fragte Carmen.

Dolores nickte.

Voller Vorfreude wartete Carmen, bis Dolores es sich bequem gemacht hatte. Dann rieb sie ihre Hände gut mit einer Mischung aus Ylang-Ylang und Massageöl ein. Gleich würde der betörende Duft zusammen mit ihren sanften Händen Dolores in sinnliche Ekstasen versetzen! Schon strich sie sanft über Dolores' Nacken, der an den massierten Stellen speckig glänzte.

Doch überall, wo Carmen sie berührt hatte, färbte sich Dolores' Haut in Sekundenschnelle feuerrot. Statt in sinnliche Wonnen zu verfallen, schrie Dolores aufgebracht: „Au! Aufhören! Das brennt ja höllisch!" Gleichzeitig fuchtelte sie wild mit den Armen und stieß dabei an einige der Teelichte. Die kleinen Kerzen fielen eine nach der anderen zischend ins Badewasser und erloschen. Ihre Metallhüllen brannten auf der Haut, wenn Dolores sie berührte.

Carmen hatte den Fehler gemacht, auch das Fläschchen mit dem Ylang-Ylang auf dem Badewannenrand abzustellen, nachdem sie sich die Essenz in die Hand geträufelt hatte. Deshalb erwischte Dolores auch diese Flasche mit ihren zappelnden Armen, die wie die Teelichte in die Wanne purzelte, wobei sich der Inhalt ins Wasser entleerte.

Dolores schrie jetzt wie am Spieß. „Willst du mich umbringen? Hilf mir endlich! Au, das brennt so!"

Carmen stand starr vor Schreck neben der Wanne mit der zappelnden, kreischenden Dolores darin und begriff nicht, was los war. Warum nur stellte sich Dolores derart an? Es waren doch keine Reißzwecken auf dem Wannenboden! Im Artikel oder im Buch hatte von solchen Reaktionen auch nichts gestanden. Da war immer nur von sanft flutenden Wellen der Erregung und multiplen Höhepunkten die Rede gewesen. Das einzige, was zwischen Dolores und ihr gerade flutete, war jedoch die Brühe aus der Wanne. Die spritzte nämlich dank Dolores' Gezappel massenweise auf den Fußboden, wo sich eine riesige Pfütze bildete. Irgendwas war hier entschieden verkehrt. Aber was?

Noch immer mit verbundenen Augen, versuchte Dolores verzweifelt, aus der Wanne zu steigen, glitt aus und fiel wieder ins Wasser. Planschend riss sie endlich die Augenbinde ab und brüllte: „Verdammt, Carmen, mach das Licht an!"

Aufgeschreckt durch Dolores' Fluch reagierte Carmen endlich und drehte am Dimmer, bis der Raum hell erleuchtet war. Benommen reichte sie Dolores den Arm und half ihr aus der Wanne.

Dolores sah schauderhaft aus. Überall, wo Carmen sie massiert hatte, war die Haut stark gerötet und begann anzuschwellen, als wäre sie in Brennnesseln gefallen. Auch ihr restlicher Körper lief langsam rot an. Entsetzt blickte sie an sich herunter. „Ich sehe ja aus wie ein Krebs im Kochtopf! Das muss eine Allergie sein! Schon wieder eine! Oh, mir wird schon ganz schlecht! Wer hat dir bloß dieses Öl eingeredet?"

Dann wurde Dolores plötzlich bleich. Sie stöhnte und sackte in sich zusammen.

Carmen erinnerte sich düster an das, was sie beim Erste-Hilfe-Kurs anlässlich des Erwerbs ihres Führerscheins über allergische Schocks gelernt hatte. Sie brachte Dolores so gut es ging in stabile Seitenlage, rannte aus dem Bad und rief den Notarzt. Der kam innerhalb von Minuten. Er gab Dolores diverse Spritzen und schob ihr einen Sauerstoffschlauch in die Nase.

„Wie konnte sie denn von Kopf bis Fuß in dieses Öl fallen?" fragte der Medizinmann Carmen ungehalten.

Carmen saß, vor Schreck schlotternd halb nackt neben der notdürftig in einen Bademantel gehüllten Dolores und hielt die bleiche Hand ihrer Freundin. Auf die Frage zuckte sie mit den Schultern. „Keine Ahnung. Wir ... sie wollte ein neues Badeöl ausprobieren. Wir haben schon ab und zu geruchloses Massageöl benutzt, aber sie hat bisher nie so reagiert."

„Badeöl ausprobieren!" knurrte der Arzt. „Sie kann froh sein, dass sie noch lebt nach dieser Ganzkörper-Begegnung mit irgendeiner Billig-Chemikalie."

„Aber wir haben doch extra Bio-Öl gekauft!" jammerte Carmen.

„Bio-Öl! Im Sonderangebot! Dass ich nicht lache. Sie glauben wohl auch an den Weihnachtsmann? Übrigens: Weiss Ihre Freundin nicht, dass sie Allergikerin ist?"

„Doch. Aber bisher hat sie nur auf Nickel reagiert. Sie klebt die Nickel-Knöpfe an ihren Jeans immer mit Pflaster zu", erklärte Carmen kleinlaut.

Der Mann schüttelte den Kopf. „Das muss alles getestet werden", sagte er und notierte etwas auf seinen Block. „Packen Sie das Zeug ein, mit dem sie heute in Berührung gekommen ist."

Carmen tat wie befohlen und reichte dem Mann die Plastiktüte mit den Resten dessen, was Dolores und ihr eigentlich einen unvergesslichen erotischen Abend bereiten sollte. Nur die gelbe Plastikente blieb unbeeindruckt lächelnd auf dem Boden der Wanne zurück.

„Wollen Sie mit in die Klinik? Ihr Zustand ist inzwischen stabil, sie wird jetzt schlafen. Vor morgen früh kriegt sie auf keinen Fall mit, wo sie ist." Ungeduldig stand der Weißkittel auf der Schwelle.

Carmen nickte. Sie raffte noch ein paar Sachen für Dolores zusammen, warf sich eine Bluse über und zog eine Jeans an. Dann sprang sie in den Krankenwagen. Im Krankenhaus wurde Dolores an diverse Messgeräte und Schläuche angeschlossen. Den Plastikbeutel mit den Ölen nahm ein Arzt an sich, dem Carmen noch einmal alles erzählen musste.

Die Nacht verbrachte Carmen an Dolores' Bettkante, an deren Arm eine Infusion baumelte. Als Dolores am nächsten Morgen die Augen aufschlug, fragte sie entgeistert: „Wo bin ich?"

Vor Freude fing Carmen an zu weinen. Erleichtert streichelte sie Dolores' Arm. „Ist ja gut, ich lebe noch! Ich bin nur sehr müde", sagte die. Sofort fielen ihr die Augen wieder zu.

Carmen meldete sich im Büro wegen Durchfall krank und fuhr zu Dolores' Laden, wo sie einen Zettel mit der Aufschrift „Wegen Krankheit kurzfristig geschlossen" an der Tür anbrachte. Zu Hause fiel sie todmüde ins Bett und erwachte erst am frühen Abend wieder. Dann brachte sie das verwüstete Bad in Ordnung. Die Plastikente stellte sie aufs Fensterbrett. „Wenn ich nur dich gekauft hätte, wäre das alles nicht passiert", murmelte sie.

In den folgenden Tagen unterzog sich Dolores im Krankenhaus den verschiedensten Allergietests, wobei meistens unangenehm in die Arme oder den Rücken gepiekt wurde. An allen Stellen, an denen man ihr irgendeine der erotischen Essenzen applizierte, wurde sie knallrot. Allerdings fand niemand genau heraus, ob es nun das Öl oder irgendein Zusatzstoff war, was die Allergie auslöste.

Für mindestens eine halbe Stunde täglich besuchte Carmen Dolores. Gleich am ersten Tag brachte sie ihr alle schwul-lesbischen Blätter mit, die sie finden konnte, und dazu zwei dickleibige Kriminalromane. „Damit du dich nicht langweilst", setzte sie mit schlechtem Gewissen hinzu, denn schließlich lag Dolores ihretwegen hier.

„Keine Sorge", winkte Dolores ab. Sie deutete nach schräg oben, wo ein Fernseher montiert war. „Das Essen ist erstaunlich gut, und für Unterhaltung ist gesorgt. Ich hole jetzt mein verpasstes Soapologie-Studium nach. Meine Güte, was es nicht alles gibt! Gestern wurde in *Emergency Room* ein Mädchen mit zwei Köpfen geboren, während sich nebenan im Verbandsraum zwei lesbische Ärztinnen abknutschten und der Chefarzt desinfiziert wurde, weil er einen Brief mit weißem Pulver geöffnet hatte. Ich sage dir, da geht die Post ab."

„Heimweh scheinst du ja nicht zu haben!" bemerkte Carmen zynisch.

Sie selbst sann auf Rache. Am Montag nach dem Badeöl-Fiasko schritt sie nach Arbeitsschluss zornentbrannt durch die Tür derselben Drogerie, die sie erst kürzlich so hoffnungsfroh mit dem Eros-Pack für den schönen Abend zu zweit verlassen hatte.

„Ich möchte die Geschäftsführung sprechen", sagte sie kalt zur nächsten Ladenangehörigen, derer sie habhaft werden konnte.

„Steht vor Ihnen", sagte die gesträhnte Blonde.

Noch lächelst du, aber das ist gleich vorbei, dachte Carmen siegessicher. Dann legte sie los: „Ich habe bei Ihnen ein Paket mit erotischen Essenzen und eine Flasche Ylang-Ylang gekauft, und meine Freundin wäre fast gestorben."

„Besteht da irgendein Zusammenhang?" fragte die Frau, als wäre das vollkommen unmöglich.

„Habe ich mich nicht deutlich genug ausgedrückt? Sie wäre beinahe gestorben, weil ich sie mit Ihren angeblich so unschädlichen Ölen eingerieben habe! Sie hat allergisch darauf reagiert!"

„Was Sie nicht sagen! Das ist wirklich bedauerlich und kommt äußerst selten vor. Aber für Allergien sind wir nicht zuständig. Heute ist fast jeder gegen irgendwas allergisch. Wenn wir dafür die Verantwortung übernehmen wollten, müssten wir zumachen."

„Sie werben doch damit, dass Ihre Produkte besonders verträglich sind!" beharrte Carmen. „Und dann so was! Ich will Schadenersatz."

„Meine Liebe, Schadenersatz für was? Alle unsere Produkte unterliegen einer scharfen Qualitätskontrolle. Individuelle Allergien muss immer noch jede Kundin selbst kontrollieren", sagte die Geschäftsführerin.

Dann mischte sich auch noch ein älterer Herr ein, anscheinend ein Kunde. „Junge Frau, darf ich Ihnen erklären, dass nichts so schöne Allergien auslöst wie gerade Naturstoffe! Ich weiß das, denn ich war Hautarzt. Dreißig Jahre lang habe ich gesehen, was die Natur am Menschen anrichtet: Papeln, Pusteln, rote Flecken, Asthmaanfälle. Alle denken, die Natur ist gut, aber das ist ein fataler Irrtum. Die Natur ist des Allergikers Feind! Denken Sie immer daran: Katzenhaare, Hundehaare, Blütenstaub, Bienengift, der Kot der Hausstaubmilbe: alles hundert Prozent Natur. Gehen Sie der Natur aus dem Weg, und schon sind Sie die Allergien los."

„Was geht Sie das denn an?" fuhr Carmen den Mann an. „Der Notarzt hat außerdem von Zusatzstoffen geredet!"

„Zusatzstoffe, pah! Glauben Sie einem erfahrenen Praktiker. Die Natur ist schuld, und sonst nichts", beharrte der Mann, ehe er die Ladentür hinter sich ins Schloss fallen ließ.

Carmen wandte sich kochend vor Wut an die Geschäftsführerin, auf deren Kittel der Name Elvira Peppig prangte. „Frau Peppig! Es kann doch nicht sein, dass meine Freundin von Ihrem Öl rot wird wie ein Krebs, dass sie sogar in der Notaufnahme landet und an Infusionsflaschen angeschlossen werden muss, und ich kriege noch nicht mal den Kaufpreis zurück!" empörte sie sich.

Frau Peppig musterte Carmen, als zweifele sie an deren Verstand. „Es tut mir zwar sehr Leid, dass Ihre Freundin an einer Allergie gegen etwas leidet, wobei es sich anscheinend nicht vollständig ausschließen lässt, dass dieses Etwas in unseren Produkten enthalten ist. Aber wir können da leider nichts machen. Ich würde Ihnen als kleinen Ausgleich für den Ärger eine von unseren Spezial-Duftseifen anbieten. Umsonst." Die Offerte klang endgültig.

Carmen warf der Ladenbesitzerin einen wütenden Blick zu. „Nein, danke! Wir hatten schon das beinahe tödliche Vergnügen, Ihre Produkte auszuprobieren."

Dann drehte sie sich auf dem Absatz um und verließ, „Scheiß Natur!" vor sich hinmurmelnd, grußlos die Drogerie. Diesen Laden würde sie bestimmt nie wieder betreten.

Erst am Freitag der nächsten Woche kehrte Dolores aus dem Krankenhaus zurück. Im Portmonee hatte sie einen roten Allergiepass, in dem geschrieben stand, sie sei gegen ätherische Öle mit Ylang-Ylang, Rose und Moschus allergisch.

„Nie mehr Duftöl!" waren ihre ersten Worte, als sie durch die Tür trat.

Am Abend hatten sie Sex – temperamentvollen, sexy Sex, obwohl es Freitag war und nicht Sonntag. Also war der Aufwand letztlich doch zu etwas gut gewesen. Der statistische Durchschnitt von 2,5-mal die Woche, an den noch immer der Zeitschriftenartikel an der Pinnwand gemahnte, war zwar weiter entfernt denn je, aber immerhin.

3. Kapitel

in dem Carmen und Dolores es mit sexueller Selbsterfahrung in der Gruppe versuchen, etwas über Identitäten lernen und eine/n neue/n Freund/in gewinnen

Am nächsten Sonntag fiel der Sex aus, den hatte es ja schon Freitag gegeben. Carmen und Dolores ahnten, dass das Feuerwerk von Freitagnacht nur ein Funken in einem Meer der Dunkelheit war.

Es verging eine weitere Woche, während derer Carmen und Dolores am Stammtisch teilnahmen, ihr erotisch-allergisches Abenteuer aber geflissentlich verschwiegen. Oder sollte sich das ganze Viertel über sie das Maul zerreißen?

Nun war es schon wieder Sonntag. Carmen und Dolores lagen miteinander im Bett, aber der Sex fühlte sich anders an als vor dem Duftöl-Desaster und auch anders als an jenem Freitag, als Dolores wiedergekehrt war. Obwohl die eigentliche Ursache längst behoben war, machte sich der Schrecken darüber erst jetzt so richtig bemerkbar: Als Carmen Dolores berührte, musste sie ständig daran denken, dass sie diesen wunderschönen Körper beinahe ins Jenseits befördert hatte, und das trübte das Lustempfinden ungemein.

Und Dolores? Vor deren Augen erschien, während sie höchste Erregung heuchelte, zwanghaft das Bild der Kunstlehrerin aus der Oberstufe. Diese attraktive Frau hatte ständig von Eros und Tod geredet, als wären sie zwei Seiten derselben Medaille. Damals fand Dolores diese Theorie schrecklich gestelzt und defätistisch. Was sollten bloß Gemälde oder Skulpturen, die vielleicht sogar noch attraktive Frauen zeigten, mit dem Tod zu tun haben? Nun aber drehten sich die Worte der düsteren Ästhetin in Dolores' Kopf im Kreis: Eros und Tod, Tod und Eros. Erst vor einer Woche hatte sie erlebt, wie grotesk nah sich beide kommen konnten, auch wenn in ihrem Fall nur ein unglücklicher Zufall daran schuld war und sie noch lebte. Hatte die Kunstlehrerin etwa doch Recht? War Sex ein gefährliches, vielleicht sogar lebensgefährliches Spiel, und nicht nur wegen Aids? Wen wundert's, dass sie nicht solchen Gedanken nachhängen und gleichzeitig große Lust erleben konnte.

„Hat es dir gefallen?" fragte Carmen mit gespielter Befriedigung, als sie sich ermüdet, aber ohne Orgasmus in die Kissen sinken ließen.

„Ja, natürlich, mein Schatz", log Dolores tapfer.

Carmen dachte nach. Ein weiteres erotisches Missgeschick wie das in der Badewanne wäre wirklich tödlich, deshalb hatte sie ja eben so getan als ob. Und sie war sich sicher, dass auch Dolores ihre Befriedigung nur heuchelte.

Würden gespielte Orgasmen und erzwungenes Gestöhn nun ihr gemeinsames Sex-Schicksal sein? Bisher hatte Carmen geglaubt, so etwas gebe es nur in Hetero-Ehen. Aber nun belehrte sie die Realität eines Besseren. Die Versuche, an der Misere etwas zu ändern, hatten bislang eher das Gegenteil bewirkt: Ihre Probleme hatten sich verschlimmert, und damit auch die Notwendigkeit, etwas dagegen zu unternehmen.

Carmen atmete tief durch und nahm ihren Mut zusammen. „Wollen wir eigentlich trotz der Duftölpleite weiter versuchen, unsere Erotik zu verfeinern?"

Dolores nickte matt. „Wir sollten wohl. Aber ohne Mittelchen aus der Drogerie."

„Versprochen!" Carmen lächelte Dolores unsicher an. „Was schlägst du also vor?"

Dolores zog ein Stück Papier aus der Nachttischschublade. „Hier. Du hast mich ja so wunderbar mit Lektüre versorgt. Die Anzeige habe ich aus der letzten *Queer* gerissen."

Skeptisch nahm Carmen ihr den Schnipsel aus der Hand und las laut vor: *„Neu: Die Kontingenz der Sexualität. Sexuelle Gruppen-Selbsterfahrung in München. Wir wollen über unsere Sexualitäten reden und gemeinsam darüber nachdenken, wie wir unsere sexuellen Identitäten und Grenzen verändern können. Gruppenleiterin: Agathe, eine weiße, christlich-protestantisch erzogene Oberklassen-Butch mit submissiver Tendenz."*

Carmen hasste solche Gruppen. Sie fand es peinlich, vor wildfremden Menschen das eigene Seelenleben auszubreiten. Das Äußerste an Selbsterfahrung, was sie ertrug, waren die Gespräche am Stammtisch. Aber Dolores hatte sich auf ihren Vorschlag mit den unglückseligen erotischen Gebräuen eingelassen, und nun war sie dran, ihren Vorschlägen zu folgen, falls sie nicht vollkommen indiskutabel waren. Nachdenklich ließ sie das Blatt sinken. „Meinst du wirklich, das ist was für uns? Wollen wir unsere Identitäten denn verändern? Und überhaupt – Identitäten. Ich dachte immer, ich habe wenn, dann eine." Auch auf das Wort „Sexualitäten" konnte sie sich keinen Reim machen. Aber es war ja bekannt, dass die schlecht oder gar nicht bezahlten Redaktionen schwul-lesbischer Gratis-Blätter Tippfehler häufiger übersahen als die Profis der örtlichen Tageszeitung.

Dolores zuckte ratlos mit den Schultern. „Keine Ahnung, ob wir das wollen. Ich weiß nur, was wir nicht wollen: Noch einmal fast in der Badewanne zu Grunde gehen zum Beispiel! Da ist diese Gruppe doch eine zumindest körperlich vollkommen unschädliche Alternative."

„Wer weiß, ob da nicht irgendwas Seltsames hinter steckt. Vielleicht eine neue PR-Initiative von Scientology", mutmaßte Carmen misstrauisch.

„Die haben noch genug von letztem Sommer, als wir sie aus dem Gärtnerplatzviertel vertrieben haben. Und außerdem: Scientology ausgerechnet im Lesbenzentrum? Kann ich mir nicht vorstellen", beruhigte sie Dolores.

Carmen erinnerte sich noch deutlich an die schreienden, tobenden Lesben und Schwulen vor einer zum Scientologen-Tempel umfunktionierten Galerie, die nur einen Katzensprung von Dolores' Laden entfernt war. Im letzten Sommer war Dolores eine ganze Woche jeden Abend heiser nach Hause gekommen: Die Community hatte tägliche, bei den Behörden als Demonstration angemeldete Pfeifkonzerte organisiert, um die unwillkommenen Eindringlinge zu vertreiben. Dolores hatte immer in der ersten Reihe mitgebrüllt, und tatsächlich verschwanden die Scientologen bald. Angesichts dessen konnte sich letztlich auch Carmen kaum vorstellen, dass die üble Truppe schon wieder Aktivitäten starten würde, die ausgerechnet auf Schwule und Lesben zielten. Also gab sie nach.

Das Treffen der Sexualitäten-Gruppe fand an einem Mittwochabend statt. Diesmal musste also Carmens Schwimmtraining ausfallen.

In einem Hinterzimmer des Lesbenzentrums hatten sich acht Frauen versammelt. Die meisten waren tätowiert, gepierct und höchstens Ende zwanzig.

„Wir sind hier die Fossilien“, raunte Carmen. Sie war froh, kein vertrautes Gesicht zu entdecken. Sonst hätte bald ihr gesamter Bekanntenkreis über ihre sexuellen Probleme Bescheid gewusst.

Carmen und Dolores fiel sofort eine sehr große, breitschultrige, perfekt geschminkte Frau auf. An allen anderen, sie eingeschlossen, waren keine Spuren von Puder oder Lippenstift zu entdecken. Bestimmt eine frisch bekehrte Hetera, dachte Dolores und lächelte die Frau aufmunternd an.

Anfangs setzten sich alle im Kreis auf hölzerne Klappstühle, die bedrohlich knirschten und wackelten. Die Leiterin war klapperdürr und dunkelhaarig. Wahrscheinlich übte sie jeden Tag Yoga, denn sie knotete sich mit größter Selbstverständlichkeit auf ihrem Stuhl zusammen und lächelte dabei auch noch freundlich in die Runde.

„Zunächst wollen wir uns vorstellen“, begann sie. „Ich bin Agathe.“

„Agathe, die weiße, christlich-protestantisch erzogene Oberklassen-Butch mit submissiver Tendenz“, murmelte Carmen leise vor sich hin. Prompt musste sie kichern.

„Was ist so komisch?“ fragte Agathe leicht gereizt und setzte hinzu: „Übrigens, ich bin eine weiße, christlich-protestantisch erzogene Oberklassen-Butch mit leicht submissiver Tendenz.“ Carmen erstickte mühsam den Drang, laut loszuprusten, konnte aber ein weiteres Kichern nicht mehr unterdrücken.

Agathe ignorierte die Störung und fuhr fort: „Das hatte ich ja bereits angekündigt, damit ihr wisst, auf wen ihr euch einlasst. Identität ist wichtig! Ich wünsche mir deshalb, dass ihr mir genau erzählt, wer ihr seid“, forderte sie. Dann schaute sie aufmunternd in die Runde. „Wer fängt an?“ Aber anscheinend hatte keine Lust, über ihre exakte Verortung im sozialen Durcheinander Auskunft zu geben.

„Also?“ fragte Agathe und deutete auf eine Frau zu ihrer Linken.

Die sah sich um, ob nicht vielleicht doch jemand anders gemeint sein könnte. Als sie die Hoffnung darauf begraben hatte, begann sie leise zu sprechen: „Ich bin Lori.“

Das reichte ganz offensichtlich nicht. Agathe runzelte die Stirn. „Würdest du uns bitte etwas über deine spirituellen, soziologischen und sexuellen Hintergründe mitteilen und uns sagen, welche Grenze du hier gern überschreiten würdest?“ Sie lächelte säuerlich. Die Kommunikationsfähigkeiten der Durchschnittslesbe waren, so fand sie, erstaunlich unterentwickelt.

„Äh", sagte Lori. Danach schwieg sie eine ganze Weile, um letztlich doch noch mit den verlangten Informationen herauszurücken. „Also, ich bin aus der Kirche ausgetreten, ich arbeite nicht, und ich habe im Moment auch keinen Sex. Jedenfalls keinen mit jemand anders. Aber ich würde gern welchen haben. Deshalb bin ich hier."

Carmen fühlte sich getröstet: Dolores und sie hatten immerhin Sex miteinander, wenn auch nicht mehr so viel und so gut wie früher.

Zuerst sah es aus, als wollte Agathe missbilligend das Gesicht verziehen, aber dann wurde es doch ein schiefes, beinahe mitleidiges Lächeln. Anscheinend entsprach diese Selbstvorstellung nicht ihrem Ideal. Trotzdem nickte sie am Ende huldvoll und zeigte dann auf Loris Nachbarin, eine Frau, die sich Kalypso nannte.

Kalypso kannte sich mit dem Slang, der hier erwartet wurde, bestens aus. „Ich bin eine weiße Mittelschicht-Lesbe mit schwachen bisexuellen Anteilen, und meine Eltern waren bei der Heilsarmee. Außerdem bin ich anders gewichtet." Anders gewichtet bedeutete, dass Kalypso eher zwei als einen Stuhl gebraucht hätte. „Ich würde gern die Grenzen, die ich durch meine ziemlich christliche Sozialisation habe, überwinden, damit ich nach dem Sex mit meiner Freundin nicht immer drei Tage ein schlechtes Gewissen habe. Mein Gewicht will ich auch mehr genießen", fuhr sie fort.

„Sehr schön!" Agathe lächelte mild.

Die nächste Frau, Petra, war, wie sie berichtete, eine dominante Femme aus der Mittelschicht, die lernen wollte, weniger Scheu vor Unterschicht-Lesben zu haben, da diese sie eigentlich mehr anturnten.

„Du könntest aber auch den internalisierten Selbsthass gegen die Mittelschicht überwinden", regte die Leiterin an, und die Frau bekannte, dass ihr diese Idee noch gar nicht gekommen war.

Dann folgte die türkischstämmige Salima, die sich jetzt Sally nannte. Sally hatte sehr kurzes, schwarzes Haar und ein Doppelaxt-Tattoo auf dem Unterarm. Sie trug schwere schwarze Stiefel, in denen Bluejeans steckten, über die Jeans hing ein verwaschenes T-Shirt. „Ich stehe auf westliche Dekadenz – nächtelang in der Disko und so", sagte sie. „Meiner Familie gefällt das nicht." Es klang wie eine Beichte. Trotzdem schätze sie aber viele türkische Einrichtungen, zum Beispiel den Hamam und sogar den Ramadan, weil der gut fürs Abnehmen sei. Sally wollte lernen, die beiden Kulturen in sich zu vereinen und selbstbewusster als Butch auftreten. „Ich stehe auf Femmes, aber ich traue mich nicht, ihnen die Tür aufzuhalten", bekannte sie.

„Ein echter Kulturkonflikt! Aber das kriegen wir schon hin", ermutigte Agathe.

Die nächste, Isabella, stellte sich als heterosexuell-katholische, verheiratete Oberschicht-Lesbe mit Freude an Federboas vor. „Ich möchte endlich in die Fetisch-Szene und weg von Willi!" sagte sie.

„Du meinst wohl, weg von zwangsheterosexuellen Identitätsstrukturen?" fragte Agathe mit leuchtenden Augen.

Gehorsam und etwas eingeschüchtert nickte Isabella.

Danach waren Carmen und Dolores an der Reihe.

Carmen war sich ihrer sprachlichen Defizite nur allzu bewusst, als sie schlicht berichtete: „Ich bin Carmen, meine Eltern sind weiß, ich auch. Früher war ich evangelisch, aber das ist schon sehr lange her, ich bin ausgetreten, als ich zwanzig war."

„Und die Grenze, die du überwinden möchtest?"

Carmen dachte nach. „Eigentlich nur die Grenze zwischen eins und zwei."

Einige kicherten.

„Die Grenze zwischen was?"

„Na ja, meine Freundin", sie deutete auf Dolores, „und ich schlafen nur noch einmal in der Woche miteinander, und das ist uns zu wenig."

„Das ist alles?"

„Ja."

„Was ist mit dir?" wandte sie sich an Dolores, in den Augen einen schwachen Funken Hoffnung.

„Ich bin Dolores, weiß, ungläubig, Unterschicht oder so. Ansonsten schließe ich mich Carmen an."

Die Hoffnung erlosch. Agathe rollte die Augen. „In diesem Gesprächskreis geht es eher um existentielle Dinge. Um die Kontingenz von Sexualität und ihre soziale Verfasstheit. Um soziale Determiniertheiten, die wir analysieren und transzendieren wollen. Nicht ums Ficken an sich. Ist das klar?" Agathe warf einen Blick zu Lori hinüber, damit die begriff, dass mit dem Tadel auch sie gemeint war.

Stumm nickten Carmen und Dolores. Lori bohrte in der Nase und sah zum Fenster hinaus.

Dann kam die große, breitschultrige Frau an die Reihe. Als sie redete, spielte sie nervös mit ihren Fingern. „Ich bin Renate, meine Mutter ist evangelisch, mein Vater katholisch, jetzt sind sie geschieden, ich bin auf dem Land groß geworden, ich stehe dem Buddhismus nahe, meine Eltern gehören, glaube ich, zur Mittelschicht, und ich bin transsexuell."

Ein Raunen ging durch die Runde.

Die Leiterin starrte Renate an. „Prä- oder postoperativ?" fragte sie mit leicht gestresstem Unterton.

Renate wurde knallrot, dann sagte sie leise: „Prä."

Sofort tobte ein Sturm der Entrüstung. Die Frauen schrien durcheinander: „Schwanzträger haben hier nichts zu suchen!" „Transen müssen draußen bleiben!" „Wir brauchen patriarchenfreie Räume!"

Agathe starrte Renate mit offenem Mund an, als stamme sie von einem anderen Planeten.

Carmen und Dolores saßen stumm und staunend dazwischen.

Renate heulte. „Aber hier geht es doch um Vielfalt! Um Sexualitäten! In dem Wort steckt es doch schon drin."

„Vielfalt ist schön und gut, aber das hier ist ein Lesbenzentrum. Wir haben unsere Politik hinsichtlich präoperativen MTF-Transsexuellen noch nicht abschließend definiert. Aber ich habe den Eindruck, die Mehrheit der Gruppe möchte lieber nicht, dass du teilnimmst. Am besten, wir stimmen ab."

Camen hob den Arm.

„Bitte!" Agathe war jetzt sichtlich ungehalten.

„Ich denke, es geht hier um sexuelle Vielfalt. Und Transsexuelle sind doch ein tolles Beispiel dafür! Wir können doch Renate nicht einfach rauswerfen!"

Dolores schloss sich an: „Sie tut ja keiner was!"

Aber die Gruppe ignorierte diese Einwürfe. Alle bis auf Carmen und Dolores waren mit der Abstimmung einverstanden – Renate wurde nicht gefragt. Das Votum fiel eindeutig gegen Renate aus. Nur Carmen und Dolores wollten, dass sie blieb. Renate enthielt sich. Nach der Prozedur packte sie schniefend ihr kleines Schultertäschchen und verließ den Raum.

„Warte! Wir gehen auch!" rief Carmen ihr nach.

„Haut bloß ab, ihr patriarchal deformierten Scheinlesben!" empörte sich Lori, plötzlich ganz lebendig.

Die anderen schwiegen und starrten vor sich hin, als ginge sie das Ganze nichts an.

„Fällt euch nichts anderes ein als dämlich zu glotzen? Und auf denen rumzuhacken, die anders sind als ihr? Schon mal was von Minderheitenschutz gehört? Von Pluralismus? Von Toleranz?“ Dolores schüttelte fassungslos den Kopf.

„Alles patriarchaler Mist, was die redet. Die ist voll von der Göttin verlassen“, flüsterte Lori ihrer rechten Nachbarin laut genug ins Ohr, dass auch Dolores und Carmen noch jedes Wort verstanden.

„Ihr geht jetzt bitte, damit wir mit der Arbeit beginnen können, und agiert eure destruktiven Impulse woanders aus“, befahl Agathe.

„Worauf du dich verlassen kannst!“ sagte Carmen wütend. Schleunigst verließen die beiden die ungastliche Runde. Mochten sich die anderen mit Grenzübertritten und ihren mentalen Gartenzäunen im Hirn plagen.

„Blöde Zicken!“ murmelte Dolores, als sie die Tür ins Schloss knallte.

„Dafür habe ich nun Schwimmen geschwänzt“, maulte Carmen.

Doch Dolores hatte andere Sorgen. „Siehst du Renate irgendwo? Hoffentlich ist sie nicht schon verschwunden. Wir könnten noch was mit ihr unternehmen!“

Carmen nickte. Suchend sahen sich die beiden Frauen um. Tatsächlich entdeckten sie Renate: Die noch nicht fertig transformierte Frau in spe strebte im Eilschritt dem U-Bahn-Schacht entgegen.

„Renate!“ rief Dolores ihr nach. „Moment mal!“

Renate drehte sich um, während Carmen und Dolores auf sie zu kamen.

„Was wollt ihr denn?“ fragte sie bitter.

„Mit dir was trinken gehen“, keuchte Dolores, als sie bei Renate ankam.

„Wirklich? Ich habe heute nichts mehr vor“, sagte Renate sichtlich erfreut.

„Kennst du das *Glück*?“ Das *Café Glück* war ein nicht nur bei Lesben sehr beliebtes Etablissement ganz in der Nähe.

„Klar. Geht in Ordnung.“

„Was hatten die denn bloß?“ fragte Carmen, während sie zügig ausschritt. Sie fror in der eisigen Winterluft. „Sexualitäten – und dann so was! Die spinnen doch. Was ist das überhaupt für eine komische Theorie, die mit den Sexualitäten?“

„Hast du noch nichts von Judith Butler gehört?“ fragte Renate erstaunt.

„Butler? Lass mich assoziieren: Jemand, der einen englischen Lord bedient. Außerdem ein beliebter Kurzfilm vor Mitternacht am Silvesterabend. Richtig?“ Dolores grinste. Durch ihr unwissenschaftliches Leben jenseits der Uni hatte sie die aktuellen soziologischen Strömungen schon längst aus den Augen verloren.

Renate dagegen war up to date. „Judith Butler hat das mit den Sexualitäten erfunden. Sie ist eine amerikanische Soziologin und meint, im Grunde sei Sex immer viel mehr von der Gesellschaft als vom Körper geprägt. Sie geht sogar so weit zu sagen, dass die Gesellschaft, nicht die Gene, bestimmen, ob unsere Körper männlich oder weiblich sind. Wenn jemand irgendwas dazwischen ist, passt es der Gesellschaft nicht ins schwarz-weiße Biedermeiergemälde und die entsprechenden Leute werden unterdrückt. Ich zum Beispiel. Butler meint, dass es eigentlich so viele Sexualitäten wie Menschen gibt.“

„Dann war das eben also ein Beispiel für lesbisches Biedermeier“, sagte Carmen.

Renate und Dolores lachten.

„Mehrere Milliarden Sexualitäten soll es geben? Davon habe ich in Biologie aber nichts gelernt!“ zweifelte Dolores dann. „Da war immer nur von Männchen und Weibchen die Rede.“

„Wahrscheinlich ist das alles doch nicht wörtlich gemeint“, meinte Carmen. „Oder doch?“

„Sexualitäten sind nicht dasselbe wie Geschlechter“, sagte Renate. „Mit Pimmeln und Mösen hat das erst mal nicht so viel zu tun, wenn ich das richtig verstanden habe.“

„Sondern?“ fragte Carmen.

„Na, wie du dir die Haare schneidest oder ob du als Frau einen Anzug anziehst oder als Mann einen Rock oder umgekehrt, denke ich“, erklärte Dolores, was sie selbst noch nicht ganz begriffen hatte.

„Nein, es geht irgendwie schon noch weiter. Aber die Butler ist ziemlich schwer zu verstehen. Jedenfalls für mich“, gab Renate zu.

„Da befindest du dich in bester Gesellschaft. Ich kannte diese Judith Butler gar nicht bis eben. Und die da drin haben Butler bestimmt nicht verstanden. Falls sie überhaupt was von ihr gelesen haben. Im Grunde verhalten sie sich genau wie die Heteros. Das haben wir ja eben gesehen“, sagte Dolores nachdenklich. „Und dann auch noch im Namen dieser Butler oder jedenfalls mit ihrem Wortschatz. Wahrscheinlich würde die sich die Haare raufen, wenn sie das miterlebt hätte."

„Vielleicht ist ihr das schon längst klar. In ihrem neuen Buch hat sie nämlich die Schwulen und die Lesben aufs Korn genommen. Ich habe es so verstanden, dass sie, ganz grob gesagt, glaubt, die verspießern langsam. Mit ihrem ganzen Ehewahn und so."

„Verspießern? Hältst du uns etwa auch für verkappte Biederfrauen? Verheiratet sind wir jedenfalls nicht." Carmen und Dolores warfen sich einen Blick zu und sahen dann zu Boden. Beide dachten an ihr wohlaufgeräumtes Wohnzimmer mit der Ledergarnitur.

„Ich kenne euch ja kaum. Jedenfalls kann man mit euch prima über die Theorien von Judith Butler diskutieren. Unter Transsexuellen sind sie sehr verbreitet", erklärte Renate. „Schließlich gibt die Butler Leuten wie mir, die dazwischen leben, sozusagen eine theoretische Existenzberechtigung. Heute braucht man ja für alles eine Theorie. Deshalb habe ich mal einen Ferienkurs über Butlers Bücher mitgemacht, in einem schwulen Kulturzentrum."

Carmen öffnete die Tür des Cafés und registrierte sofort die neuen Bilder an den Wänden. Ernst und Toni, die Wirte, entdeckten immer wieder NachwuchskünstlerInnen. Mit Hingabe sorgten sie dafür, dass es ihren Gästen nicht langweilig wurde. An diesem Abend aber war das Etablissement überraschend leer. Nur an wenigen Tischen redeten und aßen kleine Grüppchen oder Paare. Am Tresen klebten zwei einzelne Gäste.

Vielleicht tobt irgendwo ein großes Frauenfest, von dem wir wieder mal nichts mitbekommen haben, dachte Dolores. Das wäre nicht verwunderlich – wenn die Festivitäten gegen elf Uhr nachts richtig in Schwung kamen, schliefen Carmen und sie meistens schon.

Zielsicher steuerte sie die kleine Empore rechts vom Eingang an, auf der außer Tischen und Stühlen auch mehrere altertümliche Sofas standen. Schwer ließ Dolores sich in die durchgesessenen Polster eines Möbels mit gigantischer Rückenlehne fallen. Die anderen folgten ihr und setzten sich rund um den Tisch, der vor dem Sofa stand.

„Wann hast du dich denn entschlossen, eine Frau zu werden? Oder fragt man so was nicht?" wollte Carmen wissen, als alle einen Platz gefunden hatten.

„Frag nur. Ich muss ja nicht antworten. Das war vor ein paar Jahren. Ich habe in einer Zeitung etwas über Geschlechtsumwandlungen gelesen", sagte Renate. „Beim Abendbrot. Das war's dann. Ich bin sofort zum Arzt gerannt, und am nächsten Tag habe ich Gabi, meiner Frau, gesagt, dass ich auch eine Frau werden wollte. Sie hat geschrien, sie sei nicht lesbisch, und ist aus dem Bett aufs Sofa umgezogen. War ja auch ziemlich überraschend."

„Wie? So von einem Tag auf den anderen hast du dich entschieden?"

„Ja. Bis dahin war mir nicht klar, was mit mir los war. Nur dass ich immer unzufriedener wurde, wusste ich, und dass ich mich in meinem Körper nicht wohl fühlte. Ich kam mir vor, als hätte ich die falsche Haut an. Erklär das mal jemand."

Renate griff nach der Speisekarte.

„Ich nehme eine große Portion Pommes. Die sind hier anerkannt gut. Und einen Kakao mit Rum, auch wenn das überhaupt nicht zusammenpasst. Ein Kalorienberg auf den Schreck von vorhin ist genau, was ich jetzt brauche", sagte Carmen. Dann winkte sie nach einem schmächtigen Mann, der sich gekonnt zwischen den eng stehenden Tischen hindurchschlängelte. Der winkte zurück.

„Hallo Ernst!" begrüßte ihn Carmen, als er am Tisch auftauchte.

„Na, beehrst du mich mal wieder?" Ernst grinste. Das tat er meistens, weshalb sein Name denkbar schlecht zu ihm passte. „Was darf's denn sein?"

Carmen gab ihre Order auf. Auch die anderen entschieden sich für Pommes. Dolores bestellte Bier, Renate blieb beim Mineralwasser.

„Und diese Gabi? Wart ihr verheiratet?" nahm Dolores den Gesprächsfaden wieder auf. „So richtig mit Ring, Urkunde und allem Drum und Dran?"

„Ja. Gabi mag ich übrigens wirklich, noch heute. Wir sind geschieden. Sie hat wieder geheiratet. Der neue betrügt sie, aber mit Frauen. Sie lässt es sich gefallen und beklagt sich bei mir, weil er nie zu Hause ist. Ehrlich gesagt, ich glaube, Gabi hat einfach keine glückliche Hand in der Auswahl ihrer Ehemänner. Warum steht sie sonst nur auf Leute, die nichts von ihr wollen? Manchmal gehe ich mit ihr Kaffee trinken, und dann fragt sie mich, ob nicht alles wieder so werden könnte wie früher. Mit mir als Mann, meint sie. Das macht mich immer ganz traurig. Sie tut so, als könnte ich werden, wie ich damals war. Oder wie sie dachte, dass ich damals gewesen wäre." Plötzlich blitzte eine Träne in Renates Augen.

„Mein Glückwunsch: Man sieht jedenfalls nicht mehr viel davon, dass du einmal ein Mann warst", versuchte Carmen Renate wieder aufzumuntern.

„Freut mich. Ich muss mich auch nur noch selten rasieren. Mit dem Lady Shave. Und die Stimme ist endlich nach oben gerutscht." Renate strich sich über die glatte Wange. Sich in die Brust werfend, fragte sie: „Was haltet ihr vom Vorbau?"

„Ziemlich beachtlich", lobte Dolores verlegen und starrte zwanghaft auf Renates Dekolletee mit zwei Brüsten Körbchengröße C bis D darin.

Dann kam Ernst mit Speisen und Getränken. Gefräßiges Schweigen breitete sich aus.

„Wen liebst du eigentlich jetzt? Männer oder Frauen?" fragte Carmen nach einer Weile und biss herzhaft in eine Pommes.

„Schon wieder so eine Frage! Die würde Butler bestimmt nicht gefallen. Ich kann das nicht so genau sagen. Je nachdem."

„Also bist du eigentlich bi", konstatierte Dolores.

Renate verdrehte die Augen. „Noch ein Klebeetikett!"

„Du siehst jedenfalls weiblicher aus als jede Lesbe, die ich kenne", meinte Carmen. Dann nahm sie einen großen Schluck von ihrem stark nach Alkohol duftenden Kakaogetränk und schob ein Pommesstäbchen hinterher. Mit vollem Mund murmelte sie: „Schminke und Stöckelschuhe – viele meiner Bekannten würden sich eher die Stoppelhaare ausreißen!"

„Warum nicht, wenn es mir steht?" kokettierte Renate. „Ich mag nun mal Rosa und Hellblau. Was kann ich dafür, dass die Farben gut zu mir passen? Und jetzt erzähle ich euch was, was sicher niemand mehr begreift", kündigte Renate den Höhepunkt der Geschichte an.

Carmen legte die Pommes, die sie soeben in ihren Mund stecken wollte, auf den Teller zurück. „Da bin ich aber gespannt."

„Ich würde ihn gerne behalten", sagte Renate geheimnisvoll.

„Wen – ihn?" bohrte Dolores nach.

„Meinen Schwanz."

„Deinen Schwanz? Ausgerechnet den? Aber wieso denn das?" fragte Carmen fassungslos.

Renate erklärte, sie fühle sich durchaus wohl so, wie sie war: Sie hatte Frauen immer um ihre Brüste beneidet. Um die Vagina eigentlich nicht. Und Brüste hatte sie ja nun. Rasieren, ihr ein ewiger Graus, musste sie sich dank der Hormone schon seltener. Die bisherigen Umwandlungsschritte waren zwar anstrengend gewesen, aber nicht körperlich schmerzhaft oder gefährlich. Ganz im Gegensatz zur Operation, die sie noch hinter sich bringen müsste, um auch ihren Penis loszuwerden. Weh tun würde der chirurgische Eingriff auf jeden Fall. Zudem fielen die Ergebnisse nicht immer optimal aus. „Bringt mir nichts und kostet nur", sagte Renate lakonisch.

„Aber dann wird doch dein Name nicht geändert, und du behältst deinen Männerpass! Willst du denn das?" fragte Dolores erstaunt.

„Mir ist mein Pass mittlerweile vollkommen egal. Ich stecke sowieso zwischen allen Stühlen. Ich finde, in meinem Pass sollte was ganz anderes stehen. Zwitter zum Beispiel. Eigentlich sollte man dafür vor Gericht gehen, finde ich. Wie der Typ, von dem ich neulich in der *Süddeutschen Zeitung* gelesen habe. Aber dazu bin ich zu träge. Warum muss ich denn um jeden Preis passend für irgendeine Kiste gemacht werden? Damit ich im Lesbenzentrum über Judith Butler diskutieren darf? Das geht doch hier viel besser." Versonnen schob sich Renate eine besonders lange Pommes in den Mund.

Dolores druckste einen Moment herum. Schließlich fragte sie: „Aber wie ist das dann mit dem Sex?"

Renate wusste nur allzu gut, was sie meinte: Männer wie Frauen erschraken, wenn sie bemerkten, dass sie oben Brüste und unten einen Pimmel hatte. Lesben und Schwule machten da keine Ausnahme. Sie seufzte und sah in die Luft. „Sagen wir es mal so: Es macht das Leben nicht gerade einfacher."

Carmen warf Dolores einen strafenden Blick zu. „Dolores hat es nicht so gemeint. Sie ist immer ziemlich indiskret."

„Ach was", sagte Renate. „Ihr habt ja in der Gruppe auch von euren Problemen erzählt. Das sind eben meine. Ich werde schon irgendwann jemand finden, dem oder der das alles so egal ist wie mir. Ob das dann ein Mann oder eine Frau ist oder irgendwas dazwischen, ist mir mittlerweile vollkommen gleichgültig. Außerdem ist da noch die Hormontherapie, die mich im Moment davon abhält. Ich habe zwar schon länger angefangen, aber ich muss mich erst irgendwo einpendeln. Bis dahin geht sowieso alles drunter und drüber. Das Zeug beeinflusst die Stimmung, den Trieb – einfach alles. Psychische Achterbahn, sozusagen."

„Kennen wir. Haben wir jeden Monat", sagte Dolores nachdenklich. Plötzlich kamen ihr die Sexprobleme, mit denen sich Carmen und sie momentan quälten, vergleichsweise lächerlich vor. War es denn wirklich so wichtig, ob man ein- oder zweimal in der Woche Sex hatte? Nein, sagte der eine Teil von ihr. Aber klar, sagte der andere. Reden wollte sie allerdings nicht darüber. Dazu kannte sie Renate noch nicht gut genug, fand sie. Außerdem öffnete sich gerade die Tür. Herein kam die Sexualitäten-Gruppe aus dem Lesbenzentrum, allen voran Agathe.

„Die ertrage ich heute nicht mehr", sagte Dolores, als sie zur Tür hinübersah. „Wollen wir zahlen?"

„Ganz meiner Meinung", stimmte Renate zu. Sie grub in ihrem Täschchen nach einem Kugelschreiber, notierte ihre Telefonnummer auf einen Bierdeckel und schob ihn Dolores zu. „Wäre nett, mal wieder von euch zu hören."

Carmen hatte schon energisch nach Ernst gewinkt, der nun die Rechnung brachte. Derweil schrieb Dolores die Nummer der beiden Frauen auf einen Zettel und reichte ihn Renate. „Du sagst es. So war doch die Gruppe wenigstens zu irgendwas gut!"

Dann zahlten sie, erhoben sich und gingen zum Ausgang. Dabei mussten sie zwangsläufig an der Sexualitäten-Gruppe vorbei, die sich an einem der Stehtische im Eingangsbereich breit gemacht hatte.

„Da sind die ja von vorhin!" hörte Dolores eine der Frauen am Tisch zischen, als sie vorbeiging.

Sie konnte nicht widerstehen, zu kontern. „Na, schön die Sexualitäten durchgezählt und ein paar kleine Gartenzäune im Hirn übersprungen? Vielleicht den zwischen Federboas und Unterschicht?"

„Dein destruktiver, dissoziierter Sozialcharakter sollte eigentlich therapiert werden", sagte Agathe zu Carmen. Kalypso nickte beifällig.

„Nach der Zeit in eurer trauten Runde könnte da was dran sein", gab Carmen bissig zurück. „Vorher ging es uns bis auf unser kleines Sexproblem eigentlich noch ganz gut."

„Hat mal eine ein Fremdwörterbuch? Dann können sie wenigstens nachschlagen, wovon sie reden" fragte Dolores provokant. „Ich glaube nämlich, das wissen auch die gar nicht."

Dann verließen Renate, Carmen und Dolores das Lokal. Draußen verabschiedeten sie sich voneinander.

„Wenigstens haben wir jetzt mal jemand Nettes kennengelernt", sagte Dolores auf dem Heimweg.

„Aber für unser Sexleben hat das leider gar nichts gebracht", meinte Carmen.

„Wer weiß", orakelte Dolores, ganz gegen ihre Gewohnheit uneindeutig. „Immerhin sind wir uns jetzt klar darüber, wie nahe wir dem absoluten Spießertum schon gekommen sind mit unserer Dauerbeziehung."

„Was soll denn das heißen?" fragte Carmen alarmiert.

„Ach, nichts", sagte Dolores. „Ich meine nur."

4. Kapitel

in dem die Heldinnen vorübergehend ins Gleichgewicht zurückfinden, bis eine Geburtstagsüberraschung alles wieder aus dem Lot bringt. Zudem kündigt sich Besuch an

Nach dem Abend mit Renate schien Carmen und Dolores der Artikel an der Pinnwand nicht mehr ganz so wichtig. Immerhin wussten sie nun, dass es auch Menschen gab, die ganz entschieden weniger Sex als sie selbst hatten, aber trotzdem gesund und munter wirkten. Sie hängten den Text trotzdem nicht ab, und so warf jede der beiden doch immer wieder mal einen Blick darauf. Ansonsten ging es unseren Heldinnen vorübergehend besser.

An den folgenden Sonntagen war es beinahe so wie früher: Wenn Dolores Carmens Rücken massieren wollte, wies diese sie nicht zurück. Vielmehr genoss sie es zu spüren, wie Dolores' Hände Zentimeter um Zentimeter ihre Haut entlangfuhren. Entspannt rollte sie sich auf den Rücken und zog Dolores an sich. Nur eines hatte sich geändert: Sie liebten sich auf dem Teppich im Wohnzimmer statt im Bett. Abwechslung musste schließlich sein.

Mit Renate, die nicht weit weg wohnte, trafen Carmen und Dolores sich gelegentlich, um gemeinsam im verschneiten Park spazieren zu gehen, den Kindern beim Eislaufen auf dem zugefrorenen Tümpel in der Nähe zuzusehen oder zu beobachten, wie die Singvögel sich an den Futterstellen um Sonnenblumenkerne stritten.

Es wurde auch höchste Zeit, dass Ruhe einkehrte. Denn Carmen hatte in den letzten Wochen oft nur benommen aus dem Bürofenster gestarrt, statt ihre Arbeit zu erledigen. Wenn nicht dorthin, dann sah sie durch die geöffnete Tür seitlich von ihr. Im Nebenzimmer residierte Frau Schirrnagl, eine übermässig geschminkte Sachbearbeiterin mit nervtötend-schriller Stimmlage. Auf ihrem Schreibtisch stand ein Foto ihrer Lieben – Mann, zwei Kinder und Dackel vor Eigenheim.

Wenn Frau Schirrnagl nicht arbeitete, und das kam während der herrschenden Wirtschaftsflaute durchaus vor, dann polierte sie sich die Nägel. Oder sie führte Telefonate, bei denen Carmen wegen der flirtig-flötigen Tonlage nur zu gern die Leitung abgehört hätte. „Aber gell, wir seh'n uns scho' heut abend, Schatzi", säuselte sie so manches Mal. Gelegentlich pflanzte sie sogar einen Schmatz auf die Muschel.

Carmen war sich ziemlich sicher, dass die Schirrnagl mit ihrem Gatten nicht so sprach. Anton Schirrnagl wirkte als Abteilungsleiter Einkauf im selben Unternehmen, der Firma *Blech Breuer*, und wurde von seiner Frau meist sehr kurz abgefertigt. Auf dem Foto trug er einen blauen Zweireiher, hatte eine Stirnglatze, Hamsterbacken und einen Bauch. Er machte den Eindruck, als verbringe er seine Freizeit mit Kleingärtnerei oder Autowaschen.

Nein, am anderen Ende musste während der leidenschaftlichen Telefonate der Schirrnagl ein Geliebter sein. Carmen versuchte ihn sich vorzustellen, aber sie konnte sich kein Bild von ihm machen. Sie war ein bisschen neidisch: Die spießbürgerliche Schirrnagl nämlich amüsierte sich anscheinend königlich – und sie?

Ansonsten herrschte zwischen der Schirrnagl und Carmen ein nervenzerfetzender Kleinkrieg. Falls sie in Carmens Zimmer kam, dann um sich zu beschweren, weil Carmen angeblich irgendwelche Akten verlegt oder Telefonate nicht richtig weitergegeben hatte. Solche Sachen schob sie bevorzugt Carmen in die Schuhe, obwohl sich die gesuchte Akte oft genug später auf ihrem eigenen Schreibtisch fand. Und bei der Urlaubsplanung fischte sie sich auch gern die besten Happen, während sie bei der Arbeit unangenehme Dinge, etwa ellenlange Statistiken, gern an Carmen weiterreichte. Dieser Zustand fiel Carmen jetzt, wo es ihr nicht so gut ging, mehr denn je auf die Nerven.

Weil sie in den letzten Wochen so geistesabwesend gewesen war, hatte Frau Zampl, eine Kollegin von der anderen Seite des Flures, mit der sie manchmal Akten austauschte, bereits gefragt: „Haben Sie Kummer, Frau Sowirowski? Sie sehen so müde aus!" Carmen hatte sich auf hartnäckige Verdauungsbeschwerden herausgeredet. Schließlich hatte sie in der Firma niemandem erzählt, dass sie lesbisch war, was immer wieder für Debatten zwischen ihr und Dolores sorgte.

Carmen beharrte auf dem Standpunkt, wenn kein Hetero an der Pförtnerloge melden musste, mit wem er oder sie ins Bett ginge, dann müsse sie das auch nicht. Dolores dagegen glaubte, dass Heimlichtuerei nur Unsicherheit schaffte. „Stell dir vor: Jede und jeder kann dich bloßstellen, sobald sie dich nur mal mit mir Arm in Arm auf der Straße antreffen. Willst du das?“ fragte sie inquisitorisch.

Dann antwortete Carmen immer wieder: „Wo um Himmels willen soll ich denn jemand von denen treffen? Und noch dazu mit dir? Und außerdem, ich verstecke ja nichts. Ich hänge es nur nicht an die große Glocke.“

Angesichts der beneidenswerten Offenheit, mit der Frau Schirrnagl ihr Liebesleben im Büro telefonisch abwickelte, hatte Carmen in den letzten Wochen allerdings gelegentlich darüber nachgedacht, dass Dolores vielleicht doch Recht haben könnte. Dann hätte sie vielleicht Frau Zampl ihr Herz wenigstens andeutungsweise ausschütten können.

Jetzt, nachdem ihr Privatleben einigermaßen wieder im Lot war, interessierte sich Carmen nicht mehr so sehr für die Eskapaden im Nachbarbüro und hörte auf, über ein berufliches Coming-out zu spekulieren. Warum etwas ändern, wo doch alles gut lief? Sogar Frau Zampl bemerkte auf dem Flur: „Na, Frau Sowirowski, funktioniert der Magen wieder? Sie sehen schon viel besser aus!“ und Carmen nickte erleichtert. Sie konnte sich sogar wieder konzentrieren und schaffte es deshalb endlich, ein lange anstehendes Projekt abzuschließen und einen besonders dicken Auftrag vorzubereiten. Die zugehörigen Unterlagen hatte ihr der Chef am Tag zuvor ins Fach gelegt.

Auch bei Dolores lief es gut: Sie hatte mit einer Kollektion von Windrädern in Regenbogenfarben ein neues, vielversprechendes Geschenkprodukt entdeckt, worauf sie immer besonders stolz war. Eine ganze Reihe davon stellte sie direkt vor ihrem Schaufenster auf, wo sich die Räder lustig drehten, sobald auch nur die leiseste Brise ging. Die Dinger waren der ideale Balkonschmuck für die Community.

Dolores konnte sich plötzlich wieder über die skurrilen Ideen ihrer Kundschaft amüsieren. Beispiele gab es genug. So waren erst kürzlich zwei Männer, ungefähr Mitte zwanzig, in ihren Laden stolziert und hatten um Hilfe bei der Kostümierung nachgesucht. Bis Mitte Februar führte sie auch Pappnasen, es ließ sich damit in der Faschingszeit ein gutes Geschäft machen, aber die beiden wollten etwas anderes.

Beide gingen betont breitbeinig, hatten Schnurrbärte, sprachen seltsam schnarrend, und einer von ihnen hatte eine Narbe auf der rechten Wange. Doch nicht etwa Verbindungsstudenten, dachte Dolores.

„Wir machen eine Haus-Fete, Motto Arabische Nacht, und wollen uns verkleiden. Ich dachte an Bin Laden. Mein Freund hier würde gern als Mullah Omar gehen. Zeitgemäß und knackig", verkündete der mit der Narbe.

„Arabische Nacht?" wiederholte Dolores fassungslos. Es war schon sehr wagemutig, zur Zeit ein Fest mit diesem Motto zu veranstalten. Noch gewagter oder (je nach Sichtweise) geschmackloser war es, dort als Bin Laden und Mullah Omar aufzukreuzen. Schließlich versuchten gerade geballte militärische Kräfte, eben diese Herren ins Jenseits zu befördern.

Der Einfall der beiden jungen Männer, die sie erwartungsvoll ansahen, gefiel ihr immer besser, je länger sie darüber nachdachte. Er hatte etwas herrlich Subversives: Bin Laden auf einem Münchner Hausfest, während ihn die ganze Welt jagte, das war doch mal was! Manches konnte man eben nur ertragen, wenn man sich darüber lustig machte oder es ignorierte.

Dolores riet dem Bin-Laden-Imitator zu einer aufblasbaren Boeing 727. „Und im entscheidenden Moment lassen Sie dann einfach die Luft raus", sagte sie und zog den Stopfen, worauf die stattliche Boeing zu einem kleinen Berg Plastik-Geschrumpel zusammenschrumpfte. Sie hatte mehrere davon bei der Zwangsversteigerung des Inventars eines der vielen Pleite gegangenen Reisebüros billig eingekauft.

Der andere kaufte eine peppige Augenklappe – Mullah Omar sollte ja einäugig sein –, ein Renner der Faschingssaison. Irgendjemandem war es in diesem Jahr eingefallen, wahrscheinlich inspiriert durch die dauernden Fernsehübertragungen über den einäugigen Taliban, bunte Augenklappen zum letzten Verkleidungs-Schrei zu erklären. Dolores verstand die Begeisterung nicht ganz, aber bis Faschingsdienstag hatte sie ungefähr fünfzig davon in ihrem kleinen Laden losgeschlagen – das Stück zu acht Euro fünfzig. Nicht schlecht, wenn man bedachte, dass die Dinger – Made in Malaysia – im Einkauf nur zwei Euro zwanzig kosteten. Zudem schwatzte sie den beiden Möchtegern-Arabern ein paar weiße Bettlaken für lange Umhänge auf.

Dolores hatte Carmen diese Geschichte erzählt, und die beiden Frauen diskutierten den ganzen Abend angeregt darüber, ob Kostümierung im 21. Jahrhundert eine mögliche Form des politischen Widerstandes wäre und wie Judith Butler wohl die Idee der beiden Männer gefunden hätte.

„Vielleicht hätte sie dazu gar nichts gesagt, es hatte ja nichts mit Sex zu tun“, meinte Carmen schließlich. Dann schliefen sie sogar außer der Reihe miteinander, wobei Dolores sich vorstellte, Carmen trüge eine verwegene Augenklappe. Seltsamerweise erregte sie das. Vielleicht sollten wir öfter über Politik reden, dachte Dolores, während sie müde in Carmens Armen lag.

Am Stammtisch konnten Carmen und Dolores allerdings mit dem Versuch, ihre neue Freundin Renate sowie die Themen Judith Butler und Transsexualität einzuführen, nicht landen.

„Transen? Muss das denn sein? Ich weiß ja nicht, hier am Lesbenstammtisch?“ Karin guckte kritisch.

„Das Thema interessiert mich einfach nicht“, konstatierte Ulrike.

„Ehrlich gesagt finde ich, wir sollten die Dinge nicht komplizieren. Wohnt sie überhaupt hier im Viertel?“ fragte Angie.

„Nein“, sagte Carmen, „sie wohnt im Westend.“

„Na siehste“, sagte Angie. „Fall erledigt.“

„Wieso? Das sehen wir doch sonst auch nicht so eng!“ widersprach Carmen und hoffte auf Zustimmung. Aber nichts regte sich.

Bernie schwieg. Wahrscheinlich hatte sie Angst, sie würde als gelegentliche FTM-Crossdresserin gleich mit vertrieben.

Dolores und Carmen waren konsterniert. „Seid ihr aber spießig“, sagte Carmen, was einen Sturm der Entrüstung und bei Bernie ein verzagtes Grinsen hervorrief. Carmen und Dolores beschlossen daraufhin, eine Stammtisch-Pause einzulegen.

Dafür machte der Sport Fortschritte: Carmen schwamm wieder Zeiten, bei denen es sie nicht vor sich selbst grauste. Und Dolores traf beim Tischtennis nicht nur zufällig den Ball.

„Na, ist die Krise überstanden?“ fragte Tom, als sie nach dem Spielen bei einem Bier im *Villanis* zusammensaßen.

„Krise? Welche Krise?“ fragte Dolores scheinheilig.

„Die Sexkrise. Oder was hat dich neulich dazu bewogen, derart beharrlich nach unseren sexuellen Gewohnheiten zu fragen und mehrmals miserabel Tischtennis zu spielen?“

„Was heißt schon Krise? Es gibt Leute, die schlafen jahrelang mit niemandem, und es macht ihnen nichts aus“, erwiderte Dolores nachdenklich. Dann erzählte sie den beiden von Renate. Immerhin hörten Tom und Holger auf, sich über Dolores lustig zu machen. Stattdessen diskutierten die drei darüber, ob sie es sich schon mal überlegt hatten, aus ihren Körpern auszusteigen.

Holger bekannte, einmal kurzfristig daran gedacht zu haben, seine Männlichkeit aufzugeben. „Aber ich glaube, das war nur, weil ich in einen Hetero verliebt war. Ich dachte, vielleicht würde er mich mögen, wenn ich eine Frau wäre."

„Dann hättest du mich aber nicht kennen gelernt", ergänzte Tom. „Nur eines verstehe ich nicht. Warum will Renate ihren Schwanz behalten?"

„Warum denn nicht?" verteidigte Dolores sie, obwohl sie selbst keine vollständig befriedigende Antwort auf diese Frage hatte. Immerhin hatte sie dank Renates Aufklärung über Butler eine fundierte Theorie: „Judith Butler sagt, jeder einzelne Mensch hat seine eigene Sexualität, und das ist eben ihre."

„Judith Butler? Kennen wir die Dame? Hat sie mal Tischtennis gespielt oder sitzt sie vielleicht am Lesbenstammtisch?" fragte Holger.

Tom schüttelte den Kopf. „Im Schwulenzentrum war die Butler jedenfalls noch nicht. Also, meine Liebe, kläre uns auf!"

„Judith Butler ist eine amerikanische Soziologin", sagte Dolores. „Sie hat diverse hochinteressante Bücher geschrieben."

„O nein", stöhnte Holger, der als Ingenieur noch nie verstanden hatte, warum Menschen sich selbst bis ins letzte Detail erforschen wollten. Wo es doch so viel zu bauen, zu entwerfen und zu entwickeln gab.

„Ich glaube, ich habe mal einen Artikel über sie gelesen, fällt mir jetzt ein. Den Artikel habe ich nicht begriffen, obwohl er eigentlich Judith Butler erklären sollte. Da habe ich mir gedacht, wenn die Erklärung schon so kompliziert ist, wie soll ich dann das Original verstehen. Ich habe doch nur ein kleines Lehrergehirn, das im Dreiviertelstundentakt denkt. Also habe ich es gelassen und stattdessen einen schönen Krimi gelesen", sagte Tom.

„Banausen! Ich sehe schon, es hat keinen Sinn, euch komplexere Theorien zu erklären", sagte Dolores.

„Vielleicht kannst du uns ja eine Kurzversion der Butler-Bücher erzählen, wenn sie dich so begeistert haben", schlug Tom vor.

„Ich … äh …"

Holger grinste hämisch. „Gib's doch zu: Du hast sie selbst nicht gelesen."

„Nicht so richtig", konzedierte Dolores notgedrungen. „Renate hat mir davon erzählt!"

„Du versuchst es jetzt also mit einer Nacherzählung? Wahrscheinlich funktioniert das wie beim Stille-Post-Spielen, und Judith Butler hat in Wirklichkeit ganz andere Ideen! Na, dann prost!“ Holger hob sein Glas. Plötzlich mussten alle drei lachen.

Während Dolores an jenem Abend mit Tom und Holger im *Villanis* saß, grübelte Carmen zu Hause auf dem braunen Ledersofa: Dolores' Geburtstag am 10. März nahte. Sie suchte eine Geschenkidee, aber eine besondere. Bücher, CDs, Socken, alles schon da gewesen. Nein, auf die überstandenen Schocks der letzten Wochen musste es etwas wirklich Spezielles sein. Vielleicht etwas, das mit Sex zu tun hatte? Gerade eben war sie an dem Artikel an der Pinnwand vorbeigegangen, und der hatte sie wieder an das Sexualitäts-Revitalisierungs-Projekt erinnert.

Sie hatte auch schon eine Idee: In einer der lokalen Szene-Zeitschriften inserierte ein neues Etablissement. Die BetreiberInnen versprachen „sinnliches lesbisches Saunavergnügen“. Gerade das Richtige also für feuchkalte Märztage. Zudem spornte die Anzeige Carmens Phantasie an: Bot diese Sauna tatsächlich nur eine Schwitzkabine, in der man eine Viertelstunde briet, um anschließend ermattet auf weißen Liegen zu rasten? Oder handelte es sich etwa um eine echte Innovation der lesbischen Szene, eine Sauna wie die schwulen Sauna-Paläste, wo die Männer hingingen, wenn sie sich einsam oder sexuell unbefriedigt fühlten oder einfach Abwechslung wollten? Die Neugier hatte Carmen gepackt. Per Anruf bestellte sie zwei Gutscheine für die „Sinnliche Sauna am Sonntag“. Zufällig hatte Dolores nämlich dieses Jahr an einem Sonntag Geburtstag.

Die Frau am Telefon, die sich mit „Susi vom Saunateam“ gemeldet hatte, riet zum „Geburtstags-Überraschungs-Paket“ für vierzig Euro. Es bestand zusätzlich zum Eintritt für beide aus einem Glas Sekt für sie und Dolores sowie einer weiteren, nicht näher beschriebenen Überraschung.

„Und wie sieht diese Überraschung aus?“ fragte Carmen am Telefon. „Ich kaufe schließlich nicht die Katze im Sack!“

„Sie müssen ja das Überraschungs-Paket nicht nehmen“, beharrte Susi. „Wir entscheiden je nach Personallage, welche Art von Überraschung wir uns überlegen. Die Überraschungen bereiten nämlich unbezahlte Freiwillige vor, es ist so eine Art Talentschuppen für welche, die ihre kreativen Fähigkeiten mal vor kleinem Publikum vorführen wollen – Tanz, Musik und so. Deshalb können wir uns jetzt noch nicht festlegen. Aber es ist garantiert nichts Schlimmes."

Carmen zögerte einen Moment. Dann gab sie sich einen Ruck. „Also gut. Aber es darf nichts mit ätherischen Ölen zu tun haben. Dann würden wir nämlich nur den Sekt nehmen."

Susi lachte. „Nein, mit Ölen hat es nichts zu tun. Wie gesagt, es handelt sich eher um irgendeine kleine Aufführung."

„Meine Freundin hat nämlich eine Allergie", versuchte Carmen, die sich mittlerweile ziemlich blöd vorkam, zu erklären.

„Keine Angst, unsere Überraschungen sind vollkommen antiallergisch!" versprach Susi.

Carmen seufzte und bestellte. Die Gutscheine in DIN-A-4 auf rotem Papier mit geprägtem Herzchenrand kamen mit der Post: einer für den Besuch der Sauna zu zweit, einer für das Geburtstags-Überraschungs-Paket. Carmen war sich plötzlich sicher, genau das Richtige ausgewählt zu haben und überwies ohne zu zögern 80 Euro.

Dolores sagte sie nur, sie solle sich an ihrem Geburtstag nichts vornehmen, es gebe eine Überraschung.

„Hoffentlich diesmal keine lebensgefährliche!" bemerkte Dolores trocken.

Carmen schüttelte heftig den Kopf und hoffte inständig, dass Susis Beteuerungen stimmten.

An besagtem Sonntag war das Wetter tatsächlich schlecht. Es regnete; dicke, graue Wolken hingen tief herab. Genau richtig also für das, was Carmen mit Dolores vorhatte. Carmen brachte Dolores Kaffee ans Bett und gratulierte ihr mit einer überschwänglichen Umarmung.

„Wo hast du mein Geschenk versteckt?" fragte Dolores spitzbübisch lächelnd.

„Pack deinen Bademantel, die Badeschuhe und ein paar Handtücher ein!" befahl Carmen, statt, wie üblich, ein größeres oder kleineres Päckchen hervorzuzaubern.

Dolores zog die Nase kraus. „Willst du etwa mit mir ins Schwimmbad? Du weißt doch, dass ich kein Chlor vertrage!"

„Habe ich etwa von einem Badeanzug gesprochen? Wart's ab und vertrau mir!"

Widerstrebend zog Dolores sich an. Eigentlich wäre sie viel lieber noch ein Stündchen zusammen mit Carmen liegen geblieben.

Die beiden fuhren mit der S-Bahn bis in ein unwirtliches Industriegebiet. Ihre Station befand sich zwischen Baugruben, Montagehallen und Betriebsgeländen, auf denen Gabelstapler und LKWs herumstanden. Weil es Sonntag war, war kaum ein Mensch zu sehen.

„Bist du sicher, dass wir hier hinwollen?" fragte Dolores zweifelnd.

Carmen nickte hektisch und griff nach dem Stadtplan. Sie durchquerten mit großen Schritten das ungastliche Areal, wobei der Regen auf sie niederprasselte. Carmen hatte zwar einen großen Schirm dabei, doch von dessen Rand troff es in Dolores' Regenjacke. Es kam den beiden unendlich lange vor, bis sie das Industriegebiet hinter sich gelassen hatten und auf eine Straße stießen, an der sich kleine, unscheinbare Einfamilienhäuser aneinander reihten.

„Hier muss es sein", sagte Carmen und zeigte geradeaus.

„Wo genau?" Dolores nieste. Sie hasste es, im Feuchten herumzulaufen.

„Nummer 158", sagte Carmen. Am Zaun des nächstgelegenen Hauses prangte ein Schild mit der Hausnummer 2.

„Wenn wir wandern gehen wollten, dann hätte ich doch nicht den Bademantel und das ganze andere Zeug mitnehmen müssen", maulte Dolores. „Und außerdem wäre ich bei diesem Wetter gar nicht wandern gegangen."

„Jetzt sei doch nicht so ungeduldig!"

Nach etwa zehn Minuten erreichten sie tatsächlich das richtige Haus. Rein äußerlich unterschied es sich kaum von den übrigen in dieser Gegend: Es hatte zwei Stockwerke, eine Fassade, die seit langem nicht gestrichen worden war, einen spitzen Giebel und drum herum ein bisschen Grün. Hinten gab es einen Flachdach-Anbau, der sich in den Garten erstreckte. Neben der Klingel klebte ein lila Frauenzeichen. Ein Name stand nicht dabei.

„Hier?" fragte Dolores zweifelnd.

Carmen warf einen Blick auf ihren Zettel. Sie nickte, ihren Mut zusammennehmend. Das Haus wirkte so gar nicht wie das, was sich darin befinden sollte. Und wenn hier nun irgendeine Lesben-WG lebte, die mit einer Sauna nicht das Geringste zu tun hatte?

Doch ihre Sorgen waren unbegründet. Schon schnarrte der Summer. An der Tür erwartete sie eine muskulöse junge Frau. Sie trug ein Sweatshirt, auf dem „*Das sinnliche Lesben-Saunateam*" stand. „Herzlich willkommen in unserer sinnlichen Lesben-Sauna!" flötete sie breit lächelnd. „Ich bin die Susi und werde euch heute betreuen."

Dolores guckte fragend, während Carmen Susi begrüßte, nach ihren Gutscheinen kramte und sie Dolores stolz überreichte. „Das ist meine Geburtstagsüberraschung!“ erklärte sie.

Mit leuchtenden Augen las Dolores die herzumrandete Urkunde. „Eine tolle Idee!“ rief sie, umarmte Carmen und gab ihr einen schmatzenden Kuss auf die Wange.

Die beiden wurden in einen engen Flur gebeten. Gleich neben der Tür wendelte sich eine Holztreppe nach oben. „Im ersten Stock sind die Umkleide- und die Ruheräume. Alles mit Musik und weichen Matratzen. Für Gruppen und als Separee. Und einen SM-Raum haben wir auch“, erklärte Susi. „Aber jetzt legt erst mal ab.“

Dolores errötete, während sie sich aus ihrer Jacke schälte. Gruppenräume mit weichen Matratzen! SM-Räume! Das klang ja tatsächlich, als wäre hier ein Abenteuerspielplatz der Lüste!

Nachdem Susi die Regenjacken der beiden verstaut hatte, führte sie Carmen und Dolores weiter herum. „Im Keller sind die Bar und die Sauna“, sagte sie und deutete nach unten. „Hier im Erdgeschoss ist nur der Empfang. Aber bevor ihr euch umzieht, gibt es jetzt erst mal den Begrüßungssekt.“

Die Kellerbar war ein länglicher Raum mit einem hell-lila Plastiktresen; in den Ecken standen ein paar hypermoderne Sofas in Pink und Grellgrün. Außerdem gab es schwarze Klappstühle und kleine Tische, auf denen man Getränke abstellen konnte. An einer Wand hing ein Fernseher von der Decke: Zwei Frauen küssten sich schüchtern und zeitlupenhaft im Herbstwald.

„Das ist erst der Anfang, der Film wird noch besser“, tröstete Susi.

Ihr war wohl Carmens und Dolores' verdutzter Gesichtsausdruck aufgefallen. Doch mit dem Film hatte der nichts zu tun. Vielmehr ging ihnen beinahe gleichzeitig auf, dass sie bisher außer Susi noch keine andere Frau gesehen hatten.

„Sind wir heute die einzigen Gäste?“ fragte Carmen vorsichtig.

Susi errötete. „Im Winter war es immer total voll, ehrlich! Nachher kommen bestimmt noch welche. Es ist ja noch früh“, versicherte sie.

Am Tresen lehnte plötzlich eine zweite Frau, ebenso muskulös wie Susi, aber im Gegensatz zu deren aschblondem Lockenkopf rothaarig. Ihre helle Haut war von Sommersprossen übersät, was darauf hindeutete, dass sie ihre Haarfarbe nicht dem reichlichen Einsatz von Henna verdankte. Sie musste eben durch die schmale Tür hinter der

Bar gekommen sein. „Ich bin die Irmgard“, stellte sie sich vor. „Und ihr müsst die glücklichen Geburtstagslesben sein! Das muss begossen werden!“ rief sie übertrieben fröhlich.

Auf dem Tresen standen zwei mächtige Sektgläser mit einer rosa Schleife darum. In ihnen perlte schon goldgelb der Schaumwein.

„Ja, dann mal prost, ihr beiden!“ riefen die Hausherrinnen. Sie gossen sich ebenfalls ein. „Der wievielte ist es denn?“

„Der achtunddreißigste“, sagte Dolores, obwohl sie es eigentlich hasste, wildfremden Leuten zu berichten, wie alt sie war.

Carmen und Dolores stießen beklommen mit Susi und Irmgard an. Sie fühlten sich einerseits zu allein – die eine oder andere Gästin außer sich selbst hatten sie schon erwartet – und andererseits beobachtet, weil sich die Aufmerksamkeit der Betreiberinnen voll auf sie konzentrierte.

Angesichts der bevorstehenden Überraschung wurde es Carmen bereits mulmig. Worauf habe ich mich hier nur eingelassen, haderte sie. Wer weiß, was diese beiden sich ausgedacht hatten! Einen Geburtstagswalzer mit Susi und Irmgard etwa? Lieber nicht dran denken!

„Was ist das eigentlich für ein Haus? Haben hier früher mal Leute gewohnt?“ fragte Dolores.

„Das hier war erst ein Wohnhaus und dann, na ja, ein Sexclub für Heteros. Jetzt wohnen wir im Hinterhaus, und immer sonntags ist unsere Sauna. In der Woche vermieten wir an einen privaten Hetero-Pärchen-Club“, sagte Susi.

„Aber nur wegen der Knete“, setzte Irmgard hastig hinzu.

Carmen schluckte. Sie stellte sich gerade vor, wie Hetero-Pärchen auf den Matratzen durcheinander vögelten. Wahrscheinlich klebten da sogar noch die Sperma-Flecken. In so was war sie heikel.

„Natürlich haben wir alles renoviert, als wir den Laden übernommen haben!“ beteuerte Susi.

Das beruhigte Carmen nur unwesentlich.

„Wollt ihr euch jetzt erst mal umziehen und es euch gemütlich machen?“ regte Susi an.

Carmen und Dolores nickten. Beruhigt stellte Carmen fest, dass Susi und Irmgard keine Anstalten machten, ihnen nach oben zu folgen. Wenigstens im ersten Stock wären sie also ungestört. Sie durchstreiften erst einmal die vielen Ruheräume, die tatsächlich alle wie versprochen mit Matratzen ausgerüstet, schummrig beleuchtet waren und mit Musik berieselt wurden. Auch in den SM-Raum warfen sie einen flüchtigen Blick. An der Wand zwei Haken, ein schwarzes Ding, das wie eine Streckbank aussah. Ein verschlossener Schrank. Schnell gingen sie weiter zum Umkleideraum. Er war wie alle Umkleideräume: abschließbare Spinde mit Nummer, schmale Holzbänke, sonst nichts.

„Gefällt es dir?“ fragte Carmen.

„Spannend ist es auf jeden Fall. So was haben wir schließlich noch nie gemacht. Aber wo bleiben bloß die Massen? Ich finde, hier ist entschieden zu viel Platz für zwei. Richtig ungemütlich.“

„Ach, wer weiß, vielleicht kommen die wirklich bald! Diese Susi war sich da ja ziemlich sicher.“ Carmen versuchte, zuversichtlich zu klingen, obwohl sie selbst schon lange nicht mehr daran glaubte, dass plötzlich Massen von sexy Lesben das Etablissement stürmen würden, um in jeder erdenklichen Hinsicht Spaß zu haben. Mittlerweile hatten sich nämlich, wie sie durch ein schmales Fenster erkennen konnte, die Wolken verzogen und die Sonne schien aufs frisch sprießende Grün. Nur Verrückte gingen bei solchem Wetter in die Sauna.

Dann klingelte es doch noch. Carmen und Dolores schreckten hoch. Andere Frauen! Sofort zuckten Bilder von wilden Massenorgien durch Carmens Hirn. Aber es blieb merkwürdig still, und nach oben kam auch niemand.

„Vielleicht war das nur der Briefträger“, meinte Dolores nach einer Weile.

„Am Sonntag?“ fragte Carmen mit bestechender Logik.

Dolores schwieg.

Als die beiden wieder hinunter kamen, stand Susi bereits wartend an der Treppe. „Na, wie geht es uns denn jetzt? Schon eingelebt? Fühlt ihr euch wohl?“

Carmen und Dolores versicherten, ihnen gehe es ganz ausgezeichnet.

„Wollt ihr erst saunen oder erst die Überraschung?“ fragte Susi.

„Erst die Überraschung“, sagte Carmen. Stumm dachte sie: Dann ist es überstanden.

„Aber Carmen! Das ist doch mein Geburtstag!“ widersprach Dolores. „Und ich will zuerst in die Sauna.“

Carmen lächelte säuerlich. „Entschuldige! Natürlich bestimmst du. Also, erst in die Sauna.“

Die Sauna war stickig und heiß wie die meisten ihrer Art. Außerdem war sie klein – wahrscheinlich, damit sich die Massen der hereinströmenden Lesben unkompliziert näher kommen konnten, sinnierte Carmen. Wenn mehr als vier hier saunten, mussten sie sich übereinander stapeln. Das half bestimmt beim Kennenlernen.

Schweigend schwitzten Carmen und Dolores die übliche Viertelstunde, um sodann nach einer kurzen, kalten Dusche ihre Bademäntel zu holen und in einem der vielen leeren Ruheräume im ersten Stock zu rasten.

Sie wählten einen mit orangefarbenen Lämpchen, einer runden Liege, die auf einer kleinen Empore in der Mitte des Zimmers stand, und leiser Siebzigerjahre-Musik. Eigentlich hatte Carmen ja von erotischen Momenten geträumt, aber nun schlief sie einfach ein. Das hätte sie wissen müssen – es ging ihr immer so nach der Sauna.

Dolores lag derweil neben Carmen und betrachtete versonnen ihre Lebensgefährtin. Was war nur so plötzlich in sie gefahren? Zuerst grauste ihr vor jeder Abwechslung, und nun schleppte sie sie in eine angeblich sinnliche Lesben-Sauna. Seltsamerweise fühlte sich Dolores hier kein bisschen sinnlich – vielleicht lag es an der Leere, vielleicht an Susi und Irmgard, vielleicht an etwas ganz anderem, sie wusste es nicht. Aber dafür konnte Carmen ja nichts.

Als es Dolores langsam kalt wurde, schüttelte sie Carmen sanft an der Schulter. „He, du Murmeltier! Aufwachen! Der Winter ist vorbei, ich habe Geburtstag und unten wartet eine Überraschung! In die Saunakabine können wir nachher noch mal gehen."

Carmen reckte sich. „Also dann", sagte sie mit zwiespältigen Gefühlen. „Hoffentlich haben sie sich was Schönes ausgedacht."

„Wie – selbst du weißt nicht, was das für eine Überraschung ist?" wunderte sich Dolores.

Carmen schüttelte den Kopf. „Je nach Personallage, hat Susi am Telefon gesagt und beteuert, es sei nichts Schlimmes, und ätherische Öle kämen auch nicht vor."

„Wie beruhigend!" Plötzlich war Dolores seltsam zumute.

Sie stiegen, in ihre Bademäntel gehüllt, die Treppe hinunter. Im Erdgeschoss erwartete sie bereits Susi. „Einen Moment noch, wir treffen die letzten Vorbereitungen! Die Überraschung ist in der Bar."

Kurz darauf schlug unten jemand einen kleinen Gong, den Carmen vorhin rechts neben der Tür der Bar entdeckt hatte. Danach schickte Susi sie hinab.

Direkt vor der Bartheke befand sich jetzt eine schmale Bühne. In der Decke musste eine Vorhangschiene montiert sein, die weder Carmen noch Dolores vorhin aufgefallen war. Jedenfalls trennte ein lila Vorhang die Bühne vom Rest des Raumes.

Außerdem saß eine einsame Frau auf dem pinkfarbenen Sofa. Sie war mittelalt. Ihr dunkelbraunes Haar trug sie in einem strengen Pagenschnitt. Auf dem Tisch neben ihr lag ein metallenes Zigarettenetui; sie rauchte eine dieser überlangen Zigaretten, die Carmen noch viel alberner fand als die normal langen. Wie alle außer Susi und Irmgard hatte die Neue nur einen Bademantel an. Ihrer war dunkelblau.

„Es ist noch jemand dazugekommen!" Susi deutete auf die Frau auf dem Sofa. „Darf ich bekannt machen: Hannelore, Dolores und Carmen. Hannelore hat indirekt etwas mit der Überraschung zu tun. Und jetzt setzt euch irgendwo, nur nicht an die Bar!" kommandierte Susi. „Noch einen Sekt?"

Carmen sah Dolores an. Die nickte.

Irmgard balancierte die beiden Sektgläser auf einem winzigen Metalltablett zum giftgrünen Sofa, wo Carmen und Dolores gespannt erwarteten, was geschehen würde. Dann verschwand sie hastig wieder. Einen Moment später raschelte es hinter dem Vorhang.

Irmgard, soeben noch als Kellnerin aktiv, baute sich mit Zylinder auf dem Kopf und in einem bombastischen bunten Umhang vor der Bühne auf. Mit großer Geste kündigte sie die bevorstehenden Ereignisse an. „Meine Damen und Damen, wir bieten Euch einen einmaligen Strip. Unsere Tänzerin, Lou La Lune, wird euch mit verbundenen Augen mit ihrem Körper und ihrer Kunst verzaubern!"

Der Vorhang hob sich. Lou La Lune trug einen langen Glitzerrock mit Schlitz bis an die obere Hüfte, hochhackige Schuhe, ein reichlich enges, giftgrünes Oberteil, das ebenfalls golden glitzerte, und eine alberne Kopfbedeckung mit einer Feder. Darunter wallte ein blonder Lockenschopf weit herab. In den Ohren der Tänzerin hingen zwei strassbesetzte Ohrringe, die beinahe bis auf die Schultern reichten. Die Augen von Lou La Lune waren, wie angekündigt, mit einer schwarzen Binde bedeckt. Von der Krempe des Hutungeheuers hing zudem ein Schleier hinab.

Die Frau auf dem anderen Sofa klatschte heftig. Aus Höflichkeit klatschten Dolores und Carmen mit. Wahrscheinlich war Hannelore die Freundin dieser Lou, die in Wirklichkeit natürlich ganz anders hieß.

Die Stereoanlage spielte *Je t'aime*, was Dolores etwas verstaubt und langsam vorkam. Lou La Lune wiegte sich zu den Klängen des Liedes in den Hüften. Zwischen drei und vier Minuten hatte sie, um die Klamotten loszuwerden, dachte Carmen, oder sie mussten die Musik wechseln. Oder sie spielten ein Endlosband. Irgendwas an der Frau auf der Bühne irritierte sie, doch sie wusste selbst nicht, was. Einen Moment bildete sie sich ein, sie irgendwoher zu kennen, aber dann verwarf sie diesen Gedanken. Sie kannte keine einzige Lesbe, die so lange Haare hatte, noch dazu mit Dauerwellen. Und dennoch, ein seltsames Gefühl blieb.

Lou La Lune entledigte sich zuerst ihres Oberteils, das sie in hohem Bogen durch die Gegend schleuderte. Darunter trug sie einen sehr kleinen Glitzer-BH in Feuerrot. Dann kam der Rock an die Reihe, unter dem sich die Andeutung eines Tangas mit feigenblattgroßer Abdeckung der Scham befand, danach der Hut samt Schleier. Nun machte Frau La Lune eine kleine Kunstpause, während der sie sich einige Male um sich selbst drehte und mehr oder weniger laszive Verrenkungen unternahm. Das Band war tatsächlich ein Endlosband. *Je t'aime* befand sich mittlerweile mindestens in der zweiten Runde.

Als der Schleier fiel, beschlichen Carmen schon wieder seltsame Gefühle. Diese Frau kam ihr tatsächlich bekannt vor: den Mund, die ausgeprägte Kinnpartie hatte sie schon irgendwo gesehen. Sie wirkten einfach zu vertraut. Aber woher bloß?

Dolores dagegen starrte wie gebannt nach vorne. Ihr schien die Aufführung zu gefallen, registrierte Carmen befriedigt.

Mittlerweile ging Lou La Lune ans Eingemachte: Sie öffnete den Haken ihres BH und schleuderte auch diesen ins spärlich vorhandene Publikum. Hannelore sprang auf und griff nach dem Kleidungsstück wie nach einer Trophäe, um dann zu ihrem Platz zurückzukehren. Sodann kreiselte Lou La Lune heftig mit ihrem Oberkörper, so dass Ohrringe, Brüste und blonde Mähne wild herumrotierten. Hannelore johlte. Dolores klatschte. Carmen war das Ganze vor allem peinlich, aber sie hatte es ja nicht anders gewollt, und wenigstens amüsierte sich Dolores. Würde diese Lou La Lune den Slip etwa auch noch von sich werfen?

Nein, sie würde nicht. Die Musik wurde leiser und verstummte dann, Lou kam zur Ruhe und verbeugte sich. Alle klatschten.

Irmgard reichte Lou den Arm. Die ließ sich von der Bühne, die aus schwarz gestrichenen Lieferpaletten bestand, herunterhelfen. Hand in Hand standen die beiden Frauen vor dem Publikum. „Lou La Lune! Applaus, meine Damen!“ rief Irmgard.

Der Applaus wurde trotz aller Aufforderungen nicht mehr heftiger. Daraufhin nahm Irmgard Lou La Lune die Augenbinde ab.

Carmen erbleichte, während die Künstlerin als erstes nach einem von Irmgard angereichten Taschentuch griff und sich kräftig schneuzte. Carmen sah noch einmal hin. Nein, kein Zweifel! Das war doch ... das konnte doch gar nicht ... Carmen spürte, wie sich ihr Magen zusammenkrampfte. Gleich würde ihr schlecht werden. „Ich muss sofort hier raus!“ flüsterte sie Dolores zu.

Auch Lou La Lune hatte Carmen erspäht. Das Gesicht der Tänzerin entfärbte sich, und sie fiel in Ohnmacht, geradewegs in die Arme von Irmgard, die sie auf den Boden bettete. Sofort stürzte Hannelore herbei: „Aber Schatzl! Woas is denn? I soags ja allwei, des is z'vui: des Tanzn, der Mo, der depperte, und der Job. Des geht net.“

Während sich alle um die Besinnungslose bemühten, stürzte Carmen in den Umkleideraum. Die Übelkeit hatte sich in einen übermächtigen Fluchtimpuls verwandelt. Als Dolores, die ihrer davonstürzenden Freundin nachgeeilt war, oben ankam, war die schon fast fertig angezogen.

„Was ist denn bloß los mit dir? Es war so toll, und du rennst einfach davon!“ schimpfte Dolores.

„Weißt du, wer die sinnliche Lou La Lune ist? Frau Schirrnagl aus dem Blechladen, wo ich arbeite. Die aus dem Nebenzimmer mit dem Mann und den zwei Kindern. Nicht auszudenken, wenn die tratscht!“

Dolores sah mitleidig an Carmen herunter. „Du hast Angst, dass sie dich jetzt outet?“

„Ja. Zunächst mal will ich hier weg. Schleunigst. Vielleicht hat sie mich ja gar nicht gesehen.“

„Ach, Carmen! Natürlich hat sie dich gesehen. Oder meinst du, sie ist vor Anstrengung umgekippt? Die hat bestimmt noch mehr Angst als du. Aber von mir aus, gehen wir halt.“

Missmutig packte auch Dolores die Sachen, während Carmen mit dem Schicksal haderte.

Fassungslos standen Irmgard und Susi im Flur, als Dolores und Carmen fertig angezogen dem Ausgang zustrebten. „Ihr wollt schon gehen? Hat es euch denn nicht gefallen?“

„Doch, doch!“ versicherte Dolores eilig. „Es war großartig. Wir werden euch auch weiterempfehlen. Aber meine Freundin leidet unter einer besonders bösartigen Form von Menstruationskrämpfen, und deshalb müssen wir jetzt gehen.“

„Doch nicht Endometriose?“ fragte Irmgard besorgt. „Das kenne ich, weil eine Ex das hatte. Sehr schmerzhaft!“

Weil ihr nichts Besseres einfiel, nickte Dolores, während Carmen stumm daneben stand und versuchte, leidend auszusehen. Wegen des Schrecks brauchte sie sich dafür nicht besonders anzustrengen. Jeden Moment konnte Frau Schirrnagl alias Lou La Lune wieder aus dem Hintergrund auftauchen. Das reichte schon, um dafür zu sorgen, dass sie nicht allzu entspannt wirkte.

„Jetzt müssen wir wirklich gehen“, versicherte Dolores. „Carmen sieht ziemlich schlecht aus.“ Hilfsbereit hielten Susi und Irmgard die Tür auf. Als die sinnliche Lesbensauna außer Sichtweite war, fiel Carmen ein Stein vom Herzen.

Während des restlichen Tages stritten sich Carmen und Dolores.

„Hättest du dich irgendwann mal geoutet, dann wäre dir das jedenfalls erspart geblieben!“ wetterte Dolores.

„Geoutet? Du musst ja nicht mit diesen Leuten zusammenarbeiten. Du wirst ja nicht gemobbt. Du sitzt schön friedlich in deinem kleinen Geschäft und kein Mensch interessiert sich dafür, wer oder was du bist.“

„Na und? Schließlich war es deine Idee, in so einer Firma anzufangen.“

So ging es eine ganze Weile hin und her, bis Dolores sagte: „Weißt du was? Eigentlich bist du viel besser dran als die Schirrnagl. Du kannst schlimmstenfalls deinen Job verlieren, aber das glaube ich nicht einmal. Überleg doch: Sie ist verheiratet. Mit einem Abteilungsleiter aus der Firma. Wenn sie auffliegt, geht gleich alles baden. Der Job und das Privatleben. Wenn ich sie wäre, dann wäre ich jetzt richtig freundlich zu dir.“

„Du hast wahrscheinlich Recht“, stimmte Carmen zu. „Trotzdem fühle ich mich unwohl.“ Sie verzog das Gesicht zu einem zaghaften Grinsen. Besonders freundlich war Frau Schirrnagl bisher nicht mit ihr umgesprungen. Vielleicht würde sich das jetzt ändern.

Dolores’ Vermutung sollte sich bestätigen. Am Montag nach der Mittagspause stand plötzlich Frau Schirrnagl in Carmens Büro. Verlegen trat sie von einem Fuß auf den anderen, nachdem sie sämtliche Türen sorgfältig geschlossen hatte.

„Was gibt’s?“ fragte Carmen. Sie versuchte, selbstsicher zu wirken, obwohl ihr flau im Magen war.

„Gell, Frau Sowirowski, Sie sagen nix. Wir Weibsleut' müssen doch zusammenhalten."

Auf einmal, dachte Carmen. Auf einmal müssen wir zusammenhalten. Nachdem du mir schon hundert Knüppel zwischen die Beine geworfen hast. Aber sie schluckte ihren Rachedurst hinunter und schickte Frau Schirrnagl einen kühlen Blick hinüber. „Meine Freundin fand Ihren Auftritt sehr amüsant. Selbstverständlich werde ich Ihrem Mann nichts davon erzählen. Der wäre ja wohl weniger begeistert."

„Des können's annehmen, Frau Sowirowski, der Mo weiß nämlich nix davon", sprach sie und verschwand. Von abhanden gekommenen Akten, die auf Carmens Schreibtisch liegen sollten, war danach nicht mehr die Rede. Und ihre Statistiken erstellte Frau Schirrnagl in Zukunft auch selbst.

Aber zurück zu Dolores' Geburtstag: Noch am Abend riefen Dolores' Mutter, Tom und Holger an. Auch eine völlig unerwartete Gratulantin meldete sich: Claudine, eine entfernte Freundin, die mittlerweile wieder in den USA lebte. Carmen hatte Claudine in den späten Achtzigern kennen gelernt, während diese als Gaststudentin Deutsch lernte. Die beiden hatten einen Hormon-Kurs im Frauengesundheitszentrum absolviert und sich dadurch angefreundet. Claudine musste jetzt Mitte dreißig sein.

Carmen fand Claudine damals aus mehreren Gründen faszinierend: erstens, weil sie das Lernen so lässig bewältigte, dass ihr reichlich Zeit für andere Aktivitäten blieb. Carmen dagegen quälte sich damals unsäglich mit trockenen Rendite- und Optimierungsberechnungen. Zweitens widmete sich Claudine in jeder freien Minute einem hochinteressanten Hobby: Sex. Sie nutzte jede Chance, um ihre Erfahrungsbasis in der Horizontalen zu verbreitern, und berichtete gern freimütig darüber. Claudine brauchte anscheinend nur mit den Fingern zu schnippen, schon hatte sie eine oder einen für die Nacht gefunden. *„Don't take sex so seriously. It's just fun!"* riet sie Carmen. Heimlich allerdings bewunderte Claudine Carmens Ernsthaftigkeit, die ihr so vollkommen fremd war.

Carmen dagegen befand sich gerade in der Annäherungsphase an Dolores. Vorläufig gingen sie nur ins Kino miteinander, doch zart keimte zu der Zeit die Erkenntnis, die Freundschaft zu Dolores könne sich vielleicht in Liebe verwandeln. Liebe! Was für ein großes Wort! Eigentlich der reinste Kitsch. Aber dennoch: Carmen sehnte sich danach. Sie war eben romantisch veranlagt. Bisher hatte sie sich meistens schmachtend nach Frauen verzehrt, die aus den unterschiedlichsten Gründen nichts von ihr wissen wollten. Sie schien ein Händchen dafür zu haben: Die eine war verheiratet, die andere lebte gerade im freiwilligen Zölibat, die dritte hielt nichts von Zweierkisten, und die vierte steckte in einer festen Beziehung. Nun war es genug. Wie dringend sich Carmen gelegentlich etwas von Claudines Leichtigkeit und Sexappeal wünschte, noch wichtiger war ihr, endlich etwas Dauerhaftes zu finden.

Bald, nachdem Carmen und Claudine sich kennen gelernt hatten, gründete Claudine eine Selbsterfahrungsgruppe über lesbische Sexualität. Es war die ausgehende Ära des Kuschelsex, was Claudine demonstrativ ignorierte, indem sie ständig von „Ficken" sprach, auch wenn sie Sex mit einer Frau meinte.

Daher dauerte es nicht lange, bis unter den Lesben der Stadt die wildesten Gerüchte grassierten. Mal hieß es, Claudine veranstalte in ihrem Zimmer im Studentenwohnheim Massenorgien mit den Frauen aus dem Arbeitskreis, zu dem manchmal sogar Männer (!) zugelassen wären, mal ging das Gerücht, sie sei Sadistin und zücke auch gelegentlich den breiten Ledergürtel ihrer Jeans, um der Auserwählten eins überzubraten.

Tatsächlich war alles halb so abenteuerlich: Die angeblichen Massenorgien bestanden vor allem in Diskussionen darüber, was frau könnte, wenn sie wollte, ob SM politisch korrekt sei und wie mit Frauen zu verfahren wäre, die gelegentlich mit einem Mann schliefen, obwohl sie sich als Lesben bezeichneten – alles delikate Probleme, die auf einem hohen theoretischen Niveau abgehandelt wurden. Dazu wurden Tee und Kekse gereicht. Claudine hütete sich wie die anderen Teilnehmerinnen der Gruppe, ihren legendären Ruf dadurch zu schädigen, dass sie der nach Klatsch lechzenden Szene die Wahrheit aufgedrängt hätte.

Zur praktischen Ergänzung arbeitete Claudine mal aus purer Neugier ein paar Wochen in einer Peepshow, mal jobbte sie bei einer Pornofilmproduktion. Nicht wegen des Geldes, sondern einfach, weil sie das noch nicht ausprobiert hatte.

Nebenbei fluchte sie ständig auf das „spießige Deutschland" und sehnte sich nach Kalifornien. Wenn sie sich ärgerte, vergaß sie ihr soeben frisch erworbenes Deutsch. *„Why is everyone so fucking complicated in this fucking Germany? Fucking is easy, get it?"* sagte sie immer wieder zu Carmen, doch die glaubte ihr diese frohe Botschaft nicht so recht, auch wenn sie es gern getan hatte.

Immerhin erlebte Claudine noch mit, dass Carmen und Dolores ein Paar wurden. *„See how easy it is with this nice girl?"* fragte sie Carmen, als diese in der ersten Zeit stets schlecht ausgeschlafen erschien, wenn sie sich trafen. Carmen freute sich, dass ihre Freundin Claudine Dolores mochte. Sie musste ihr Recht geben. Mit Dolores war es wirklich leicht. Und schön. Und überhaupt.

Nach Abschluss ihrer Studien, Anfang der Neunziger, war Claudine in den warmen Südwesten der USA, nach San Francisco, zurückgekehrt. Zuerst schrieben sie sich ein paar Briefe oder Urlaubspostkarten, aber irgendwann Mitte der Neunziger riss der Kontakt ab.

Jetzt, nach Jahren, kündigte Claudine ihren Besuch an, und zwar bereits fürs nächste Wochenende! Carmen und Dolores waren begeistert, dass sich die Studienfreundin noch an sie erinnerte.

„Natürlich darfst du kommen! Wir freuen uns riesig!" brüllte Dolores in den Hörer, als müsse ihre Stimme den Atlantik ohne Verstärker überwinden.

„Ich bleibe aber nur ein Wochenende bei euch", dämpfte Claudine die Erwartungen.

„Du kannst gerne auch länger bleiben!"

„Bist du sicher? Ich bin immer noch so quirlig wie früher", warnte Claudine.

Dolores lachte. „Damit werden wir schon fertig", versicherte sie. Was sollte beim Besuch einer alten Freundin schon schief gehen!

5. Kapitel

in dem Carmen und Dolores ihre Wohnung aus einer vollkommen anderen Perspektive kennen lernen und erste Erfahrungen mit Sextoys sammeln. Außerdem nimmt eine große, tragische Liebe ihren Anfang

So kam es, dass an einem Freitagmorgen Mitte März gegen halb zwölf Claudine in die Wohnung von Carmen und Dolores wehte wie stürmischer Frühlingswind. Carmen hatte sich eigens freigenommen, um sie zu empfangen, und Dolores hatte den Laden kurz entschlossen zugesperrt, obwohl gerade Freitagnachmittag das Geschäft gut lief. Aber was tat man nicht alles für eine alte Freundin!

Claudine trug eine schwarze Lederhose, ein eng geschnittenes Top unter einer Allwetterjacke und dunkelroten Lippenstift. Ihre Nägel waren schwarz lackiert, und um ihre Handgelenke klapperten Unmengen schmaler Silberreifen. An einem Finger steckte ein Ring, der einen Totenkopf darstellte. Außerdem hatte sich Claudine einen Streifen mit einem verschlungenen Muster rund um ihren Hals tätowieren lassen, so dass es aussah, als trüge sie ein Halsband.

Erschöpft ließ sie ihren schweren Reiserucksack mit aufgenähter Regenbogenflagge in eine Ecke des Flures plumpsen und stellte ein kleines Köfferchen mit Blumenmuster daneben, das an ihrem Arm gebaumelt hatte. Dann umarmte sie ausführlich ihre Gastgeberinnen.

„Ich bin fix und fertig", stöhnte sie. „Jetlag, und dann eine ganze Stunde vom Flugplatz bis hierher. Davor Kontrollen, Kontrollen, Kontrollen. Stellt euch vor, in San Francisco haben sie meinen Metalldildo beschlagnahmt! Wegen Terrorgefahr. Dabei sieht er nun wirklich nicht aus wie eine Bombe."

„Deinen Metalldildo?"

„Er war im Handgepäck, weil mir erst eingefallen ist, das ich ihn mitnehmen wollte, als der Rucksack sowieso schon aus allen Nähten platzte. Und jetzt bin ich ihn los. Das ist die neue Gründlichkeit. Na, wenigstens habe ich noch anderes Spielzeug dabei."

Carmen und Dolores schüttelten mitfühlend den Kopf, obwohl sie sich fragten, warum es so dringend gewesen war, das Ding überhaupt mit sich zu führen, wenn noch mehr Toys im Rucksack steckten. „Willst du vielleicht erst mal ein paar Stunden schlafen?" schlug Dolores vor.

„Schlafen? Nein, dazu ist die Zeit viel zu knapp. Ich mache mich ein bisschen frisch und steige sofort ins deutsche Leben ein!"

„Okay. Wenn du fertig bist, gibt es was zu essen", versprach Carmen. Claudine gähnte. Dann griff sie nach ihrem Rucksack und schleifte ihn ins Gästezimmer.

Für sich selbst kochten Carmen und Dolores vor allem vegetarisch, aber Claudine hatte, soweit sich die beiden erinnerten, früher sehr gern Fleisch gegessen. Also bereiteten sie ihr zu Ehren als Vorspeise einen knackigen Eissalat mit Thousand-Island-Dressing aus der Flasche zu, dann gab es Gulasch mit Klößen und zum Schluss Eis mit heißen Himbeeren. Die Gastgeberinnen deckten festlich den Tisch: Sie nahmen das weiße Geschirr mit Goldrand, das sie nach dem Umzug im *Weißen Laden* in Schwabing erstanden hatten, damit endlich einmal alles zusammenpasste, die zwei schnörkeligen Silber-Kerzenständer aus dem Erbe von Carmens Oma, das gute Silberbesteck, ebenfalls ein Erbstück, das nur zu ausgewählten Gelegenheiten auf den Tisch kam, und weiße Stoffservietten.

Als Claudine wieder zu den beiden stieß, hatte sie ein frisches Top an – diesmal ein T-Shirt mit beängstigendem Ausschnitt, das einen freien Blick auf ihren hageren Oberkörper gewährte – und wirkte etwas wacher.

„Darf ich mich mal umsehen?" fragte sie.

„Aber klar!"

Claudine spazierte ins Wohnzimmer. Bald darauf ertönte unterdrücktes Kichern. Carmen ging ihr nach. „Na, gefällt es dir?"

Claudine stand vor dem Regalfach mit der Glaskatzensammlung und versuchte, das Lachen zu unterdrücken. Vorher hatte sie schon über die klotzigen Sitzmöbel gestaunt, die so gar nicht mehr an Carmens einstigen Ikea-Lebensstil erinnerten.

„Sag mal, und wann fangt ihr mit Gartenzwergen an?" fragte sie. „Alles andere habt ihr ja schon: Ledergarnitur, Regalwand und Glasmenagerie."

Carmen runzelte die Stirne. „Das mit den Glaskatzen ist wegen Dolores' Allergie. Ich will Katzen, aber ich kann keine echten haben, also bescheide ich mich mit gläsernen."

„Ach so."

„Und was die anderen Sachen angeht: Irgendwann wollten selbst wir erleben, dass das Bücherregal nicht wackelt, wenn man sich mal dranlehnt. Verstehst du doch sicher, oder?" Carmen war fest entschlossen, sich ihre schönen Möbel nicht von Claudine vermiesen zu lassen.

Der leicht drohende Unterton in Carmens Stimme bewirkte, dass Claudine zustimmend nickte. „Na klar", sagte sie. Aber überzeugt klang sie nicht.

Dann begann das Festmahl. Claudine verzehrte mit Begeisterung und in Windeseile einen Berg Salat, so dass Carmen und Dolores nur noch wenige Blättchen abbekamen. Sie nahmen Claudines Gier als Beweis für ihre Kochkünste.

Doch als der Hauptgang aufgetragen wurde, sah Claudine nur einmal kurz hin und bemerkte dann leicht indigniert: „Ihr esst tatsächlich noch tote Tiere? Wie ekelhaft!" Als sie den verblüfft-verletzten Gesichtsausdruck Carmens und Dolores' bemerkte, wurde sie rot und murmelte: „Entschuldigung, ich wollte euch den Appetit nicht verderben."

„Aber wir haben das Gulasch extra für dich gemacht. Ich dachte, du magst Fleisch! Weißt du noch, damals in der Unimensa hast du immer Bratwurst bestellt?" sagte Carmen etwas ungehalten über die geschmäcklerische Gästin. „Wir essen selbst fast nur Gemüse."

Mit einer großzügigen Geste winkte Claudine ab. „Macht nichts. Dann esse ich eben mehr Klöße. Tut mir Leid, dass ich euch das nicht gesagt habe: Ich bin seit zwei Jahren strenge Vegetarierin. Fleischverzehr schadet dem Karma, der Natur und", sie grinste, „dem Sex."

„Tatsächlich", höhnte Carmen. „Dann müssten wir ja großartigen Sex haben, weil wir fast kein Fleisch essen."

„Habt ihr etwa nicht?" Bei dieser Frage rutschte Claudines Stimme vor Neugier eine halbe Oktave höher. Endlich ging es um ihr Lieblingsthema!

„Na ja, es ist nicht mehr ganz so wie in der ersten Nacht", sagte Dolores und verschluckte sich an einem Gulaschstück. Carmen klopfte ihr auf den Rücken, bis sie aufhörte zu husten. Bedrohlich stieg die Erinnerung an die Sexstatistik in Dolores hoch, die bestimmt auch Claudine kannte – entweder wusste sie als Sex-Expertin darüber sowieso Bescheid, oder sie hatte sich spätestens beim Studium der Pinnwand informiert. Also lieber offensiv vorgehen, statt kalt erwischt werden. „Wir sind leicht unterdurchschnittlich, wenn man die neuesten Statistiken zugrunde legt. Aber wir arbeiten daran", setzte sie hastig hinzu.

„Unterdurchschnittlich also", echote Claudine. „Und was heißt das?"

„Wissenschaftler behaupten, der Durchschnitt läge bei zwei, drei Mal in der Woche."

„Ehrlich?" Claudine staunte. „Na, Kalifornien hatte es schon immer besser. Da sind es drei oder vier, möchte ich wetten. Jedenfalls mit unseren Toys. Ich habe also genau das richtige Mitbringsel für euch!" Sie verschwand in ihr Zimmer.

Währenddessen dachten Carmen und Dolores zerknirscht darüber nach, dass ihre sexuellen Leistungen nach internationalen Maßstäben wohl noch weniger hergaben.

„Für euch", sagte Claudine. Sie trug eine knallbunt umwickelte Pappschachtel, die sie Carmen in die Hand drückte.

Die entfernte umständlich das Geschenkpapier, weil Dolores die Bögen gern sammelte und wiederverwendete, und hob den Deckel. Anschließend wickelte sie diverse Gegenstände aus weiteren Bergen von Packpapier. Typisch amerikanisch, dachte sie: mehr Verpackung als Inhalt. Aber schließlich lagen drei Gegenstände vor ihr auf dem Tisch: ein Vibrator in Delphinform, ein Kartenspiel, auf dessen Deckblatt *Erotisches Quartett* stand, und eine große Flasche Gleitgel.

„Danke", sagte Carmen verblüfft, denn bisher hatten Toys in ihrem Sexleben noch keine Rolle gespielt.

„Das ist noch nicht alles. Weitersuchen!" beharrte Claudine.

Nun griff Dolores nach dem Päckchen und wühlte in den Papierbergen. Tatsächlich. Erstaunt hob sie ein seltsam geformtes Dings in die Höhe. Sein Aussehen erinnerte entfernt an einen Babyschnuller, nur dass es komplett aus knallrotem Hartplastik war.

„Ein wirklich originelles Geschenk", beeilte sich Dolores zu versichern, weil sie höflich sein wollte. Allerdings wusste sie nicht, was sie mit ihrem Fund anfangen sollte.

Schließlich riskierte Carmen gleich zwei Fragen: „Was ist das? Und was macht man damit?"

Claudine brach in Gelächter aus. Sie lachte so sehr, dass ihr Tränen die Wangen hinunterliefen. „Das weißt du nicht? Ein Analplug. Den steckt man sich ... na, du weißt schon. Fühlt sich irre an."

Carmen konnte sich die entsprechende Empfindung nicht im Entferntesten vorstellen, und Dolores auch nicht, aber sie hüteten sich, weiter zu recherchieren. Sie hatten sich ja bereits als ausreichend provinziell entpuppt, jedenfalls in den Augen der hyper-aufgeklärten Claudine. Sie zumindest würde jetzt zu diesem Thema schweigen, nahm sich Carmen vor. Jedem der Instrumente lag schließlich eine ausführliche Bedienungsanleitung bei, so dass sie auf Claudines Erklärungen nicht angewiesen war.

„Ich räume mal das Gulasch weg und hole den Nachtisch", schlug Dolores diplomatisch vor. Sie hoffte, dass das Gespräch durch die Pause auf andere Gleise geriete. Vergeblich.

Denn Carmen fragte, während Dolores das Dessert holte: „Du sprichst dauernd von wir, wenn du von den Toys redest. Aber wer ist eigentlich wir?"

„Wir ist die Firma, für die ich arbeite: *Toys Town.* Das ist die absolut geilste Sexspielzeugladenkette. Fast eine Neugründung. Wir sind alle stolz, für *Toys Town* arbeiten zu dürfen", verkündete Claudine vollmundig und schob den ersten Löffel Speiseeis in den Mund. Den letzten Satz hatte Dolores schon wieder mitgehört, als sie mit dem Tablett hereinkam.

„Die Sachen, die ich euch mitgebracht habe, stammen aus unserem Sortiment." In der nächsten Viertelstunde erfuhren ihre staunenden Gastgeberinnen, dass Claudine einige Jahre nach ihrer Ankunft in San Francisco den langweiligen Job als Deutschlehrerin aufgegeben hatte. Fünf Jahre lang, bis Sommer 2000, programmierte sie Webseiten, aber dann geriet sie in die Phase, in der die E-Commerce-Bubble platzte und die Internet-Firmen massenweise ihre Mitarbeiter feuerten.

„Außerdem kriege ich vom Am-Computer-Hocken auf die Dauer Nackenschmerzen", setzte Claudine ihren Bericht fort. „Da habe ich gedacht: Claudine, wenn du schon arbeiten musst, dann tu wenigstens etwas, was du wirklich gut kannst und was dir Spaß macht." San Francisco bot für diesen Plan beste Voraussetzungen. Claudine begann, ihr Lieblingshobby, Sex, zum Beruf auszubauen.

„Zuerst habe ich einen Sexclub für Lesben eröffnet. Aber das lief nicht. Die wollten immer nur Cola trinken und sich unterhalten", erinnerte sich Claudine. Dann probierte sie es mit Pornofilmen. „War auch nichts. Die Kohle stimmte zwar, aber die Konkurrenz war mörderisch. Viel schlimmer als damals in Deutschland. Bei den Castings hatten die anderen immer größere Titten", bedauerte Claudine die gescheiterte Starlet-Karriere und sah traurig an ihrem eher flachen Oberkörper herunter.

Schließlich hatte sie *Toys Town* entdeckt, ein in rasantem Wachstum begriffenes Sexualimperium mit Zentrale in San Francisco. Es wuchs, indem es kleinere Sexläden aufkaufte, auf den eigenen Stil umrüstete und die Belegschaft auswechselte. Claudine ließ sich als Vertreterin anheuern. In dieser Funktion verkaufte und demonstrierte sie alles, was ihre Firma herstellte.

Weil sie Deutsch sprach, erlebte sie einen kometenhaften Aufstieg. *Toys Town* gierte nämlich wie alle amerikanischen Firmen nach grenzenlosem Wachstum auch außerhalb der Landesgrenzen. *Toys Town* in jedem Bett, so hieß das ehrgeizige Motto, und von der gerade herrschenden Flugangst wegen der Terror-Attentate ließen sich das Top-Management, alles typische Amerikaner aus der Blumenkinder-Generation, auch nicht abschrecken. Eine, die auf Deutsch mehr als „Guten Tag" sagen konnte, kam da gerade recht. Nicht nur das: Claudine konnte auch noch „Au revoir" sagen, wenn auch mit grausigem Akzent. Schließlich hatte sie einmal die Semesterferien in Frankreich verbracht.

Daher war sie die leuchtende Hoffnung der Führungsriege, um die Expansion der Firma nach Europa anzuschieben. Weil für amerikanische Verhältnisse polyglott, schien sie am besten geeignet, den Siegeszug von *Toys Town* auf der anderen Seite des Ozeans einzuleiten. „Ich bin mittlerweile Vice President International Sales. Also internationale Vertriebspräsidentin", erklärte Claudine stolz und zückte eine rote Visitenkarte, auf der eben jener Titel verewigt stand.

„Donnerwetter!" staunte Dolores.

„Und was verdient man so als Vizepräsidentin?" fragte Carmen, die immer alles ganz genau wissen wollte.

„Gewinnbeteiligung. Wir sind schließlich ein innovatives Unternehmen!" sagte Claudine in einem Ton, der jedes weitere Nachhaken verbot. Dann fuhr sie in ihrem *Toys-Town*-Werbevortrag fort. „Go Europe, heißt die Devise! In eurer guten, alten Welt warten unerschlossene Märkte." Sie verzog ihr Gesicht zu einem verschmitzten Grinsen. „Übrigens habe ich meinen Musterkoffer immer dabei, und wenn ihr wollt, demonstriere ich mal was. Könnte anregend wirken. Meine Spezialität ist SM."

Plötzlich begriff Carmen, warum Claudine sich so über den Verlust ihres Metalldildos aufgeregt hatte: Er war wahrscheinlich auch so ein Demonstrationsgerät. „Warum hast du dich ausgerechnet auf SM spezialisiert?" fragte sie mit leichtem Gruseln. Mit extremeren sexuellen Spielarten hatte sie sich bisher genauso wenig befasst wie mit Sexspielzeugen.

„Erstens, es regt die Phantasie an. Man kann immer neue Spiele und Geschichten erfinden – wie beim Theaterspielen. Zweitens, die Leute streiten drüber. Das macht neugierig – viele wollen es ausprobieren. Und deshalb ist es, drittens, gut für den Umsatz."

„Für den Umsatz?" fragte Dolores erstaunt.

„Ohne Werkzeug kein SM. Auch die begabte Einsteigerin braucht schon eine Menge: Lederklamotten, Fesseln, Handschellen, Gummianzüge. Für die Fortgeschrittenen ist das Angebot fast unbegrenzt. Jeden Monat kommt was Neues auf den Markt. Natürlich geht es für den Anfang auch mit Wäscheklammern und dem guten alten Ledergürtel, die kosten nichts. Aber das ist doch entschieden uncool."

„Ich weiß ja nicht", sagte Dolores.

„Ich auch nicht", bestätigte Carmen.

„Eben." Claudine schenkte den beiden ein herablassendes Lächeln. „Das meiste, was ihr über SM gehört oder gelesen habt, besteht wahrscheinlich aus haarsträubenden Gerüchten. Probiert es doch selbst aus!"

„Was soll das bringen?" zweifelte Carmen.

„Es könnte euren Sex bereichern. Ihr könntet mehr Spaß haben. Es wäre zumindest eine neue Erfahrung. Ein Erkenntnisgewinn."

„Den Sex bereichern." Das war das Stichwort. Erst heute morgen war auch Carmen wieder an dem Artikel an der Pinnwand vorbeigelaufen und hatte nochmals nachgelesen, dass 2,5-mal Sex in der Woche das Maß der Dinge waren. Schmerzlich erinnerte sie sich an die bisherigen Belebungsversuche und daran, dass das letzte Experiment schon eine Weile zurücklag und nichts gebracht hatte. Wenn schon ihre alte Freundin Claudine, die ausgewiesene Sexpertin, ihnen prickelnde Erotik frei Haus lieferte – warum sollten sie dieses möglicherweise einmalige Angebot ablehnen? Herausfordernd schaute Carmen Dolores an und sagte: „Vielleicht wäre es wirklich eine prima

Gelegenheit! Wir wollten ja sowieso was für unser Liebesleben tun! Nicht wahr, Dolores?“

Dolores, sonst so tatendurstig, sah Carmen erstaunt an: Warum begeisterte sich ihre eher zurückhaltende Lebenspartnerin ausgerechnet für SM, eine exotische und potentiell schmerzhafte Sexualvariante? Dolores hasste Schmerzen. Beim Zahnarzt ließ sie sich sogar bei der Zahnsteinentfernung eine Spritze verpassen. Also hieß es bremsen, und zwar schnell. „Moment mal, Carmen! Nicht so schnell! Wir überlegen uns das lieber in Ruhe, Claudine. Du bist ja bis Sonntag da“, wehrte Dolores ab und hoffte, das Thema wäre damit erledigt.

Inzwischen war es drei Uhr nachmittags. Claudine gähnte: Zeit für den Schönheitsschlaf. „Ich glaube, ich lege mich hin. Sagt mir Bescheid, ob ihr Lust auf eine kleine Demonstration habt, wenn ich aufstehe.“ Sprach's, streckte sich und verschwand.

Carmen gab keine Ruhe mehr. Sie schilderte Dolores in der folgenden Stunde, während die beiden die Überreste des Mittagessens beseitigten, wieder und wieder die Vorteile von Claudines Vorschlag: „Wir kriegen eine fachfrauische Einführung ins Reich des Finstren und Geheimnisvollen, wir machen neue Erfahrungen, ohne die Wohnung verlassen zu müssen, und es kostet nichts! Was willst du mehr?“ warb sie, während sie Teller spülte.

Als sie die große Klößeschüssel abtrocknete, kapitulierte Dolores. „Also gut, von mir aus!“ sagte sie, worauf ihr Carmen um den Hals fiel und die Schüssel mit lautem Scheppern auf den Boden. Dort zersprang sie in etwa zehn Teile.

„Das fängt ja gut an!“ sagte Dolores.

„Ach was! Du wirst sehen, das wird ein einmaliges Erlebnis!“ rief Carmen und holte den Besen. Was war schon eine Schüssel, verglichen mit tollem Sex!

Gegen fünf kam Claudine aus ihrem Zimmer. „Na, wie habt ihr euch entschieden?“ fragte sie sofort. Carmen fragte sich, ob sie auch im Traum Marketingstrategien für Sextoys ausheckte.

„Wir machen mit“, sagte Carmen. Dolores nickte bestätigend, aber wenig begeistert.

„Gut! Ihr werdet es nicht bereuen. Um Punkt sechs geht es los. Und jetzt ein paar Spielregeln.“

Dolores glaubte, ein böses Glitzern in Claudines Augen zu entdecken. Aber das war bestimmt nur Einbildung.

„Ihr werdet mich während der Szene siezen“, befahl Claudine. „Ich erwarte euch pünktlich und nackt vor der Tür meines Zimmers. Von da an bis zum Ende macht ihr, was ich sage. Nur, was ich sage. Verstanden? Ich bin schließlich eure Meisterin.“ Sie lachte kehlig.

Claudine und Dolores nickten.

„Übrigens, ich brauche noch einen Schlagbohrer.“

„Einen Schlagbohrer? Wofür denn das?“ fragte Dolores erschrocken. Sie dachte an Splatter-Filme, in denen unschuldige Opfer zu Hackfleisch verarbeitet wurden. Carmen plagten anscheinend keine solchen Ängste, denn sie war schon unterwegs, um das gute Stück aus der Werkzeugkiste zu holen.

Claudine bedankte sich. Ehe sie in ihrem Zimmer verschwand, drehte sie sich kurz um. „Keine Sorge, der ist nur für ein paar harmlose Vorbereitungen“, sagte sie, was Dolores notdürftig beruhigte. In den folgenden Minuten bohrte sie mehrfach hintereinander, und Dolores dachte gequält an die erst kürzlich frisch gestrichenen Wände.

Die restliche Zeit bis zum Beginn des Abenteuers verbrachten Carmen und Dolores damit, zwischen verschiedenen Sendern im Fernsehen hin und her zu zappen. Das taten sie so gut wie nie. Aber sie konnten sich einfach auf nichts Vernünftiges konzentrieren. Um kurz vor sechs zogen sich die beiden gehorsam aus und bauten sich vor der Tür des Gästezimmers auf.

„Klopf du“, forderte Dolores Carmen auf.

„Nein, du!“

Die Debatte erübrigte sich, denn die Tür wurde aufgerissen, und Claudine, in eine schwarze, hautenge Korsage gehüllt, musterte die beiden abschätzig und finster aus dick mit Kajal umrandeten Augen. „Sieh da, Besuch! Aber anscheinend wissen die Damen nicht, was sich gehört.“

Carmen und Dolores sahen sich verständnislos an. Sie froren schon ein bisschen in ihrem Evaskostüm.

„Auf die Knie mit euch“, befahl Claudine leise und bedrohlich. Dazu schwang sie etwas, das die beiden trotz ihrer Unerfahrenheit im SM-Geschäft als neunschwänzige Katze identifizierten.

Carmen und Dolores warfen einen furchtsamen Blick auf das Instrument und sanken kommentarlos nebeneinander auf die Knie.

„Was sagt man, wenn einem eine Wohltat zuteil wurde?“ fragte Claudine eiskalt und herrisch.

„Danke“, hauchte Dolores, die vor kurzem einen Lesbenporno gelesen hatte, in dem Ähnliches vorkam.

„Danke“, schloss sich Carmen eilig an.

„Besser, aber noch längst nicht gut genug. Ihr werdet heute schon noch lernen, euch zu benehmen!“

Dolores dachte an die zehnte Klasse, wo ihr Biologielehrer mit Kreidestücken durch den Raum warf, wenn jemand nicht aufpasste. Irgendwann hatten die Schüler angefangen, die Kreide mit gespannten Gummis zurück zu schießen, und einmal hatte ein solches Kreidestück den Pädagogen so unglücklich ins Auge getroffen, dass er zum Arzt musste. Sie kicherte.

Sofort bekam sie mit dem Peitschending eins über den Rücken gezogen. Nicht zu kräftig, aber heftig genug. Warum lasse ich mir eigentlich von einer hergelaufenen kalifornischen Zufallsbekanntschaft von vor zig Jahren so etwas gefallen, dachte sie, aber gleichzeitig spürte sie, wie die Haare in ihrem Nacken sich aufstellten, und säuselte: „Verzeihung.“

„Lauter!“ forderte Claudine. „Sag: ‚Verzeihung, Meisterin!‘“

„Verzeihung, Meisterin.“

Nun kicherte Carmen. Claudine zerrte ihren Kopf an den Haaren in den Nacken und flüsterte: „Dafür wirst du meine Stiefel küssen.“

Carmen wurde rot. Claudines Stiefel waren aus schwarzem Lackleder, liefen vorn bedrohlich spitz zu und hatten mindestens zehn Zentimeter hohe Absätze. Claudine stellte einen der Stiefel mit dem Pfennigabsatz auf Carmens Oberschenkel, wo er sich schmerzhaft eindrückte, und schob die Stiefelspitze ihrem Mund entgegen. Warum tue ich das, dachte Carmen. Dann leckte sie gehorsam.

„Kommt herein, ihr miesen Schlampen!“ befahl Carmen, als ihr Stiefel feucht von Spucke glänzte. „Ihr dürft auf den Knien rutschen.“

Sie rutschten in Dolores’ Zimmer, das nun der wild gewordenen Domina aus dem fernen Westen gehörte. Auf dem Boden lagen nahe der Wand mehrere kleine Staubhäufchen. Carmen ließ ihren Blick an der Wand entlang nach oben gleiten und entdeckte vier große Metallösen, die Claudine dort angebracht haben musste. Sie grübelte darüber nach, ob Claudine wohl immer Dübel, Schrauben, Nägel und andere Eisenwaren mit sich herumschleppte, um solche Spektakel zu organisieren. Ehe sie eine Antwort finden konnte, nahm Claudine ihre Hände und schloss sie mit Handschellen zusammen. In der anderen Hand hatte sie ein weiteres Handschellenpaar.

Jetzt reicht es, dachte Carmen, aber sie schwieg.

Dann passierte dasselbe mit Dolores, die Claudine sogar die Hände entgegenstreckte. Ziemlich einfach, diese Spielregeln, dachte Dolores, als das Schloss zuschnappte.

Anschließend wurden den beiden Frauen mit einer schwarzen, dichten Binde die Augen verbunden, und ganz am Ende bekamen sie einen Knebel in den Mund, der nach ungewaschenen Sportsocken roch und schmeckte.

Beide grunzten vor Missvergnügen. Claudine hätte ihre Knebel wenigstens vor der Anwendung lüften können, dachte Dolores.

„Wenn ihr Schlampen gar nicht mehr könnt, dann klopft ihr dreimal mit dem Fuß auf den Boden. So." Claudine stampfte dreimal auf. „Das heißt dann, ihr wollt nicht mehr, und das Spiel ist aus. Ihr werdet sofort befreit. Verstanden?"

Die beiden Frauen nickten, obwohl sie nicht ganz überzeugt von diesem Arrangement waren. Andererseits war ihnen noch nichts wirklich Schlimmes zugestoßen. Was würde Claudine als nächstes einfallen?

„Na, fühlt ihr euch schön wohl?" fragte Claudine gehässig, ohne auf eine Antwort zu warten. „Aufstehen."

So gut es ging, kamen Carmen und Dolores wieder auf die Füße. Es war ziemlich unangenehm, herumzustehen, ohne etwas sehen zu können. Carmen versuchte, sich zu orientieren, doch da wurde sie von Claudine unsanft an den Armen gegriffen und ein paarmal im Kreis herumgedreht. Damit war das letzte bisschen Richtungsgefühl dahin.

Nun führte Claudine sie an die Wand. Sie öffnete die eine Seite von Carmens Handschelle, so dass ein Arm frei wurde, und zog Carmens anderen Arm ziemlich weit nach oben. Carmen musste sich sogar ein wenig auf die Zehenspitzen stellen. Danach klackte es. Der eine Arm war durch das erste Paar Handschellen und die Öse an der Wand fixiert. Dasselbe passierte mit dem anderen Arm und einem zweiten Paar Handschellen, das Carmen wahrscheinlich in der Reisetasche gehabt hatte. Carmen stand nun platt an der Wand, oder vielmehr schwebte sie fast, denn ihre Füße berührten den Boden nur mit dem vorderen Drittel. So konnte sie beim besten Willen nicht stampfen, wie es die von Claudine aufgestellte Spielregel verlangte, stellte sie mit Schrecken fest.

Nun reicht es aber wirklich, dachte Carmen, während Dolores dasselbe Schicksal ereilte. Plötzlich bekam sie Angst. Hatte Claudine beabsichtigt, dass sie nicht stampfen konnten? Carmen beschloss, vorläufig an ein Versehen zu glauben. Sie versuchte, etwas zu sagen, aber nur dumpfes Gegrummel drang durch den Knebel.

„Das gefällt dir wohl, was?" sagte Claudine und zog ihr mit der Peitsche sanft eins über die Vorderseite. „Das war erst der Einstieg. Nun fängt das Spiel richtig an. Zuerst heißt es warten. Ich gehe jetzt spazieren, und wehe, ihr benehmt euch nicht anständig!"

Carmen und Dolores fragten sich, ob das wirklich Claudines Ernst war. Auch Dolores, in deren Kopf ganz ähnliche Gedanken kreisten, versuchte, mit dem Fuß aufzustampfen, aber es funktionierte nicht. Die beiden hörten die Tür hinter Claudine ins Schloss fallen.

Claudine ging freilich nicht spazieren. Für gewissenhafte Dominas war es tabu, sich außer Hörweite ihrer Sklaven zu begeben. Schließlich konnte es sein, dass die plötzlich das Spiel beenden wollten, und dann musste sie in der Nähe sein, um sie loszubinden. Das hatte sie im Domina-Kurs vor ein paar Wochen gelernt.

Stattdessen schlenderte sie in die Küche und kochte sich erst einmal einen starken Kaffee. Im Wohnzimmer entdeckte sie die voluminöse Wochenendausgabe der *Süddeutschen Zeitung* und stellte fest, dass Ledersofas zwar spießig, aber bequem waren. Dann las sie sich im Kulturteil fest, in dessen Leitartikel über die Unterschiede zwischen amerikanischem und europäischem Lebensstil sinniert wurde.

Plötzlich klingelte es. Claudine schrak auf. Bekamen Carmen und Dolores heute Besuch? Warum hatten sie nichts davon gesagt? Sie entschloss sich, trotzdem zu öffnen. Vielleicht konnte ein unerwarteter Ankömmling den Abend irgendwie beleben. Schließlich hatte sie nicht sehr viel von diesem Nachhilfeunterricht für zwei lesbische sexuelle Analphabetinnen. Also betätigte Claudine den Summer, wartete eine Weile und öffnete dann die Wohnungstür einen Spalt breit. Erst danach fiel ihr ein, dass ihr Dominakostüm möglicherweise die unerwarteten Gäste verwirren könnte. Doch die Sorge entpuppte sich als überflüssig.

Denn die Treppe hinauf stapfte Renate. Claudine taxierte sie mit Vergnügen: breites Kreuz, ein schüchternes Lächeln, ein voller Busen. Alles Dinge, die sie ungeheuer schätzte. Diese Frau hatte etwas Androgynes und erinnerte Claudine irgendwie an San Francisco. Dort gab es viele Menschen, die zwischen den Geschlechtern zu schweben schienen. Aber in München? Diese war die erste, die sie kennen lernte.

„Hallo", sagte Claudine trotz ihrer Begeisterung betont cool.

„Hallo. Ich bin Renate. Sind Carmen und Dolores nicht da?" Diese fremde Person in der Wohnung ihrer Freundinnen kam Renate durchaus merkwürdig vor. Andererseits sah die Frau vor ihr nicht nach Raub, Mord oder Vergewaltigung aus. Im Gegenteil: Sie war sogar ausgesprochen attraktiv in ihrer seltsamen Korsage, ihrem schlanken, durchtrainierten Körper und dem blonden Kurzhaarschnitt, in den am Scheitel türkise Strähnen eingefärbt waren. Und dann diese Tätowierung am Hals – einfach umwerfend. Renate merkte, dass sie starrte, und schob ihre Skepsis der Fremden gegenüber beiseite, auch wenn eine Korsage in dieser Wohnung wirklich etwas befremdend war. Befremdend, aber eben auch erregend. Und vor allem das Letztere zählte.

Claudine dachte eine Sekunde lang nach. Dann sagte sie: „Nein, sie wollten noch eine Stunde spazieren. Ich bin hier zu Besuch und heiße Claudine. Komm doch rein und trink einen Kaffee mit mir." Sie streckte Renate die Hand hin.

„Aber nur für eine halbe Stunde. Ich möchte nicht stören", sagte Renate bescheiden.

Währenddessen hingen Carmen und Dolores zunehmend unglücklicher an ihren Haken. Ich bin doch keine luftgetrocknete Dauerwurst, dachte Dolores und zappelte, so gut sie konnte.

Carmen ging es ähnlich. So sehr sie die Idee eines SM-Workshops vorhin begeistert hatte, so ernüchtert war sie nun. Sie fror, ihre Hände taten ihr weh, und dann klingelte es auch noch an der Haustür. Nun hörte sie Claudine angeregt mit jemandem reden. Schritte. Danach war es wieder still. Was geschieht jetzt in meinem Wohnzimmer? dachte Carmen wütend.

Fieberhaft suchte sie eine Methode, ihre geradezu absurde und vollkommen unerotische Situation zu beenden. Da kam ihr der rettende Einfall: Hatte Dolores nicht immer über die mürben Wände ihres Zimmers geflucht? War es nicht gerade in diesem Raum fast unmöglich gewesen, einen schweren Gegenstand aufzuhängen, ohne dass er nach einigen Tagen wieder herunterfiel? Es musste am Putz liegen oder aber daran, dass dieses Haus ein Altbau war, aber das war jetzt eigentlich egal.

Wie wild begann Carmen an ihren Fesseln zu rütteln, was sich, weil sie ja halb schwebte, als anstrengend erwies. Aber schon bald zeigten sich Erfolge: Die beiden Haken, an denen sie hing, wackelten hin und her – zuerst nur ein kleines bisschen, dann immer mehr, bis sie schließlich ganz herausfielen und eine kleine Lawine von Steinbröckchen folgte.

Die schönen frisch gestrichenen Wände! Erst vor einem halben Jahr hatten sie und Dolores das Zimmer renoviert. Bevor Claudine abreist, bringt sie das wieder in Ordnung, oder ich kette sie in den Kartoffelkeller, schwor sich Carmen. Weil ihr schwindelig wurde, beugte sie sich nach unten, damit wieder Blut in ihren Kopf floss. Der alte Trick für Leute mit niedrigem Blutdruck wie sie wirkte – gleich ging es ihr besser.

Zwar klapperte noch an jedem ihrer Arme ein lästiges Handschellenpaar, aber ansonsten konnte sie sich frei bewegen. Sie riss die Binde ab, entfernte den Knebel und befreite auch Dolores durch zwei heftige Rucke aus ihrer misslichen Lage.

„Endlich." Dolores atmete auf, nachdem sie Augenbinde und Knebel los war. „Ich dachte schon, ich sollte hier noch ewig hängen bleiben. Von wegen Stoppzeichen: Ich hätte gar nicht aufstampfen können! Ach, übrigens – habe ich mir das nur eingebildet oder hat es tatsächlich vorhin geklingelt?"

„Ich glaube schon. Aber ich habe keine Ahnung, wer das sein könnte."

„Und jetzt?" fragte Dolores.

„Jetzt schnappen wir uns Claudine", sagte Carmen entschlossen. Denn ihre Sympathie für die sexbegierige amerikanische Freundin hatte heftigem Rachedurst Platz gemacht. Die beiden warfen sich ein paar Sachen aus Dolores' Kleiderschrank über.

Als Dolores die Tür öffnete, war der Flur leer. Carmen legte den Finger vor den Mund. „Ich möchte wetten, sie macht schon wieder irgend einen Unsinn. Wahrscheinlich liest sie gerade dein Tagebuch oder sucht unsere Geldvorräte."

„Ich schreibe aber kein Tagebuch!" zischte Dolores.

„Egal. Ich will, dass wir sie auf frischer Tat ertappen, was immer sie gerade anrichtet! Sie muss im Wohnzimmer sein."

„Jetzt übertreibst du aber", wandte Dolores mäßigend ein und kassierte einen erbosten Blick.

Da vernahmen sie ein seltsames Stöhnen, das aus dem Wohnzimmer zu kommen schien.

„Hast du das gehört?“ flüsterte Carmen.

„Ja.“

„Das muss sie sein. Hatte ich doch Recht. Also los!“ Carmen ging zur Wohnzimmertür und riss sie auf. Mit offenem Mund starrte sie auf das unerwartete Bild, das sich ihr bot.

Auf dem Sofa lümmelten Renate und Claudine. Beide waren halb angezogen, an den entscheidenden Stellen jedoch nackt. Claudine saß mit gespreizten Beinen über Renate und bewegte ihr Becken rhythmisch auf und ab. Gleichzeitig massierte sie Renates Brüste. Renates Gesicht bedeckte halb ihr weit nach oben geschobener Pullover, man sah nur noch ihre Augen, und die waren fest geschlossen. Sie lag genüsslich stöhnend flach auf dem Rücken.

Carmen und Dolores sahen sich an. Einen Moment waren sie in Versuchung, die beiden einfach ihren Aktivitäten zu überlassen und die Abrechnung auf später zu verschieben, aber dann siegte Carmens Wut. Immerhin hatte sie sich von dem Abenteuer am Wandhaken wesentlich lustvollere Erkenntnisse erwartet, als dass Handschellen weh tun und nacktes, aufrechtes Stehen auf die Dauer zu eiskalten, eingeschlafenen Füßen führt.

„Gehört das auch zu deinem SM-Stimulationsprogramm?“ fragte sie gehässig.

Claudines Bewegungen hörten abrupt auf. Carmen und Dolores hier? Aber die sollten doch zitternd vor Erregung ihre Wiederkehr erwarten! Claudine ahnte, hier war etwas entsetzlich schief gegangen. Doch noch war sie nicht bereit, sich geschlagen zu geben. Im SM-Kurs hatte sie über solche Missgeschicke allerdings nichts gelernt.

„Ha, die Schlampen versuchen einen Ausbruch! Auf die Knie und zurück ins Zimmer!“ fauchte sie wenig überzeugend.

„Halt jetzt sofort den Mund, sonst stopfe ich dir deine beiden Knebel gleichzeitig in den Hals!“ schimpfte Dolores. „Und mach, dass du mit deinen Stiefeln von unserem Ledersofa kommst. Sonst hole ich deine neunschwänzige Katze! Wie man damit umgeht, hast du uns ja vorhin gezeigt.“

Mittlerweile hatte Renate die Augen geöffnet und starrte schreckensbleich die beiden Frauen an. „Aber … aber … ich dachte … ich habe geglaubt, ihr seid spazieren!“

„Wie man sich irren kann“, entgegnete Carmen. „Ich glaube, du bist dem unersättlichen Appetit der fleischfressenden Pflanze da zum Opfer gefallen.“

„Das verbitte ich mir!“ schimpfte Claudine, die sich inzwischen aufgerappelt hatte. „Schließlich war es eure Idee.“

„Stimmt. Es war allerdings nicht unsere Idee, uns so hoch an der Wand zu befestigen, dass wir beim besten Willen nicht auf den Boden stampfen konnten, auch wenn wir es gewollt hätten. Und gewollt haben wir definitiv.“

„Aber ...“, stammelte Claudine und errötete bis unter die Haarwurzeln. Dann stand sie schweigend vom Sofa auf. Verdammt, sie hatte alles vermasselt! Geschlampt hatte sie! Und das bei ihrer ersten selbst inszenierten SM-Szene. Wie blamabel! Warum bloß hatte sie die Mittagspause beim SM-Kurs um eine Stunde verlängert und so ausgerechnet die Ausführungen zu den Details der Stoppworttechnik verpasst? Nun rächte sich das Versäumnis. Aber derart aufzuspielen brauchten die beiden sich nun auch wieder nicht wegen des kleinen Fauxpas.

„Du gehst jetzt wohl besser“, sagte Dolores zu Renate.

Renate schwieg und klappte den Pullover herunter. Schöne Freundinnen, die beiden, dachte sie. Gönnen einem nicht das kleinste bisschen Spaß!

„Am besten reise ich auch sofort ab, die Stimmung ist sowieso im Eimer“, sagte Claudine. „Ich finde, ihr seid verdammt spießig. Schließlich ist doch gar nichts passiert.“

„Nichts passiert? Wir haben gefroren wie die Hunde, die Wand hat Löcher, unsere Arme tun weh, Carmen ist beinahe in Ohnmacht gefallen, und von Lust weit und breit keine Spur. Das nennst du also nichts passiert!“ schimpfte Dolores und schlug mit der flachen Hand an eine Strebe der Regalwand, um ihrem Ärger auch körperlich Luft zu machen.

Darauf fiel eine der Glaskatzen, ein rotblau schillerndes Exemplar mit überlangem Hals, das unglücklicherweise am Rand stand, aus dem Fach und zerschellte auf dem Parkettboden.

„Pass doch auf!“ maulte Carmen. „Das war Pussy. Die hat fünfzig Mark gekostet.“

Claudine kicherte.

„Alles nur wegen dir!“ lenkte Dolores den Zorn wieder in die richtige Richtung. „Und was deine Reisepläne angeht: Du bleibst noch ein bisschen hier. Die einzige, die jetzt geht, ist Renate. Mit dir haben wir nämlich noch ein Hühnchen zu rupfen. Erst mal: Her mit dem Handschellenschlüssel. Dann kannst du theoretisch gehen. Falls du vor hast, in diesem Kostüm zu reisen. Der Rest bleibt hier, als Pfand für die Zerstörungen, die du in unserem frisch renovierten Zimmer angerichtet hast. Wobei du daran denken solltest, dass es März und daher ziemlich kühl ist. Ansonsten spachtelst du die Löcher wieder zu und streichst danach an."

Claudine ließ sich auf einen Stuhl fallen. „Das ist Erpressung!" murmelte sie und grub im Oberteil ihrer Korsage nach den Handschellenschlüsseln.

„Wenn das Erpressung ist, dann war dein kleines Experiment Körperverletzung", konterte Dolores. „Her damit!"

Widerstrebend rückte Claudine die Schlüssel heraus.

Renate saß verblüfft auf dem Sofa und starrte von einer streitenden Partei zur anderen. „Würdest du bitte mal aufschließen, Renate?" fragte Dolores und hielt Renate erst ihren rechten, dann den linken Arm hin. Dann kam Carmen an die Reihe.

„Falls du nicht Zeugin oder gar Teil einer hässlichen Auseinandersetzung werden möchtest, gehst du jetzt wirklich besser, Renate", schlug Carmen vor. „Du siehst ja, wir haben hier noch einiges zu klären."

„Sehen wir uns wieder?" fragte Renate, an Claudine gerichtet.

Die nickte.

„Wenn du mit der zusammen bist, sehen *wir* uns so schnell nicht wieder!" fuhr Dolores auf. „Von Claudine wollen wir vorläufig verschont bleiben."

„Genau", bestätigte Carmen.

„Das müsst ihr selbst wissen", sagte Renate und warf den beiden einen halb kühlen, halb traurigen Blick zu. „Euer Sofa ist jedenfalls wie gemacht fürs Ficken. Besten Dank." Sie stand auf, richtete ihre Kleidung und schrieb ihre Telefonnummer auf einen Zettel, den sie Claudine in die Hand drückte. „Ruf mich morgen an", sagte sie, ehe sie verschwand. „Wenn sie dich hier einsperren, hole ich die Polizei."

„Das wird nicht nötig sein", sagte Carmen. „Wir wollen sie ja schnellstens loswerden."

Claudine schickte Renate einen Kussmund hinterher. Carmen und Dolores verdrehten die Augen. Renate zog die Stirn in Falten.

„Ihr verkennt sie, das sage ich euch! Wer so liebt, kann nicht schlecht sein“, orakelte sie finster und verschwand.

Renate war sauer. Ihre beiden vermeintlichen Freundinnen hatten ihr soeben bestimmt den besten Orgasmus seit Monaten versaut. Hätten sie denn nicht wenigstens noch fünf Minuten warten können mit ihrem Überraschungsangriff? Aber Lesben kannten eben kein Taktgefühl, das hatte Renate schon öfter erfahren.

Carmen schloss hinter Renate die Wohnungstür ab. „Wie gewonnen, so zerronnen“, sagte sie in Hinblick auf die Freundschaft zu Renate. Dann ging sie zurück zum Sofa, auf dessen Kante Claudine hockte und schmollte. In zwei Schritten Entfernung hatte sich Dolores aufgebaut und starrte finster auf Claudine hinunter.

„Dass dich Renate auf unserem Sofa vögelt, geht uns selbstverständlich nichts an. Aber dass du unsere frisch gestrichenen Wände mit schlecht gebohrten Löchern verunzierst, passt uns überhaupt nicht“, begann Dolores das Strafgericht. „Und deshalb haben wir jetzt auch eine kleine Idee für einen Workshop. Als Ausgleich für den SM-Workshop, sozusagen: Du schläfst dich aus, und dann bleibst du so lange mit Fugenfüller, Farbe, allen nötigen Werkzeugen, Wassereimer und Putzmitteln da drin, bis die Wand wieder so aussieht wie vorher.“

„Aber ich wollte doch morgen in die Stadt“, behauptete Claudine.

„Eben wolltest du noch ganz dringend zu Renate“, berichtigte Carmen. „Aber es ist uns sowieso egal, was du willst und wann du aufbrichst, wenn du nur die Bude vorher aufräumst. Beeilst du dich, kannst du sogar noch zusammen mit ihr das samstägliche Nachtleben in München genießen.“

„Das ist Freiheitsberaubung!“ schimpfte Claudine.

„Ach, und was war das vorhin an der Wand?“

„Da habt ihr zugestimmt!“

„Dann zeig uns doch an!“ schlug Carmen vor. „Die Polizei wird sich köstlich amüsieren. Wir können dich übrigens auch anzeigen. Wegen Sachbeschädigung und Hausfriedensbruch.“

Claudine dachte nach. Sie war ein sorgfältiger Mensch, und der Fehler mit dem Stoppwort wurmte sie. Zudem würden langatmige Verwicklungen wegen dieser beiden verklemmten Lesben sie nur davon abhalten, ihre geschäftlichen und sonstigen Pläne zu realisieren.

Hinsichtlich der sonstigen Pläne wanderten ihre Gedanken zu Renate. Eine so perfekte Verbindung beider Geschlechter in einer Person war ihr noch nicht begegnet. Höchst faszinierend! Renates Zettel steckte nun sorgfältig zusammengefaltet im Dekolletee ihrer Korsage. Schnellstens wollte sie das soeben Begonnene zu Ende bringen. Und noch mal tun. Und noch mal. Sie beschloss, den Besuch bei Carmen und Dolores so schnell wie möglich ohne weitere Streitigkeiten zu beenden. Wenn sie dafür anstreichen musste – es gab Schlimmeres.

„Na schön. Ich gebe zu: Das mit den Löchern in eurer Wand hätte nicht sein müssen!" sagte Claudine. „Von mir aus streiche ich die Wand an. Dann sind wir quitt. Für alle Zeiten."

„Na, siehst du, es geht doch!" Angesichts ihres Sieges ging es Carmen gleich viel besser.

„Wo ist das Malzeug?" fragte Claudine finster. „Farbe. Pinsel. Fugenfüller. Alles eben, ich mache das sofort. Und morgen, wenn ihr aufwacht, bin ich schon weg."

„Eine gute Idee", freute sich Dolores und holte aus dem Abstellraum alles Nötige.

Claudine zog sich um und schleppte die Gerätschaften ins Gästezimmer. Sie war nicht ganz ungeübt in Renovierungsarbeiten, denn als einer ihrer vielen Nebenjobs hatte sie für ein Maler- und Tapezierkollektiv in San Francisco gearbeitet. Um fünf Uhr morgens war alles fertig, und zumindest in ihren Augen sah es besser aus als vorher. Claudine packte und verschwand, ohne eine Sekunde zu zögern. Für diesen altbackenen Lesbenhaushalt war sie entschieden zu exotisch. Sie verbrachte die Nacht bis zum Morgengrauen in einer Pizzeria an der Leopoldstraße, die durchgehend geöffnet hatte. Im Morgengrauen betrat sie die nächste Telefonzelle, kramte in ihrer Hosentasche nach Renates Telefonnummer und wählte.

„Ich habe schon auf dich gewartet", sagte Renate, die Claudines Stimme sofort erkannte.

Als Carmen und Dolores morgens aufstanden, kontrollierten sie zuerst das Gästezimmer. Es erstrahlte in jungfäulichem Weiß. Sie mussten nur noch das Abdeckpapier wegräumen.

„Gleich zwei gute Nachrichten", sagte Dolores zufrieden. „Das Zimmer ist wieder okay, und Claudine ist weg."

„Was machen wir jetzt mit ihren Geschenken? Wegschmeißen?" fragte Carmen.

„Nein. Sie passen hervorragend in unser Erotik-Belebungsprogramm. Also ausprobieren."

„Muss das sein? Ein Experiment hatten wir schon dieses Wochenende", nörgelte Carmen.

„Sei doch nicht so! Ich habe bei dem unsinnigen SM-Versuch mitgemacht, obwohl ich keine Lust hatte. Jetzt bist du dran."

„Also gut." Carmen gab nach, weil sie sich verantwortlich für die Ereignisse vom Vortag fühlte. „Am unkompliziertesten ist wahrscheinlich dieses Kartenspiel."

Sie packten das *Erotische Quartett* aus, setzten sich gemütlich zugedeckt aufs Bett und lasen die Spielanleitung, die besagte, dass die eine der anderen die Karten hinhalten und die andere eine Karte ziehen musste. Das, was auf der gezogenen Karte stand, musste die, die diese Karte gezogen hatte, ausführen.

„Klingt doch ganz einfach", meinte Dolores und breitete das Kartenspiel fächerförmig aus, so dass Carmen ziehen konnte.

Carmen wählte wenig begeistert eine Karte. Sie zeigte einen riesigen Po und ein Dings, das so ähnlich aussah wie das, was ihnen Claudine geschenkt hatte. Von dem Dings zum Po führte ein Pfeil.

„Du sollst dir das Teil in den Hintern stecken", interpretierte Dolores dienstfertig die Abbildung.

„O nein", widersprach Carmen. „Ich soll es *dir* in den Hintern stecken. Wo bleibt denn sonst die Interaktion?"

„Mir? Das glaube ich aber kaum."

„Dann lies halt die Anleitung."

Das Regelwerk ließ sich in beide Richtungen auslegen. Also interpretierte es jede so, wie sie wollte.

„Sei kein Spielverderber", sagte Carmen. „Lass mich dir das Ding da reinschieben, und dann sehen wir ja, ob dir das Spaß bringt. Und außerdem ziehst du beim nächsten Mal und ich bin dran."

„Kommt gar nicht in Frage. Erstens finde ich, dass du die Regeln vollkommen willkürlich benutzt, um dir einen Vorteil zu verschaffen, und zweitens habe ich Hämorrhoiden."

„Und ich habe ständige Blähungen und manchmal Darmpolypen."

Plötzlich sahen sich die beiden Frauen an und mussten lachen. Offensichtlich wollte keine von ihnen mit dem Plug etwas zu tun haben. Das Kartenspiel entpuppte sich eher als Quelle von Streit denn von Sinnlichkeit.

„Ich glaube, das ist nichts für uns. Wir stecken den Stöpsel als optisch belebendes Element ins Blumenbeet. Und das Kartenspiel verkaufen wir beim nächsten Flohmarkt", schlug Dolores vor, praktisch wie immer.

Carmen nickte begeistert. Dann zog Dolores sie sanft an sich und küsste sie. Carmen ließ sich nach hinten sinken. Mit geschlossenen Augen genoss sie, wie Dolores' Mund die empfindlichen Hautpartien an ihrem Bauch entlang glitt, immer tiefer, und dann auf ihrer Klit einen sanften Tanz vollführte. Carmen spürte, wie sie nass wurde, ihr Geschlecht anschwoll und sich mit Blut füllte. Sie konzentrierte ihre Aufmerksamkeit auf einen Punkt, der direkt mit ihrer Klit verbunden war und von dem sie wusste, dass er immer größer werden, immer näher kommen und sie dann davontragen würde in wilden Zuckungen und einem tiefen Stöhnen.

Doch es kam anders. Selbst das hatte wie alles an jenem Tag mit Claudine zu tun.

Um zu verstehen, warum passierte, was geschah, muss man wissen, dass Carmen empfindliche Ohren hatte. Nichts hasste sie mehr als Krach. Akustische Störungen brachten sie vollkommen aus dem Konzept, während schöne Klänge beim Sex sie in Ekstase versetzen konnten. Wenn Carmen und Dolores Musik hörten, während sie miteinander schliefen, legten sie immer mehrere CDs in den Wechsler, um zu verhindern, dass der Klangteppich mittendrin Löcher bekam. Brach nämlich die Musik beim Sex plötzlich ab, obwohl sich Carmen darauf eingestellt hatte, war die Stille nahezu genauso schlimm für sie wie ein Presslufthammer neben der Bettkante. Und das führte dazu, dass ihr Rhythmus futsch und die Liebe für diesmal im Eimer war.

Das Geräusch, das Carmen nun plötzlich hörte, hatte denselben Effekt. Es klang wie ein ziemlich großes, lästiges und vielleicht auch noch stechendes Insekt. Eine Hornisse, zum Beispiel. Der Gedanke an die Hornisse senkte Carmens Erregungspegel schnell und nachhaltig, was sie zutiefst bedauerte, denn bis eben, bis dieses fürchterliche Geräusch in ihre ungeschützten Ohren gekrochen war, war sie auf einer riesigen Woge dem Orgasmus entgegen gesurft. Nun war die Woge verebbt, und zudem hatte Dolores, wer weiß warum, auch noch aufgehört, sie zu lecken.

Genau in diesem Moment spürte Carmen etwas Vibrierendes, das sich langsam aber sicher in ihr Allerheiligstes vorschob. Möglicherweise hätte ihr das sogar gefallen, aber dieses penetrante Surren war schlicht unerträglich. Es erinnerte sie plötzlich nicht nur an Hornissen, sondern auch noch an Rasierapparate. An Remington im Badezimmer, wo der bierbäuchige Vater sich zu sanitären Zwecken einschloss und sie deshalb nicht aufs Klo konnte. Höchst abturnend war das!

„Mach sofort das Ding aus!" befahl Carmen.

„Aber warum? Es ist doch nur der Vibrator", widersprach Dolores.

„Du weißt doch, wie sehr mich Krach stört. Das blöde Geräusch hat mich vollkommen aus dem Takt gebracht."

„Manchmal bist du aber wirklich sehr mimosenhaft!" Dolores verdrehte die Augen und schaltete mürrisch den Vibrator ab. Ihr war klar: Jetzt würde nichts mehr passieren.

Carmen war sauer. Auf sich, weil sie so empfindlich war, auf Claudine, die den Vibrator ins Haus gebracht hatte, und auf Dolores, die ihn ungefragt benutzte. Dadurch hatte sie den Sex für heute vermasselt – nach einem so wunderbaren Anfang! Und nun nannte Dolores sie zu allem Überfluss auch noch Mimose!

Carmen sprang beleidigt aus dem Bett. Türknallend verschwand sie im Badezimmer, wo sie sich ein heißes Schaumbad einließ. Träge im Wasser planschend, dachte sie über das mangelnde Einfühlungsvermögen ihrer Lebenspartnerin nach. Früher hatte sie immer angenommen, dass gemeinsame Jahre Menschen einander näher brächten. Doch langsam zweifelte sie daran.

Dolores blieb ratlos im Zimmer zurück. Sie seufzte, nahm den Vibrator und verstaute ihn in einer Schublade ihres Nachttischs. „Ruhe sanft", sagte sie mit leisem Bedauern.

Traurig saß Dolores auf der Bettkante und schüttelte resigniert den Kopf. Das war der Moment, in dem ihr zum ersten Mal Zweifel an der Beziehung zu Carmen kamen. Vibrator hin oder her – was war denn so schlimm daran? Das bisschen Surren?

Sie dachte über die letzten Wochen nach und kam zu dem Schluss, dass Carmen und sie in einer ernsthaften Krise steckten: Sie schliefen kaum noch miteinander – weder sonntags noch an anderen Tagen. Ständig passierten irgendwelche skurrilen Dinge, die sie davon abhielten. Seltsame Menschen schneiten in ihr Leben und brachten es noch mehr durcheinander. Ihr Tischtennis hatte sich verschlechtert, und in der Disco waren sie schon ewig nicht mehr gewesen. Auch den Stammtisch hatten sie zuletzt vernachlässigt. Dafür saßen sie zu

Hause, grübelten über Sexualitäten inklusive ihrer eigenen nach und hatten keinen rechten Spaß mehr am Leben.

Dolores seufzte. Sie streifte eine Jogginghose, ein altes T-Shirt und Turnschuhe über. Als sie aus dem Haus trat, sog sie die Morgenluft tief ein. Dann rannte sie zur Isar und an ihr entlang. Während sie lief, drehten sich ihre Gedanken um ihre Beziehung zu Carmen. Es musste sich dringend etwas ändern, und wenn Carmen nicht bereit oder fähig war, die fälligen Veränderungen auf den Weg zu bringen, dann würde sie es eben selbst tun.

Hatten sie nicht ganz zu Anfang dieser seltsamen Phase darüber gesprochen, die einschlägige Literatur nach Informationen über gestörte Langzeitbeziehungen zu durchforsten? Aber seit dem Duftöl-Desaster war nichts dergleichen mehr geschehen.

Nun, sie würde jetzt systematischer an die Angelegenheit herangehen, nahm sich Dolores vor. Gleich morgen!

6. Kapitel

in dem Carmen und Dolores zweifelhafte Ratgeber finden und sich sofort daran machen, deren Vorschläge in die Tat umzusetzen

In der nächsten Woche begann ein neuer Abschnitt in Dolores' Leben. Ernüchtert durch ihre Erlebnisse vom Wochenende – angefangen von Claudines Eskapaden bis zu Carmens überstürztem Rückzug aus dem Bett – und finster entschlossen, nun endlich das Blatt zu wenden, begab sich Dolores in der Mittagspause zum nächsten Buchladen, einem Geschäft, in dem Bücher geradezu verramscht wurden. Sie suchte nach dem Bereich „Psychologie“ und fand überquellende Tische, die Bücher darauf randvoll mit guten Ratschlägen für alle Lebenslagen. Auch Beziehungsratgeber gab es reichlich. Immer wieder starrten Dolores von deren Buchdeckeln die verzückt lächelnden Gesichter heterosexueller Paare entgegen.

Dolores seufzte. Das ewige Lächeln auf den Einbänden nervte sie, denn Leuten, die so lächelten, ging es gut. Die kauften keine Beziehungsratgeber. Außerdem fand sie kein einziges Buch, das sich mit Lesben befasste. Hier, in diesem Laden, mit so etwas zu rechnen war wohl zu viel verlangt. Da hätte sie schon in den Frauenbuchladen gehen müssen, aber der lag in einem anderen Stadtteil, und dort hinzufahren hatte sie mittags keine Zeit. An diesem Laden kam sie sowieso vorbei, mochte die Qualität seines Angebots noch so zweifelhaft sein. Außerdem hatte der Frauenbuchladen kaum verbilligte Bücher. Das wusste sie, sie kaufte schließlich viele Romane dort. Aber Beziehungsratgeber? Dolores wollte nicht zu viel Geld in solche Bücher stecken. Sonst würde sie sich ärgern, wenn sie nichts halfen. Schlimm genug, dass Carmen vermutlich viel zu viel für die mörderischen Öle bezahlt hatte.

Nachdem Dolores eine ganze Weile unentschlossen mal dieses, mal jenes Buch in die Hand genommen hatte, stach ihr eines besonders ins Auge. Der Titel versprach ausnahmsweise nicht Paarkitsch mit Zuckerguss. Das Buch hieß *Die tödliche Zweierkiste*. Es stammte von dem „bundesweit bekannten und höchst erfolgreich praktizierenden“ Psychologen und Paarberater Willibald Wulli.

Die beiden Personen, die auf dem Einband abgebildet waren, natürlich wieder ein Mann und eine Frau, lächelten nicht. Sie sahen sich nicht einmal an. Vielmehr blickten sie mit ziemlich finsteren Gesichtern in jeweils entgegengesetzte Richtungen. Das passte gut zu den Befürchtungen, die Dolores insgeheim hinsichtlich ihres häuslichen Glücks hegte.

Muss es denn ausgerechnet ein Mann sein, der mir was über Beziehungen beibringt, bäumte sich Dolores' Frauenbewusstsein auf, aber das Cover überzeugte sie. Auf der Rückseite war Wulli selbst abgebildet: ein blond gelockter, lächelnder Mittvierziger mit Charakterfalten. Unter dem Bild stand, er habe zwei Kinder und sei glücklich verheiratet. Na also, Wullis Ratschläge schienen das dauerhafte Glück nicht zu gefährden, eher im Gegenteil. Obwohl Mutter-Vater-Kind nicht gerade Dolores' bevorzugtes Familienmodell war, hoffte sie, in diesem Buch etwas zu finden, wovon auch ein lesbisches Paar profitieren konnte. Den Preis, lächerliche 5,90 Euro, war der Versuch auf jeden Fall wert.

Kaum in der U-Bahn, begann Dolores zu lesen. Die Zweierbeziehung, das war Wullis These, führe auf Dauer zwangsweise zu Unzufriedenheit und Langeweile, was dann die beiden Partner Schritt für Schritt einander entfremdete. „Was wollen sie sich noch mitteilen, wo bleibt ihr Geheimnis, der Reiz des Verborgenen, wenn zwei sich Tag für Tag, Stunde für Stunde umgeben? Nichts außer: ‚Der Kühlschrank ist leer‘ oder ‚Die Butter ist alle‘. Können Sie sich das bei einer oder einem Geliebten vorstellen? Na also!“ dozierte Wulli. Und deshalb sei der oder die Dritte im Bunde die einzige Möglichkeit, die Liebe dauerhaft am Leben zu halten. „Ein Seitensprung gibt auch der Langzeitbeziehung die Romantik zurück, Spannung und Erwartung, das ganze Elixier der belebenden Gefühle!“ schwärmte Wulli, der anscheinend wusste, wovon er sprach.

Au weia, dachte Dolores, wenn ich das Carmen erzähle! Andererseits spekulierte sie, dass diese These durchaus ihren Reiz hatte, zumal sich ihre Anläufe, das Paarleben lustvoller zu gestalten, allesamt als gefährlich und geradezu tragisch wirkungslos erwiesen.

Zu Hause versteckte Dolores das Buch gut unter einem Stapel Unterhosen. Auf gar keinen Fall sollte Carmen erfahren, dass sie sich theoretisch mit dem Gedanken beschäftigte, eine zweite Liebesbeziehung aufzunehmen – und sei es auch nur, um Carmen und sich selbst zu helfen. Wahrscheinlich würden Wullis wundersame Rezepturen auch dann wirken, wenn Carmen nicht Bescheid wusste – falls sie sich überhaupt entschlösse, es damit zu versuchen. Der Meister selbst riet übrigens sogar zur Diskretion. Er war der Meinung, dass die Würze des Techtelmechtels nicht etwa in seiner schonungslosen Offenbarung, sondern im Gegenteil darin bestünde, dass die Fremdgängerin ihre Eskapaden für sich behielte.

Dolores packte das Buch am nächsten Morgen wieder in den Rucksack, um nach der Arbeit ihre Lektüre fortzusetzen. Der Tag wurde stressig: Ein Regal mit wirklich ganz scheußlichen Keramikbechern, blau mit dummen Sprüchen drauf („Sei mein Bär", „Gib Bussi", „Der Becher fällt nicht weit vom Tisch" und ähnliche Blödheiten) war umgekippt und hatte den Laden in ein Scherbenmeer verwandelt. Sie kehrte eine ganze Stunde.

Als nächstes nervte sie ein Mann, weil er ein „möglichst lehrreiches, spannendes Spiel" für seinen Sohn suchte, der Geburtstag hatte. Dem Kerl fiel anscheinend nicht auf, dass ein Widerspruch zwischen „spannend" und „lehrreich" bestand. „Wir haben nur Skat, Würfel und Mensch ärgere dich nicht", sagte sie schließlich ziemlich unwirsch. Diese drei Spiele waren die einzigen in Dolores' Sortiment. Sie führte sie, weil die Lieferung in einen Unfall verwickelt worden war und der eigentliche Kunde sie nun nicht mehr abnehmen wollte. Den Mann schickte sie zu *Obletter*, einem Spielwarengeschäft am Stachus.

Und dann kam auch noch diese Handelsvertreterin, die ihr regelmäßig schlecht genähte Sweatshirts mit Namensaufdrucken des Hofbräuhauses anbot. Mit ihrem Geruch nach Billigparfum, ihren hochhackigen dunkelroten Lackstiefeln, ihren künstlich verlängerten Fingernägeln war sie so ungefähr das Gegenteil von Dolores' Typ. Dazu redete sie wie ein Wasserfall und blieb gerne mindestens eine halbe Stunde, obwohl zehn Minuten zum Abschluss des Geschäfts gereicht hätten. Diese Frau kam einmal im Monat. Dolores konnte sie noch nie leiden, aber sie musste die Sweatshirts kaufen, weil ihr die Touristen, die sich immer wieder in ihren Laden verirrten, das Zeug aus den Händen rissen. Nachmittags bestellte sie noch eine zweite Fuhre Regenbogen-Windmühlen und öffnete einen Brief des Hauseigentümers, in dem dieser eine Mieterhöhung verkündete.

Deprimiert warf Dolores den Brief auf den Schreibtisch. Nach alledem war sie höchst erleichtert, als sie den Laden endlich abschließen konnte.

Jetzt saß Dolores im *Sax*, das zwar kein ausgesprochenes Szene-Café, aber szenig genug für den späten Nachmittag und frühen Abend war, vor sich einen Campari-Soda, und verschlang das Wulli-Werk. Nach einer Weile legte sie es zur Seite und starrte in die Luft. Sie verglich Wullis Aussagen mit anderen Erkenntnissen, die sie in den letzten Tagen gewonnen hatte: Was hatte Claudine gesagt? Spießig? War das – mal ganz abgesehen von Claudines indiskutablem Verhalten – vielleicht sogar ansatzweise wahr? Versackten sie und Carmen im bürgerlichen Mief? Lief deshalb nichts mehr?

Ihr Blick fiel aufs Fensterbrett, wo Stapel der März-Ausgabe der beiden örtlichen Szenemagazine auslagen. Abwechslung muss sein, dachte Dolores und griff danach. Sodann ertappte sie sich dabei, intensiver als sonst die Kontaktanzeigen zu studieren. Sie und Carmen lasen sie sich gern vor, weil es ihnen Spaß machte, sich die Personen dahinter vorzustellen. Diesmal allerdings las Dolores die Texte mit anderen Augen: mit denen der Jägerin. Sorgfältig ging sie alle durch.

Die Inserentinnen suchten allesamt „eine zuverlässige Wegbegleiterin durch dick und dünn“, „eine Liebe für gute und schlechte Zeiten“, „eine Frau für immer oder wenigstens für lange“. Ach, das alles hatte sie ja schon! Immer und ewig, zuverlässig, durch dick und dünn! Dolores brauchte etwas anderes, etwas ganz anderes: Eine, die nur das eine wollte, und das auch noch diskret. Letztlich zum Heil der Zweisamkeit, aber vielleicht ein ganz klein bisschen auch einfach nur so.

Stöhnend vor Neid blätterte Dolores weiter zur Herrenabteilung, wo reihenweise geile Stuten saftige Hengste suchten, an denen offensichtlich nur ein einziger Körperteil sie interessierte. Wenn sie ein Mann wäre, wäre es sicher einfacher, Wullis Ratschlägen zu folgen, haderte Dolores. Die Auswahl wäre phänomenal! Aber leider war sie kein Mann – ein Umstand, den sie sonst ganz und gar nicht bedauerte.

Wie im Traum griff sie nach ihrem Rucksack, holte einen Stift und einen Zettel heraus und begann, geistesabwesend herumzukritzeln. „Frau sucht Frau – nur für das eine. Keine Frau für immer, sondern für ein- oder zweimal die Woche. Je nach Lust und Laune. Keine

Beziehung, sondern eine Affäre. Keine Offenbarungen, sondern Sex pur. Bi, SM, Tantrasex mit ätherischen Ölen zwecklos. Zuschriften unter Chiffre.“ Was tue ich da? dachte Dolores und errötete, aber sie packte den Bierdeckel trotzdem ein.

Von ihrem Laden aus rief sie am nächsten Tag die Anzeigenabteilung beider örtlichen Szenezeitungen an und gab den Text durch. Sie hatte Glück: Sie kam noch rechtzeitig für das April-Heft. Die Zuschriften würden an den Laden, nicht an die Wohnung geschickt werden. Als alles erledigt war, fühlte sich Dolores plötzlich viel besser. Dankbar schaute sie in die bösen Gesichter des zerstrittenen Paares auf dem Cover des Wulli-Buches. Dann wandte sie sich einer älteren Dame zu, die dringend ein Geschenk für ihre Schwiegertochter suchte, nur viel kosten sollte es nicht.

Carmen dagegen nahm an diesem Abend, weil Mittwoch war, wieder einmal am Schwimmtraining der „Rosa Wasserratten“ teil. Eigentlich hatte sie keine große Lust, sich anzustrengen, aber sie glaubte, Gesellschaft würde ihr gut tun. Zudem hoffte sie, Sabine zu treffen. Die war einige Male nicht zum Training erschienen. Carmen wollte ihr von dem unmöglichen Wochenendbesuch berichten und gern auch erfahren, ob Sabine bei ihrem Schwarm weitergekommen war.

Diese Frage konnte sie sich sparen. Sabine strotzte ohnehin vor Kraft und Gesundheit, doch nun umstrahlte sie auch noch die Aura der frisch Verliebten. Die wesentlich jüngere Frau, die ihr nicht von der Seite wich, musste das Objekt der Begierde sein. Zu allem Überfluss trugen die beiden Partnerlook. In ihren neongelben Sport-Schwimmanzügen sahen sie aus wie zwei gigantische Glühwürmchen. Wahrscheinlich fluoreszierten die Dinger, wenn man nachts schwamm, dachte Carmen höhnisch.

Als Sabine Carmen entdeckte, winkte sie. Carmen winkte zurück und sprang ins Wasser, um den Turteltäubchen fürs erste aus dem Weg zu gehen.

Nachdem sie ihre Bahnen zurückgelegt hatte, stand Sabine schon mit der jüngeren Frau am Beckenrand und erwartete Carmen.

„Hallo! Das ist übrigens Julia, du weißt doch, ich habe dir neulich von ihr erzählt. Julia, das ist Carmen!“

„Nett, dich kennenzulernen“, heuchelte Carmen und nickte Julia zu. In Wirklichkeit konnte sie diese Julia, ein halbes Kind von höchstens fünfundzwanzig, vom ersten Moment an nicht leiden. Warum, wusste sie selbst nicht genau. Vielleicht, weil sie so jung war. Vielleicht auch nur, weil sie Sabine beneidete und gleichzeitig eifersüchtig auf Julia war. Denn sie hätte Sabine an diesem Abend gern eine halbe Stunde ganz für sich beansprucht, aber das konnte sie sich wohl abschminken.

„Wie bist du denn geschwommen?“ fragte Sabine.

„Schlecht. Meine Zeiten sind mal wieder miserabel. In den letzten Wochen war ich ein bisschen besser, aber das scheint vorbei zu sein.“

Ihre kichernde Freundin fragte nicht einmal, ob das Leistungstief Gründe hatte, registrierte Carmen. Stattdessen sagte Sabine lächelnd: „Na, macht nichts. Wir müssen uns hier doch nicht stressen, das ist ja schließlich nur ein Hobby.“

„Du solltest dich mal verlieben, das bringt dich in Schwung“, bemerkte Julia überflüssigerweise und lachte dazu.

„Ha, ha, sehr witzig! Vielleicht weißt du auch gleich noch in wen? Und wie ich das meiner Lebensgefährtin Dolores erklären soll?“ bemerkte Carmen bissig. „Ich geh mich jetzt umziehen.“ Dann warf sie sich ein großes Handtuch über und zog davon in Richtung Kabine.

„Hat die was?“ fragte Julia.

„Ja. Eine langjährige Beziehung. Und Beziehungsprobleme, so wie sie sich benimmt.“ Sabine schaute Carmen erstaunt nach. Normalerweise war sie nicht so schnell beleidigt.

„Oder es ist schon das Klimakterium“, schlug Julia vor. „Dass du mir ja nicht so übellaunig wirst! Sonst verlasse ich dich sofort.“ Julia gab Sabine einen Schubs, so dass sie ins Wassser fiel. Dann sprang sie hinterher.

Carmen saß derweil auf der harten Bank des Umkleideraums. Tränen kullerten ihr über die Wangen. Plötzlich fühlte sie sich elend und allein. Das junge Glück am Beckenrand war einfach zu viel für sie, nach dem Vibratoren-Debakel am Wochenende und der missglückten SM-Sitzung am Abend davor. Konnte es denn mit Dolores nicht wenigstens einen Tag lang wieder wie früher sein? Aber nein, ständig geschahen unerwartete Dinge, die sie vollkommen aus dem Konzept brachten. Manchmal erschien es Carmen, als würden Dolores und sie durch ein undurchdringliches Dickicht stolpern, von dessen Existenz sie vor ein paar Wochen noch nichts geahnt hatten.

Carmen duschte heiß und rieb sich gründlich mit Bodylotion ein. Danach fühlte sie sich etwas besser, also ging sie noch in die trostlose

Schwimmbadgaststätte und setzte sich an einen der Resopaltische. Nach Hause wollte sie noch nicht; vielleicht würde ja noch jemand von den anderen kommen und sich zu ihr gesellen.

Nachdem Carmen eine Weile gesessen und lustlos an einem Bier genippt hatte, kamen tatsächlich Sabine und Julia. Einträchtig Hand in Hand schlenderten die beiden auf Carmens Tisch zu. Sabine war nun in einen knallroten Lycra-Sportanzug gewandet – Julia trug denselben Anzug, nur in Grellblau. Wie zwei Papageien. Wahrscheinlich harmonieren sogar die Muster ihrer BHs, dachte Carmen. Die beiden setzten sich, ohne sich nur eine Sekunde loszulassen, und dann begann Julia auch noch, Sabines eine Hand zu massieren, während Sabines andere Hand ziemlich weit oben auf Julias Oberschenkel ruhte.

Carmen lenkte ihre Aufmerksamkeit mühsam auf einen Bierdeckel, der für Sport im Verein warb. Heimlich hatte sie gehofft, Julia würde aus irgendeinem Grund frühzeitig nach Hause fahren. Wie sollte sie sich bei Sabine ausheulen, die ganze Misere vor ihr ausbreiten und sie um Rat bitten, wenn dieser vorlaute Kanarienvogel ständig um sie herumzwitscherte? Nein, auf Julias Ratschläge legte Carmen wirklich keinen Wert. Sie seufzte. Unter diesen Bedingungen war es wohl besser, den Mund zu halten oder übers Wetter zu reden.

Doch Sabine vereitelte dieses Vorhaben. Besorgt sah sie Carmen an. „Was ist eigentlich los mit dir? Ist dir eine Laus über die Leber gelaufen?“

„Hast du schon mal eine richtige Beziehungskrise durchgestanden?“ fragte Carmen zurück, letztlich froh darüber, dass Sabine von sich aus aktiv geworden war.

„Beziehungskrise? Das klingt ja melodramatisch!“ sagte Sabine und warf Julia einen vielsagenden Blick zu.

„Kennst du dieses Gefühl, sich immer weiter voneinander zu entfernen? Das Gefühl, dass plötzlich alles nicht mehr stimmt? Dass nichts so funktioniert wie früher?“

„Doch, natürlich. Meistens geht es mir ungefähr nach zweieinhalb Jahren so. Dann dauert es noch etwa drei Monate, und dann trenne ich mich. Oder meine Freundin trennt sich. Jedes Mal, wenn ich eine neue Frau kennen lerne, wette ich mit mir selbst, ob ich über die magische Zweieinhalb-Jahres-Grenze komme. Aber über so was müssten Dolores und du doch erhaben sein, nach der langen Zeit, die ihr zusammen seid!“

„Willst du damit etwa sagen, du jagst mich nach zweieinhalb Jahren zum Teufel?“ mischte sich Julia ein und funkelte Sabine herausfordernd an.

„Natürlich nicht! Das war früher! Nun ist alles anders! Du bist anders! Wir sind anders.“ Hoffe ich jedenfalls, dachte sie, sagte es aber nicht.

„Das will ich doch hoffen“, sagte Julia mit vor Schreck geweiteten Augen. „Ich bin gewarnt!“

Carmen seufzte und warf einen Seitenblick auf Julia. Wahrscheinlich hatte das Küken bereits kalkuliert, wie lange es noch dauern würde, bis die magischen zweieinhalb Jahre um wären, dachte sie und musste grinsen.

„Da gibt es nichts zu lachen!“ fuhr Julia auf.

„Eins zu eins, wir sind quitt“, sagte Carmen in Erinnerung an das Gespräch am Beckenrand.

Julia warf ihr einen finsteren Blick zu. „Sind alle alten Lesben so gehässig?“ sagte sie, aber Carmen ignorierte den Einwurf, und Sabine runzelte die Stirn. „Das ist meine Freundin, die ist auch nicht viel älter als ich! Kapiert?“

„Schon gut.“ Julia schob Sabines Hand von ihrem Oberschenkel.

Carmen grübelte derweil, wie Sabine darauf kam, sie und Dolores wären über Krisen erhaben. Immer wieder staunte sie darüber, dass in Lesbenkreisen Beziehungen, deren Dauer zweistellige Jahreszahlen erreichte, einen sakrosankten Touch bekamen. Man glaubte, die Partnerinnen hätten nun jegliche denkbare Klippe umschifft und dümpelten sanft im seichten Wasser ewiger Gemeinsamkeit und Harmonie. Carmen erinnerte sich deutlich daran, wie sie selbst einst zu den scheinbar Ewigverpaarten aufgeschaut hatte. Damals, als ihr drei Monate mit derselben Frau noch unendlich lang erschienen waren. Heute gehörte sie selbst zu diesen einst bewunderten Frauen und wusste, dass viele gemeinsame Jahre keinesfalls nur Friede, Freude, Eierkuchen bedeuteten.

Eine Weile fummelte Carmen unsicher am Fuß ihres Bierglases herum. Sie spürte, sie musste einfach über den Wochenendbesuch reden. Über Claudine. Darüber, dass sie behauptet hatte, Dolores und sie seien spießig. Und schließlich über die Sextoys. Carmen kam sich unendlich verklemmt und antiquiert vor, besonders durch Julias Gegenwart. Ihr lag eine Frage auf der Zunge, aber die wollte einfach nicht heraus. Was kann ich dafür, wie ich erzogen wurde, dachte sie trotzig. Oder sollte sie lieber abwarten, bis sie mit Sabine allein wäre? Aber bis dahin konnte es ewig dauern. Schließlich überwand sie sich und fragte: „Was haltet ihr von Toys?"

„Toys?" fragte Sabine. Dann schwieg sie – wie es Carmen schien, ein wenig verlegen.

„Ich meine, benutzt ihr so was, wie findet ihr das und so?"

Sabine schwieg immer noch. Dann bestellte sie ein Bier. Dann zündete sie sich eine Zigarette an. Das tat sie eher selten.

Julia beobachtete lächelnd, wie Sabine eine passende Antwort suchte und nicht fand. Es überraschte sie, dass ihre neue Flamme so verlegen sein konnte. Das hatte sie nicht für möglich gehalten. Sie sagte: „Ja, klar, warum denn nicht? Mein Dildo steht zur Dekoration auf dem Fensterbrett im Wohnzimmer."

„Im Wohnzimmer?" wiederholte Carmen. „Wie originell." Sie dachte an das, was sich am Sonntag abgespielt hatte. „Und benutzt du ihn auch mal?"

„Was dachtest du denn?" fragte Julia leicht pikiert. „Frag doch Sabine."

Sabine wurde rot. „Ich möchte aber nicht darüber reden, was ich mit dir im Bett mache! Ich finde, das geht nur uns was an."

„Schade", sagte Julia. „Dabei hätte Carmen sicher gern mehr darüber erfahren."

Carmen errötete. Jetzt hatte dieses kleine Biest sie doch tatsächlich in Verlegenheit gebracht! Was Sexspielzeug anging, machten die fünfzehn oder zwanzig Jahre, die zwischen Carmen und Julia lagen, Welten aus: Wenn ältere Lesben einen Vibrator besaßen – und Carmen ging davon aus, dass das ohnehin nicht sehr viele waren –, vergruben sie ihn in der untersten Schublade des Badezimmerschranks. Was dagegen die jungen damit machten, konnte sie sich nach Julias Dildo-Bericht lebhaft vorstellen.

„Ich finde surrende Vibratoren nervtötend, erotische Kartenspiele albern und Analplugs schlichtweg überflüssig", sagte Carmen. „Ist das etwa schlimm?"

„Und was ist mit Dildos?" fragte Julia sehr ernsthaft.

Carmen zuckte mit den Schultern.

Sabine sah Carmen fragend an. „Wieso schlimm? Dann benutzt ihr eben keine."

„Ich glaube, Dolores meint auf einmal, unser Sexleben müsste unbedingt durch Plastikspielzeug belebt werden."

„Tatsächlich?" Plötzlich leuchteten Sabines Augen vor Neugier. „Vorher hat sie sich nie dafür interessiert?"

„Nein, nie."

Sabine dachte intensiv nach. Man konnte ihre grauen Zellen förmlich arbeiten sehen. „Merkwürdig. Hat sie vielleicht eine andere?"

Der Satz flog durch den Raum wie ein scharfkantiger Glasgegenstand und zerschellte schmerzhaft in Carmens Ohren. *Eine andere!* „Wie kommst du denn darauf?" fragte sie erschrocken.

„Wenn sie plötzlich ihre sexuellen Gewohnheiten ändert, dann hat sie sich vielleicht irgendwo Anregungen geholt", kicherte Julia.

„Die Anregungen kamen von einer leicht durchgeknallten, alten amerikanischen Freundin, die mit Sexspielzeug handelt." Carmen erzählte von dem Geschenkpaket. „Wir wollten den Vibrator ausprobieren, aber ich kann das Surren dieses Motors einfach nicht ertragen. Das ist ja, als hätte man einen Schwarm Fliegen im Bett. Der Plug steckt im Blumenbeet, das Quartett kann ich dir gerne schenken, Julia, wenn du auf so was stehst. Und der Vibrator ist in Dolores' Schublade, wo er hoffentlich verschimmelt", schloss sie ihren Bericht. Die Geschichte von der Hängepartie am Wandhaken behielt sie lieber für sich.

„Plastik schimmelt nicht so schnell", bemerkte Julia. Grinsend setzte sie hinzu: „Versuch's doch mal mit Ohropax. Oder massiere mit dem Ding eure Nackenverspannungen, wenn schon nichts anderes geht. Flippst du bei einer simplen Massage auch aus, sobald es brummt?"

Sabine warf ihrer Geliebten einen weiteren tadelnden Blick zu und sagte: „Sie meint es nicht so", worauf Julia schmollte.

Carmen musterte Julia trotzdem missbilligend. Sie hatte Recht gehabt mit ihrer Vermutung, dass sie bei Julia nicht das erhoffte Verständnis finden würde. Und nun auch noch dieser ungeheuerliche Verdacht, den Sabine einfach so in die Welt gesetzt hatte!

„Danke für die großartige Unterstützung – ihr wart wirklich sehr aufbauend!" sagte Carmen zynisch. „Und jetzt möchte ich das junge Glück nicht weiter belasten. Ich gehe nach Hause."

Sabine sah ihr besorgt nach. „Ich finde, du warst nicht sehr nett zu Carmen", bemerkte sie zu Julia, als Carmen außer Hörweite war.

„Und ich finde, sie ist eine frustrierte, verklemmte Zicke. Was kann ich dafür, wenn sie sich bei jedem Wort beleidigt fühlt." Julia starrte verärgert auf den Tisch. Jetzt hatte diese Carmen auch noch geschafft, die abendliche Harmonie zwischen Sabine und ihr zu zerstören!

Durch Carmens Kopf geisterten während des Heimwegs Julias Bemerkungen. Vielleicht hatte Julia ja Recht. Vielleicht war sie übersensibel und hätte nicht einfach weglaufen sollen, nur weil der Vibrator summte. Vielleicht sollte sie wirklich ein bisschen experimentierfreudiger werden. Und auch Sabines Verdacht konnte sie nicht vergessen. „Hat sie vielleicht eine andere?“ Der Satz drehte sich wie ein Mühlrad in ihrem Hirn. Lange wälzte sie sich unruhig im Bett, ehe sie endlich einschlief.

Auch Dolores, die Carmen nach Hause kommen hörte, aber keinen Mucks von sich gab, schlief an jenem Abend erst sehr spät ein. Sie war nämlich damit beschäftigt, sich vorzustellen, welche interessanten Frauen sie demnächst durch ihre Anzeigeninitiative kennen lernen würde. Vor ihrem inneren Auge schwebten Bilder von wunderschönen, alterslosen Wesen mit strahlenden Augen, glatter Haut, sanften Kurven, faltenfreien Gesichtern und gierigen Händen, die keine Angst hatten, einen Vibrator zu benutzen. Diese Hände streichelten sie mal hier, mal da, bis sie schließlich auf jenem Punkt landeten, an dem ihre Nerven zusammenliefen. Immer schneller ließ Dolores die Finger um ihre Klit kreisen, bis eine erlösende heiße Woge sie müde in die Kissen sinken ließ. Die wunderbaren Frauen entschwanden und sie schlief mit einem Lächeln auf den Lippen ein.

Am nächsten Tag beschloss Carmen, sich nach Büchern zum Thema Eifersucht und Dreiecksbeziehungen umzusehen. Gleich heute Nachmittag, sobald sie den komplizierten Auftrag aus Übersee abgewickelt hatte, würde sie die nächste Buchhandlung plündern. Doch zunächst musste sie sich auf ihre knifflige Aufgabe konzentrieren: Der Kunde hatte irgend eine komplizierte Maschine bestellt, die andere Maschinen zusammensetzen sollte. Dazu kam ein ganzer Berg Ersatzteile für Maschinen, die der Kunde schon vorher bei ihrer Firma gekauft hatte.

Carmen verstand weder die Maschine, um die sich der Auftrag drehte, noch die Maschinen, die das Gerät einmal bauen würde. Das war auch gar nicht wichtig. Für sie reduzierte sich das Ganze auf lange Listen mit Typenbezeichnungen, die sich kein Mensch merken konnte, exotische Währungen mit heftig schwankenden Umrechnungskursen und komplizierte Garantieklauseln, die sie per Textbaustein unter den Rest des Auftrags setzte. Bei den ermüdenden Listen, die sie erstellen musste, kam es auf Genauigkeit an. Schon kleine Fehler konnten hier große Auswirkungen haben. Einmal hatte sie zwei Buchstaben verwechselt, und schon bekam die Firma kleine Federn statt großer Schwungscheiben. Das Ganze wurde rückabgewickelt, was mehrere Wochen dauerte. Manchmal war ihr einziger Trost, dass jeder Arbeitstag nur acht Stunden hatte.

Dass Frau Schirrnagl sie seit Neuestem bei besonders komplexen Aufgaben unterstützte, indem sie ihre Telefonate entgegennahm, so lange Carmen am PC tüftelte, war eine gewisse Entlastung. Mittlerweile pries Carmen deshalb die peinliche Saunabegegnung, denn ihre Situation hatte sich dadurch wirklich verbessert.

Als die Arbeitszeit endlich um war, suchte Carmen zielsicher die Abteilung Psychologie, Unterabteilung Beziehungen im nächstgelegenen Buchladen auf. Die Masse des Geschriebenen erdrückte sie: Auf endlosen Regalen standen Unmengen von Papier, das sich mit jeder erdenklichen Facette menschlichen Soziallebens beschäftigte. Wie sollte sie hier bloß das Richtige entdecken?

Da fiel ihr Blick auf einen Stapel neben den Regalen. Auf dem Deckel des obersten Buches prangte ein auffälliger orangefarbener „Sonderpreis"-Aufkleber. Der Titel hieß: *Die unerwünschte Dritte: Gefahren für Ihre Beziehung erkennen und besiegen.* Carmens Herz machte einen Sprung: Genau das suchte sie ja! Sie wollte keine vor Verständnis triefenden Beziehungsbücher aus schwul-lesbischer Feder, denn diese Werke, von denen sie das letzte vor Jahren gelesen hatte, tolerierten in ihren Augen Dreierbeziehungen, wilde sexuelle Experimente à la Claudine und alles mögliche andere, vor dem es sie hauptsächlich grauste, mochte man Leute wie sie in der Szene nun für spießig halten oder nicht.

Sofort griff sich Carmen ein Exemplar. Die Autorin, Emilie Horcher, hatte Psychologie studiert und Hunderte von Paaren erfolgreich beraten. Frau Horcher war auf dem Autorenfoto ganz abgebildet. Sie stand auf einer Wiese mit einem Arm an einen Baum gelehnt, was wohl ihre Verbundenheit mit der Natur symbolisieren sollte. Die mittelalte Dame trug einen karierten Faltenrock und schaute auf dem Porträtfoto etwas streng drein. Sie war keine, mit der Carmen in der Frauendisco angebandelt hätte, aber darauf kam es auch nicht an. Carmen suchte schließlich erste Hilfe in Sachen heimliche Geliebte, und unter Frau Horchers Worten würde sie vielleicht ein paar brauchbare Tipps finden. Und 11,90 Euro musste einem die Liebe schon wert sein.

In der nächsten Woche las Carmen das Horcher-Werk, da ihr die herrschende Wirtschaftsflaute wieder einmal unerwartete Mußestunden im Büro bescherte: kein neuer Auftrag, keine Arbeit, so war es nun mal, und das war gut so. Jedenfalls jetzt. Carmen hüllte das Werk sorgfältig in eine rote Aktenmappe, die sie geräuschvoll zuklappte, sobald sich ein Höherrangiger näherte. Auch als Frau Schirrnagl einmal zur Tür hereinlinste, klappte sie die Kladde schleunigst zu. So innig war die Freundschaft dann doch nicht. Weil Carmen eifrig las, brauchte sie nur zwei Tage für die knapp dreihundert Seiten. Nach der Lektüre ging es ihr schlecht.

Das hatte zwei Gründe. Zum einen war Frau Horcher eine unerschrockene und fanatische Verfechterin der Zweiereinheit – zwischen Mann und Frau, versteht sich. Homoerotischen Beziehungen widmete sie kein Wort; sie kamen in ihrem Universum einfach nicht vor. Das ärgerte Carmen, aber sie musste sich eingestehen, dass sie bei einem solchen Buch kaum etwas anderes hatte erwarten können. Allerdings gab es auch einige faszinierende Sätze darin. Zum Beispiel diesen: „Wer zuerst kommt, mahlt zuerst! Sie waren zuerst da, sie haben das erste Recht auf ihn. Oder auf sie." Ja, das fand Carmen natürlich auch! Vielleicht musste man einfach nur „sie" und „er", wie es passte, auswechseln und sich ansonsten die Perlen herauspicken. Das war doch eigentlich bei allem so.

Zum anderen gab es in dem Buch das Kapitel „Untrügliche Anzeichen". Darin listete Frau Horcher einige angeblich todsichere Symptome auf, die darauf hindeuten sollten, dass die betroffene Person sein oder ihr Vergnügen anderswo suchte und fand. Als Besorgnis erregend stufte Frau Horcher zum Beispiel die ständige Unzufriedenheit des Sexualpartners mit dem Gewohnten und das Beharren auf neuen sexuellen Varianten ein. „Der zwanghafte Drang nach Abwechslung, der so plötzlich wie unerwartet ausbricht, legt nahe: Es gibt eine/n Dritte/n im Bunde", schrieb Frau Horcher. Carmen erbleichte: Genau das hatte sie in letzter Zeit an Dolores beobachtet.

Andererseits fehlten einige wichtige Anzeichen aus der Horcher-Liste, was Carmen mit Hoffnung erfüllte: Dolores roch nie ungewöhnlich, sie hatte auch noch keine Unterwäsche in ausgefallen Farben und Designs gekauft, blieb nicht über Nacht verschollen und unternahm keine plötzlichen Geschäftsreisen unbestimmter Dauer.

Am Ende des ersten Abschnitts („Die Gefahr erkennen") stand ein Test aus 50 einfachen Multiple-Choice-Fragen. Für jede Antwort gab es Punkte, die am Ende addiert und zu einem Resultat verdichtet wurden. Fieberhaft dachte, kreuzte und zählte Carmen. Sie kam auf 24 Punkte. Auf der letzten Seite stand die Erklärung: „20 bis 30 Punkte: Hat er nun eine oder hat er keine? Die Chancen stehen 50:50. Noch ist es also nicht zu spät. Seien Sie vorsichtig! Achten Sie auf Veränderungen und machen Sie den Test in ein paar Wochen noch einmal!"

Neidvoll las sie die Erklärung zu 0 bis 10 Punkten: „Ihr Partner/Ihre Partnerin ist treu wie Gold! Sie können ruhig schlafen." Ruhig schlafen, das wollte sie auch gern. Bei 10 bis 20 Punkten hieß es: „Noch ist alles in Ordnung, aber es zeigen sich erste Zeichen der Unruhe! Tun Sie etwas, um wieder stärker zueinander zu finden!" Vor den höheren Punktzahlen schreckte sie zurück: Das würde sie erst lesen, wenn sie musste, dachte Carmen und zog finster die Brauen zusammen. Sie würde Dolores von jetzt ab nicht mehr aus den Augen lassen!

Aber leider sah sie Dolores dazu viel zu selten. Sonst wäre ihr nicht entgangen, dass ihre Lebenspartnerin mittlerweile unter Hochspannung stand. Während Carmen tagein, tagaus um ihre Beziehung bangte, schwankte Dolores zwischen Stolz und schlechtem Gewissen. Natürlich wusste sie, dass sie dabei war, einen ehernen Pfeiler ihres Zusammenseins, die Treue, einzureißen. Doch hatten Carmen und sie nicht gemeinsam beschlossen, dass alles anders werden müsse? Und war es nicht letztlich sie selbst, Dolores, die, wie schon so oft, endlich die nötigen Schritte unternommen hatte – angeleitet von dem wirklich lehrreichen Buch des phantastischen Paartherapeuten Willibald Wulli, dessen Ratschläge sich wahrscheinlich als höchst heilsam entpuppen würden? Was tat dagegen Carmen, die Theoretikerin? Nichts, soweit Dolores beurteilen konnte. Und damit lag die Verantwortung, wie schon so oft, bei ihr.

Wenn Dolores in jenen Tagen über Carmen und sich nachdachte, erschien es ihr, als hätte ihr Carmen schon immer die Last des Handelns aufgebürdet, sie gezwungen, in wichtigen Situationen die Initiative zu ergreifen, Entscheidungen zu fällen und den Stein ins Rollen zu bringen. War es nicht sie gewesen, die nach monatelangen Diskussionen über eine gemeinsame Wohnung einfach loszog und auch prompt eine fand? In der sie übrigens heute noch lebten. War es nicht immer sie, die Verhandlungen mit den Reiseveranstaltern führte, wenn der Urlaub anstand, besorgte nicht sie die Tickets, kümmerte sich um notwendige Visa und Kartenmaterial? Und nun, dachte sie selbstgerecht, muss ich auch noch unser Sexleben reparieren.

Aber bevor irgendwas geschehen konnte, musste die Anzeige erscheinen. Das passierte Ende März in der April-Ausgabe, wie Dolores befriedigt feststellte, als sie das Heft durchblätterte. Von da an litt sie jeden Tag Höllenqualen und konnte sich kaum auf ihre Arbeit im Laden konzentrieren, bevor der Postbote kam. Atemlos beobachtete sie, wie er die Post auf den Tresen legte. Sobald er verschwunden war, packte sie eilends den Stapel, ging ins Hinterzimmer und blätterte die Umschläge durch. Vergebens! Statt viel versprechender Angebote hinreißender Frauen immer wieder Rechnungen, Werbung oder Mitteilungen vom Finanzamt! Nach der Postkontrolle wandte sich Dolores missgelaunt der Kundschaft zu, inspizierte die Regale oder las Kataloge, um ihr Sortiment aufzubessern. Wenn der Laden mal richtig läuft, dann schaffe ich mir eine Aushilfe an, dachte sie. Dann habe ich mehr Zeit für die Post. Aber das dachte sie schon seit Jahren. Der Umsatz hatte die kritische Schwelle, die sie sich selbst gesetzt hatte, nie überschritten. Das lag natürlich auch an den schmalbrüstigen Öffnungszeiten, aber mehr arbeiten wollte Dolores auch nicht. Also gab es keine Aushilfe.

Die Tage kamen und gingen, aber Antworten kamen keine. Zu Hause schleppte sich der Alltag dahin: Arbeiten, Tischtennis, lauer Sonntagssex. Vor kurzem waren Carmen und sie sogar zum Stammtisch gegangen, aber Dolores hatte sich tödlich gelangweilt, obwohl eine Neue namens Lisa auftauchte, eine strohblonde, zierliche Frau mit wachen, grünen Augen, kürzlich zugezogen und auf der Suche nach Anschluss. Dass es den Stammtisch gab, hatte Lisa aus dem örtlichen Frauen-Mitteilungsblatt *Wieso-warum-weshalb?* erfahren. Carmen und sie erlebten ein ereignisloses Osterfest, während dessen sich die beiden Frauen meist lesend in ihren Zimmern verkrochen, denn die Stimmung war nicht besonders.

Am Dienstag nach Ostern, als sie nach den Feiertagen wieder im Laden war, wollte Dolores schon die Hoffnung aufgeben. Sie fragte sich, ob ihr Anzeigentext denn so schrecklich war, dass sich nicht eine einzige Frau dafür erwärmen konnte. Da entdeckte sie auf dem Heimweg ein Plakat, von dem ein ihr bekanntes Gesicht huldvoll herunterlächelte. War das nicht Herr Wulli, der Autor ihres Selbsthilfebuches? Dolores schaute noch einmal genauer hin. Tatsächlich, sie hatte sich nicht geirrt. Ihr Idol würde am nächsten Freitag in die Stadt kommen, um in einer bekannten Buchhandlung aus seinen Werken zu lesen! Sofort beschloss Dolores, dass sie sich das nicht entgehen lassen konnte. Vielleicht ergab sich sogar die Gelegenheit, Herrn Wulli persönlich um Rat zu fragen.

Dolores schrieb die Daten auf einen Zettel, den sie leichtsinnigerweise an die Pinnwand heftete. Ach, hätte sie es doch gelassen! Denn kaum hing er, sah ihn auch schon Carmen.

„Was ist denn das für ein Termin? Gehst du aus?" fragte sie neugierig.

Dolores, die gerade bequem auf dem Sofa lag und Zeitung las, zuckte zusammen. „Ach, das ist nur eine Lesung", sagte sie.

„Eine Lesung? Wer liest denn da?"

„Ein Psycho-Heini. So was findest du bestimmt todlangweilig", sagte Dolores ohne die geringste Begeisterung über Carmens Interesse.

„Warum denn? Da komme ich mit", sagte Carmen bestimmt. Dolores wusste, dass es nichts brachte, Carmen ohne triftigen Grund von diesem Vorhaben abbringen zu wollen. Und dass sie Wulli gern ohne ihr Beisein gefragt hätte, wie man am besten eine Geliebte fand, konnte sie Carmen schlecht erzählen.

Trotzdem machte sie noch einen zaghaften Versuch, Carmen die Sache zu vermiesen. „Ich gehe wirklich nur hin, weil neulich eine Stammkundin davon geschwärmt hat. Sonst käme ich gar nicht darauf", sagte sie und hoffte, das würde reichen. Denn Carmen hielt Dolores' Kundschaft für größtenteils übergeschnappt oder unterbelichtet. Wer sonst käme auf die Idee, sagte sie, halbmannshohe Gummibär-Imitationen in Knallfarben im Wohnzimmer aufzustellen?

Doch Carmen blieb bei ihrem Entschluss. „Na, um so besser. Da lerne ich was über die Macken deiner Kunden und verstehe dich dann besser", sagte sie. Damit war die Diskussion beendet. Sie hatte sich ja vorgenommen, ihre Freundin zu beobachten, und das war eine prima Gelegenheit.

Dolores begrub ihre Pläne, Herrn Wulli zu ihrer ganz speziellen Situation zu befragen, und versank frustriert noch tiefer hinter ihrer Zeitung. Vielleicht könnte sie ihn wenigstens fragen, welche Sexualfrequenz er in Langzeitbeziehungen für angemessen hielt. Davon stand nämlich nichts in seinem Buch.

Am liebsten wäre Dolores allerdings unter diesen Umständen gar nicht zu der Lesung gegangen. Immerhin wollte Wulli aus dem Buch *Die tödliche Zweierkiste* vortragen. Was das bei Carmen, der Treue mehr bedeutete als alles andere, anrichten würde, konnte Dolores sich lebhaft vorstellen. Intensiv grübelte sie, welche Krankheit so plötzlich über sie hereinbrechen und so verheerend sein könnte, dass sie beim besten Willen zu Hause bleiben musste. Durchfall wäre eine Möglichkeit. Sie würde nur ein paar Abführtabletten brauchen. Aber die übervorsichtige Carmen würde sie dann bestimmt zwingen, drei Tage von Zwieback und Haferschleim zu leben. Dolores hasste beides. Also verwarf sie diese Idee und beschloss, dem Schicksal und Herrn Wulli gefasst ins Auge zu sehen.

Dann kam ihr eine potentiell rettende Idee: „Lass uns doch Renate fragen, ob sie mitgeht", schlug sie Carmen vor. Renate würde Carmen vielleicht ein wenig vom Inhalt der Lesung ablenken und so die Situation entschärfen.

„Renate?" Carmen erbleichte. „Die ist jetzt mit Claudine zusammen."

„Woher weißt du das denn? Sie hat sich doch seit ihrem seltsamen Besuch hier gar nicht mehr gemeldet, oder?"

„Eben. Wir haben gesagt, wir wollen nichts von ihr hören, wenn sie mit Claudine zusammen ist, und wir haben nichts gehört, also ist sie mit Claudine zusammen. Sonst hätte sie längst angerufen."

„Warum fragen wir sie nicht einfach?"

„Ich frage Renate gar nichts. Die schuldet uns noch eine Entschuldigung. Und du warst neulich auch dafür, sie rauszuschmeißen."

Dolores musste zugeben, dass das stimmte. „Meinst du nicht, wir sind ein bisschen zu konsequent?"

„Nein", sagte Carmen in einem Ton, angesichts dessen Dolores beschloss, das Thema nicht weiter zu vertiefen. Schließlich stand sie sowieso schon im Fettnapf. Renate fiel also als Rettungsanker aus.

„Und wie ist es mit Tom und Holger?"

„Von mir aus", sagte Carmen.

Aber Tom und Holger waren nicht an psychologischen Vorträgen über die Vorteile von Dreierbeziehungen interessiert. „Du weißt doch, wir stehen nicht auf Psycho-Kisten", sagte Tom. „Außerdem kommen am Freitag immer gute Spielfilme. Das ist unser traditioneller Fernsehabend." Im Hintergrund brummte zustimmend Holger. Dolores resignierte. Sie würde die unangenehme Situation wohl allein durchstehen müssen.

So standen Carmen und Dolores an einem windigen April-Abend an der Kasse der *Psychologischen Fachbuchhandlung* in Schwabing, um an der Wulli-Lesung teilzunehmen. Dolores war äußerst angespannt – einerseits, weil sie sich darauf freute, ihren Ratgeber leibhaftig zu erleben, andererseits, weil sie fürchtete, Carmen werde negativ auf Wullis Message an die verpaarte Menschheit reagieren.

„Ob er schon da ist?" fragte Dolores.

„Woher soll ich das wissen?" sagte Carmen.

Da drängte ein bleicher Mann mit Dreitagebart und schwarzer Aktentasche an ihnen vorbei. „Na endlich! Willkommen, Herr Wulli!" Die Frau an der Kasse erhob sich, um dem Autor die Hand zu reichen. Wulli murmelte irgendwas von verpasstem Zug.

Dolores bekam von Carmen einen Rippenstoß. „Das ist er also! Meine Güte, sieht der aber schlecht aus!"

Nein, strahlend wie auf dem Plakat wirkte Wulli nicht. Eher so, als hätte er einige Nächte kaum geschlafen. Aber bevor Dolores noch genauer hinschauen konnte, war er bereits in den Tiefen des Ladeninneren verschwunden.

Dolores und Carmen ergatterten einen Platz am Ende einer Stuhlreihe im hinteren Drittel. In dem überfüllten Raum stand die Luft. Als Wulli aus seinem Zweierkisten-Buch las, beobachtete Dolores aus den Augenwinkeln, dass Carmen immer wieder missbilligend den Kopf schüttelte – besonders heftig bei Sätzen wie: „Die Einöde der Zweisamkeit ist eine Wüste, die es zu befruchten gilt!"

Je ausführlicher Wulli seine Theorie von der erstickenden Zweierbeziehung ausbreitete, desto mulmiger wurde Dolores. Zudem geizte er nicht mit Beispielen, welche die Vorteile „beteiligter Dritter", wie er Geliebte beiderlei Geschlechts nannte, bezeugen sollten. „Ein fünfzigjähriger Mann suchte mich wegen Impotenz auf. Ich riet ihm zu einer Affäre. Schon bald gelang es dem Mann, der sehr unter der Verachtung seiner Frau wegen seiner Impotenz litt, auf einer Geschäftsreise ein Verhältnis mit seiner Sekretärin zu beginnen. Fortan konnte er auch seine Frau wieder befriedigen. Die Ehe der beiden verläuft nun wieder allseits beglückend", berichtete Wulli, und das war Musik in Dolores' Ohren.

Aber nicht in denen von Carmen. Irgendwann zischte sie Dolores von der Seite ins Ohr: „Ist das jetzt deine neue Lebensphilosophie?"

Dolores wurde rot bis unter die Haarwurzeln. Sie fühlte sich ertappt, und ihr Magen zog sich vor Schreck schmerzhaft zusammen. Trotzdem schüttelte sie empört den Kopf und zischte: „Nein, was denkst du denn! Die Kundin, die mir Wulli empfohlen hat, scheint wirklich seltsame Vorstellungen zu haben!"

„Ist sie überhaupt hier?"

Dolores errötete nochmals. „Hier? Die Kundin? Nein, ich habe sie noch nicht gesehen."

Carmen warf ihr einen misstrauischen Blick zu.

Hinter ihnen zischte jemand: „Ruhe!"

Nicht nur bei Carmen und Dolores riefen Wullis Thesen gemischte Reaktionen hervor. „Unverschämter Blödsinn ist das!" schimpfte ein ergrautes Ehepaar, als es den Saal nach einer halben Stunde unter heftigem Füßescharren und Stühlerücken verließ.

Andere schwiegen ehrfurchtsvoll oder nickten anerkennend. Direkt vor Carmen und Dolores saß ein Wulli'sches Trio: In der Mitte ein Mann, der rechts und links jeweils mit einem weiblichen Wesen Händchen hielt. Leider konnte Dolores die Gesichter der beiden Frauen nicht sehen. Zu gern hätte sie gewusst, ob sie so zufrieden dreinschauten, wie Wulli prophezeite. Aber hatte der Paartherapeut nicht auch dazu geraten, Seitensprünge strikt geheim zu halten?

Zum Schluss durfte das Publikum mit dem Autor diskutieren. „Na, keine Fragen mehr?" zischte Carmen hämisch zu Dolores hinüber und reckte entschlossen den Arm nach oben, ehe jemand anders das tun konnte. „Ich habe aber eine."

„Ja, bitte?" sagte Wulli.

„Herr Wulli, ich wüsste gern etwas über die Praxis zur Theorie: Wie leben Sie eigentlich selbst? Klappt bei Ihnen, was Sie in Ihren Büchern empfehlen?"

Reingefallen, dachte Dolores. Schadenfroh erinnerte sie sich an das strahlende Wulli-Porträt auf der Rückseite des Buches mit der klaren Aussage darunter: glücklich verheiratet, zwei Kinder.

„Nun ja", sagte Wulli zögerlicher, als Dolores es erwartet hätte. „Zwischen Theorie und Praxis gibt es manchmal schon Unterschiede."

„Wie darf ich das verstehen?" bohrte Carmen unerbittlich nach.

Wulli räusperte sich umständlich und antwortete dann ziemlich leise. „Da ich davon ausgehe, dass sich die Boulevardpresse meiner Geschichte sowieso demnächst annehmen wird, erzähle ich sie lieber selbst: Meine Frau hat mich wegen eines zehn Jahre jüngeren Croupiers von der Spielbank Bad Wiessee verlassen. Vor vierzehn Tagen."

„Tatsächlich?" bemerkte Carmen trocken. „Wie interessant. Wird dieses Ereignis auch Ihre Theoriebildung beeinflussen?"

In diesem Moment griff der Buchhändler ein, der wohl um den Umsatz fürchtete. Weitere Fragen waren offensichtlich nicht erwünscht, denn hastig forderte er dazu auf, die Bücher von Meister Wulli, zur Ansicht vor ihm aufgereiht, umgehend zu kaufen und sich gleich vom Autor selbst signieren zu lassen.

„Ich hoffe, du willst für diesen Mist nicht auch noch Geld ausgeben", raunte Carmen. „Ich habe jedenfalls genug gehört." Dann zerrte sie die unglückliche Dolores hinter sich her ins Freie.

7. Kapitel

in dem Dolores die Qual der Wahl hat, erotische Telefonate führt und eine schmerzliche Enttäuschung im Hotel Hilton erlebt

Am nächsten Tag steckte in Dolores' Postberg endlich der längst erwartete Umschlag. Ein kleiner Schock durchfuhr sie, als sie vorsichtig das Kuvert abtastete: Massenweise Briefe! Sie sah auf die Uhr: kurz vor halb zehn. Eigentlich musste sie in einer halben Stunde den Laden öffnen. Aber unter diesen Umständen?

Schnell schrieb sie einen Zettel: „Wegen Familienfeier erst ab 12 Uhr Ladenbetrieb“. Dann zog sie sich in das kleine Büro zurück, das hinter dem Geschäftsraum lag, warf die Kaffeemaschine an und griff nach dem Brieföffner.

Zuerst zählte Dolores durch. Zehn Briefe steckten in dem großen Umschlag. Zehn einmalige Chancen auf ein echtes Abenteuer. Dolores war so aufgeregt, dass ihre Hände zitterten. Dann sah sie sich jeden Umschlag an.

Zwei rochen so penetrant nach Parfum, dass Dolores sie in Erinnerung an das Duftöldesaster sofort in den Papierkorb warf. Wer weiß, vielleicht würde sie schon allergisch reagieren, wenn sie eine dieser Damen auch nur anfasste.

Im dritten Umschlag steckte das Foto eines heterosexuellen Paares: Beide waren nackt. Er hatte sich mit eregiertem Penis schräg hinter ihr aufgebaut, während sie ihre Brüste nach vorn streckte, als wollte sie darauf hinweisen, dass es sich bei ihnen um ein besonders günstiges Sonderangebot handelte. Dolores stellte fest, dass der Mann von oben bis unten dicht behaart war. Schon allein aus diesem Grund kam er – abgesehen vom Geschlecht – nicht in Frage.

Im Brief stand: „Willst du mit uns gemeinsam erotische Abenteuer erleben und an die Grenzen der Sinnlichkeit gehen? Mein Freund Frank, 27 Jahre, gut ausgestattet (1,80/78/25), würde dich gern verwöhnen, während ich zuerst zugucke und dann mitmache.“ Abgesehen davon, dass Dolores keine Lust hatte, sich von Frank oder wie auch immer das fellbewachsene Monster hieß, verwöhnen zu lassen, fragte sie sich, was wohl mit 25 gemeint war. Sein Alter nicht, denn dass der Mann 27 Lenze zählte, stand bereits im Brief. Erst nach einer ganzen Weile dämmerte es Dolores: Die Zahl beschrieb die Länge seines Geschlechtsorgans! Nein, so genau wollte sie es wirklich nicht wissen. Weg damit!

Der nächste Brief stammte von *Wet Dreams*, einem Unternehmen der Filmbranche.

„Liebe Inserentin“, schrieb ein rühriger Manager, „Sie lieben Sex. Das zumindest spricht ganz deutlich aus Ihren Zeilen. Wir bieten Ihnen die Möglichkeit, mit Ihrem Hobby Geld zu verdienen! Viel Geld sogar! Ein lustvolles kleines Probe-Shooting, in dem sie zeigen können, was in Ihnen steckt, und schon kann es losgehen! Anspruchsvolle pornographische Kunst für den gehobenen Geschmack! Kein gespielter Geschlechtsverkehr, sondern nur echte Akte! Mit markigen Männern und liebestollen Frauen! Melden Sie sich noch heute!“ Darunter ein unleserlicher Name und eine Telefonnummer. Weiter fiel aus dem Umschlag ein mit Fotos bedrucktes Blatt: Es zeigte wild durcheinander kopulierende Menschen, darunter auch zwei Frauen, die, unnatürlich verrenkt, irgendwas miteinander praktizieren, was die Firma *Wet Dreams* wohl für lesbischen Sex hielt. Nur dumm, dass gleichzeitig zwei Männer mit ihren Schwänzen aufdringlich vor den Hinterteilen der Frauen herumwedelten, als warteten sie nur auf ihren Einsatz.

Dolores versuchte sich vorzustellen, wie es ihr in einer ähnlichen Situation gehen würde: Von rechts, links, oben oder unten beäugt vom nimmermüden Auge der Kamera, in den Ohren die Anfeuerungsrufe eines ehrgeizigen Regisseurs, sie selbst mit der Aufgabe betraut, an vollkommen fremden und vielleicht sogar abstoßenden Körpern herumzusaugen und -zufummeln oder selbiges zu erdulden und dabei auch noch auszusehen, als würde ihr das gefallen. Peinlich, höchst peinlich wäre ihr das. Sie schüttelte den Kopf.

Das Schreiben der Firma *Wet Dreams* segelte in Richtung Papierkorb. Weil es daneben fiel, fand es am Abend die Putzhilfe, eine junge Frau aus Polen. Da sie gut aussah und gern mehr verdienen wollte als die jämmerlichen fünfzehn Mark pro Stunde, die sie bei Dolores bekam, rief sie bei *Wet Dreams* an. Man vereinbarte einen Probetermin. Sie bewährte sich ausgezeichnet, wenn auch mit tiefem inneren Widerwillen, den sie hauptsächlich in Gedanken an ihre Tochter überwand. Die brauchte nämlich eine Ausbildung, und so was kostete Geld. Mehr Geld, als das Putzen einbrachte. Noch am selben Abend sprach sie auf Dolores' Anrufbeantworter, dass sie einen besseren Job gefunden habe.

Aber zurück zum Tag, als die Briefe kamen: Die nächsten zwei nach dem von *Wet Dreams* enthielten jeweils ein Foto. Vom ersten blickte ein Wesen mit Pferdeschwanz und Pony unschuldig in die Welt. Wahrscheinlich war die Frau gerade volljährig geworden. Im Brief stand: „Ich wünsche mir eine erfahrene, ältere lesbische Frau, die mir zeigt, wie es funktioniert. So richtig mit allem Drum und Dran."

Dolores seufzte. „Warum gehst du nicht einfach in die Frauendisco tanzen und lässt dich anmachen?" murmelte sie und warf auch dieses Schreiben weg.

Dann folgte eine Frau, deren üppige Proportionen auf dem Nacktfoto an eine *Nana* von Niki de Saint Phalle erinnerten. Diese bunten Figuren fand Dolores toll, bei lebenden Menschen war sie allerdings gegen Übergewicht geradezu pathologisch intolerant. Sie wusste, dass sie mit dieser Haltung anders gewichtete Frauen diskriminierte und dass das politisch nicht korrekt war, aber sie konnte einfach nicht anders. Vielleicht lag es daran, dass sie, bis sie ihr Elternhaus verließ, selbst ständig Gewichtsprobleme – ihre Eltern behaupteten Fress-Sucht – gehabt hatte. Also war auch dieser Brief nichts.

Enttäuscht ließ sich Dolores in ihrem Stuhl zurücksinken. Zehn Briefe – jetzt lagen nur noch vier vor ihr! Aber vielleicht würde es ja wie letztes Jahr auf der Wies'n laufen. Da hatte sie zehn Lose gezogen, und erst das letzte war ein Gewinn gewesen. Jetzt hatte sie sogar noch vier Chancen. Immerhin!

Der nächste Umschlag hatte ein für Deutschland ungewöhnliches Format. Amerikanische Briefe sahen so aus: kürzer und schmaler. Post aus den Vereinigten Staaten? Aber las man denn die Münchner Szenezeitschriften dort überhaupt? Steckte in dem Umschlag vielleicht Anthrax? Seit letztem Herbst betrachtete Dolores geheimnisvolle Sendungen erst lange misstrauisch, ehe sie sie öffnete, denn man konnte ja nie wissen. Schließlich siegte die Neugier. Dolores riss den Brief auf und hielt die Luft an, um nicht fatalerweise irgendwelches Pulver einzuatmen. Nun, es gab kein Pulver, aber auch kein Bild, wie sie enttäuscht feststellte. „Hallo! Wie Du suche ich Abenteuer, bin aufgeschlossen gegenüber jedem Experiment und möchte immer noch mehr Erfahrungen sammeln", schrieb die Frau. „Ich möchte Spaß haben, mich aber zu nichts verpflichten so wie Du. Also lass uns ein Treffen vereinbaren und sehen, wie wir uns gefallen." Ja, das klang doch ganz hervorragend. Dann las Dolores die Unterschrift: Claudine.

Claudine? Die neulich die Wohnung verwüstet und Renate in Windeseile auf der Ledercouch flachgelegt hatte? Aber war die denn nicht längst zurück in den USA? Dolores betrachtete den Absender und zuckte zusammen: Renates Adresse! Also war sie tatsächlich bei Renate eingezogen.

Carmen hatte demnach Recht behalten: Renate meldete sich bestimmt wegen Claudine nicht mehr. Und nun suchte Claudine wohl schon aktiv nach Renates Nachfolgerin. Oder Ergänzung. Oder sonst was. Dolores spürte einen Anflug von Mitleid mit Renate und staunte über Claudines Unverfrorenheit: Wollte sie die Anrufe ihrer potentiellen Geliebten etwa bei Renate entgegennehmen?

Andererseits hatte Claudines Brief durchaus seinen Reiz: Ohne die ärgerliche Vorgeschichte wäre sie eine gute Gelegenheit, dachte Dolores, aber so kam Claudine nicht in Frage. Mit leisem Bedauern zerriss sie den Brief in kleine Schnipsel.

Der nächste Brief stammte ausgerechnet von Lisa, der Neuen vom Stammtisch. Dolores schloss sie aus zwei Gründen aus: Erstens befürchtete sie, dass schnellstens jede Bescheid wüsste, wenn sie als heimliche Affäre ausgerechnet eine Frau erwählte, mit der sie auch sonst zu tun hatte. Zweitens wusste sie, dass Lisa solo war, das hatte sie ja erzählt. Also konnte es sein, dass sie doch mehr wollte als nur einen flüchtigen Sexkontakt, auch wenn ihr Brief nicht danach klang. Das würde wahrscheinlich eher zu peinlichen Verwicklungen führen statt zu der von Wulli prognostizierten Belebung des häuslichen Sexlebens.

Die letzten beiden Briefe waren endlich viel versprechend: Der erste stammte von einer Rothaarigen namens Gundula mit lustigen Augen und einem Mund, dessen Winkel sich nach oben statt nach unten zogen. Gundula schrieb, sie suche gelegentliche sexuelle Begegnungen, da sie nur selten in der Stadt sei. Sie arbeite für eine große Firma und komme zwei- bis dreimal monatlich nach München, um in der örtlichen Filiale ihrer Firma irgendwelche Aufgaben zu erledigen. „Warum soll ich mich abends immer langweilen und einsam in meinem Hotelbett liegen? Wo es doch zu zweit so schön sein könnte?" schrieb sie und sprach Dolores aus dem Herzen. Ob sie liiert war, berichtete Gundula nicht. Also schien es für ihre Amouren keine Rolle zu spielen. Unter dem Brief stand eine Handynummer.

In dem letzten Umschlag steckten zwei Blatt Papier und kein Foto, was Dolores ärgerte. Immerhin: Auf das zweite Blatt war eine nackte Frau gezeichnet. „Das bin ich", schrieb die Autorin des Briefes. „Ich gehe in einen Zeichenkurs, was eigentlich ein bisschen langweilig ist, obwohl ich sehr gern zeichne (und hoffentlich auch gut genug, damit du dir ein Bild machen kannst, siehe Skizze). Viel lieber würde ich in einen Sex-Kurs gehen. Aber leider gibt es so was nicht. Ich mag Sex, und ich will zur Zeit keine Beziehung, nur Affären. Zweierkisten sind tödlich! Deine Monika."

Der letzte Satz sprang Dolores förmlich an. Auch in Wullis Buch, das sie so überzeugend gefunden hatte, ging es ja um die tödliche Zweierkiste, und hier war eine, die genau dasselbe empfand. Dolores nahm die Briefe von Gundula und Monika, der Zeichnerin, und verstaute sie sorgfältig in einer Schublade ihres Schreibtischs.

Dann schloss sie den Laden auf, doch die Kunden tröpfelten an diesem Tag nur spärlich. Das war auch gut so, denn Dolores grübelte unausgesetzt darüber nach, für welche der beiden Frauen sie sich entscheiden sollte. Oder musste sie sich am Ende gar nicht entscheiden? War es möglich, zwei Verhältnisse gleichzeitig zu haben? Nicht nur eine Affäre, sondern mehrere? Plötzlich eröffneten sich völlig neue Horizonte.

Noch vom Geschäft aus rief Dolores nach Ladenschluss die Handynummer von Gundula, der reisenden Rothaarigen, an. Eine dunkle Stimme meldete sich.

Fast wäre Dolores vor Aufregung der Hörer aus der Hand gefallen. Sie räusperte sich und sagte heiser: „Hallo!" Dann verstummte sie. Wie redete man bloß mit einer Frau, mit der man am liebsten sofort ins Bett wollte?

„Hallo, wer ist denn da?" fragte die Frau am anderen Ende ungeduldig.

„Hier ist Dolores. Die von der Anzeige."

„Sieh an! Dolores heißt du also. Interessanter Name. Schön, dass du anrufst!"

Gundula schien keine Verlegenheit zu kennen. Wahrscheinlich hatte sie eine Affäre in jeder Stadt, in der sie gelegentlich arbeitete.

Wahrscheinlich waren es sehr viele Städte. Und demnach auch viele Frauen, phantasierte Dolores.

„Dein Brief hat mir gut gefallen", sagte Dolores. Dann nahm sie all ihren Mut zusammen und fragte: „Wollen wir uns treffen, wenn du das nächste Mal hier bist?" Erschrocken über ihre eigene Courage fügte sie hinzu: „Nur so zum Kennenlernen, natürlich."

„Gern! Aber erzähl mir doch ein wenig von dir."

„Von mir?" Damit hatte Dolores nicht gerechnet. Sie war schließlich diejenige, die auswählen wollte! Erwartete Gundula jetzt etwa eine Art Steckbrief? „Also, ich bin so Anfang Vierzig und habe einen Geschenke- und Restpostenladen ...", fing sie an.

„Wie interessant", sagte Gundula so ausdrücklich gelangweilt, als würde sie gleich einschlafen. „Ich möchte aber lieber andere Dinge wissen. Zum Beispiel, wie siehst du aus? Was magst du im Bett? Wir müssen uns doch aufeinander vorbereiten!"

Dolores spürte, wie ihr das Blut in den Kopf schoss. Gut, dass es keine Bildtelefone gab. Diese Gundula schien es tatsächlich ernst zu meinen! Stockend erzählte Dolores von ihren mittelbraunen Haaren, hellbraunen Augen und ziemlich kleinen Brüsten.

„Wie süß! Ich liebe kleine Brüste", gurrte Gundula. „Was noch?"

Dolores redete weiter. Es erregte und befremdete sie zugleich, dass eine, von der sie nichts kannte außer ihrem Namen, einem Passbild und einer Telefonnummer, sich so für sie interessierte. Weil Gundula sehr hartnäckig war, verlor Dolores allmählich ihre Scheu. Schließlich beschrieb sie Gundula in allen Einzelheiten, wie sie berührt werden wollte, was sie wo am liebsten spürte und was geschah, wenn sie kam. Ihr wurde ganz warm dabei. So hatte sie noch nie über Sex gesprochen, noch nicht mal mit Carmen.

Gerade wollte Dolores dazu ansetzen, nun auch Gundula ein wenig auszufragen, da stöhnte die am anderen Ende.

„Gundula? Geht es dir gut?"

„Aber klar, Schätzchen, mir geht es ausgezeichnet", schnurrte sie.

Dolores dämmerte, dass Gundula keinen Schmerz- oder Schwächeanfall erlitten hatte, sondern einen Orgasmus. Sie war zunächst sprachlos und fragte dann erstaunt: „Kommst du immer so schnell zur Sache?"

„Nein, noch viel schneller", lachte Gundula, nicht im Mindesten verlegen. „Lass dich überraschen."

„Du machst mich neugierig! Wann sehen wir uns?“ hauchte Dolores, nun vollends hingerissen, ins Telefon.

Gundula schien nachzudenken, denn es dauerte eine Weile, bis sie antwortete. „Nächste Woche Dienstag. Komm um acht Uhr abends ins Foyer des *Park Hilton*. Du hast ja das Foto aus dem Brief, wir können uns also gar nicht verpassen.“

„Ich werde da sein“, hauchte Dolores. Dann brach die Verbindung ab. Dolores konnte ihr Glück kaum fassen: Schön, wohlhabend und großzügig – war das nicht eine Traumkombination? Und Gundula schien tatsächlich alle drei Eigenschaften in sich zu vereinen. Warum sonst bat sie sie ins *Park Hilton*! Dieses Hotel direkt neben dem Englischen Garten war so teuer, dass Dolores es sich nie hätte leisten können. Und nun sollte sie eine Liebesnacht – oder wenigstens ein paar heiße Stunden – dort verbringen! Gleich heute Abend würde Dolores zur Vorbereitung das Kapitel „Das erste Rendezvous“ in Wullis Werk nachlesen – mochte ihn nun seine Frau verlassen haben oder nicht.

Obwohl ihr schon der Kopf brummte, rief Dolores auch die Zeichnerin noch an. Zu Hause würde sie, falls Carmen fragte, warum sie so spät kam, irgendwas von dringenden Erledigungen erzählen, denn Ladenschluss war mittlerweile eine Stunde vorbei. Am Telefon meldete sich ein Anrufbeantworter, auf dem sich Monika, die Zeichnerin, mit der üblichen Standarddurchsage vorstellte. Dolores seufzte und sprach auf Band: „Ich habe deine Zeichnung bekommen. Sie hat mir sehr gefallen. Melde dich doch bei mir.“ Sie nannte noch die Telefonnummer ihres Ladens und legte auf. Warum war ihr nicht etwas Interessanteres, Witzigeres eingefallen als diese todlangweiligen Sätze? Es fehlten ihr ja die elementarsten Flirt-Fähigkeiten! Kein Wunder, nach den langen Jahren ununterbrochener Zweisamkeit. Aber sie war auf dem besten Weg, dazuzulernen.

Gut gelaunt fuhr Dolores nach Hause. In der U-Bahn las sie Wulli: „Sie werden sehen, das erste Rendezvous mit der Geliebten wird Ihr Leben verändern – auch Ihr Eheleben und ausschließlich positiv!“ Mit offenen Augen träumte Dolores von der sexy Gundula, die ihre Beziehung zu Carmen wieder ins Lot bringen und ihrem Leben neuen Schwung verleihen würde. Sie war so gut gelaunt, dass sie beschloss, Carmen zum Essen einzuladen. Doch die reagierte weniger begeistert, als Dolores erwartet hätte.

„Essen? Was ist in denn dich gefahren?“ sagte Carmen kurz angebunden und machte im Geist ein weiteres Kreuzchen auf der Horcher-Liste.

„Warum denn nicht? Wir müssen doch nicht die ganze Woche zu Hause hocken!“ beharrte Dolores.

„Also gut“, sagte Carmen. Checklisten-Kreuz hin oder her: „Leben Sie trotz der Gefahr, Ihren Partner an eine andere zu verlieren, im Hier und Jetzt, sonst bekommen Sie Depressionen“, schrieb Frau Horcher und Carmen würde sich daran halten.

Beim gemeinsamen Dinner war die Stimmung tatsächlich so aufgeräumt, dass Carmen ihre Befürchtungen für eine Weile vergaß. Dolores warf Carmen tiefgründige Blicke zu, und Carmen schob unter dem Tisch ihren Fuß Dolores' Bein hinauf, während das Gespräch munter dahinplätscherte.

„Weißt du, eigentlich sind wir doch ein wirklich glückliches Paar“, sagte Carmen. Nach zwei Vierteln Rotem erschien ihr das Leben insgesamt in rosigem Licht. Beschwingt hob sie ihr Glas, um mit Dolores anzustoßen.

„Ja, das glaube ich auch“, bestätigte Dolores und dachte hoffnungsfroh daran, wie groß ihr Glück erst sein würde, wenn sie weiterhin nach Wullis Ratschlägen verfuhr.

„Kennen wir überhaupt Paare, die schon so lange zusammen sind wie wir und immer noch treu und glücklich?“ fuhr Carmen mit schwerer Zunge fort.

Dolores schüttelte stumm den Kopf, um sich nicht durch einen ungeschickten Kommentar auf diese heikle Frage zu verraten.

Arm in Arm gingen sie nach Hause. Schon auf der Schwelle küsste Dolores Carmen temperamentvoll. Während sie Carmens Brüste mit ihren Händen umhüllte, dachte sie an das Telefonat mit Gundula. Sie stellte sich vor, dass Gundula zusähe, während sie und Carmen sich jetzt gleich lieben würden. Dann stellte sie sich vor, Carmen wäre Gundula, und das erregte sie noch mehr.

„Zieh mich aus und nimm mich!“ verlangte Dolores, die noch Gundulas Fragen im Ohr hatte. Sie hatte ja schon vorhin am Telefon ausgiebig über Sex geredet. Deshalb konnte sie ausnahmsweise auch Carmen einmal deutlich sagen, was sie jetzt, in diesem Moment, am liebsten wollte.

Genau das tat Carmen. Als Dolores kam, hätte sie beinahe Gundulas Namen geschrien, doch in letzter Sekunde fiel ihr ein, dass das den schönen Abend restlos ruiniert hätte. Stattdessen biss sie Carmen in die Schulter.

Später, an Carmen gekuschelt, dachte Dolores darüber nach, warum man solche Umwege gehen musste, um guten Sex zu haben. Darauf wusste sie keine Antwort, aber sie dankte stumm dem genialen Willibald Wulli für seine unorthodoxen Ideen.

Carmen dachte währenddessen an nichts. Sie schwamm in einem Meer aus Rotwein im Blutkreislauf und glückseligen Empfindungen im Gehirn. Zwischen Dolores und ihr würde es wieder so schön werden wie am Anfang. War dieser Abend nicht der beste Beweis dafür? Natürlich!

Oder etwa nicht? Plötzlich meldeten sich Zweifel. Gleich morgen würde sie nachschlagen, was Frau Horcher zu solch überraschenden Entwicklungen zu sagen hatte.

Leider fand Frau Horcher, wie Carmen am nächsten Tag feststellte, plötzliche sexuelle Aktivitäten außerhalb der Reihe durchaus nicht ermutigend. „Hat er oder sie sich etwa woanders Appetit geholt? Das könnte sehr gut sein! Schauen Sie noch genauer hin!" schrieb sie und holte Carmen damit vom Himmel wieder zurück auf die Erde.

Auch eine Frauenzeitschrift, die Carmen im Lauf der Woche kaufte, steigerte ihre Stimmung nicht: Sie erwarb das Blatt wegen der schreienden Titelzeile: „Betrogene berichten: Zwischen Liebe, Wut und Eifersucht – der Dritten auf der Spur!" Carmen zog sich nach Büroschluss um 17 Uhr in ein Kaufhaus-Café zurück und verschlang die Story, die vor Herz und Schmerz nur so triefte: „Fünfzehn Jahre habe ich seine Hemden gebügelt, nun hat er eine andere! Ich erwischte sie in meinem Kleiderschrank!" klagte eine Frau, und ein Mann räsonnierte: „Wenn ich gewusst hätte, dass sie mit meinem besten Freund abhaut, hätte ich mich niemals sterilisieren lassen!" Schließlich kam noch ein Mann zu Wort, dessen Frau sich einer anderen zugewandt hatte. Auf dem Foto in der Illustrierten sah man nur seinen Hinterkopf, wohl, um ihm die Schmach des Erkannt-Werdens zu ersparen: „Was hat sie, das ich nicht habe?" fragte der Verlassene, um gleich darauf in Zorn auszubrechen: „Sie hat ihre Mutter immer mehr geliebt als mich!"

Alle Betrogenen waren durch verändertes Verhalten der Partner und verräterische Zeichen aufmerksam geworden. Der eine hatte eine Box mit Dental Dams im Nachttisch seiner Frau entdeckt, nachdem sie den Sex mit ihm plötzlich für langweilig erklärt hatte. Gleich neben diesem Satz beschrieb Professor Dr. Hubertus Wiegestreit, grauhaariger Sexualforscher mit schwarzer Brille und Rauschebart, in einem kleinen Textkasten mit der Überschrift: „Fragen an den Experten“ umständlich, was Dental Dams sind. Der andere Betrogene fand verräterische Stoppelkratzer auf der Wange seiner Angetrauten, nachdem sie angeblich beim Friseur gewesen war. Und die Frau, die die Geliebte im Schrank ertappte, witterte Unrat, nachdem ihr Mann plötzlich eine Sechserpackung kanarienbunter Boxershorts kaufte – bisher hatte sie seine Unterwäsche ausgesucht, und zwar Baumwoll-Feinripp halblang in Weiß, wegen der Sechzig-Grad-Wäsche.

Carmen war ganz elend, nachdem sie den Artikel gelesen hatte. Wann würde es bei ihr so weit sein? Würde sie vielleicht, etwa in *Lespress*, ebenfalls öffentlich jammern, weil ihre Freundin mit einer anderen durchgebrannt war? Oder würde ihr in diesem Fall der Beistand des Stammtischs ausreichen – immerhin alles gestandene Paare, bis auf diese Neue, Lisa. Ließ sich das Debakel mit Hilfe von Frau Horcher doch noch verhindern? Oder spann sie vielleicht ganz einfach, seit sie diesen Statistik-Artikel gelesen hatte? Carmen sinnierte und grübelte, hütete sich aber davor, mit Dolores über ihre Ängste zu sprechen, denn: „Lassen Sie sich nicht zu früh in die Karten sehen – er wird nur leugnen, leugnen, leugnen!“ sprach Frau Horcher.

Am Montagabend der nächsten Woche, am Tag vor dem geplanten Rendezvous mit Gundula, saßen Carmen und Dolores zusammen im Wohnzimmer und lasen.

„Kommst du morgen mit zum Stammtisch?“ fragte Carmen.

Diesen Moment hatte Dolores gefürchtet. Sie hatte gehofft, Carmen werde dieses Mal das Treffen aus irgendeinem Grund ausfallen lassen. Nun musste sie eine glaubwürdige Ausrede finden. Schon wieder eine. Langsam wurden es viele.

„Nein“, sagte Dolores möglichst beiläufig.

„Warum denn nicht?“

„Geschäftsessen“, antwortete Dolores einsilbig.

„Schade“, sagte Carmen.

Sonst nichts. Dolores atmete auf. Dann lasen die beiden wieder.

„Mit wem gehst du denn?“ fragte Carmen ein paar Minuten später.

Dolores zuckte zusammen. Jetzt würde sie doch ein etwas komplexeres Lügengespinst ersinnen müssen. „Ein Vertreter für Glaswaren.

Bunte Aschenbecher, Figuren von Eulen, Füchsen, Rehen, Nippes eben. Vielleicht ist was für deine Katzensammlung dabei."

„Ich dachte, du magst Glas nicht. Es geht ständig kaputt, hast du neulich erst gesagt, und bringt nichts ein."

„Die Leute wollen solche Sachen. Ich glaube es selbst kaum, aber es ist so. Sieh dich doch selbst an!"

„Und wo geht ihr hin?"

„Zum Italiener."

„Dem schönen neuen in der Innenstadt?"

„Meine Güte, du fragst mir noch ein Loch in den Bauch!" fuhr Dolores auf. Sie fühlte sich durch Carmens ausdauerndes Interesse in die Enge getrieben und wurde mit jeder weiteren Lüge stärker von ihrem schlechten Gewissen gepeinigt.

„Wenn ich mich nicht für deinen Job interessiere, dann sagst du, deine Arbeit wäre mir egal, und wenn ich mich dafür interessiere, dann bellst du mich an!" Beleidigt ging Carmen in ihr Zimmer. Ist das nun ein Kreuz auf der Horcher-Liste oder nicht, dachte sie, entschied sich aber dagegen.

Nach dem Zusammenstoß konnte sich Dolores nicht mehr auf ihr Buch konzentrieren und legte es zur Seite. Das fing ja gut an! Sie war noch nie eine besonders gewiefte Lügnerin gewesen, und nun würde sie ständig irgendetwas erfinden müssen. Dabei war es verteufelt anstrengend, darauf zu achten, sich nicht zu widersprechen, um nicht ihr Lügengebäude selbst zum Einsturz zu bringen. Leider schrieb Wulli über dieses Problem nichts, eine ziemlich elementare Lücke, wie Dolores fand. Aber vielleicht hatte seine Frau nie Fragen gestellt, sondern stattdessen klammheimlich Ausschau nach dem Croupier gehalten. Oder ihren Mann auch schon vorher betrogen, was er nicht bemerkt hatte, weil er mit seinen Geliebten und dem Bücher-Schreiben beschäftigt war.

An diesem Abend konnte Dolores nicht einschlafen. Unruhig wälzte sie sich im Bett hin und her. Erst nachdem sie sechshundertdreiundachtzig Wollschafe gezählt hatte, von denen jedes einen komplizierten Hindernisparcours bewältigen musste, fielen ihr die Augen zu.

Am Dienstagmorgen zog Dolores die brandneue halblange Jeans und ein eng anliegendes T-Shirt mit V-Ausschnitt an, in dem sie sich besonders sexy fand.

Den ganzen Tag über tippte sie zigmal falsche Beträge in die Kasse, die sie dann stornieren und neu eingeben musste. Brennende Fragen beschäftigten sie weit mehr als der Umsatz: Sah Gundula tatsächlich so hübsch aus wie auf dem Foto? Würden sie gleich ins Hotelzimmer verschwinden oder zuerst einen Drink an der Bar nehmen? Würde sie Gundula überhaupt gefallen?

Nach Ladenschluss fuhr Dolores mit der U-Bahn bis Odeonsplatz und ging durch den Englischen Garten zum *Hilton*. Sie genoss es, langsam die Wege entlangzuschlendern und die Menschen zu beobachten. Jetzt, Ende April, begann langsam das Parkleben wieder: Dutzende von Hunden rasten ihren Herr- und Frauchen voraus, die Wege waren voll von büromüden Erholungssuchenden, die etwas von der Abendsonne abbekommen wollten. Vielleicht sollte sie zuerst ein bisschen mit Gundula im Park spazieren gehen, dachte Dolores. Schließlich war es noch hell und relativ warm.

Genau zur verabredeten Uhrzeit schritt Dolores hochgestimmt durch die Drehtür in die riesige Empfangshalle des *Park Hilton*. In den vielen Polstersitzgruppen suchte sie nach einer Frau, die dem Foto aus dem Brief glich, doch sie entdeckte keine. Es gab nur Herren in dunklen Anzügen, die in Papieren blätterten und Zeitungen lasen.

Unsicher stand Dolores eine Weile herum und wusste nicht, was sie tun sollte. Die Uhr zeigte genau acht. Bestimmt hatte sich Gundulas Ankunft nur verzögert oder etwas Dringendes war dazwischengekommen. Dolores beschloss, auf jeden Fall eine Stunde zu warten. Sie suchte sich eine freie Sitzgruppe, ließ sich in die Polster sinken und beobachtete den Eingang.

Eben betrat eine ganze Gruppe blau uniformierter, müde aussehender Stewardessen die Halle. Wahrscheinlich sind sie gerade um die halbe Welt geflogen, dachte Dolores. Ihnen folgte ein älteres, sehr distinguiert wirkendes Paar. Der Mann hatte einen Gehstock mit Elfenbein-Knauf. Eine Mutter schob ihr unwilliges Kind in die Drehtür, ein Hotelpage wuchtete den schweren Koffer einer älteren, zerbrechlich wirkenden Dame herein, die sofort von einem livrierten Hotelangestellten empfangen wurde. Vielleicht ist sie prominent, dachte Dolores.

Es war ein ständiges Kommen und Gehen. Alle paar Sekunden drehte sich die Tür und spuckte einen neuen Menschen aus. Immer wieder verglich Dolores blitzschnell die Hereinkommenden mit dem Passbild in ihrer Hand. Immer vergebens.

Als Dolores über eine Stunde gewartet hatte, beschloss sie, Gundula anzurufen. Sie hatte ja ihre Handynummer. Doch statt Gundula meldete sich eine Computer-Stimme: „Für den Teilnehmer ist im System keine Mailbox eingerichtet. Bitte rufen Sie später wieder an."

Vielleicht habe ich einfach die falsche Nummer eingegeben, grübelte Dolores. Sie probierte es mehrmals. Fehlanzeige. Mittlerweile war es halb zehn, und von Gundula gab es noch immer keine Spur. Übernachtete sie überhaupt hier?

Dolores wollte schon aufspringen und am Tresen nach Gundulas Zimmer fragen, da fiel ihr ein, dass sie deren Nachnamen gar nicht kannte. Sie konnte wohl kaum zum Portier gehen und ihn bitten, das gesamte Gästeverzeichnis nach Damen mit dem Vornamen Gundula zu durchsuchen. Dolores seufzte.

Allmählich dämmerte es ihr, dass Gundula vielleicht gar nicht kommen würde. Dennoch brachte sie es nicht übers Herz zu gehen, aber ihre Stimmung sank von Minute zu Minute.

Während Dolores wartete, saß Carmen verdrossen, weil Dolores nicht mitgekommen war, am Stammtisch. Wer weiß, was sie gerade anstellte? Das Gespräch hatte sich eine Zeitlang um Krankheiten gedreht – bei Leuten um die vierzig an sich kein Wunder. Besonders Karin trug immer wieder gern mit neuen Krankengeschichten zur Unterhaltung bei. Diesmal fand der Bericht seinen Höhepunkt in dem Satz: „Ich sage euch, Doktor Schneider schneidet Perianalthrombosen wie ein Gott!"

„Wie eine Göttin", berichtigte Ulrike prompt.

Bernie fragte: „Was ist noch mal eine Perianalprothese und warum muss man die schneiden?"

„Thrombose, nicht Prothese!" berichtigte Karin.

„Ich nehme an, irgendwas mit Arsch, wegen Anal. Und mit Blut, wegen Thrombose", schlug Bernie vor.

„Man muss so etwas schneiden, weil es eine Art blauer Fleck ist, der an dieser Stelle weh tut", erklärte Karin bereitwillig.

In diesem Moment kamen Angies Kässpatzen. Angewidert warf sie einen Blick in die Runde und zischte: „Darf ich euch darauf hinweisen, dass ich ab jetzt esse!"

Ein Themenwechsel war also dringend angesagt, was die Neue, Lisa, geschickt für sich ausnutzte. Bald lauschten alle gebannt ihrem Erfahrungsbericht zum Thema Kontaktanzeigen. Sie meinte, solche

Anzeigen seien, wenn man in einer fremden Stadt neu anfinge, eine gute Möglichkeit, interessante Menschen kennen zu lernen.

„Allerdings erlebt man auch ziemlich viel komische Sachen", heizte sie den Appetit auf mehr Details an.

„Und was für Sachen?" wollte Bernie wissen, aber Lisa ging vorläufig nicht auf diese Frage ein.

„Gibst du die Anzeigen auf, weil du Freundinnen suchst?" fragte Carmen, „oder geht es dir um eine Geliebte?"

Lisa wurde rot. „Die letzte Anzeige, die ich aufgegeben habe, war eher erotisch."

„Und? Die Resonanz?"

„Na ja", sagte Lisa.

„Was meinst du mit na ja? Erst machst du uns den Mund wässrig, und dann erzählst du nichts!" rief Bernie dazwischen, die sich geärgert hatte, weil ihre vorherige Frage unbeantwortet verhallt war.

„Genau! Wir wollen jetzt alles wissen, und zwar sofort!" stimmte auch Ulrike zu.

„Ich finde, ihr seid ganz schön neugierig", stellte Lisa fest. „Na gut, dann werde ich euch halt ein bisschen in meine Geheimnisse einweihen: Leider antworten nicht alle. Ich habe zum Beispiel auf eine Anzeige geantwortet, die viel versprechend nach knackiger Affäre klang. Und was passiert? Keine Zeile kriege ich zurück."

„Was glaubst du, warum?" fragte Karin neugierig.

„Keine Ahnung. Wahrscheinlich ist die Inserentin in Angeboten ertrunken."

„Oder sie kannte dich", bemerkte Carmen, die Scharfsinnige.

„Kannte mich? Darauf bin ich noch nicht gekommen. Ich kenne in München ja fast nur euch!" Lisa kicherte. „Am seltsamsten war aber eine Frau, die sich Gundula nannte. Sie hatte auf mein Inserat geantwortet. Ihr Brief klang spannend. Das Foto gefiel mir auch. Also habe ich sie angerufen. Wir müssten uns doch schon ein bisschen kennen lernen, meinte sie und fragte mich aus, bis sie auch das letzte Detail darüber wusste, was ich im Bett mag. Ich war natürlich blöd genug, ihr alles haarklein zu erzählen. Am Handy! Könnt ihr euch vorstellen, was das kostet? Aber Gundula machte die Sache anscheinend Spaß, denn irgendwann fing sie an zu stöhnen wie … na, ihr wisst schon. Sie verabredete sich zwar schließlich mit mir, aber das klang schon beim Telefonieren so merkwürdig desinteressiert. Am vereinbarten Treffpunkt ist sie nie erschienen, und unter ihrer Handynummer war auch nie mehr jemand zu erreichen. Sie hatte noch nicht mal die Mailbox aktiviert."

„Was es alles gibt!" staunte Carmen. „Ich dachte immer, nur Männer betätigen sich als Telefonwichser."

„Frauen sind eben doch die besseren Männer. Prost!" Bernie hob das Bierglas.

Sofort protestierte Ulrike dagegen, dass Frauen mit Männern verglichen wurden.

Bernie, die sich gern ein wenig stritt, um die Kommunikation zu beleben, gab noch eins drauf: „Wieso? Ich finde es gut, wenn Frauen sich dieselben Freiheiten nehmen, sonst sowieso und auch beim Sex. Dieses Weibchen-Getue geht mir auf den … äh … Nerv!"

„Wolltest du etwa gerade ‚auf den Sack' sagen?" bohrte Ulrike hämisch nach.

Karin, Ulrikes Freundin, witterte ein disharmonisches Ende des Abends und suchte verzweifelt ein Thema, das die beiden Frauen von ihrem Streit ablenken könnte. „Wo steckt eigentlich Dolores?" fragte sie dann an Carmen gewandt, weil ihr gar nichts Besseres einfiel. „Habt ihr etwa Probleme, oder warum kommst du allein?"

„Aber nein", wehrte Carmen ab. „Dolores hat einen geschäftlichen Termin. Sie geht mit einem Lieferanten essen." Das letzte, was sie wollte, war vorläufig, den Stammtisch einzuweihen.

„So nennt man das also heute", sagte Lisa und grinste anzüglich. „Das sagt diese Gundula bestimmt auch immer, wenn sie sich in irgendeine Ecke schleicht, um dort per drahtlosem Telefon ihren sexuellen Gelüsten zu frönen."

„Was meinst du denn damit?" fragte Carmen gereizt.

„Nichts", wehrte Lisa ab. „War nur ein harmloser Spaß."

„Das will ich aber auch hoffen. Wir sind uns nämlich treu", sagte Carmen trotzig. Schon kurz vor zehn verabschiedete sie sich, denn, aufgescheucht durch Lisas finstere Andeutungen, wollte sie unbedingt zu Hause sein, wenn Dolores kam.

Als Dolores gegen Mitternacht die Wohnungstür öffnete, hatte sie dreieinhalb Stunden im Foyer des Hotel *Hilton* herumgesessen und war übelster Laune, denn Gundula war trotz allen Hoffens und Harrens nicht erschienen. Dem Ober zuliebe, der immer wieder nach ihren Wünschen fragte, hatte Dolores drei Gläser lauwarmen Mineralwassers zu jeweils vier Euro fünfzig getrunken. Mit Trinkgeld hatte sie die Erkenntnis, dass auf Menschen, die auf Anzeigen antworteten, kein Verlass war, fünfzehn Euro gekostet!

Zu allem Überfluss war Carmen noch wach. Dolores konnte sich also ihrem Groll nicht ungebremst hingeben, sondern musste die Lüge von vorhin weiterspinnen. Dabei ging sie strategisch nicht besonders klug vor: Da sie außer Mineralwasser den ganzen Abend nichts zu sich genommen hatte, ging sie, obwohl angeblich gerade von einem Geschäftsessen heimkehrend, direkt zum Kühlschrank und schmierte sich erst einmal ein Käsebrot.

„Hat das Essen nicht geschmeckt?" rief Carmen aus dem Wohnzimmer.

„Nicht wirklich. Die Pizza war zäh und halb angebrannt, und der Vorspeisenteller winzig."

„Hattest du wenigstens geschäftlich Erfolg?"

„Nein", sagte Dolores wahrheitsgemäß.

„Wieso denn nicht?"

„Das Glaszeug ist zu teuer und obendrein geschmacklos. Nur aus der Ferne genießbar, sozusagen." Auch hierin steckte zumindest ein Körnchen Wahrheit.

„Aber warum hast du diesen Menschen dann überhaupt getroffen?"

„Habe ich auch gar nicht", sagte Dolores, die Carmens Fragen nervös machten, nur um sich im nächsten Moment auf die Zunge zu beißen: „Ich meine, hätte ich auch fast gar nicht. Sie hat mich so lange bedrängt, bis ich nicht mehr nein sagen konnte."

„Sie?" Carmens Misstrauen regte sich heftig.

„Ja, sie! Sie ist sechzig und hat einen Mann, zwei Töchter und drei Enkel. Das durfte ich mir alles anhören, während ich diesen scheußlichen Glaskatalog angesehen habe."

Carmen stand jetzt in der Küchentür und beäugte Dolores auf der Suche nach Verfänglichem. „Weißt du, was sie heute beim Stammtisch gefragt haben? Warum wir nicht zusammen gekommen sind. Sie wollten wissen, ob wir Schwierigkeiten haben."

„Und, was hast du ihnen gesagt?" fragte Dolores, der langsam mulmig wurde.

Carmen reagierte nicht auf die Frage. „Außerdem hat Lisa, die Neue, davon berichtet, wen sie alles durch eine Kontaktanzeige kennengelernt hat."

„Ach." Dolores war plötzlich gespannt wie ein Flitzebogen.

„Die Frau, deren Anzeige ihr am besten gefiel, hat nicht geantwortet. Dafür wollte sie sich mit einer Telefonwichserin treffen, die dann nicht gekommen ist, weil ihr das Telefonat mit Lisa für ihre Zwecke schon ausreichte."

Dolores hätte fast laut aufgelacht; die Ironie der Situation war einfach zum Schreien. Lisa war also ebenfalls Gundula auf den Leim gegangen, und Carmen hörte sich deren Geschichte an, während sie, Dolores, vergeblich auf eben diese Gundula wartete. Der Abend hatte ihren Glauben an den Erfolg von Kontaktanzeigen nachhaltig erschüttert, deshalb sagte sie: „Selbst schuld, wer sich auf so was einlässt. Die besten Beziehungen entstehen sowieso von selbst. Ohne Kontaktanzeigen und solchen Kram. Nicht wahr, mein Schatz? Übrigens muss ich jetzt dringend ins Bett, ich habe morgen einen harten Tag vor mir." Dann drückte sie Carmen ein Küsschen auf die Wange und verschwand in Richtung Schlafzimmer.

Carmen blieb sinnend im Türrahmen stehen. Entstanden die besten Beziehungen wirklich ohne jede Hilfe von außen? Die zwischen ihr und Dolores jedenfalls nicht. Da hatten Freundinnen tüchtig angeschoben. Sie waren sich sicher, dass die beiden schüchternen Solistinnen ein ganz wunderbares Duo abgeben würden, also luden sie Dolores und Carmen so oft miteinander ein, bis die beiden ebenfalls daran glaubten und begannen, sich zu zweit zu treffen. Zugegeben, das hätte nicht funktionieren müssen. Trotz ständigen gemeinsamen Feierns, Wanderns und Ins-Kino-Gehens mit der Clique hätten wir uns scheußlich finden können, grübelte Carmen. Aber ohne die Bemühungen der Freundinnen wären wie nie ein Paar geworden. Und das wusste doch Dolores so gut wie sie. Oder hatte sie mittlerweile ihr Gedächtnis verloren? Warum redete sie dann von Bekanntschaften, die von selber entstanden? Schon wieder eine Auffälligkeit im Horcher'schen Sinne, registrierte Carmen beunruhigt und kreuzte im Geist ein weiteres Ja-Feld am Rand der Checkliste an. Die dazugehörige Aussage lautete: „Er oder sie erinnert sich plötzlich nicht mehr an wichtige Dinge aus der Beziehung oder sieht sie plötzlich ganz anders." Und das tat Dolores zweifellos.

Dolores lag derweil hadernd mit der Ungerechtigkeit des Schicksals im Bett: Mindestens zwei Frauen, die ihr ganz reizende Briefe geschrieben hatten, nämlich Lisa und Claudine, konnte sie aus naheliegenden Gründen nicht kontaktieren. Die dritte Interessante war nicht erschienen und hatte sie zuvor am Telefon zu Zwecken missbraucht, die mit ihren ureigensten Intentionen absolut nichts zu tun hatten. Gab es denn in dieser vermaledeiten Stadt überhaupt keine interessanten Frauen außer denen, die sie sowieso schon kannte? Anscheinend nicht, was bedeutete, dass sie sich in einer im Wulli'schen Sinne mehr oder minder hoffnungslosen Situation befand: Keine Geliebte weit und breit in Sicht.

Immerhin war der Unsinn jetzt ausgestanden. Monika, die Zeichnerin, der sie auf Band gesprochen hatte, würde zweifellos niemals zurückrufen, schon allein, weil Dolores eine so langweilige Mitteilung hinterlassen hatte. Sie würde eine andere Lösung für ihre Paarkrise finden müssen.

8. Kapitel

in dem Dolores die Wonnen eines sexuellen Fehltritts genießt, sich aber auch gleich ertappen lässt

Aber die zeichnende Monika rief doch an, und zwar gleich am nächsten Morgen. Dolores, die missgelaunt aufgestanden war, bediente gerade eine junge Frau, die „irgendwas Fetziges" für ihren Freund suchte. „Er ist sehr sportlich und geht gern raus", ergänzte sie. Dolores sah sich um. Sie entdeckte den Berg Frisbee-Scheiben aus Stoff, der ziemlich unbeachtet in der Ecke aufgestapelt war. In den Rand waren harte Reis- oder Getreidekörner eingenäht, die für die nötige Fliehkraft sorgten. Die Scheiben hatte Dolores vor Weihnachten ins Programm genommen, aber sie liefen nicht so gut, wie sie erwartet hätte. Wahrscheinlich, weil sich niemand vorstellen konnte, dass die schlabbrigen, bunten Dinger tatsächlich elegant durch die Luft segelten. Doch das taten sie wirklich; Dolores hatte sich selbst davon überzeugt. Mit ein bisschen Verkaufsförderung würde sie die Scheiben vielleicht doch noch los werden.

„Wie wäre es mit diesem herrlichen Frisbee aus Stoff? Jedes Muster ist individuell gefertigt. Die Leute reißen sie mir aus den Händen", sagte sie und griff nach dem erstbesten Modell. Es war orange mit einem grellgrünen Muster in der Mitte. Die Frau nahm es interessiert in die Hand.

Da klingelte das Telefon. Dolores ärgerte sich: Ausgerechnet jetzt, wo sie die Kundin beinahe überzeugt hatte, musste jemand sie unterbrechen.

„Ramsch und Reste, hallo?" raunzte sie ungehalten in die Muschel.

„Hallo", sagte jemand unsicher. „Ich weiß nicht, ob ich richtig bin. Gibt es bei Ihnen eine Dolores?"

„Am Apparat", sagte Dolores. Die Stimme am anderen Ende war weich und warm, kurzum sehr angenehm, aber ihr völlig fremd.

„Oh, schön! Entschuldige, dass ich erst jetzt anrufe. Ich bin Monika und habe auf deine Anzeige geantwortet. Ich hoffe, ich störe dich nicht gerade beim Arbeiten."

Da dämmerte es Dolores. Ihr Herz machte einen Sprung. „Monika? Du hast mir doch die Zeichnung geschickt. Stimmt's?"

In diesem Moment verließ die Kundin den Laden – ohne Frisbee. Der Umsatzverlust aber war Dolores plötzlich vollkommen egal.

„Genau", sagte Monika.

„Ich freue mich wirklich sehr."

„Schön. Ich mich auch."

Dann schwiegen beide einen Moment verlegen. Schließlich sagte Dolores: „Wollen wir uns mal sehen?"

„Lieber heute als morgen", kam es von der anderen Seite zurück. „Deine Anzeige hat mir nämlich wirklich sehr gut gefallen."

„Erwarte aber bitte nicht, dass ich dir jetzt sofort hier am Telefon Romane über mich erzähle."

„Habe ich das verlangt?"

„Nein", gab Dolores zu und kam sich blöd vor, weil sie Monika mit der nur beim Telefonieren lüsternen Gundula in einen Topf geworfen hatte.

„Wie wäre es gleich heute abend gegen halb acht? In der Nähe meiner Wohnung ist ein Café, wo wir uns treffen können."

„Das passt prima", bestätigte Dolores, der es plötzlich wieder ganz glänzend ging: Es war ja Donnerstag, sie spielte also normalerweise Tischtennis und war damit ohnehin nicht zu Hause. Sie würde einfach nicht zum Sport gehen und sich stattdessen mit Monika treffen. Umständliche Lügen darüber, was sie vorhatte, waren daher überflüssig. Wie praktisch! Ein genialer Zufall ganz im Wulli'schen Sinne. Ich sollte aber Tom und Holger absagen, dachte Dolores, sonst rufen die noch zu Hause an.

Monika nannte die Adresse des Cafés. „Also bis dann. Ich freue mich!" sagte sie, ehe sie auflegte.

„Ich mich auch", strahlte Dolores.

Vielleicht weil sie so glücklich war, gelang es ihr am Nachmittag, drei große Sonnenschirme, einen Schirmständer, fünf Stoff-Frisbees und einen ganz besonders scheußlichen blau-gelben Becher mit der Aufschrift „Kumpel, lass uns einen draufmachen!" zu verscherbeln. Der Becher war einer der wenigen, die neulich beim Sturz vom Regal nicht kaputt gegangen waren. Dolores freute sich, dass er nun endlich ihre Ladenräume nicht mehr verunzierte.

Wenn sie nicht gerade strahlend ihre Kunden bediente, fieberte Dolores dem Moment entgegen, in dem sie die Ladentür hinter sich schließen konnte. Sie zählte die Stunden.

Kurz bevor sie aufbrach, rief sie Tom und Holger an. Sie hielt sich die Nase zu und sagte: „Ich kann heute leider nicht Tischtennis spielen. Ich habe Grippe und Menstruationskrämpfe."

„Du Arme! Du hörst dich wirklich schlimm an!" bedauerte sie Tom.

„Ach, es wird schon wieder!" trällerte Dolores frohgemut. Die Nase hielt sie immer noch zu, damit kein falscher Eindruck entstand. „Macht euch um mich keine Sorgen!"

Mit der Straßenbahn fuhr Dolores dann zum Café. Sie fand es sofort. Es war ein bisschen altmodisch mit seinen vergilbten Raffgardinen und halb vertrockneten Topfpflanzen in den Fensternischen.

Dolores betrat den Raum und sah sich um. An den meisten Tischen saßen Paare. Nur an einem blätterte eine einsame Frau in einer Illustrierten. Eine hübsche Frau, wie Dolores erfreut feststellte. Allerdings war sie bestimmt zehn Jahre jünger als sie selbst. Also ungefähr Ende zwanzig, Anfang dreißig. Ihre dunklen Haare waren asymmetrisch geschnitten, ihr Mund schwang sich sanft genau wie ihre dunklen Brauen, und ihr kräftiges Kinn ließ auf einen starken Willen schließen. Sie war ein bisschen bleich wie Leute, die sich zu oft drinnen aufhalten, aber was sonst sollte man von einer passionierten Zeichnerin erwarten?

„Bist du Monika?" fragte Dolores.

Die Frau nickte. „Setz dich!" sagte sie und deutete einladend auf den Stuhl gegenüber. Dabei musterte sie Dolores von oben bis unten.

Dolores hatte das Gefühl, Millimeter für Millimeter vermessen und bewertet zu werden. Aber es war ihr nicht unangenehm, im Mittelpunkt der Aufmerksamkeit zu stehen, im Gegenteil, denn sie hatte den Eindruck, dass Monika gefiel, was sie sah.

„Wie hast du hergefunden?" fragte Monika schließlich.

„Oh, kein Problem! Das Schwierigste war, den Tag zu überstehen. Er schien überhaupt kein Ende zu nehmen. Ich wäre am liebsten schon viel früher gekommen."

Monika errötete. „Mir hat deine Stimme so gut gefallen. Dabei kennen wir uns doch gar nicht."

„Soll ich dir etwas über mich erzählen?"

„Wenn du magst."

„Also, ich habe einen Restposten- und Geschenkeladen in der Innenstadt und eine Freundin. Ich arbeite ziemlich viel, donnerstags spiele ich Tischtennis."

„Ach ja?" Monika grinste.

„Wenn ich nicht gerade Frauen treffe, die auf meine Kontaktanzeigen geantwortet haben."

„Machst du das öfter?"

„Was?"

„Anzeigen schreiben."

„Nein, es war meine erste. Und du?"

Monika schüttelte den Kopf. „Ich habe mich vor ein paar Monaten getrennt, und ich glaube, eine Beziehung möchte ich so schnell nicht mehr. Aber immer allein im kalten Bett liegen und sich erinnern, dass es auch einmal schön war – das taugt auch nichts. Also habe ich es probiert. Bei allen, die eine Affäre wollten."

„Bei allen?"

„Na ja. Es standen nicht sehr viele solche Anzeigen von Lesben in der Zeitung. Lust auf Lust pur scheinen hauptsächlich die Schwulen zu haben."

„Du bist also nur mangels Alternativen hier?"

„Nein. Die Anzeige hat mir wirklich gut gefallen, ich hätte dich auf jeden Fall angeschrieben, auch wenn ich noch zehn andere passende Inserate gefunden hätte."

Dolores fühlte sich geschmeichelt.

„Weißt du was, lass uns zu mir gehen. Ich glaube, es gibt Wichtigeres zu tun, als uns gegenseitig unsere Lebensläufe zu erzählen." Dabei sah Monika Dolores tief in die Augen.

Dolores errötete. „Wohnst du hier in der Nähe?"

Monika zeigte mit dem Daumen nach oben. „Dritter Stock. Das hier ist sozusagen mein Empfangszimmer."

„Wie praktisch", schmunzelte Dolores.

Monikas Wohnung war nicht groß. Sie bestand vor allem aus einem riesigen Raum, in dem sie wohnte, schlief und arbeitete. Eine Wand wurde fast ganz von einem Bogenfenster ausgefüllt. Dazu kamen eine kleine Küche, ein winziger Flur und ein Badezimmer.

Monika führte Dolores in das große Zimmer und fragte: „Willst du was trinken? Einen Prosecco vielleicht?"

„Nur ein Glas Wasser, bitte."

Während Monika das Wasser holte, sah Dolores sich um. Vor dem Bogenfenster stand eine große Holzplatte auf zwei Böcken, die Monika anscheinend als Schreibtisch benutzte, denn es lagen Stifte und einige angefangene Zeichnungen darauf. Eine zeigte den Blick aus dem Fenster, eine das Zimmer, und auf einer dritten war eine Flusslandschaft zu sehen. An den Wänden hingen Reproduktionen von expressionistischen Gemälden. In einer Ecke stand das Bett und in einer anderen ein alter hölzerner Kleiderschrank. Einen Tisch sah Dolores nicht, entdeckte jedoch an der Wand mehrere Klappstühle. Sie holte sich einen und setzte sich in die Nähe des Schreibtischs. Da sah sie auf der Schreibplatte noch etwas, und das ließ ihr Herz höher schlagen: Willibald Wullis Werk, *Die tödliche Zweierkiste*.

Monika kam mit einem Tablett herein, auf dem zwei Wassergläser standen. Sie stellte es auf den Boden und reichte Dolores ihr Glas. Dabei berührten sich ihre Hände flüchtig; eine Welle der Erregung lief durch Dolores' Körper. Sie trank einen winzigen Schluck und stellte das Glas dann wieder ab. Anscheinend hatte Monika keine Lust, kostbare Zeit zu vergeuden.

„Du hast es also auch gelesen", sagte Dolores viel sagend und deutete auf das Wulli-Buch.

„Wie? Du auch?"

„Zweierkisten sind tödlich. Das hast du doch in dem Brief geschrieben. Da dachte ich sofort, dass wir uns verstehen würden."

„Ich stehe nicht auf Männer, aber dieser Wulli ist einfach toll. Seine Lesung neulich habe ich leider verpasst."

„Ich war da. Meine Freundin wollte unbedingt mit, deswegen konnte ich es nicht richtig genießen. Wusstest du, dass ihm seine Frau weggelaufen ist?"

„Weggelaufen? Nein. Aber was soll's? So was kommt vor. Wahrscheinlich war sie zu altmodisch für so einen Beziehungsrevolutionär. Seine Ratschläge sind trotzdem gut. Oder etwa nicht?"

Dolores nickte, und Monika ließ ihre Hand durch Dolores' Haar gleiten. Dann senkte sie ihren sinnlichen Mund mit leicht geöffneten Lippen zu Dolores hinunter.

Gleich passiert's, dachte Dolores und schloss die Augen. Und dann geschah es tatsächlich: Monikas weiche, saugende Lippen, die ersten fremden Lippen, seit sie Carmen vor mehr als zehn Jahren zum ersten Mal geküsst hatte, landeten auf ihren.

Sehr belebend! Danke, Herr Wulli, dachte Dolores, während sie mit ihren Händen Monikas Gesicht erkundete und sie dann langsam tiefer gleiten ließ. Monika trug keinen BH, ihre Brüste waren straff, die Brustwarzen aufgestellt. Sie knetete die Nippel durch Monikas T-Shirt hindurch, und Monika stöhnte leise. „Tut das gut", sagte sie.

Dann zog Monika Dolores vom Stuhl hoch und rieb ihren ganzen Körper an ihr. Dolores erschauerte. Sie ließ ihre Hände an Monika abwärts gleiten und strich sanft über ihren Bauchnabel, dann tiefer, bis sie gegen die Gürtelschnalle stieß.

„Darf ich?" fragte sie.

„Dazu sind wir doch hier", sagte Monika.

Dolores öffnete den Gürtel und ließ ihre Hand in die Enge zwischen Monikas Haut und der sperrigen Jeans gleiten. Monika presste ihr Becken gegen Dolores' Hand, während sie gleichzeitig ihr T-Shirt hochschob und sich an ihren Nippeln festsaugte.

Dolores' Knie wurden schon weich, aber Monika zeigte noch keine Neigung, sich in die Horizontale zu begeben. Stattdessen vollführte sie mit ihrer Zunge einen wilden Tanz um Dolores' Brustwarze herum, schob ihre Hände tiefer und tiefer, löste Dolores' Gürtel und begann, Dolores' Hintern rhythmisch zu massieren. Sie zog die Backen auseinander und spielte mit ihren Fingern in der empfindlichen Spalte.

Dolores glitt ihrerseits immer tiefer in Monikas Hose, bis dorthin, wo es angenehm feucht und warm war. Sie suchte und fand Monikas Klitoris, was Monika mit einem leisen Seufzer quittierte. In der Enge der Kleidung hatte Dolores nicht viel Bewegungsspielraum, aber immerhin konnte sie ihre Fingerspitze wieder und wieder über die glatte Perle gleiten lassen. Monikas Becken rotierte, stieß vor und zurück.

Dolores bewegte ihren Finger noch weiter nach hinten, dorthin, wo die Nässe herkam, die das Gleiten ihrer Hände so angenehm weich machte, und entdeckte Monikas Möse.

„Los, geh schon rein", sagte Monika. „Ich liebe übrigens Ärsche. Du auch?"

Dolores nickte. Sie streckte ihren Hintern heraus, entspannte sich und genoss das Gefühl, das Monikas schlanker Finger in ihr hervorrief. Gleich würde sie einknicken.

„Bitte, ich möchte mich hinlegen", flehte sie.

Monika lachte. Sie ließ von Dolores ab, und die beiden befreiten sich von den lästigen Kleidungsstücken.

„Lass dich ansehen", sagte Dolores und trat einen Schritt zurück.

Monikas Körper war sehr muskulös, erstaunlich für eine, die, wie sie selbst sagte, keinen Sport trieb. Vielleicht bewahrte sie unterm Bett Hanteln auf. Ihr Teint war sehr hell; ins Solarium ging sie bestimmt nicht. Verglichen mit Carmen war sie straffer. Sei nicht ungerecht, Monika ist ein Jahrzehnt jünger, dachte Dolores, und das war so ziemlich das letzte Vernünftige, was sie dachte, weil es sie mit aller Macht zu Monika hintrieb.

„Nicht ins Bett. Das ist mir zu langweilig", sagte die, als Dolores versuchte, sie zum Bett zu ziehen, und ließ sich zu Boden gleiten. Die Dielen waren nicht gerade weich, doch was scherte das Dolores? Die beiden Frauen schlangen die Beine umeinander. Dolores genoss es, Monika endlich in voller Länge zu spüren. So blieben sie einen Moment still liegen, ließen die Erregung abflauen, bis sie wieder Lust hatten, weiterzumachen.

Diesmal drang Dolores in Monika ein, die sich ihr wild entgegenbäumte, als könnte sie nicht genug bekommen. Plötzlich unterbrach sie ihren Rhythmus und sagte:

„Magst du Toys?"

Dolores' Augen leuchteten. „Keine Ahnung."

„Dann möchtest du vielleicht mal was ausprobieren?" Sie stand auf und holte aus einer Schublade des Schranks einen Vibrator, Gleitflüssigkeit und ein Kondom. „Das ist Vibi", sagte sie. Vibi war giftgrün und hatte rote Punkte. „Vibi, darf ich vorstellen, das ist Dolores."

„Designerstück, was?" witzelte Dolores. Einen Moment lang dachte sie an das frustrierende Erlebnis mit Carmen, aber Monika war nicht Carmen, und hatte nicht Herr Wulli geschrieben, der halbe Gewinn bei sexuellen Begegnungen mit Personen außerhalb der Beziehung läge darin, Neues auszuprobieren?

„Magst du ihm das Ding überziehen?" fragte Monika und reichte Dolores Vibi nebst Gummischutz.

„Wozu denn das?"

„Es ist sicherer. Und die Vibratoren halten länger. Sie sind aus echtem Silikon. Ziemlich empfindlich, dafür aber nicht allergieauslösend."

Gehorsam zog Dolores das Kondom über den knalligen Silikonstab.

„Jetzt noch Gleitgel. Bitte nicht sparen, das macht die Sache erst richtig schön“, kommandierte Monika geduldig. „Hinten ist ein Drehknopf, den kannst du stufenlos verstellen. Je weiter du aufdrehst, desto stärker vibriert es.“

„Stell dir vor, das weiß ich sogar“, sagte sie, weil sie sich plötzlich entsetzlich unerfahren vorkam.

„So“, sagte Monika und zog Dolores an sich. „Jetzt kannst du loslegen.“

Dolores wusste nicht so recht, wo und wie sie anfangen sollte. Sie drehte ein wenig auf und führte den Stab die Innenseiten von Monikas Oberschenkeln hinauf.

„Schön“, sagte sie. Mit geschlossenen Augen lag sie auf dem Rücken und wartete anscheinend mit jeder Faser auf das, was Dolores tun würde.

Die wurde inzwischen mutiger. Sie führte den Zitterstab an Monikas Klit heran und berührte mal diese, mal jene Stelle drum herum.

Monika schien es zu gefallen, denn sie stöhnte und krallte sich an Dolores freiem Arm fest. Dann beschloss Dolores, aufs Ganze zu gehen. Sie näherte sich Monikas Vagina und schob den Stab Stückchen für Stückchen hinein.

Monika stöhnte lauter. Dolores bewegte den Stab vor und zurück, mal mehr, mal weniger, drehte den Regler etwas höher und sah zu ihrer Begeisterung, wie sich Monika immer unruhiger hin und her warf und schließlich mit einem lauten Stöhnen kam.

Dann kuschelten sie sich eine Weile aneinander, Monika ganz erschöpft vor Wonne.

„Du auch?“ fragte Monika nach einer Weile.

„Nachdem ich gesehen habe, was das Ding bei dir bewirkt, aber klar!“ sagte Dolores.

Monika warf das alte Kondom weg und zog ein neues auf, befeuchtete es mit Gleitgel und bat Dolores, sich auf den Bauch zulegen.

„Auf den Bauch?“ fragte Dolores verwirrt.

„Ja, warum denn nicht? Magst du das nicht?“

Dolores beschloss, dass sie alles ausprobieren würde, was Monika vorschlug. Sie war sehr aufgeregt. Meine Güte, wie einfallslos musste ihr Sexualleben gewesen sein, dass sie schon ein simpler Vibrator in höchste Spannung versetzen konnte! Oder lag es vor allem daran, dass Monika funkelnagelneu in ihrem Leben aufgetaucht war? Vollkommen unbelastet von Erinnerungen, Gewohnheiten und Enttäuschungen?

Ihre philosophischen Erwägungen wurden dadurch unterbrochen, dass sich Monika auf ihren Rücken gleiten ließ und ihre Möse an Dolores' Oberschenkel rieb. Dann stellte sie den Vibrator an und fuhr damit ihre Seiten auf- und abwärts. Nun biss Monika von hinten sanft in Dolores' Ohrläppchen, küsste die empfindlichen Winkel an ihrem Hals und rückte Stück für Stück nach unten. Sie schob einen Arm unter Dolores' Bauch und zog sie ein wenig nach oben, so dass sie halb kniete. Der Vibrator surrte munter vor sich hin, aber im Gegensatz zu Carmen störte sich Dolores nicht daran.

Nach einer Weile spürte sie, wie sich das Ding durch die Spalte zwischen ihren Hinterbacken schob, und dann war es in ihr und vibrierte höllisch an diesem Ort, wo noch nie vorher etwas vibriert hatte.

„Oh", stöhnte Dolores überrascht.

Aber Monika hatte noch mehr mit ihr vor. Anscheinend hatte sie das Ding sich selbst überlassen, denn eine ihrer Hände massierte nun Dolores' linke Pobacke, während einige Finger der anderen Hand sich sanft, aber bestimmt in Dolores hineinschoben und sich zuerst langsam, dann heftiger in ihr bewegten. Dolores fühlte, wie eine Woge der Erregung sie davon spülte. Sie stöhnte, und dann begann alles an ihr zu zucken und zu beben. Als es vorbei war, lag sie erschöpft neben Monika.

„Das war der beste Orgasmus seit langem", sagte sie später. „Ich muss dich unbedingt wiedersehen."

„Ganz meinerseits. Du bist irgendwie so … unschuldig."

„Unschuldig?"

„Ich wollte dich nicht beleidigen. Aber man kann dich wenigstens noch überraschen."

„Mit Vibi?"

„Es gibt nicht nur Vibi. Warte ab. Also wann?"

Dolores grinste. „Nächsten Donnerstag. Statt Tischtennis."

„Pass auf, dass du nicht deine Kondition vollkommen verlierst!"

„Ach was, das hier ist auch Sport."

„Sex als Sport? Originelle Sichtweise." Monika lachte. „Ich betrachte Sex eher als Kunst. Eine soziale Skulptur, wenn du willst."

„Interessant. Dann bist du also Künstlerin?"

„Künstlerin? Noch lange nicht. Vielleicht irgendwann später. Momentan dilettiere ich ein bisschen herum, das ist auch schon alles. Einmal in der Woche gehe ich zum Zeichenkurs in die Volkshochschule."

„Und was machst du sonst?"

Ein Schatten huschte über Monikas Gesicht. „Nichts Besonderes. Ich bin Rädchen Nummer soundso in einem Getriebe, von dem ich selbst nicht weiß, wofür es gut ist. Büroangestellte in einem Großkonzern, eine von denen, die für alles und nichts zuständig sind. Ich drehe mich den ganzen Tag im Rhythmus eines großen Ganzen, das ich nicht begreife, und wenn ich abends überlege, was ich zu Stande gebracht habe, dann fällt mir nichts Vernünftiges ein. Die Langeweile ist tödlich."

„Aber warum machst du dann nichts anderes?"

„Ach ja. Darüber habe ich auch schon nachgedacht. Ich würde gern vom Zeichnen leben, aber wer kann das schon? Also suche ich mir schöne Hobbys: Kunst und Frauen. Schließlich gibt es außer der Arbeit jeden Tag sechzehn Stunden, die nur mir gehören."

Dolores dachte darüber nach, wie gut sie es hatte: In ihrem Laden war sie ihre eigene Herrin, sie konnte sagen und tun, was sie wollte. Sicher, es gab tausend Gesetze, nach denen sie sich richten musste, und andere Einschränkungen und Nachteile, und wenn die Geschäfte nicht liefen, wie sie es sich vorstellte, bekam sie manchmal Angst. Aber wenigstens machte ihr niemand Vorschriften.

„Lass uns nicht mehr über den Job reden, ja?" bat Monika. „Das verdirbt mir den Spaß."

„Einverstanden." Dolores sah auf die Uhr: Es war halb elf. „Ich muss nach Hause!"

„Verstehe", sagte Monika. „Schließlich soll die Lebensgefährtin keinen Verdacht schöpfen und dann unsere kleine Idylle zerstören. Dazu rät unser gemeinsamer Freund Wulli jedenfalls. Stimmt's?"

„Stimmt haargenau."

„Dann sind wir uns ja einig. Das Letzte, was ich jetzt brauche, ist eine eifersüchtige Langzeitfreundin, die vor meiner Haustür Terror macht, weil ich ihr Liebesobjekt ein paar Stunden für mich beansprucht habe."

Monika stand auf und umarmte Dolores, die jetzt fertig angezogen war. „Bis bald!" sagte sie.

„Treffen wir uns wieder im Café, oder soll ich gleich raufkommen?"

„Das Café kannst du überspringen. Jetzt weiß ich ja, wer du bist.“

„Es war ein wunderbarer Abend“, hauchte Dolores und ging zur Tür.

Monika nickte und schob sie hinaus. Dolores hörte, wie hinter ihr die Tür abgeschlossen wurde.

Als Dolores am Sonntag überraschend für sie selbst riesige Lust auf Carmen hatte und sich der Sex mit ihr tatsächlich ganz wunderbar anfühlte, obwohl der Vibrator natürlich im Nachttisch vergraben blieb, war sie restlos von der Wulli-Methode begeistert. Immerhin gelang es ihr, Carmen davon zu überzeugen, dass sie sich diesmal auf dem Küchentisch statt im Bett lieben sollten. Carmen gefiel diese Abwechslung, aber sie fragte sich, ob nicht schon wieder ein Kreuz auf der Horcher'schen Liste fällig war. Langsam dürfte sie sich der kritischen Grenze nähern.

Der nächste Donnerstag verlief ganz ähnlich: Dolores rief Tom und Holger an, erfand als Ausrede die hartnäckige Erkältung, die leider, leider noch immer nicht abgeklungen war, und fuhr zu Monika. Sie liebten sich temperamentvoll und ausdauernd, diesmal auf dem Fensterbrett des Bogenfensters. Auch Vibi war wieder mit von der Partie. Zudem fand Dolores es erregend, sich vorzustellen, sie würden von draußen beobachtet.

Am folgenden Sonntag hatte Dolores wieder große Lust und brachte Carmen dazu, sich im Stehen befriedigen zu lassen – eine seit Jahren nicht mehr praktizierte Abweichung von der sexuellen Paar-Routine. Carmen kam zwar sehr temperamentvoll, doch später verstärkten sich ihre Bedenken. In zwei Wochen zwei Neuerungen – das war ein bisschen viel auf einmal.

Am dritten Donnerstag ihrer Liaison mit Monika bestand Dolores darauf, sie zum Essen ins *Café Glück* einzuladen. Sie genoss es, sich mit Monika in der Öffentlichkeit zu zeigen, orderte Sekt und legte demonstrativ ihre Hand auf die von Monika.

Gerade wollte sie Monika wieder einmal erklären, wie sehr sie sich die ganze Woche auf den Donnerstag freute, da fiel ihr Blick auf die Eingangstür, und sie erstarrte: Stand da nicht Renate?

Offensichtlich auf der Suche nach einem Sitzplatz, schweiften ihre Blicke durch den Raum. Gleich sieht sie mich, dachte Dolores zutiefst erschrocken und wäre am liebsten unter dem Tisch versunken. Sie überlegte, ob sie nicht plötzlichen Harndrang vortäuschen und aufs Klo entschwinden könnte, aber da war es auch schon zu spät.

„He, Dolores!“ rief Renate so laut, dass es durch den ganzen Raum schallte. „Lange nicht mehr gesehen!“ fuhr sie, sichtlich erfreut, fort. „Ich wohne jetzt mit Claudine zusammen!“

„Tatsächlich“, sagte Dolores mit äußerst gebremster Begeisterung. Währenddessen überlegte sie fieberhaft, wie sie Monika vorstellen sollte. Schließlich entschied sie sich für eine Variante, die immerhin ein bisschen stimmte. „Das ist Monika, eine Freundin.“

„Hallo Monika, sehr nett, dich kennenzulernen.“

Monika lächelte säuerlich. Sie hatte keine Lust, ins Sozialgefüge ihrer Affären integriert zu werden. Das brachte nur Ärger.

Dann kam eine weitere Gruppe herein, und Renate winkte ihnen zu „Leider sind wir noch verabredet“, sagte sie. „Der Transenstammtisch. Ich melde mich demnächst mal“, rief sie noch über die Schulter, ehe sie sich den anderen zuwandte.

Dolores nickte und war zutiefst erleichtert, dass Renate wieder verschwand.

„Lass uns hier weggehen“, drängte Monika. „Wer weiß, wer als nächstes kommt und uns den Abend verdirbt.“

„Also gut.“

Sie kippten den Rest ihres Sekts hinunter, bezahlten und verließen das Restaurant, ohne auch nur einen Happen gegessen zu haben.

Auch an diesem Abend liebten sie sich wieder stürmisch, doch Dolores fehlte die Leichtigkeit. Renates Drohung, sich bald zu melden, schwebte über ihr wie ein Damoklesschwert. Ihre einzige Hoffnung bestand darin, dass es sich dabei um eine leere Drohung handelte. Sprachen nicht ständig irgendwelche Leute davon, sich einmal zu melden, und dann hörte man nie wieder etwas von ihnen? Schön wär’s!

9. Kapitel

in dem Dolores' Idylle endet und die Therapeuten auf den Plan treten

Freitag und Samstag verbrachte Dolores zwischen euphorischen Erinnerungen und bösen Vorahnungen. Warum musste ihr ausgerechnet Renate über den Weg laufen? Warum war sie nicht auf den Gedanken gekommen, sie einfach abblitzen zu lassen. „So lange du mit Claudine rummachst, brauchst du dich nicht zu melden!" – Das wäre doch ein schöner Satz gewesen, der einerseits die Gefahr abgewendet und andererseits auch noch gestimmt hätte. Aber nein, sie hatte freundlich glotzend da gesessen und vor lauter Verwirrung nicht gewusst, wie sie reagieren sollte. Und jetzt würde sie bestimmt dafür bezahlen müssen.

Dolores' Spannungen entluden sich zunächst in Putzwut: Am Freitagabend wienerte sie die ganze Wohnung von hinten bis vorn. Sie begann mit einer Staubwisch-Orgie, fegte dann sämtliche Böden, um schließlich feucht nachzuwischen und auch noch mit Bohnerwachs zu polieren. Auch der kleinste Schmierfleck auf den Türklinken musste weichen. Der Ficus wurde mit Akribie auch vom letzten trockenen Ästchen befreit. Nebenbei wusch Dolores zwei Maschinen voll Wäsche und hängte sie auf den aufklappbaren Metallständer, der anschließend das Wohnzimmer verunzierte.

Derweil lag Carmen auf dem Sofa und las. Dolores' ungewohnter Reinlichkeitsfimmel verwirrte sie etwas. „Was ist denn eigentlich heute mit dir los?" fragte sie. „Hast du PMS?"

„Prämenstruelles Syndrom? Wieso? Sei doch froh, dass ich mich um die Wohnung kümmere, statt immer nur Pläne dafür zu machen wie du!"

„Na, hör mal!" ereiferte sich Carmen. „Ich habe meinen Teil bisher immer erledigt!"

Dolores wusste genau, dass das stimmte. Aber ihr fiel nun mal nichts Besseres ein, um ihre Spannungen zu kontrollieren, als zu putzen und Carmen zu reizen. Gerade wollte sie anfangen, auch noch die Glaskatzen aus Carmens Sammlung einzeln aus dem Regal zu nehmen und abzustauben, als Carmen der Kragen platzte: „Jetzt reicht's! Lass gefälligst meine Katzen in Ruhe! Wenn ich glaube, dass sie zu staubig sind, wische ich sie schon selbst ab. Neulich hast du meine schönste zerdeppert."

„Das war Selbstverteidigung gegen Claudine!" wehrte sich Dolores.

„Mir ist es egal, was es war. Ich will, dass du damit sofort aufhörst!" beharrte Carmen.

„Meinetwegen, ich habe sowieso genug geputzt, während du faul auf dem Diwan liegst!" fauchte Dolores. Im Grunde war sie froh, nun beleidigt in ihr Zimmer verschwinden zu können.

Am Samstag machte Dolores, nachdem sie ihren Laden gegen zwei Uhr mittags geschlossen hatte, einen ausgiebigen Einkaufsbummel, wobei sie ein sündhaft teures neues Computerspiel erwarb, und versenkte sich dann den Rest des Tages darin. Das hatte einen großen Vorteil: Indem sie sich vollständig auf das Spiel konzentrierte, vergaß sie, dass jeden Moment Renate anrufen konnte.

Das Spiel handelte von einem Planeten, der von Cyborg-Amazonen bewohnt und von wildgewordenen galaktischen Machos attackiert wurde. Die Cyborg-Amazonen, in deren Körper alle Arten gemeinster Waffen eingebaut waren, verteidigten ihren Planeten, so gut sie konnten, aber immer wieder kamen neue Machos aus irgendwelchen wildfremden Galaxien angereist und schossen mit Protonengewehren oder warfen Neutralisationsbomben auf den Planeten der Amazonen. Jedes Mal, wenn ein Angriff erfolgreich abgewehrt war, begann ein neuer Level, in dem die Angreifer noch schneller durch die Lüfte segelten und Dolores noch schneller reagieren musste, damit die Cyborg-Amazonen nicht von den Fremden hinweg gefegt werden konnten.

Auch indem sie hinter ihrem Laptop verschwand, gewann sie bei Carmen keine Punkte, im Gegenteil. „Kannst du eigentlich noch was anderes außer in diesen Plastikkasten zu starren?" fragte Carmen erbost beim Abendbrot.

Dolores sah mit schlechtem Gewissen von ihrer Käseschnitte auf.

„Zum Beispiel könnten wir uns *Harry Potter* im Kino ansehen", schlug Carmen vor.

„Von mir aus", sagte Dolores. Ihr Hintergedanke war: Wenn wir nicht zu Hause sind, kann uns auch niemand anrufen. Die Existenz des Anrufbeantworters verdrängte sie.

„Warum nehmen wir nicht Tom und Holger mit?" schlug ausgerechnet Carmen vor. Ihr Hintergedanke war, dass Tom und Holger als Männer für potentielle Seitensprünge Dolores' nicht in Frage kamen.

Dolores schreckte zusammen. Tom und Holger? Die wähnten sie doch grippekrank, schon die dritte Woche hintereinander! „Ach nee, die sehe ich doch sowieso dauernd!" log sie. „Außerdem sind sie heute irgendwo eingeladen."

„Dann vielleicht Karin und Ulrike?"

Dolores schüttelte den Kopf. Es war langsam Zeit, für Frieden zu sorgen, sonst würde der Abend in einer Katastrophe enden. „Nein, ich würde am liebsten allein mit dir sein, Schatz!" säuselte sie.

Und siehe da, der Zauber wirkte. Carmen strahlte wieder. Der Abend wurde sogar recht harmonisch: Über den Harry-Potter-Film lachten Carmen und Dolores herzlich, und anschließend schmusten sie ein bisschen in Carmens Bett. Dolores schlief sogar neben Carmen ein, statt sich später in ihr eigenes Zimmer zurückzuziehen.

Am nächsten Morgen streckte sie sich wohlig. Ein neuer Tag, und nichts war bisher geschehen! Mit jeder Stunde, die verging, ohne dass Renate von sich hören ließ, fühlte sich Dolores besser. Erfahrungsgemäß riefen Leute, die Sätze wie „Ich melde mich mal!" sagten, entweder bald oder gar nicht an.

Carmen und Dolores saßen gerade beim sonntäglichen Frühstück, jede in ihre eigenen Gedanken versunken, da klingelte schrill das Telefon. Lass es meine Mutter sein, flehte Dolores, als Carmen an den Apparat eilte. Doch ihr Wunsch sollte sich nicht erfüllen.

„Du, Renate?" fragte Carmen erstaunt.

Diese Begrüßung führte dazu, dass Dolores' Stimmung augenblicklich unter den Nullpunkt sank. Warum behandelte sie das Schicksal so ungerecht, jetzt, wo alles sich zum Guten, nein, zum Besten wendete? Wo sie endlich eine Geliebte hatte und dadurch wieder zurück zu ihrer Lebenspartnerin fand? „Ein Jungbrunnen für Ihre alte Liebe – das wird Ihre Nebenbeziehung für Sie sein", schrieb Wulli, und genau so war es auch. Bis zu jenem Moment, als Renate sich am anderen Ende der Leitung meldete.

Dolores hörte zwar nur, was Carmen sagte, aber den Rest konnte sie sich ohnehin denken. Ihr wurde ganz schlecht dabei.

„…."

„Tatsächlich?"

„…“

„Wie sah sie denn aus?“

„…“

„Nein, die kenne ich nicht. Egal, es war sicher eine Kollegin. Sie geht öfter geschäftlich essen. Nur nicht ins *Café Glück*.“

Dolores merkte, wie sehr sich Carmen bemühte, gleichgültig zu klingen. Aber es gelang ihr nicht sehr gut. Immer wieder mischte sich ein Schuss Empörung in ihre Stimmlage.

„…“

„Sekt? Dann war es vielleicht eine Freundin aus dem Tischtennis. Du weißt ja, donnerstags spielt sie immer. Und wie geht es dir?“

„…“

„Mit Claudine? Hab ich's mir doch gedacht!“ Die Feststellung kam boshaft und ungnädig aus Carmen herausgeschossen.

„…“

„Treffen? Schwierig. Der Job, weißt du. Vielleicht in ein paar Wochen.“

Dabei, dachte Dolores, hatte Carmen erst am Morgen darüber gejammert, wie langweilig es im Moment im Büro war, weil die ausländischen Kunden sich mit Bestellungen zurückhielten. Sie verbrachte halbe Tage damit, alte Akten umzuordnen und Däumchen zu drehen. Oder mit der Schirrnagl zu ratschen, die noch immer geradezu überbordend freundlich war.

„…“

„Dir auch! Mach's gut. Bis dann mal.“ Der Hörer fiel lauter als nötig auf die Gabel. Aber statt sofort das erwartete Donnerwetter auf Dolores niedersausen zu lassen, verschwand Carmen zunächst in ihrem Zimmer.

Vielleicht ist doch alles ganz anders. Vielleicht glaubt Carmen tatsächlich, ich wäre mit einer Kollegin oder mit einer harmlosen Freundin von den „Bunten Bällen“ unterwegs gewesen, dachte Dolores. Sie fasste neuen Mut und suchte nach einer plausiblen Erklärung für den Restaurantbesuch. Ich könnte erzählen, ich hätte mir beim Tischtennis die Hand verdreht und wäre deshalb mit einer von den Frauen dort ausgegangen, statt zu spielen. Und gefeiert haben wir, weil sie sich für die Gay Games angemeldet hat. Ja, das war gut, es würde sogar den Sekt erklären!

Doch schon kam Carmen wieder herein. Ein Blick in ihr Gesicht, und Dolores vergaß alle Ausreden, die sie sich soeben kunstvoll zurechtgelegt hatte. Carmen ging schnurstracks auf Dolores zu, baute sich neben ihrem Stuhl auf und sagte: „Sieh mich an."

Dolores blickte zu ihr hinauf. „Wer hat denn da angerufen?" fragte sie harmlos.

„Das weißt du doch genau, du hast ja jedes Wort gehört! Im Übrigen – jetzt stelle ich die Fragen. Und du antwortest!"

„Hör zu ...", begann Dolores, doch sie wurde harsch unterbrochen. Carmen hatte in ihrem Zimmer dem Horcher'schen Ankreuz-Test wieder mal einige Ja-Kreuzchen hinzugefügt. Diesmal war das Ergebnis absolut eindeutig: Sie landete in der höchsten Kategorie, vierzig bis fünfzig Punkte. Frau Horcher kommentierte das Ergebnis so: „Sitzen Sie auf Ihren Ohren? Halten Sie sich die Augen zu? Kennen Sie Ihren Mann überhaupt noch? Sonst müsste Ihnen längst aufgefallen sein, dass er eine andere hat." Dieses Resultat wurde durchaus nicht weniger niederschmetternd dadurch, dass Frau Horcher ihre Worte auf die Ehefrauen fremdgehender Gatten statt auf lüsterne Lesben bezogen hatte.

„Gib's zu, du schläfst mit jemand anders. Und lüg mich ja nicht an, ich weiß schon alles!" fauchte Carmen. Das stimmte zwar nicht annähernd, war aber sicher kein Fehler, um die Wahrheit ans Licht zu befördern, dachte sie.

Trotzig wandte Dolores das Gesicht ab. Na schön, dann kam die Sache eben auf den Tisch. „Und wenn schon!" keifte sie. „Seitdem habe ich wenigstens wieder Lust auf dich!"

„So ist das also! Ich bin der gnädigen Frau nicht mehr attraktiv genug! Du suchst nach blumigeren Gefilden! Und hast sie anscheinend sogar schon gefunden! Die Frage ist nur, welche erhebende Rolle bleibt da für mich?" Carmen griff nach einer Tasse des Frühstücksgeschirrs.

Lass das, wollte Dolores rufen, doch zu spät. Denn schon zerschellte die Keramik scheppernd auf dem Fußboden.

Nun verlegte sich Dolores aufs Abwiegeln. „Aber Carmen! Du bist immer noch der wichtigste Mensch in meinem Leben, glaub mir das! Bitte veranstalte kein Drama wegen dieser lächerlichen Affäre! Die Schwulen machen so was tagtäglich. Die reden nicht mal darüber, geschweige denn, dass sie sich darüber aufregen."

„Lächerliche Affäre! Pah! Und was die Schwulen machen, ist mir vollkommen egal! Wenn du deren Sexualverhalten so prima findest, solltest du vielleicht auch mit einem Schwulen ins Bett gehen statt mit mir! Diesen ganzen Quatsch hat dir doch nur dieser idiotische Wulli eingeredet."

„Mit Wulli hat das gar nichts zu tun! Nur mit unserer Sex-Flaute!" verteidigte sich Dolores wenig glaubwürdig. Sie war sich sicher, dass wie in jedem mittelprächtigen Kitschroman gleich der allbekannte Satz fallen würde: die oder ich. Aber sie erlebte eine Überraschung.

„Ich will, dass du mit mir zur Paartherapie gehst", sagte Carmen mit tonloser Stimme. Solches riet Frau Horcher für den Fall, dass tatsächlich eine Geliebte oder, wie sie schrieb, eine „störende Drittperson" ihr Unwesen trieb. Eine Liste der in Horcher'sches Gedankengut eingeweihten Therapeuten mit Schwerpunkt „Auflösung von Dreiecksbeziehungen" befand sich im Anhang des Horcher-Buches, und Carmen hatte vorsichtshalber schon einmal alle angekreuzt, die in München praktizierten.

Sie würde sich von dieser anderen, wie auch immer sie heißen mochte, nicht ins Bockshorn jagen lassen. Es gab schließlich Mittel und Methoden, solche Probleme zu lösen – schrieb jedenfalls Frau Horcher. Und daran klammerte sich Carmen vorläufig.

„Paartherapie?" Dolores war zutiefst erstaunt. Schon immer hegte Carmen gegen alles, was auch nur den Anschein des Therapeutischen zeigte, tiefe Skepsis, und seit dem Besuch in der Sexualitäten-Gruppe war sie sogar noch skeptischer geworden. „Ausgerechnet mit dir, die du alle Psychologen zum Weglaufen findest? Wozu soll das denn gut sein?" fragte sie. Von Emilie Horcher wusste sie ja nichts.

„Ich habe meine Meinung geändert. Wozu das führt, werden wir dann sehen", erwiderte Carmen. Ihr war zwar das einzig mögliche Ergebnis des therapeutischen Prozesses bereits vollkommen klar, doch das behielt sie für sich. Diese Vision sah ungefähr so aus: Die Geliebte verschwände sofort von der Bildfläche, Dolores käme reumütig (jawohl!) zu ihr zurück, und alles wäre wieder wie immer. Nur etwas mehr Sex als in der letzten Zeit, bevor sie diesen Artikel gefunden hatten, der immer noch an der Pinnwand vor sich hin gilbte, dürfte es sein.

„Du willst nicht, dass ich sie aufgebe?" Dolores konnte diese unerwartete Großmut immer noch nicht fassen.

Böse starrte Carmen auf die erstaunte Dolores herunter. „Bin ich vielleicht blöd? Was würde mir das nützen? Du würdest mich für eine eifersüchtige Zicke halten und dich erst recht mit ihr treffen. Nein, meine Liebe! So einfach funktioniert das nicht! Ich habe nicht so lange mit dir zusammengelebt, um angesichts einer, wie du selbst sagst, lächerlichen Affäre die Flinte ins Korn zu werfen!"

Dolores begann, an einer Paartherapie Geschmack zu finden. Alles war ihr recht, wenn sie nur weiterhin ab und zu Monika treffen konnte, ohne Carmen dadurch zu verlieren. Denn das wollte sie auf keinen Fall. Ein Leben ohne Carmen schien ihr weiterhin unvorstellbar, selbst wenn sie nur einmal in der Woche Sex hatten. Dafür gab es ja Auswege, wie sie inzwischen wusste.

„Also gut", sagte Dolores.

„Es gibt da noch eine Bedingung."

Dolores verdrehte die Augen. Es wäre ja auch zu schön gewesen, wenn kein Pferdefuß in der Sache steckte. „Und die wäre?" fragte sie misstrauisch.

„Ich wähle die Therapeutin aus."

Dolores fiel ein Steinbruch vom Herzen. War das alles? „Das hättest du sowieso tun müssen. Dazu habe ich nämlich keine Zeit", sagte sie höchst zufrieden und abermals überrascht.

„Dann ist ja alles bestens. Du wirst sicher Verständnis dafür haben, dass ich heute keine Lust verspüre, mich weiter mit dir zu befassen", sprach Carmen und verschwand in ihrem Zimmer.

Dolores verstand das sehr gut und begrüßte es sogar. Schließlich wartete das Cyborg-Amazonen-Spiel. Mochte Carmen doch brüten oder eine Therapeutin suchen! So lange sie beschäftigt war, hatte sie weniger Zeit, sich aufzuregen.

Am Montag schritt Carmen zur Tat. Günstige Umstände halfen ihr, so dass sie mehr oder weniger ungestört zu Werke gehen konnte: Sie saß in einem Einzelzimmer. Ihr Vorgesetzter war fort, auf der Jagd nach einem einträglichen Auftrag, der Carmens Müßiggang vorübergehend beenden würde, und Frau Schirrnagl, mittlerweile Traudl, erbot sich, einige dringende Telefonate, die Carmen hätte erledigen müssen, zu übernehmen. „Des mach ich doch gern für dich", sagte sie.

Carmen hatte ihr vorgelogen, eine sehr gute Freundin habe einen total neurotischen Hund und suche für diesen nun einen Tierpsychologen, wobei sie ihr Unterstützung versprochen habe. Natürlich entsprach es nicht unbedingt den Intentionen der Firma, dass derlei Dinge während der Arbeitszeit erledigt wurden, doch weil sich niemand darum kümmerte, was die Damen so in ihren Büros trieben, so lange die Arbeit voranschritt, hatte Carmen nicht allzu viele Skrupel. Schließlich hörte sie schon seit Monaten zu, wie Frau Schirrnagl sich stundenlangen romantischen Telefonaten mit Hannelore hingab – bevorzugt dann, wenn ihr Mann auf Dienstreise weilte, was durchaus ein-, zweimal im Monat für mehrere Tage vorkam.

Bevor Traudl mit der Liste der Telefonnummern verschwand, wurde Carmen allerdings noch in einige neue Details des disharmonischen Schirrnagl'schen Ehelebens eingeweiht. Sie erfuhr, dass der Gatte, ein passionierter Jäger, der die Abende auf dem Ansitz verbrachte, am Tag zuvor mit einem nicht richtig ausgebluteten Karnickel auf der Schulter nach Hause gekommen war und damit den weißen Teppichboden im Schirrnagl'schen Wohnzimmer gründlich versaut hatte. Weil früher als erwartet von der Pirsch zurück, hätte er zudem Frau Schirrnagl und ihr Gspusi beinahe in flagranti erwischt. In letzter Minute konnte Hannelore durchs geöffnete Wohnzimmerfenster im Erdgeschoss entweichen.

Nun harrten Traudl und Hannelore des kommenden Wochenendes. Denn Herr Schirrnagl liebte außer der Jagd auch noch das Fußballspiel. Es war ihm egal, ob *1860, Unterhaching* oder *Bayern-München* – Hauptsache, der Ball war rund, das Feld viereckig und es gab ein Tor an jedem Ende. Dafür fuhr er bei Auswärtsspielen gern auch mal hundert oder zweihundert Kilometer. Mittlerweile begleiteten ihn auch die beiden hoffnungsvollen Söhne, der zwölfjährige Max und der vierzehnjährige Josef, während Frau Schirrnagl noch nicht mal gefragt wurde. Fußball war schließlich Männersache. „Solln die Buan und der Mo doch geh'n", meinte sie dazu gleichgültig. Deren Abwesenheit erweiterte nämlich ihre Freiräume erheblich, und das freute sie und Hannelore.

Zur Eifersucht auf den alten Schirrnagl hatte Hannelore sowieso nicht viel Anlass. Auch darüber hatte Traudl schon wortreich berichtet: Sex war für den Schirrnagl mittlerweile eine relativ nebensächliche Übung, die wie Nahrungsaufnahme und Toilettenbesuch irgendwo möglichst knapp in den Tagesablauf eingeflochten wurde und oft genug auch einfach längere Zeit entfiel. Hannelore dagegen war, wie Traudl mal mehr, mal weniger vorsichtig andeutete, ein sinnliches Wunder und deswegen endlich im Stande, der Schirrnaglerin lange aufgestauten Hunger nach Zärtlichkeit zu stillen.

Zwar wollte Carmen es nie so genau wissen, doch Traudl belohnte gefasstes Zuhören mit kleinen Freundschaftsbeweisen wie jetzt der

Übernahme der Telefonate. Nachdem Traudl verschwunden war, schloss Carmen die Tür des Büros und begann damit, die diversen Therapeuten und Therapeutinnen anzurufen. Aber es war schwieriger, als sie erwartet hätte, die richtige Person für ihr heikles Anliegen zu finden: Die einen hatten keine freien Termine. Die anderen winkten ab, als sie hörten, es handele sich um ein Frauenpaar. Die Stimmen einiger Aspiranten klangen so unsympathisch, dass Carmen sie von selber ausschloss.

Als kleinstes Übel erschien ihr am Ende eines nervtötenden Telefonmarathons Frau Dr. Gerlinde Mittenstaller-Doberdaun, ihres Zeichens studierte Psychologin. Die Mittenstaller-Doberdaun war davon überzeugt, keinerlei Vorurteile gegen Lesben zu besitzen, und fühlte sich der Problematik durchaus gewachsen, die ihr Carmen in knappen Worten schilderte. Die könnte es schaffen, Dolores auf den Pfad der Tugend zurück- und sie beide wieder zusammenzubringen, dachte Carmen.

Zudem lag die Praxis der Therapeutin in der Nähe der Wohnung. Lange Fahrzeiten entfielen also – und damit auch eine potentielle Ausrede von Dolores. Sie vereinbarten einen Termin für den kommenden Freitagnachmittag um 17 Uhr. Carmen kalkulierte, dass das mit Gleitzeit gerade hinkam, und Dolores würde sich eben etwas einfallen lassen müssen. Auch alle anderen Therapeuten hätten Termine nur tagsüber gehabt. Abends behandelten sie anscheinend ausschließlich Gruppen. Wahrscheinlich brachte das mehr Geld ein.

Als Dolores an diesem Tag von der Arbeit zurückkehrte, prangte schon ein Merkzettel an der Pinnwand: „Therapie, Freitag, 17 Uhr", den sie mit gerunzelter Stirn zur Kenntnis nahm.

„Hast du den Zettel gesehen, Schätzchen?" rief Carmen. Sie war heute ob ihres Erfolges ganz besonders guter Dinge.

Dolores seufzte. Sie hatte insgeheim gehofft, die Suche nach einer geeigneten Seelen- oder in diesem Fall Paarklempnerin würde länger dauern. Nun blieb ihr wohl nichts anderes übrig, als in den sauren Apfel zu beißen.

„Und was ist, wenn ich ausgerechnet am Freitag schon etwas anderes vorhabe? Außerdem mache ich den Laden immer erst um sieben zu, das weißt du doch!" begehrte sie trotzdem ketzerisch auf.

Aber Carmen war dagegen gewappnet. „Na und? Die Sache dauert nur ein paar Wochen, es ist nämlich eine Kurztherapie. In denen machst du eben mal früher zu. Wozu bist du schließlich selbstständig? Du kannst so was doch selbst bestimmen. Im Frühsommer gehen die Leute sowieso abends in den Biergarten und nicht einkaufen. Was Termine am Freitagabend angeht: Du hast freitags nie was vor. ‚Freitags muss ich mich vom Tischtennis ausruhen', sagst du doch immer. Und neuerdings wohl von etwas anderem. Oder du kriegst einen Putzfimmel. Auch von was anderem", bemerkte Carmen spitz.

Dolores erhob keine Einwände mehr. Sie hatte Carmen versprochen, zur Therapie mitzugehen, und jetzt war es eben soweit, dieses Versprechen einzulösen.

Am Dienstag gingen Carmen und Dolores gemeinsam zum Stammtisch. Sie taten das weniger aus Vergnügen als deshalb, um nach außen wenigstens symbolisch Verbundenheit zu demonstrieren. Beide fürchteten, dass die jeweils andere in verräterischer Absicht von ihrem Entschluss zur Paartherapie berichten könnte, aber keine hatte vorher darüber mit der anderen gesprochen. Das hob nicht gerade die Stimmung.

Doch der Abend verging ohne die befürchtete Offenbarung. Es war sowieso nur das Stammpublikum – Karin, Ulrike, Bernie und Angie – gekommen. Beziehungsthemen standen anscheinend nicht auf der Agenda. Carmen und Dolores hüteten sich, daran etwas zu ändern. Die Frauen redeten hauptsächlich übers Wetter und anlässlich der nunmehr beginnenden Open-Air-Saison über die Qualität der diversen öffentlichen Freibäder.

„Hoffentlich tun sie mal was für die Liegewiesen, das Gras wird von Jahr zu Jahr dünner", beschwerte sich Ulrike.

„Das kannst du vergessen", meinte Karin. „Geld für Grassamen haben sie nicht. Außer, das Gras wächst in einem Fußballstadion."

„Ich finde aber gut, dass wir ein neues Stadion kriegen", durchbrach Bernie wie gewohnt die Anti-Fußball-Frauenfront.

Angie verdrehte genervt die Augen. „Als wäre es nicht genug, dass du jeden Samstag stundenlang vor der Glotze sitzt und zuguckst, wie zweiundzwanzig Männlein hinter einer verdreckten Lederkugel her rennen und sich dabei an die Schienenbeine treten! Wir dagegen müssen uns im Freibad auf der nackten Erde wälzen!"

Carmen und Dolores dankten der Stadtverwaltung stumm für das wunderbare Thema. Beide hörten nur beiläufig zu. Doch während Carmen in Gedanken schon ganz beim nächsten Freitag und der ersten Therapiestunde war, verdrängte Dolores jeden Gedanken daran, so gut sie konnte. Sie träumte statt dessen von Monika und Vibi, dem Vibrator.

Am Mittwoch verschwand Carmen zum Schwimmen. Es ging ihr wieder einmal schlecht: Die beiden Papageien – so nannte sie ganz für sich Sabine und Julia – zogen wie immer ihre Ach-wir-lieben-uns-so-Show ab. Zu allem Überfluss war auch noch ein permanent turtelndes Schwulenpaar, Jean und Ollie, hinzugekommen, das sich prächtig mit Sabine und Julia zu verstehen schien. Die Scherze flogen zwischen ihnen hin und her wie Ping-Pong-Bälle.

Carmen fühlte sich meilenweit entfernt von allen. Es fiel ihr schwer, das plakativ zur Schau getragene Glück der Gruppe zu ertragen. Sie winkte lasch zu Sabine hinüber und ließ sich nach wenigen Bahnen auf einen Liegestuhl am Beckenrand fallen.

Aber entgegen ihren sonstigen Gewohnheiten kam Sabine nicht hinüber, um sich mit ihr zu unterhalten, sondern sah nur einmal kurz in ihre Richtung und nickte ihr zu. Wahrscheinlich war sie einfach zu sehr mit den beiden Neuen beschäftigt, zwei braungebrannten Sunny-Boys mit eindrucksvollen Oberkörpern, dachte Carmen selbstmitleidig, was will sie denn da mit mir? Dann gab sie sich jammervollen Gedanken über Dolores' Untreue und ihr weiteres Schicksal hin.

„Wer ist das da drüben?" fragte derweil Jean, der größere der beiden Männer, an Sabine gewandt.

„Das? Das ist Carmen, eine Freundin. In letzter Zeit ist sie ein bisschen seltsam. Man kommt auch nicht an sie ran. Sie ist sofort beleidigt, wenn man es wagt, auch nur die kleinste Kritik zu äußern. Ich glaube, sie hat Beziehungsprobleme."

„Beziehungsprobleme? Wie schrecklich!" feixte Olli. „Wir empfehlen Klosterfrau Melissengeist!"

„Eigentlich ist sie sehr nett", verteidigte Sabine Carmen.

„Wahrscheinlich muss man sie zur Zeit einfach in Ruhe lassen", schlug Julia vor.

„Kann schon sein", bestätigte Sabine, obwohl sie sich dessen nicht so sicher war. Dann redeten die vier weiter über das bevorstehende Schwimmturnier und darüber, ob sie vielleicht endlich eine größere Halle zum Trainieren bekommen würden.

Während Carmen im Schwimmbad über die Hinfälligkeit von Freundschaften im Allgemeinen und die Treulosigkeit von Sabine im Besonderen sinnierte, rief zu Hause bei Dolores Tom an. „Deine

Erkältung scheint ja sehr hartnäckig zu sein“, bemerkte er. „Nun warst du schon dreimal nicht beim Training. Weißt du überhaupt noch, wie man den Schläger hält?“

Dolores überlegte, ob sie ihm die Wahrheit sagen sollte, entschloss sich aber dagegen. Wenn Tom und Holger von ihrer Affäre wüssten, dann auch bald auch das ganze Tischtennis-Team. Sie kannte die anderen dort nicht näher, aber für die Verbreitung von Klatsch war das vollkommen bedeutungslos. Dazu reichte es, wenn man die Vornamen der betreffenden Personen und das jeweilige Gerücht kannte. Zudem gehörte Verschwiegenheit in Dingen, von denen Tom und Holger annahmen, es werde sie ohnehin bald jeder wissen, nicht zu ihren Stärken. War aber das Gerücht, Dolores habe eine Liaison, erst einmal unter den Tischtennis-SpielerInnen verbreitet, dann bestand die Gefahr, dass es auch andere aus Carmens und Dolores' Bekanntenkreis erreichte, zumal eine der Tischtennis-Frauen, eine schmächtige Blonde namens Petra, mit Karin und Ulrike vom Stammtisch befreundet war. Und dann würden sich alle mit vor Neugier leuchtenden Augen regelmäßig nach dem Stand ihres Beziehungslebens erkundigen. Probleme von Langzeit-Musterpaaren waren ein wunderbares Thema, mochten die Betroffenen nun prominent sein oder nicht. Nein, das wollte Dolores verhindern!

Zudem witterte sie die Chance, in der nächsten Zeit nicht jeden Donnerstag von neuem lügen zu müssen. Wie schrieb Wulli so schön? „Zufall und Glück, gepaart mit Wagemut und Geistesgegenwart, sind Ingredienzien, die Sie brauchen werden, um ein erfülltes Affärenleben zu führen.“ Nun, Zufall und Glück hatten ihr in Gestalt von Carmens Abwesenheit bereits in die Hände gespielt. Wagemut und Geistesgegenwart würde sie jetzt beweisen: Lieber log sie einmal gründlich, und zwar jetzt, als immer wieder. Denn die Donnerstagabende standen, so lange es Monika geben würde, nicht mehr für Ballspiele zur Verfügung.

„Es ist wirklich eine ziemlich schlimme Erkältung“, fabulierte Dolores und hüstelte eindrucksvoll. „Der Hausarzt sagt, sie wäre mir schon aufs Herz geschlagen. Ich darf vorläufig keinen Sport mehr treiben.“

„Wie lange denn?“ fragte Tom betroffen.

„Der Arzt hat was von mindestens drei Monaten gesagt.“ Drei Monate – das waren nur zwölf Donnerstage! Und wenn die Lust nun länger hielt? Dann könnte sie das Leiden jederzeit verlängern.

„Theoretisch dauert jede Affäre ewig", postulierte schließlich Meister Wulli. Den Nachsatz – „wenigstens, wenn sie nicht entdeckt wird" – verdrängte Dolores lieber, obwohl genau das schon geschehen war.

„Schade!" bedauerte Tom. „Dann lass uns wenigstens einfach so mal ein Bier trinken gehen. Carmen kann ja mitkommen."

„Oder sollen wir dich besuchen?" rief Holger aus dem Hintergrund. Wahrscheinlich hatte Tom wieder einmal den Lautsprecher eingeschaltet.

Dolores dachte daran, dass sie jetzt ihre Zeit nicht nur zwischen zwei Frauen aufteilen, sondern auch noch zur Therapie gehen musste. Außerdem sah sie wirklich nicht krank aus – eher im Gegenteil, und die beiden Männer würden ihr Lügengespinst bestimmt sofort durchschauen. „Ich weiß nicht, ob das eine gute Idee ist. Vielleicht warten wir damit, bis es mir ein bisschen besser geht", wehrte sie den Vorschlag ab. Es war nicht nett, Freunde so vor den Kopf zu stoßen, aber im Moment musste sie einfach andere Prioritäten setzen.

„Na gut, dann nicht. Wenn wir dir gar nicht helfen können, müssen wir eben warten, bis du wieder auf die Beine kommst. Einstweilen gute Besserung! Und melde dich, falls du Lust hast, was zu unternehmen."

Tom legte auf.

„Ich weiß nicht", sagte Holger. „Ich glaube, das ist keine Erkältung. Das ist irgendwas vollkommen anderes."

„Du spinnst", sagte Tom und tippte gegen Holgers eindrucksvolle Stirn. „Warum sollte Dolores uns etwas vorlügen?"

„Weiß ich's?" gab Holger zurück. „Ich weiß nur, dass ich ein komisches Gefühl habe. Und das trügt selten."

Dann setzten sie sich vor den Fernseher, um die aktuelle Folge von *Emergency Room*, ihrer Lieblingsserie, die auch Dolores bei ihrem Allergie-Abenteuer im Krankenhaus begeistert hatte, zu verfolgen. Diesmal wurden einem schwulen Footballspieler nach einem brutalen Zusammenstoß auf dem Feld die Hoden amputiert, worauf dieser sich zuerst umbringen wollte und dann von einem Pfarrer zum Christentum bekehrt wurde. Währenddessen untersuchte der Chefarzt im Nebenraum des OP die Festigkeit der Brust der Praktikantin. Auf dem Operationstisch amputierte ein unerfahrener Assistenzarzt gerade den falschen Fuß eines siebzigjährigen Diabeteskranken, merkte es aber noch rechtzeitig und nähte ihn wieder an, wodurch es wenigstens zu einem partiell glücklichen Ende kam.

Derweil nutzte Dolores die Gelegenheit und versuchte, Monika zu erreichen. Tatsächlich ging sie an den Apparat.

„Können wir uns am Donnerstag wieder sehen?“ hauchte Dolores in die Muschel. Es war das erste Mal, dass sie ihre Geliebte von zu Hause aus anrief. Ihr Herz raste, weil sie befürchtete, jeden Moment könnte Carmen nach Hause kommen, obwohl es erst halb neun war und sie nie vor zehn vom Schwimmen zurückkehrte.

„Komm um acht, ich habe eine Überraschung“, zwitscherte Monika verheißungsvoll.

„Was für eine?“ fragte Dolores. Am liebsten wäre sie sofort zu Monika gefahren.

„Wenn ich das verrate, ist es keine mehr.“ Monika legte auf, und Dolores konnte sich an diesem Abend beim Amazonenspiel nicht mehr konzentrieren, weshalb ihre Überlebenspunkte schon auf Level zwei vollständig aufgebraucht waren.

„Heute wird es spät“, kündigte Dolores am nächsten Morgen, dem herbeigesehnten Donnerstag, auf dem Weg zur Haustür an.

Carmen sah desinteressiert von ihrem Müsli auf. „Was du heute machst, ist mir egal. Die Sporttasche hättest du aber ruhig dalassen können, denn Tischtennis wird's wohl kaum sein. Hauptsache, morgen um fünf hältst du dir frei. Für die Therapie!“

Dolores wollte sich kommentarlos davonmachen, doch Carmen war noch nicht fertig. „Ach, übrigens“, sagte sie und starrte die bereits im Türrahmen stehende Dolores feindselig an. „Ich wäre dir sehr verbunden, wenn du Safer-Sex praktizieren würdest. Ich habe keine Lust, die Parasiten dieser Frau an mir wiederzufinden.“ Carmen sah plötzlich so angeekelt aus, als marschierte vor ihr auf dem Küchentisch eine Schar widerlicher Filzläuse auf und ab.

Dolores dachte an das Präservativ über dem Vibrator. Oh, wie unrecht Carmen Monika tat! „Monika hat keine Parasiten!“ fuhr sie Carmen an.

„Tatsächlich? Monika heißt sie also. Interessant. Und ansonsten: Woher willst du das denn wissen? Immer das Mikroskop dabei? Und das Bestimmungsbüchlein für Chlamydien, Candida, Hepatitis-Viren und so weiter? Wie fürsorglich!“

„Du bist gemein!“ zischte Dolores. Dann knallte sie die Tür ins Schloss, dass es nur so schepperte. Dieser Tag begann entschieden nicht so, wie sie sich das gewünscht hätte.

Wenigstens ging er so zu Ende. Monika empfing Dolores in einem Bademantel, unter dem sie nichts trug. Oder jedenfalls fast nichts. Als sie Carmen an sich zog, spürte diese etwas Hartes zwischen Monikas Beinen.

Dolores öffnete Monikas Bademantel. Ihr Blick fiel auf einen ziemlich stattlichen Dildo im Leder-Harness. Dolores konnte ihre Augen nicht von dem Gummipimmel lösen.

„Hast du noch nie einen gesehen?" fragte Monika amüsiert.

Stumm schüttelte Dolores den puterroten Kopf. Wieder einmal kam sie sich wie ein Teenager vor, der gleich zum ersten Mal Sex haben würde.

„Dann wird's aber Zeit! Darf ich dir Dildi vorstellen", grinste Monika. „Vielleicht möchtest du ihm ein Begrüßungsküsschen geben?" Sanft drückte sie Dolores' Kopf in Richtung des Plastikpenis, der zwischen ihren Beinen auf seinen Einsatz wartete.

„Warum sollte ich das Ding küssen? Das spürt doch gar nichts!" fragte Dolores beinahe pikiert.

„Weil es mich anmacht natürlich!" Von schräg oben lächelte Monika auf Dolores herunter.

Also gut, dachte Dolores, man soll ja immer offen für Neues sein. Sie küsste den Kunststoffpimmel und lutschte an ihm herum, als wäre er eine Kugel Speiseeis. Leider schmeckte er nicht so, sondern eher wie ein Plastikkochlöffel.

Monika stöhnte vor Erregung. Dolores wollte sie berühren, doch Monika schob ihre Hände weg.

„Heute machen wir es anders", sagte sie. Dann drängte sie Dolores zum Bett, und plötzlich wollte Dolores nur noch eins: wissen, wie das Ding, das Monika trug, sich in ihr anfühlen würde.

„Komm", sagte Dolores heiser.

„Mit Vergnügen!" Monika tropfte noch schnell eine Portion Gleitgel auf das Liebesinstrument. Kurz darauf schob sich der Dildo im Takt ihrer Bewegungen in Dolores auf und ab, als wäre er lebendig. Das ist ja Penetration in Reinkultur! dachte Dolores. Würde Frau Butler deswegen sagen, dass Monika jetzt ein Mann ist? Sie fand diese Idee selbst etwas seltsam angesichts der Erregung, die sie durchflutete, aber schließlich konnte sie nichts dafür, was ihr in den Kopf kam. Dann hörte das Denken ganz auf, und Dolores ließ sich von der Lust davonschwemmen.

Dolores wollte den Dildo auch ausprobieren, doch Monika sagte nein, was Dolores ein wenig traurig stimmte. Andererseits fühlte sie sich zu befriedigt und matt, um energisch Einspruch zu erheben. Und wusste nicht Monika immer am besten, was ihnen beiden gut tat? Nun ritt sie auf Dolores' Oberschenkel und stieß dabei tiefe Seufzer aus. Dolores kam sich dabei sehr passiv vor, aber wenn Monika das mochte, war es in Ordnung.

Später, als die beiden Frauen ermattet beieinander lagen, sagte Dolores unvermittelt: „Carmen hat mich erwischt."

„Wer ist Carmen? Und wobei hat sie dich erwischt?" fragte Monika, die Dolores' Gedankensprüngen nicht folgen konnte.

„Meine Lebenspartnerin, davon habe ich dir doch erzählt", antwortete Dolores ein bisschen beleidigt, weil Monika nichts mehr von dem wusste, was sie über sich berichtet hatte. „Sie weiß mittlerweile von dir."

Monika war nicht im Mindesten beunruhigt. Sie drehte sich auf die Seite, stützte sich auf den Ellenbogen und sah Dolores neugierig an. „Ach so. Und?"

„Sie besteht auf einer Paartherapie. Aber ich darf dich weiter sehen."

Monika verdrehte die Augen. „Wie großzügig! Du darfst! Meine Güte, ist sie deine Mutter oder was? Und was diese Paartherapie angeht: Verschon' mich bloß damit. Ich will nichts davon hören. Ich bin kein Paar, ich habe keine Beziehung und ich brauche auch keine Paartherapie. Und noch weniger brauche ich Erzählungen über anderer Leute Paartherapien."

Dolores war verletzt. „Aber wir beide haben doch auch eine Art Beziehung, da dachte ich …"

„Haben wir nicht. Wir sind Sexpartnerinnen. Wir gehen zusammen ins Bett. Punktum." Monika unterstrich, was sie gesagt hatte, indem sie mit der Hand in der Luft einen messerscharfen Strich zog.

„Ist ja gut", beschwichtigte Dolores sie verwirrt. Sie verstand nicht, warum das Wort Beziehung Monika so sehr aufregte. Eine Beziehung hatte man letztlich doch zu jedem Menschen, mit dem man sich regelmäßig traf. „Beziehungen aller Art sind das Elixier des Lebens. Besonders die zu Geliebten", zitierte sie Wulli.

„Wo hast du denn den Mist her?" fragte Monika.

„Na, von Wulli!" sagte Dolores fast beleidigt, weil sich Monika nicht mehr an ihren gemeinsamen Helden erinnern konnte.

„Muss ich überlesen haben", sagte Monika versöhnlich. Von Theorien hielt sie allerdings sowieso nicht viel. Noch nicht mal von den Wulli'schen, obwohl die noch zu den Besten gehörte, die ihr je untergekommen waren. „Wir werden uns also weiterhin treffen, während diese Paartherapie stattfindet?" Es klang etwas weniger ungnädig, Dolores meinte sogar, einen ängstlichen Unterton herauszuhören.

„Ich gehe davon aus", sagte Dolores. „Ich meine, natürlich!"

„Aber nur, wenn du mir nicht dauernd von dieser Therapie erzählst!"

„Das wäre mir viel zu langweilig – versprochen", bekräftigte Dolores.

„Komische Frau, diese Carmen." Monika starrte nachdenklich an die Decke.

„Da wir ja keine Beziehung haben, wundert es mich, dass dich plötzlich interessiert, was für eine Frau Carmen ist", bemerkte Dolores spitz.

Monika verdrehte die Augen und schwieg.

Nach einer Weile sah Dolores auf die Uhr. Es war schon sehr spät. „Ich muss jetzt weg", sagte sie.

„Feste Bettzeiten, was? Wartet die Wärmflasche?"

„Na, hör mal, ich bin doch kein Baby! Ich muss morgen arbeiten. Sei nicht wütend."

„Wütend? Ich? Nur, weil diese Carmen dich gegen deinen Willen in die Therapie schickt, damit du mich aufgibst? Wie käme ich denn dazu?" Monika war aufgesprungen und starrte zum Fenster hinaus.

„Dich aufgeben?"

„Wozu sonst sollte diese Therapie gut sein?"

„Keine Ahnung." Dolores zuckte die Schultern. „Ich war noch nie in einer Therapie. Aber eines verspreche ich dir: Auf billige Tricks falle ich nicht rein."

„Wir werden ja sehen", orakelte Monika.

Als Dolores diesmal den Heimweg antrat, war ihr nicht so beschwingt zumute wie an den ersten Donnerstagen.

Am nächsten Tag standen Carmen und Dolores pünktlich zum vereinbarten Termin vor der Tür von Frau Dr. Mittenstaller-Doberdauns winzigem Reihenhaus. Dolores hatte aus taktischen Gründen davon abgesehen, Carmen irgendwelche Informationen darüber zu entlocken, wer diese Therapeutin war. Erstens ging sie davon aus, dass Carmen sowieso nichts erzählen würde, und zweitens wollte sie erst so spät wie möglich an die Therapie denken. Nämlich erst dann, wenn sie anfing. So liefen die beiden stumm und schweigend durch die Straßen bis zu ihrem Ziel.

Das Gebäude, in dem Frau Dr. Mittenstaller-Doberdaun ihre Heilkunst ausübte, war so schmal, dass rechts und links neben der Tür gerade zwei kleine Fenster Platz hatten. Entlang der ganzen Straße standen solche Häuser. Jedes hatte einen Vorgarten mit schnurgeraden, unkrautfreien Wegen, sauber getrimmten Rabatten und farblich abgestimmten Blumenbeeten.

Im Mittenstaller-Doberdaunschen Vorgarten standen außer sauber zurechtgestutzten Rosenstöcken auch noch diverse Gartenzwerge herum. An der Tür hing kein Praxisschild, sondern eine Messingtafel mit der Aufschrift: „Familie Mittenstaller-Doberdaun". Außerdem hatte jemand mit ziemlich mäßiger Kunstfertigkeit: „Trautes Heim, Glück allein" in die hölzerne Tür geschnitzt.

„Grauenhafte Spießigkeit", murmelte Dolores, während sie den Klingelknopf drückte. Es klingelte aber nicht, sondern gongte im Dreiklang.

Carmen stimmte Dolores' vernichtendem Urteil insgeheim zu, schon deshalb, weil sie Türgongs hasste. Das Geräusch erinnerte sie an die Schule, wo es ebenfalls nach jeder Stunde penetrant gegongt hatte, allerdings wenigstens nicht im Dreiklang, sondern nur einmal, dafür aber um so lauter. Sie hütete sich jedoch, gemeinsam mit Dolores am Türgeräusch herumzumeckern. Schließlich wollte sie nicht schon im Vorhinein die Autorität ihres therapeutischen Rettungsankers untergraben. Wie schrieb Frau Horcher? „Bei der Therapie von Beziehungen, in die eine Drittperson widerrechtlich eingedrungen ist, kommt es vor allem darauf an, dass Mann und Frau sofort Vertrauen zum Therapeuten fassen." Abgesehen davon, dass es sich hier um Frau und Frau handelte – wie sollte das funktionieren, wenn man schon den Vorgarten extrem geschmacklos fand, fragte sich Carmen. Aber sie tröstete sich damit, dass die Therapeutin vielleicht ganz anders war als ihr Garten.

Doch das war sie nicht. Frau Mittenstaller-Doberdaun trug einen knieumspielenden Faltenrock in Dunkelgrau, schwarze Pumps, eine Perlenkette über einer hellgrauen Rüschenbluse und ein dunkelblaues Halstuch, das durch eine Bernstein-Brosche zusammengehalten wurde. An ihrer Hand glitzerte ein goldener Ehering. Ihr Haar reichte dauergewellt bis knapp zum Kragen. Sie hatte es mit dunkelbraunen Hornklemmen befestigt, damit es ihr nicht in die Stirn fiel. Die Klemmen ähnelten denen, die man Schulmädchen ins Haar steckt, damit die Strähnen sie nicht daran hindern, richtig lesen zu lernen. Auf der Mittenstaller-Doberdaunschen Nase thronte eine breitrandige Hornbrille. Um den Mund der Therapeutin hatte sich ein strenger Zug ausgeprägt. Wahrscheinlich kam der von den vielen Rügen und Gardinenpredigten, die sie den Fremdgängern in ihrem Praxiszimmer erteilen musste, dachte Carmen. In diesem Fall war ihr Gesichtsausdruck allerdings kein Grund für Befürchtungen, sondern eher ein Beweis dafür, wie ernst sie ihre Arbeit nahm.

„Frau Sowirowski und Frau Düllmann?" fragte die Mittenstaller-Doberdaun.

Carmen und Dolores nickten.

„Treten Sie bitte näher."

Die Therapeutin führte sie in einen schmalen, kahlen Flur mit einem Stehpult.

„Als erstes unterschreiben Sie bitte hier und füllen diese Fragebögen aus", befahl sie. Dabei reichte sie jeder einen Schnellhefter mit einigen Blättern darin und einen Stift.

„‚Behandlungsvereinbarung'", las Dolores laut vor. „‚Hiermit verpflichte ich mich, alle durch die Behandlung meiner Störung entstehenden Kosten zu übernehmen. Die Behandlung dauert in der Regel vier bis acht Doppelstunden à 125 Euro.' Carmen? Das sind ja mindestens fünfhundert Euro! Oder sogar ein Tausender! Zahlt denn das nicht die Kasse?"

Frau Mittenstaller-Doberdaun wirkte etwas irritiert, während Carmen errötend aufs Papier blickte. „Welche Kasse?" fragte die Therapeutin.

„Na, die Krankenkasse!"

„Wie Sie vielleicht wissen, arbeite ich nach der Horcher-Methode. Die Horcher-Schule ist so neu und innovativ, dass sie trotz ihrer überragenden Erfolge gerade in Fällen wie dem Ihren nicht von den gesetzlichen Krankenkassen bezahlt wird. Unsere Patienten müssen die Therapie selbst finanzieren, aber dafür hilft sie auch. Tut mir Leid."

„Aber ich wollte doch dieses Jahr …", sagte Dolores und dachte an die Gay Games in Sydney nächsten Winter, zu denen sie gern wenigstens als Zuschauerin gereist wäre. Der Trip war zusätzlich zum Sommerurlaub ins Budget eingeplant. Diese Therapie nicht.

„Verdammt", fuhr Carmen auf, „einen Tausender wird dir doch wohl unsere Beziehung wert sein!"

„Bitte keine Auseinandersetzungen im Flur", ging Frau Mittenstaller-Doberdaun dazwischen. „Das Behandlungszimmer ist schalldicht, da dürfen Sie nach Herzenslust zanken. Aber hier hört die Nachbarschaft jedes Wort mit."

Dolores verdrehte die Augen. Dann las sie stumm weiter: ‚Ich vepflichte mich, für die Dauer der Therapie den Anweisungen der Therapeutin Folge zu leisten, auch wenn sie sich auf bestimmte Verhaltensweisen außerhalb der Therapiestunden beziehen. Das ist notwendig, um den Erfolg der Therapie sicherzustellen. Eine Therapie ist ohne diese Verpflichtung ausgeschlossen.'

„Carmen?" fragte Dolores. „Hast du das gelesen?" Sie zeigte auf den betreffenden Abschnitt.

„Na klar", sagte Carmen.

„Aber das ist doch Erpressung! Und du willst ernsthaft, dass ich das unterschreibe?"

„Bitte", beharrte Carmen. „Liegt dir denn gar nichts mehr an uns? Es ist doch alles nur zu unserem Besten!"

„Das haben meine Eltern auch immer gesagt." Dolores starrte ratlos das Papier an. Sie spürte nicht die mindeste Lust, ihren Namen darunter zu setzen.

Frau Mittenstaller-Doberdaun stand mit missbilligender Miene daneben. „Meine Damen, Sie verschwenden Ihre eigene Zeit. Jeder Termin dauert exakt eine Stunde. Egal, was Sie in dieser Zeit tun. Sie haben nun schon fünf Minuten diskutiert."

„Also gut", seufzte Dolores und unterschrieb. Carmen hatte das längst erledigt.

Dann, immer noch im Flur, arbeiteten sich beide durch einen Fragebogen, in dem sie ihren aktuellen Konflikt darstellen mussten.

Carmen schrieb: „Meine Lebenspartnerin hat eine Geliebte. Ich fühle mich hintergangen und möchte, dass sie zu mir zurückkommt."

Dolores schrieb: „Ich habe zur Zeit eine kleine Affäre, aber nur, damit wir im Bett wieder besser miteinander klarkommen. Und das ist tatsächlich so. Ich liebe Carmen immer noch. Deshalb verstehe ich nicht, warum sie sich darüber aufregt. Sie hat schließlich damit angefangen zu behaupten, wir hätten zu wenig Sex."

Bei der Frage, wann der Konflikt begonnen hatte, schrieb Carmen: „An dem Tag, an dem ich erfuhr, dass Dolores eine andere hat".

Dolores schrieb: „Ich glaube, es war an dem Tag, an dem Carmen den Artikel darüber, wie viel Sex Leute haben, in der Zeitung entdeckt hat."

Nachdem sie fertig waren, durften sie endlich den Therapieraum betreten. Er sah ziemlich eigenartig aus: Alle Wände waren mit Eierkartons beklebt. Auf dem Boden lag dicker Teppichboden, dann gab es noch drei Sessel. Neben einem stand ein kleiner Tisch, an dem zwei Baseballschläger aus Schaumstoff lehnten.

„Setzen Sie sich", sagte Frau Mittenstaller-Doberdaun und ließ sich in den Sessel neben dem Tischchen fallen. Dann las sie kurz die Fragebögen durch.

„Welchen Artikel meinen Sie?" fragte sie Dolores.

„Ich glaube, er stand in der *Süddeutschen*. Es ging darum, wie viel Sex normal ist. Wir waren unter dem Durchschnitt", erklärte Dolores.

„Das sehen Sie als Ursache Ihres Konflikts?"

„Soweit ich mich erinnere, schon."

„Das ist bloß Rationalisierung, Frau Düllmann! Sie verdrängen Ihr schlechtes Gewissen und suchen fernab liegende Erklärungen, die mit Ihrem Verhalten nichts zu tun haben."

Die Mittenstaller-Doberdaun zog einen dicken schwarzen Strich durch Dolores' Antwort und schrieb daneben: „Typische Rationalisierung und Verschiebung, interessanterweise auf die Medien. Unbedingt an Herrn Dr. Quotarius vom publizistischen Forschungsinstitut und an Frau Dr. Breitenstein-Fußfaller von der Horcher-Stiftung weitergeben." Carmen und Dolores sahen nur, dass sie etwas kritzelte. Vielleicht etwas über Dolores, dachte Carmen. Vielleicht etwas über Carmen, dachte Dolores.

„Wir haben es hier mit einer sehr typischen Situation zu tun, meine Damen", dozierte dann die Therapeutin salbungsvoll und mit beiden Armen gestikulierend. „Prämenopausales Stress-Syndrom mit Symptomen des zweiten Frühlings und Rationalisierungen des eigenen Verhaltens auf der einen Seite" – sie wies auf Dolores – „ängstlich-depressives Duckmäusertum plus eventuell sexuelle Verklemmtheit und möglicherweise ein kleiner Anteil Paranoia auf der anderen." Sie wies auf Carmen.

Dann lehnte sie sich im Stuhl zurück, legte eine kleine Kunstpause ein und fuhr im Brustton der Überzeugung fort: „Sie sind sich also durchaus ebenbürtig. Aber ich verspreche Ihnen, dass wir Ihr Problem gemeinsam lösen werden. Schritt für Schritt werden Sie wieder zum gemeinsamen Glück finden."

Dolores starrte auf den Teppichboden. Dieses Geschwätz konnte sich die Doberdaun sparen.

„Und was passiert nun?" fragte sie ungeduldig.

„Nun?" Frau Dr. Mittenstaller-Doberdaun sah auf die Uhr. „Nun sind fünfundfünfzig von sechzig Minuten um. Das heißt, ich habe gerade noch Zeit für eine einführende Übung. Dann werde ich Ihnen erklären, was Sie bitte in der Zeit bis nächsten Freitag tun. Die Übung geht so: Jede von Ihnen nimmt sich einen Schläger, und dann lassen Sie Ihren Aggressionen eine Minute lang freien Lauf. Schlagen Sie nur ruhig fest zu, es passiert nichts."

„Ich soll Carmen schlagen?" fragte Dolores verdutzt.

Carmen, die sich im Recht fühlte, war aber bereits aufgesprungen und hatte sich einen Schläger gegriffen.

„Rache für diese Monika! Und für meine schönste Glaskatze! Und überhaupt!" brüllte sie. „Von wegen ängstlich-depressives Duckmäusertum! Ha, trau dich, du Memme!"

Dolores zögerte noch einen Moment, doch da ihr die Mittenstaller-Doberdaun freundlich zulächelte und Carmen ermunternd ansah, griff sie nach dem zweiten Schläger und haute ein wenig in Richtung Carmen. Sie trafen sich ab und zu mit dem Schläger, aber viel spürte man wirklich nicht dabei.

Dolores kam sich wie im Kindergarten vor und mochte nicht so recht zuschlagen, auch wenn sich Carmen redlich bemühte, sie herauszufordern. „Du untreues Biest!" schrie sie, „du hast mich verletzt! Nimm dies!" Bumm, ging der Schaumgummiprügel mehr oder minder schmerzlos direkt auf Dolores' Schädel nieder. Wäre er aus etwas anderem gewesen, hätte er zweifellos üblen Schaden angerichtet, und Dolores erschrak etwas über diesen Gewaltausbruch.

„Das reicht jetzt!" befahl die Therapeutin und lächelte zufrieden. „Wie fühlen Sie sich jetzt?"

„Prima!" sagte Carmen.

„Was soll der Schwachsinn?" fragte Dolores. „Das ist Anleitung zu häuslicher Grausamkeit."

„Papperlapapp! Er soll die Ausgewogenheit wieder herstellen, Frau Düllmann! Denn Ausgewogenheit ist die Voraussetzung für die weitere Therapie. Und wie ich an Frau Sowirowskis leuchtenden Augen sehe, ist das auch durchaus gelungen. Nun kommen wir zu den Hausaufgaben."

„Und das wären?" fragte Carmen.

„Ganz einfach: Sie tun nichts", sagte die Therapeutin.

„Wie, nichts?" Dolores war verblüfft.

„Natürlich nicht gar nichts. Aber nichts Sexuelles. Gehen Sie ins Kino oder ins Museum, schreiben Sie Briefe oder Tagebuch, besuchen Sie Freunde, aber lassen Sie die Finger vom Sex! Jeder sexuelle Kontakt, zu wem auch immer, ist bis nächsten Freitag verboten. Stattdessen denken Sie beide darüber nach, was Sie aneinander schätzen, und schreiben auf, was es bei Ihnen bewirkt, keinen Sex zu haben."

Dann wandte sich die Fachfrau für Beziehungsreparaturen speziell an Dolores: „Für Sie gibt es ein paar kleine Extra-Aufgaben und eine winzige Einschränkung: Sie schreiben zusätzlich auf, welche Gefühle es in Ihnen auslöst, sich vorzustellen, Ihre Lebenspartnerin zu verlieren. Und Sie werden Ihre Geliebte nicht sehen, weder sexuell noch anderswie, bis ich es Ihnen gestatte."

„Aber ich will meine Geliebte sehen!"

„Sie werden Ihre Geliebte nicht sehen. Das haben Sie eben unterschrieben. Sonst muss ich leider den therapeutischen Prozess abbrechen. Tut mir wirklich sehr Leid."

Dolores warf Carmen einen bösen Blick zu.

„Du hast es aber versprochen", triumphierte Carmen, in der noch immer die Kampfeslust rumorte.

„Also gut." Äußerlich beherrscht, innerlich kochend vor Wut versprach Dolores, Monika nicht zu treffen, bis Frau Mittenstaller-Doberdaun es erlauben würde oder die Therapie vorbei war.

Als Carmen und Dolores das Mittenstaller-Doberdaunsche Domizil verlassen hatten, sagte Dolores giftig: „Wenn ich das gewusst hätte, hätte ich niemals unterschrieben. Ich wäre noch nicht mal mit in diese eierdosenverschalte Spießeridylle gekommen. Aber glaub nicht, dass ich Monika einfach so sausen lasse! Da kann diese Frau Dobermann reden, was sie will."

„Sie heißt Doktor Mittenstaller-Doberdaun, nicht Dobermann. Und sie ist sehr renommiert auf ihrem Gebiet, schreibt Frau Horcher.

Hab doch mal ein bisschen Vertrauen! Mir hat sie heute schon geholfen."

„Geholfen? Mit diesem dämlichen Rumgeprügele? Das darf doch nicht wahr sein!" Dolores schritt so schnell aus, dass Carmen Mühe hatte, nicht hinter ihr zurückzubleiben. „Und wer ist überhaupt Frau Horcher?"

Carmen druckste ein wenig herum, bis sie sagte: „Sie hat ein Buch über Dreierbeziehungen und wie man damit umgeht geschrieben."

„Ach du meine Güte! Jetzt wundert mich nichts mehr! Wir wandeln auf den Pfaden einer abgedrehten heterosexuellen Psychoschnalle, deren Methode jetzt unsere Beziehung reparieren soll? Kann ich das Buch mal lesen, damit ich wenigstens weiß, was auf mich zukommt?"

„Es war nur ausgeliehen, und ich habe es schon zurückgegeben", log Carmen. Auf keinen Fall durfte Dolores das Buch lesen, sonst wäre alles vergebens! Dolores würde wahrscheinlich jede Behandlung nach der Horcher-Methode ablehnen, sobald sie begriff, dass Frau Horcher eine sehr eindeutige Auffassung über Dreierbeziehungen vertrat, die mit der des von Dolores geschätzten Herrn Wulli so gar nichts gemein hatte. Carmen hoffte darauf, dass Dolores zu träge wäre, in die Buchhandlung zu gehen und das Buch ganz einfach zu bestellen.

Angesichts der Reaktion ihrer Partnerin schwächten die positiven Effekte des Abreagierens im Therapiezimmer bei Carmen deutlich ab. Es nagten plötzlich heftige Zweifel an ihr: War es wirklich richtig gewesen, eine heterosexuelle Therapeutin aus der Horcher'schen Liste zu wählen? Hätte sie vielleicht doch besser das Frauentherapiezentrum angerufen oder im örtlichen Telefonbuch nachgeschlagen?

Dann siegte die Optimistin in Carmen: Immerhin würde Dolores diese Monika jetzt bis auf weiteres nicht mehr treffen. Das war doch ein Erfolg, und den verdankte sie Frau Dr. Mittenstaller-Doberdaun. Ihretwegen hätte Dolores sicher nicht einmal auf einen einzigen dieser vermaledeiten Donnerstagabende verzichtet.

10. Kapitel

in dem die Kunde von der Krise bis zum Freundeskreis vordringt. Allianzen und Geheimbünde werden geschmiedet, Intrigen geschürt

Schon am Samstag rief Dolores von ihrem Laden aus bei Monika an, um ihr den Schicksalsschlag mitzuteilen. Doch die Geliebte war wieder einmal nicht zu Hause.

„Monika-Schatz“, jammerte Dolores aufs Band, „hier spricht Dolores. Du hattest ja vorgestern so Recht! Hätte ich nur auf dich gehört! Aber ich war ja so blöd und habe diese therapeutische Vereinbarung unterschrieben, bevor ich wusste, welche Konsequenzen das haben würde. Dazu hat mich meine teuflische Dauerbeziehung getrieben. Und nun verlangt die Therapeutin, halt dich fest, ich war selbst vollkommen fertig, sie verlangt, dass wir alle sexuellen Aktivitäten vorläufig beenden. Ich darf dich also vorläufig nicht mehr sehen. Es geht mir schlecht bei diesem Gedanken, Monika, doch ich habe es nun mal versprochen. Aber ich will dich unbedingt wiedersehen, sobald diese so genannte Therapie vorbei ist. Ich melde mich, es dauert höchstens ein paar Wochen. Sei geküsst, grüß Vibi, Dildi und die anderen, die ich noch nicht kenne.“

Traurig dachte Dolores an die leeren Donnerstagabende, die ihr in den nächsten vier bis acht Wochen bevorstanden. Sie konnte ja noch nicht einmal zum Tischtennis gehen, weil sie die Geschichte von ihrer langwierigen und schwerwiegenden Herzkrankheit erfunden hatte! Würde sie jetzt plötzlich wieder erscheinen, machte sie sich vollkommen unglaubwürdig. Andererseits musste sie irgendeinen Grund erfinden, warum sie nicht zum Tischtennis wollte, damit Carmen keinen Verdacht schöpfte. Mit einem tiefen Seufzer begab sie sich wieder in den Verkaufsraum.

Währenddessen saß Carmen, die einmal mehr nichts zu tun hatte, über dem Buch von Frau Horcher, das sie nun vorsichtshalber im

Büro aufbewahrte. Sie las die für sie so tröstliche Philosophie der Horcher'schen Therapieschule nach: „Es geht vor allem darum", schrieb Frau Horcher, „Distanz zwischen die eindringende Drittperson und den von ihr beanspruchten Partner zu bringen. Das sexuelle Abstinenzgebot dient diesem Zweck. Im Lauf der Therapie wird es nur hinsichtlich der richtigen Partnerin oder des richtigen Partners aufgehoben, nicht aber bezüglich der dritten Person. Je nach Schwere des Falles dauert es zwischen vier und acht Wochen, bis der fremdgehende Partner seine Affäre mehr oder weniger einfach vergessen hat. Das zeigt jedenfalls unsere Erfahrung. Den frei gewordenen Platz nimmt nun wieder die rechtmäßige Gattin (oder der rechtmäßige Gatte) ein, wobei die Sexualität zwischen beiden durch geeignete Übungen erneut geweckt und vertieft wird. Überzeugen Sie sich selbst! Fordern Sie unseren vielfach verkauften Bestseller mit bewegenden Erfahrungsberichten an: *Wie ich meinen Mann wiedergewann – 1000 Betroffene, die nach der Horcher-Methode geheilt wurden, erzählen ihre Geschichte*, Preis: 20,50 Euro, Paperback."

Carmen verzichtete darauf, dieses Werk zu bestellen. Sie glaubte Frau Horcher auch so.

Vorläufig allerdings säte die Therapie nur Zwietracht zwischen Carmen und Dolores. In der Wohnung herrschte Gewitterstimmung. Der Sonntagmorgen, an dem sie bisher meist zärtlich miteinander im Bett gekuschelt hatten, ob nun mit oder ohne Sex, verlief nach dem Freitag mit der ersten Therapiestunde vollkommen anders als gewohnt. Er begann damit, dass Dolores kommentarlos ihre Sportschuhe anzog und aus der Wohnung stürmte. Mittlerweile war sie so wütend, dass sie dringend etwas tun musste, um sich abzureagieren, und da war ihr Laufen gerade recht. So schnell sie konnte, rannte sie durch ein paar kleine Parks und die Isar entlang. Wie ferngesteuert trabte sie ganz in die Nähe von Monikas Wohnung.

Eine Weile stand sie neben der Klingel. Soll ich oder soll ich nicht, haderte Dolores, aber dann schüttelte sie den Kopf. Mochte doch dieses lächerliche Therapie-Experiment an sich selbst zugrunde gehen und nicht daran, dass sie die Spielregeln brach! Das würde Carmen nur Munition für weitere Auseinandersetzungen liefern.

Also drehte sie um, warf noch einen sehnsuchtsvollen Blick hinauf zu Monikas Fenster und rannte zurück nach Hause.

Ungefähr auf halber Strecke kamen Dolores zwei Männer entgegen, die sie schon von weit weg an jemand Bekanntes erinnerten. Es dauerte nicht lange, da erkannte Dolores Holger und Tom. Die beiden Männer schlenderten, in ein intensives Gespräch vertieft, den Fußweg an der Isar entlang. Dolores wäre am liebsten sofort im Boden versunken. Warum hatte sie nicht daran gedacht, dass ihre beiden Freunde sonntagmorgens oft hier spazieren gingen! Verzweifelt suchte sie einen Ausweg, doch es gab keinen: Auf einer Seite der schmalen Allee floss der Fluss, auf der anderen der Verkehr, und im Übrigen waren die beiden mittlerweile zu nah gekommen, als dass Dolores unerkannt hätte entweichen können. Warum hatte sie nicht einen anderen Weg genommen? Und was sollte sie den beiden erzählen? Rannten Herzkranke etwa schweißdurchweicht meilenweit von zu Hause entfernt in der Gegend herum? Was würden ihre Freunde angesichts ihrer faustdicken Lüge von ihr halten?

Dolores fasste einen bitteren Entschluss. Es war immer noch besser, sich jetzt zur Wahrheit zu bekennen, als sich an eine unhaltbare Notlüge zu klammern. Denn nichts anderes waren ihre Erfindungen: Notlügen angesichts extrem komplizierter Umstände. Dafür mussten Tom und Holger einfach Verständnis haben!

Obwohl die beiden sich gerade höchst angeregt über ihren letzten Barbesuch unterhielten, entging Tom und Holger die Joggerin nicht, die auf sie zukam.

„Ist das nicht unsere herzkranke Freundin Dolores?“ fragte Holger süffisant.

„Ganz bestimmt. Irrtum ausgeschlossen. Sollen wir den Notarzt rufen? Aber ich glaube, das wird nicht nötig sein. Du hattest wohl neulich recht mit deiner Vermutung. Ich bin gespannt, was sie diesmal erzählt!“

Inzwischen hatte Dolores die beiden Männer erreicht. Schnaufend blieb sie stehen und war froh, dass niemand würde sagen können, ob die Röte in ihrem Gesicht nun aufs Joggen oder auf ihre Verlegenheit zurückzuführen war.

„Hallo“, keuchte sie.

„Sieh an, unsere Koronarpatientin! Was macht das EKG?“ frotzelte Tom.

„Immer den Notrufpiepser dabei? Und die Angina-Pectoris-Tropfen? Oder ist das Joggen eine neue Therapieform gegen akute Herzbeschwerden?“ schloss sich Holger an.

„Ich bin nicht krank. Aber ich muss mit euch reden.“

„Sieh an! Da sind wir doch gespannt!“ Tom zog die Brauen hoch.

Sie gingen zur nächsten Parkbank und setzten sich.

„Also, liebe Freundin, was hast du, wenn nicht eine Herzkrankheit?“ fragte Holger.

„Carmen und ich stecken in einer Krise.“

„Einer Krise?“ echoten beide fast gleichzeitig.

„Ja.“

„Und was für eine Krise?“ hakte Tom nach, dem das seltsame Gespräch, das vor einer Weile nach dem Tischtennis stattgefunden hatte, einfiel.

Dolores seufzte. „Ich treffe mich mit jemand anders. Seit ein paar Wochen.“

„Donnerstags?“ vermutete Holger.

„Richtig.“

„Wie raffiniert. Und wir werden statt mit heißen Geschichten mit kühlen Ausreden abgespeist“, murrte Tom.

Dolores sah zu Boden. „Tut mir Leid, dass ich euch angelogen habe.“

„Schon gut“, sagte Holger versöhnlich. „Eine Krise ist eine Krise ist eine Krise. Eine Ausnahmesituation eben. Und eine Liebeskrise ist eine besonders gravierende Ausnahmesituation. Obwohl ich damit keine Erfahrung habe. Jetzt kannst du uns ja die Wahrheit erzählen.“

„Ist sie wenigstens nett?“ fragte Tom.

„Natürlich ist sie nett, aber von Carmen trennen will ich mich wegen ihr auf gar keinen Fall. Das Ganze ist nur eine Affäre und soll unsere Beziehung beleben.“

„Gute Ausrede“, bemerkte Holger. „Muss ich mir merken.“

Dolores warf ihm einen finsteren Blick zu. „Ich habe da nämlich ein sehr interessantes Buch gelesen. Wulli schreibt …“

„Wer zum Teufel ist Wulli?“ unterbrach Tom.

„Ein Paarberater.“

Holger verdrehte die Augen. „Und ist das Hirn auch noch so klein, man kann damit Berater sein! Kein Wunder, dass ihr jetzt ein Problem habt. Wahrscheinlich ist er sowieso hetero!“

„Na und?“ giftete Dolores. „Er ist der Meinung, dass zu lange und zu enge Zweierbeziehungen gelegentlich durch dritte Personen aufgelockert werden sollten. Die Theorie müsste euch Schwulen doch gut gefallen!“

„Der Schwule als Gattungswesen war schon immer meine Lieblingsfigur“, grinste Holger.

„Der Schwule als solcher hat mindestens einen festen Lover und mehrere Affären parallel dazu, Holger. Wusstest du das noch nicht?" fragte Tom mit hochgezogenen Brauen.

„Da muss mir wohl was entgangen sein!" Tom spielte den Enttäuschten. „Dabei hätte es so nett werden können, wenn ich Wulli nur gelesen hätte. Am Anfang, als wir uns noch nicht so an die Monogamie gewöhnt hatten."

Dolores starrte von einem zum anderen. Sie hatte fest auf das Verständnis der beiden Männer gerechnet, einfach, weil sie schwul waren, und nun entpuppten sie sich als vollkommen desinteressiert an sexuellen Abenteuern. Welche Enttäuschung! Man konnte sich heutzutage einfach auf nichts verlassen. „Wulli schreibt gar nichts über Schwule", verteidigte sie ihr Idol.

„Wahrscheinlich entwickelt er gerade eine Therapie für uns: Durch den Seitensprung mit einer Frau die Freude am Hetero-Sex entdecken oder so", witzelte Holger.

„Du bist gemein!" beschwerte sich Dolores.

„Jetzt mal ernsthaft! Was mich angeht, ich habe da keine bestimmte Meinung: Erlaubt ist, was gefällt", meinte Tom. „Mir würde es nun mal nicht gefallen, wenn Holger sich mit anderen verlustieren würde. Aber das könnt ihr, Carmen und du, natürlich völlig anders sehen."

„Das Problem ist, dass nur ich das anders sehe."

„Wie überraschend", sagte Tom. „Und was willst du jetzt tun?"

„Von Wollen kann keine Rede sein. Ich muss mich einer Therapie unterziehen."

„Wieso musst du dich einer Therapie unterziehen? Dir geht's doch gut, oder?" fragte Holger erstaunt.

„Weil ich es Carmen versprochen habe. Sie meint, sie hätte einen Weg gefunden, unsere Beziehung zu retten. Dabei will ich mich doch gar nicht trennen. Eines weiß ich jedenfalls sicher: Diese Therapie hilft nicht. Die Therapeutin, die Carmen ausgesucht hat, trägt schwarze Faltenröcke und hat mir als erstes untersagt, Monika zu sehen."

„So heißt das Corpus delicti also", stellte Tom fest. „Aber wieso hat dir diese Therapeutin überhaupt etwas zu verbieten?"

Dolores seufzte wieder einmal. „Ich habe eine Therapievereinbarung unterschrieben, in der stand, dass ich, so lange die Therapie dauert, alles tun muss, was diese Frau mir vorschreibt. Was war ich nur für ein Esel."

„Eselin“, korrigierte Tom. Er war lange genug mit Lesben befreundet, um zu wissen, dass man in sprachlichen Dingen genau sein musste. „Und wie lang dauert die Prozedur?“ fragte er dann.

„Vier bis acht Wochen. Höchstens. Zahlen muss ich das Ganze auch noch selbst. Es kostet so viel wie ein wunderbarer Urlaub.“

„Ist aber keiner“, sagte Tom hämisch.

„Wie Recht du hast. Die Therapeutin gehört irgendeiner seltsamen Richtung an, die Carmen aus einem noch seltsameren Buch kennt. Ich glaube, sie hat es aus der Bücherei.“

„Doch nicht etwa Scientology?“ fragte Holger.

„Weit weg davon wird es wohl nicht sein“, vermutete Dolores düster.

„Man sollte euch beiden den Zugang zu frei erhältlichem Lesestoff nur noch unter Aufsicht gestatten. Millionen Bücher, und ihr findet ausgerechnet die zwei, die euch völlig kirre machen. Phantastisch. Wieviel nimmt sie euch denn pro Stunde ab?“ wollte Tom wissen.

„125 Euro pro Sitzung. Von jeder, wohlgemerkt.“

„Donnerwetter! Ach, übrigens, wo steckt Carmen eigentlich?“

„Die schmollt zu Hause. Ich bin abgehauen, weil ich allein sein wollte. Aber dann seid ihr mir über den Weg gelaufen.“

„Entschuldige vielmals, dass wir hier sind“, sagte Tom. „Wir gehen gleich wieder.“

„So habe ich das nicht gemeint. Ich bin ja froh, dass wir uns getroffen haben! Wenigstens kann ich jetzt aufhören, euch anzulügen.“

„Worum wir freundlich bitten. Die Rolle der Herzkranken spielst du sowieso nicht besonders glaubwürdig“, sagte Tom.

„Schon gar nicht am Sonntag“, ergänzte Holger. „Übrigens kennen wir auch viele Paare, die es anders handhaben als wir und damit klarkommen. So lange es funktioniert – kein Problem. Es gibt nun mal keine Allerweltslösung für solche Dinge. Aber diese Therapie? Die ist schlicht bescheuert.“

„Und kostet dafür auch noch viel Geld. Ich würde ausrasten!“ setzte Tom hinzu.

„Das tue ich auch bald“, sagte Dolores säuerlich. „Übrigens, vielleicht könnt ihr mir doch ein bisschen helfen.“

„Erst werden wir beschwindelt, und dann sollen wir reparieren!“ mokierte sich Holger.

„Ihr müsst ja nicht, ich bitte euch nur!“ bettelte Dolores.

„Kommt drauf an, wie!“ Tom warf Dolores einen misstrauischen Seitenblick zu. Die erfundene Krankheit hatte sein Vertrauen in sie erschüttert.

„Ihr könntet meiner Geliebten einen Brief bringen. Ich finde es so stillos, nur auf ihren Anrufbeantworter zu sprechen.“

„Nimm doch einfach die Post“, schlug Holger vor.

„Ach was. Ich möchte etwas Persönliches. Und außerdem möchte ich, dass ihr sie mal seht und mir sagt, was ihr von ihr haltet.“

„Wo wohnt sie denn?“ fragte Holger. „Bis nach Neuperlach fahre ich deswegen bestimmt nicht. Obwohl ich natürlich neugierig bin.“

„Da fällt mir noch was ein: Wie sollen wir eigentlich deiner Lebensgefährtin Carmen jemals wieder in die Augen gucken, wenn wir jetzt für dich die Liebesboten spielen?“ wollte Tom wissen.

„Sie muss es ja nicht erfahren. Und Monika wohnt in der Stadt, gar nicht weit weg.“

„Also gut. Gib den Brief her“, sagte Tom und streckte die Hand aus.

„Ich muss ihn erst noch schreiben. Habt ihr einen Stift und einen Zettel?“

Tom verdrehte die Augen. „Das wird der Gipfel der Romantik! Zwei fremde Schwule bringen der Geliebten einen beschmierten Fetzen Papier mit der Nachricht, dass Dolores sie zwecks Therapie vorläufig nicht mehr sehen kann! Ich glaube, wenn ich diese Frau wäre, würde ich ausrasten.“

„Bitte“, flehte Dolores.

Holger zückte die Brieftasche und fischte einen alten Kassenzettel von *Plus* heraus. In seiner Jacke hatte er immer einen Bleistiftstummel, den er nun Dolores in die Hand drückte. „Etwas Besseres habe ich nicht. Konnte ja nicht wissen, dass wir heute noch Amors Boten spielen würden.“

Dolores schrieb: „Geliebte Monika! Die beiden Männer, die diesen Brief bringen, heißen Tom und Holger. Sie sind enge Freunde von mir. Bitte glaub mir, ich bin so traurig, dass wir uns nicht sehen können! Ich habe nicht gewollt, dass es so kommt! Jede Sekunde fiebere ich unserem Wiedersehen entgegen und begehre dich, Vibi und Dildi mehr denn je. Kein Fußbreit werde ich dieser so genannten Therapeutin nachgeben. Jede Nacht träume ich von dir. Habe Geduld, ich komme wieder! Bald. Eher als du denkst. Deine Dolores.“

„Fertig?“ fragte Holger, als Carmen ihm den Bleistift zurückgab und den Zettel zusammenfaltete.

„Ja. Wenn sie nicht da ist, werft den Brief in den Kasten. Aber ihr müsst vorher auf jeden Fall klingeln. Versprochen?“

„In Ordnung“, sagte Tom. „Und was kriegen wir dafür?“

„Ihr dürft euch was wünschen.“

„Gut. Holger, merk dir das!“

„Schon passiert“, sagte Holger grinsend, den seine delikate Aufgabe köstlich amüsierte.

Dann verabschiedeten sich die beiden. Als Dolores schon wieder ein paar Schritte gejoggt war, brüllte Holger plötzlich: „Halt! Umkehren!“

Verblüfft machte Dolores kehrt. „Hast du es dir anders überlegt?“

„Ja“, sagte Holger, „weil ich nämlich gar nicht weiß, wohin ich diesen magischen Zettel bringen soll. Eine sehr interessante Form des Selbstboykotts, die du da entwickelst.“

Dolores schlug sich mit der flachen Hand gegen die Stirn. „Du meine Güte! Wie konnte ich das bloß vergessen. Das liegt nur an der Aufregung!“ Sie nannte den beiden Monikas Adresse; Tom notierte Straße und Hausnummer mit dem Bleistiftstummel auf dem Rand des Zettels. „Die Ecke kenne ich, ich glaube, das finden wir“, sagte er nickend. „Schöne Gegend. Viele Altbauten.“

„Monika hat eben Geschmack“, sagte Dolores spitzbübisch. Dann joggte sie davon gen Heimat. Tom und Holger spazierten in die entgegengesetzte Richtung.

Als Dolores völlig außer Atem wieder in die Wohnung zurückkehrte, saß Carmen bereits am Frühstückstisch, einen abgegessenen Teller und ein leeres Blatt Papier vor sich. Sie sah angestrengt aus und kaute auf ihrem Kugelschreiber.

„Was machst du da?“ fragte Dolores, während sie schweißüberströmt ins Bad stürmte.

Feindselig starrte Carmen sie an. „Hausaufgaben. Kannst du mir irgendetwas verraten, was ich an dir schätze?“

Dolores zuckte die Schultern. „Meine unnachahmlichen sportlichen Fähigkeiten, zum Beispiel“, schlug sie vor und schloss ab. Durch die Tür des Badezimmers hörte sie Carmen fluchen.

Carmen schrieb, immer wieder unterbrochen durch Pausen, in denen sie laut seufzte, einen doppelten Schokoladenkeks aus der

Packung, die neben dem Stück Papier auf dem Tisch lag, zog und ihn knackend zermalmte:

„Zur Frage 1 (Schätzenswerte Eigenschaften der Freundin): Sie joggt, statt herumzubrüllen. Sie hält sich meistens an das, was man vereinbart. Sie lügt nur selten (wenn man von den letzten Wochen absieht). Wir mögen ähnliche Leute und ähnliches Essen, kleine Inseln und fahren kein Auto. Letzteres ist bemerkenswert, aber reicht das? Bisher habe ich das immer geglaubt.

Zur Frage 2 (Sex): Weil wir diese Woche keinen Sex hatten, konnte ich die Zeitung gründlicher lesen als sonst. Das war angenehm. Ansonsten gefällt mir der Sex mit Dolores schon, und wenn ich keinen bekomme, fehlt er mir. In letzter Zeit beunruhigt mich Dolores' überbordender Drang nach Neuerungen. Es war doch vorher immer in Ordnung, so wie es eben war. Ich habe halt keine Ausweichmöglichkeit wie sie! Und ich mag nun mal kein Plastik im Bett!"

Damit wäre Carmen eigentlich fertig gewesen. Sie wusste, dass die dritte Frage eigentlich nicht für sie gedacht war, aber sie schrieb trotzdem: „Zu 3 (Was würde fehlen ohne Dolores?): Zum Beispiel würde diese Geliebte fehlen, und das wäre ganz wunderbar. Beim Zeitung lesen habe ich einen Artikel über eine Ehefrau gefunden, die ihre Rivalin bei lebendigem Leibe in den Wäschetrockner gesteckt hat (sie besaß eine Reinigung). Ich finde es eigentlich schade, dass wir keinen Wäschetrockner haben, aber weil wir nur zu zweit sind, wäre er wahrscheinlich so klein, dass weder diese Monika noch Dolores hineinpassen würde. Vielleicht sollte ich es mal mit einer Kühltruhe versuchen, die wollten wir sowieso anschaffen. Wahrscheinlich nennt man das Eifersucht, aber das ist mir piepegal. Da könnte ja jede kommen!"

Ärgerlich streckte sich Carmen auf dem Sofa aus und betrachtete neidisch den Ficus, der weiter und weiter ins Wohnzimmer wucherte. Dem geht's immer noch gut, weil sich Dolores um ihn kümmert, dachte sie. Im Gegensatz zu mir.

Auch Dolores kämpfte später mit den Mittenstaller-Doberdaunschen Auflagen. Zuerst, dachte sie, sammle ich Ideen zum Thema: „Was mag ich an Carmen". Aber es fiel ihr nichts ein. Schließlich schrieb sie: eifersüchtig, kleinlich, Therapie, blöde Kuh. Nein, das konnte einfach nicht die Lösung sein!

Sie versuchte es noch mal. Diesmal standen nach zehn Minuten nur drei Stichworte auf dem Papier: stinksolide, verklemmt, Ölfetischistin. „Nein“, sagte Dolores. „Wenn sie wirklich so wäre, wie haben wir das dann ausgehalten all die Jahre?“

Entschlossen drehte sie den Bleistift um und radierte alles wieder aus. Danach war das Radiergummi alle. „Jetzt muss ich einfach das Richtige hinschreiben“, murmelte Dolores.

Sie schloss die Augen, versuchte sich an die Zeit ganz am Anfang zu erinnern und legte los: „Ich schätze an Carmen, dass sie die Dinge immer bis zuletzt ausficht. Sie hat normalerweise Humor, und wir haben uns in den vielen Jahren total aneinander gewöhnt. Wir mögen ähnliche Leute und dasselbe Essen. Es gibt Paare, von denen isst eine Zwiebeln und Knoblauch und die andere überhaupt nicht. Bei uns ist das anders: Wir mögen beide beides. Wir lesen auch beide gern Zeitung, gehen ins Kino und ins Museum. Wir finden es wichtig, irgendeinen Sport zu treiben, auch wenn es nicht derselbe ist. Wir haben kein Auto. Man glaubt ja gar nicht, welche Schwierigkeiten es gibt, wenn eine ihren fahrbaren Untersatz liebt und die andere nichts damit zu tun haben will. Wir lieben Urlaube auf gottverlassenen Eilanden mit tollen Sandstränden und wenig Leuten.“

„Geschafft“, seufzte Dolores. „Jetzt eine Runde Cyber-Amazonen und dann Frage zwei.“

In Frage zwei ging es um Sex. Dolores kratzte sich ausgiebig am Kopf und schrieb dann: „Bin heute zwei Stunden gelaufen. Viel Energie! Sexuelle, oder war ich einfach ausgeschlafen? Ansonsten fehlt mir momentan nichts außer Monika (wegen Sex). Dafür ist was zu viel: die Therapie. Sex mit Carmen ist seit Monika wieder okay. Wenn Carmen nur nicht ständig Angst vor allem Neuem hätte!“

Dolores legte eine zweite Runde Cyber-Amazonen ein und zerfetzte mit Genuss einige Invasoren aus den Tiefen des Alls, um sich dann der dritten Frage zu widmen: Was fehlt ohne Carmen? Sie schrieb: „Alles, was ich oben an Gemeinsamkeiten aufgezählt habe. Natürlich ist es nicht auszuschließen, dass ich ähnliche Gemeinsamkeiten auch mit einer anderen Frau entwickeln könnte, aber das würde dauern. Bei uns war das ja auch so. Nicht vermissen würde ich es, dass Carmen mich zu irgendwelchen Therapien zwingt, die ganz anders sind, als ich sie mir vorgestellt habe, weil sie wegen einer lächerlichen Affäre eifersüchtig ist. Darum wäre es nicht schade.“

Dolores las noch einmal durch, was sie geschrieben hatte. War es nun viel oder wenig, was ihr an Carmen gefiel? Essen, Inselurlaub, Autoabstinenz – reichte das für ein ganzes gemeinsames Leben? Kam es auf so etwas an? War es am Ende wichtiger, ob und welche Toys man im Bett benutzte oder nicht und wie oft man miteinander schlief, als welche Ledergarnitur man mochte? Seit sie Monika kannte, stellte Dolores sich permanent solche Fragen. Überhaupt, Monika: Ob Tom und Holger wohl schon dort waren?

Tatsächlich, die beiden hatten nach einigen Umwegen durch den Englischen Garten gerade das Haus erreicht, in dem Monika wohnte. Sie suchten die richtige Klingel und drückten. Eine Stimme fragte über die Gegensprechanlage: „Wer ist da?"

„Freunde von Dolores. Wir sollen dir einen Brief bringen."

„Einen Brief? Kommt rauf!"

Als Tom und Holger die vielen Stufen geschafft hatten, stand Monika wartend in der Tür. Sie trug einen schwarzen Kimono und sonst anscheinend ziemlich wenig.

„Bist du Monika?" fragte Tom vorsichtshalber.

„Wer sonst?" fragte Monika süffisant. „Seht ihr außer mir noch jemanden?"

Durch die geöffnete Tür bemerkte Holger, wie eine nackte Frau über den Gang huschte. „Ja, aber das macht nichts", sagte er und überreichte Monika das Schreiben.

„Kommt noch eine?" rief gleich darauf jemand, wahrscheinlich die Nackte.

Monika errötete und warf Holger einen scharfen Blick zu. „Meine Sache, wen ich zu Besuch habe", giftete sie ihn an. Dann rief sie nach hinten: „Freunde von einer Freundin. Nichts Wichtiges. Ich bin gleich wieder da!" Irgendjemand quiekte im Hintergrund, es folgte Gekicher.

Währenddessen dachte Tom darüber nach, ob bei der holden Monika vielleicht gerade eine Orgie stattfand. War es nett, eine solche Veranstaltung abzuhalten, während sich Dolores wegen eben jener Monika mit einer ausgesprochen garstigen Therapeutin quälen musste? Hätte sie nicht Teil dieser Orgie, vielleicht sogar ihr Mittelpunkt sein müssen, da sie Monika doch augenscheinlich zutiefst verfallen war? Die Sache stank, aber Tom wusste nicht, was er zu einer Lösung hätte beitragen können. Er wusste noch nicht einmal, ob er Dolores von seinen Beobachtungen berichten sollte.

Monika entfaltete den Zettel, las ihn und schüttelte den Kopf. „Was soll der Blödsinn? Das hatte sie mir doch schon auf Band gesprochen."

Tom und Holger wunderten sich noch mehr. Der Brief berührte diese Monika nicht im Mindesten, während Dolores doch beim Verfassen fast außer sich vor Aufregung gewesen war.

„Keine Ahnung. Ich glaube, Dolores fand es so persönlicher", sagte Tom. Inzwischen war ihm das Ganze peinlich.

„Na gut, danke. Und jetzt verschwindet bitte. Ich habe Besuch." Monika drehte sich um und schloss die Tür, ohne auf eine Antwort zu warten.

„Wir sind schon weg", sagte Tom, während er die Treppe hinunterstieg

„Was hältst du von dieser Miss Cool?" fragte Holger.

„Zu langweilen scheint sie sich ohne Dolores jedenfalls nicht."

„Es sah nicht so aus. Wollen wir noch ein bisschen durchs Grüne laufen?" schlug Holger vor und steuerte den Englischen Garten an.

„Gern." Einige Schritte weiter nahm Tom das Thema von vorhin wieder auf. „Vielleicht war die Dame im Evaskostüm ja Monikas Schwester", schlug er vor. Er suchte immer nach positiven Erklärungen und glatten Lösungen, selbst in den allerschwierigsten Situationen. Das lag an seiner pädagogischen Ausbildung.

Holger warf Tom einen spöttischen Blick zu. Er liebte Toms, wie er es nannte, Naivität. Ingenieure glaubten grundsätzlich nicht an das Gute im Menschen, sondern an seine Fehlerhaftigkeit. Deshalb rechneten sie ja in jede Konstruktion zigfache Sicherheitszuschläge ein. „Dann bin ich dein Bruder!" sagte er. „Ehrlich gesagt, ich glaube, Dolores ist dieser Monika ziemlich egal. Eine unter vielen, sozusagen. Das Donnerstagshäppchen. Aber sagen wir das Dolores?" Holger trat gegen einen kleinen Stein. Es ärgerte ihn, wie diese Monika Tom und ihn behandelt hatte.

Tom zuckte resigniert die Schultern. „Keine Ahnung. Wenn wir ihr die Wahrheit erzählen, wird es ihr das Herz brechen. Komm, wir legen uns auf die Wiese."

Holger nickte. „Da drüben ist ein schönes Plätzchen. Wenn wir Dolores erzählen, was los ist, wird sie am Ende wirklich krank. Am besten tun wir so, als hätte uns ihre Flamme wenigstens einigermaßen gefallen."

Die beiden steuerten einen Platz in der Nähe des Eisbachs an. Dort lagen jetzt, Ende Mai, schon die ersten Nackten und reckten ihre bleichen Körper den Sonnenstrahlen entgegen.

Tom und Holger streckten sich auf dem Boden aus. Es war einer jener Tage, die sich anfühlten wie Vorboten des Hochsommers. „Tut das gut!“ stöhnte Holger wohlig, streifte das T-Shirt ab und ließ die Sonne auf seine Brust scheinen. Nach einer Weile sagte er: „Wahrscheinlich hast du Recht, was Dolores angeht. Im Übrigen finde ich Carmen entschieden netter. Und es gefällt mir nicht, dass wir das gleiche tun, was Dolores getan hat: lügen.“

„Wie du mir, so ich dir“, sagte Holger ungerührt. „Carmen gefällt mir zwar auch besser als diese Monika, aber die Geschmäcker der Menschen sind unergründlich.“

„Wann sagen wir es ihr?“ fragte Tom und beugte sich über Holger, so dass er ihm direkt ins Gesicht sah.

„Wann? Keine Ahnung. Es drängt mich nicht. Telefonieren kommt nicht in Frage. Liebesbotschaften werden persönlich überbracht, das haben wir ja jetzt von Dolores gelernt.“

„Wie wäre Mittwoch, da schwimmt Carmen doch immer?“ schlug Tom vor.

„Du bist der geborene Intrigant!“ Holger zog seinen Freund an sich und küsste ihn. Er war glücklich: In seinen Armen lag der Mann seiner Träume, und über ihm leuchtete der Münchner Himmel so blau, wie ein Maihimmel nur leuchten kann.

Am Dienstag war wieder Stammtisch. Aber Dolores wollte nicht mit. Sie gab vor, Lieferantenkataloge wälzen zu müssen. Worüber sollte sie mit den anderen reden? Die Therapie und Monika – das waren eigentlich die einzigen Themen, die sie momentan interessierten.

Carmen war beleidigt, als Dolores ihre Absicht verkündete, zu Haus zu bleiben. „Wehe, du gehst zu dieser Monika“, giftete sie.

„Keine Angst, sonst stirbst du noch an Eifersucht. Ich habe versprochen, sie nicht zu sehen, also sehe ich sie auch nicht“, schoss Dolores zurück.

Carmen warf Dolores einen zutiefst misstrauischen Blick zu, als sie die Wohnung verließ.

Kaum war Carmen fort, griff Dolores nach dem Telefonhörer, zu dem es sie die ganze Zeit unwiderstehlich hingezogen hatte. Anrufen war in ihren Augen erlaubt. Denn sie wollte Monika ja gar nicht sehen, sondern nur sprechen. Einmal ihre Stimme hören, ein Küsschen durchs Telefon hauchen. In dieser Situation hätte es gar nicht schlecht gepasst, wenn Monika wie Gundula Telefonsex mögen würde, dachte Dolores. Dann könnte uns diese erzwungene Trennung nichts anhaben, so lange es irgendwo eine Telekommunikationsverbindung gab. Doch bei Monika war sogar der Anrufbeantworter abgeschaltet.

Anschließend blätterte Dolores tatsächlich ein wenig in Katalogen, spielte ein paar Runden Cyber-Amazone und surfte ein bisschen. Beim Surfen kam ihr die Idee, im Online-Buchladen einmal als Suchbegriff „Emilie Horcher" einzugeben. Tatsächlich erschien als Ergebnis ein Band mit dem Titel: *Die unerwünschte Dritte: Gefahren für Ihre Beziehung erkennen und besiegen.*

„Ha!" triumphierte Dolores und drückte den Bestellknopf. Als Lieferadresse gab sie ihren Laden an. Wenn Carmen sich ungefragt zu einer Wulli-Lesung einlud, dann würde sie, Dolores, jetzt das Horcher-Werk lesen, um zu sehen, welchen theoretischen Sümpfen das Mittelstaller-Doberdaunsche Therapeuten-Monster entstiegen war, um damit entsprechende Argumente für eine schleunige Beendigung der Therapie zur Hand zu haben.

Währenddessen sonnte sich Carmen in der Empörung der Stammtischgenossinnen. Schon auf dem Weg zum Treffen hatte sie beschlossen, dass jetzt Schluss sein würde mit dem Schmusekurs Dolores gegenüber. Warum sollte sie im Freundeskreis weiter so tun, als wäre alles in Ordnung, wenn schon der Verfall in Gestalt dieser Monika an den Fundamenten ihres Beziehungsgebäudes nagte? Sie brauchte dringend Unterstützung, um mit dem treulosen Verhalten ihrer renitenten Partnerin fertig zu werden, und zwar sofort!

Aber als Carmen zum Stammtisch kam, lauschten zunächst alle Lisas neuesten Berichten aus der Welt der Kontaktanzeige.

„Diesmal hatte ich Glück!" sagte sie mit leuchtenden Augen. „Es hat sich eine Frau gemeldet, die genau so ist, wie ich es mir gewünscht habe: eine richtige Affäre, ohne Wenn und Aber. Natürlich hat sie, wie wir alle, eine kleine Macke. Doch was macht das schon?"

„Und die wäre?" fragte Bernie, wie immer fasziniert von allem Exotischen.

„Sie gibt ihren Sextoys Namen", kicherte Lisa.

„Namen? Sehr originell!" Bernie war begeistert. „Wie heißen die lieben Kleinen denn?"

„Sie nennt ihren Dildo Dildi und ihren Vibrator Vibi. Und ihrem Plug Pluggi. Das finde ich zwar albern, aber ich kann damit leben. Zumal sie fantastisch mit den Dingern umgehen kann."

„Sag bloß, die hast du alle an einem Nachmittag ausprobiert?" hakte Bernie nach. Sie konnte mal wieder nicht genug kriegen – je intimer die Details, desto besser.

Lisa errötete. „So genau wollte ich es nun auch nicht erzählen."

Angie warf Bernie einen bösen Blick zu. Bei den beiden spielten Toys keine Rolle im Bett, obwohl Bernie gelegentlich zaghafte Anläufe riskiert hatte. „Wenn du was mit Werkzeug machen willst, dann bastel an deinem Motorrad rum, aber nicht an mir!" hatte Angie entschlossen gesagt, als Bernie einmal vorschlug, dem nächsten Sexshop einen kurzen Besuch abzustatten. Damit war die Toyfrage vom Tisch.

Bernie verstummte, aber schon bemächtigte sich Karin des Themas. „Vibi, Dildi und Pluggi machen einen Ausflug zu Mösi. Wie allerliebst – so könnte glatt ein Kinderbuch anfangen!" witzelte sie und begann wie irre zu lachen. Die anderen stimmten bis auf Angie und Carmen ein.

„Ich finde das überhaupt nicht lustig", widersprach Carmen. Sie hielt den Zeitpunkt für günstig, zu ihren Problemen überzuleiten, und machte ein ernstes Gesicht.

„Wieso denn nicht?" fragte Ulrike, Karins Freundin.

„Weil mir im Moment jeder Gedanke an Sex weh tut."

„Hast du Candida?" fragte Angie einfühlsam.

„Nein. Ich habe gar nichts. Aber Dolores hat eine andere."

Sofort spitzten alle die Ohren: Das Musterpaar Carmen und Dolores steckte in Kalamitäten? Und sogar in solchen, die durch eine andere Frau verursacht wurden? Unglaublich! Sofort stand Carmen unangefochten im Mittelpunkt, und das heitere Geplänkel um Vibi, Dildi und Pluggi war vergessen. Lisa zog eine Schnute, da sich plötzlich niemand mehr für sie interessierte, während die tragische Heldin mit Fragen von allen Seiten überschüttet wurde.

Carmen nutzte das ausufernde Interesse ihrer Freundinnen und erzählte reichlich ausgeschmückt von den Plagen, denen sie als hintergangene Dauerpartnerin ausgesetzt war. „Stellt euch vor, Dolores hat sich immer donnerstags mit dieser Frau getroffen, als sie angeblich beim Tischtennis war!" empörte sie sich.

„Ein altbekannter Trick", kommentierte Bernie fachmännisch und kassierte sofort einen scharfen Seitenblick von Angie.

„Wie heißt das Biest? Kennen wir die etwa?“ fragte Ulrike höchst empört.

„Dolores würde ich einfach vor die Tür setzen“, schlug Karin vor.

„Aber ich liebe sie doch noch!“ jammerte Carmen. Sie hatte sich entschlossen, Ulrikes Frage nach dem Namen der Drittperson zu ignorieren. Nicht auszudenken, welche Komplikationen es bedeuten könnte, wenn diese Monika mit einer der Stammtischfrauen näher bekannt wäre!

„Sie dich auch?“ fragte Ulrike, doch sie erhielt keine Antwort, denn Lisa warf ketzerisch ein: „Ist das denn so dramatisch? Meint sie es überhaupt ernst, oder war das bloß ein einmaliger Seitensprung?“

Die Reaktion der Ewigverpaarten ließ nicht lange auf sich warten.

„So eine Frage kann doch nur ein Single stellen!“ schalt Ulrike.

„Sei erst mal so lange mit jemandem zusammen, dann wirst du schon sehen, wie das ist, wenn sie dich plötzlich betrügt!“ setzte Carmen noch eins drauf.

„Aber bei den Schwulen scheint es doch auch ganz gut zu klappen mit dem Fremdgehen. Die sehen das mit der Treue meistens nicht so eng“, insistierte Lisa.

Sie erntete dafür einen bewundernden Blick von Bernie, die aber stumm blieb, weil sie wusste, dass Angie gegen die Themen Seitensprünge und Schwule allergisch war.

Carmen warf Lisa einen wütenden Blick zu. „Jetzt komm mir bloß mit den Schwulen! Erstens bin ich nicht schwul, sondern lesbisch, und zweitens hat Dolores dieses Argument auch schon aufgefahren, obwohl sie genau zwei Schwule näher kennt. Ich will davon nichts mehr hören!“

Karin versuchte, Carmen zu beruhigen. „Du hast vollkommen Recht, aber Lisa meint es wahrscheinlich gar nicht so“, sagte sie begütigend.

Lisa warf den Kopf zurück und verdrehte die Augen: „Hör auf, mich zu erklären. Natürlich meine ich es so!“ Aber die anderen ignorierten sie einfach. Schließlich war sie erst ein paarmal zum Stammtisch erschienen, während die anderen sich schon Jahre kannten.

„Und was machst du, um damit fertig zu werden?“ fragte Angie voller Anteilnahme.

„Ich? Ich allein mache nichts. Wie soll ich auch? Aber wir gehen zusammen zur Paartherapie.“

„Darauf hat sich Dolores eingelassen?“ fragte Ulrike erstaunt.

„Ja. Sie hat es versprochen. Freitag war die erste Stunde.“

„Und?“ fragten alle gleichzeitig.

„Es läuft ganz gut“, log Carmen. „Aber mehr will ich dazu nicht sagen. Das ist zu privat.“

„Verstehe“, sagte Karin. „Dolores muss dich wirklich noch ein bisschen lieben, wenn sie mit dir zum Psychoklempner geht.“

„Meint ihr?“ fragte Carmen, der mittlerweile die Tränen über die Wangen liefen.

„Ganz bestimmt“, klang es ihr von allen Seiten entgegen. Nur Lisa schwieg.

Als Carmen an diesem Abend nach Hause kam, hatte sie beschlossen, von nun an andere Saiten aufzuziehen. Bisher hatte sie ihre Frustration halbwegs zurückgehalten und gehofft, Dolores würde schon wieder vernünftig werden. Auch Dolores hatte sich bemüht, möglichst diskret und ansonsten wenigstens ansatzweise freundlich zu sein. Beide übten sich stoisch darin, die Haltung zu bewahren: Morgens und abends begrüßten sie sich und teilten sich Neuigkeiten vom Tage mit – sofern sie nichts mit ihrem Liebesleben zu tun hatten. Sie gaben sich manchmal ein Küsschen und gelegentlich lagen sie sogar gemeinsam auf dem Sofa oder auf dem Bett und schmusten ein bisschen. Sexy fühlte es sich zwar nicht an, aber wenigstens hatten beide das Gefühl, nicht plötzlich vollkommen vereinsamt zu sein. Nur nachts heulte Carmen manchmal in die Kissen und ab und zu gab es unangenehme Diskussionen.

Doch nun hatte sich Carmens Melancholie, gestärkt durch die Empörung der Stammtischgenossinnen, in lodernden Zorn verwandelt.

Das merkte Dolores sofort. Sie saß im Wohnzimmer und sah fern, als Carmen in der Tür erschien. „Der Stammtisch ist der Meinung, dass du dich unmöglich verhältst“, sagte Carmen statt des üblichen „Hallo!“ Die unwesentliche Meinung von Lisa verschwieg Carmen geflissentlich. Die Neue war schließlich in der Minderheit.

Dolores zog unwillkürlich den Kopf ein. Das konnte ja heiter werden! Nun wurde schon der Bekanntenkreis in Freunde und Feinde aufgeteilt. „Du hast dich also bei ihnen ausgeheult? Wie schön. Dann habe ich ja jetzt dienstags frei! Oder meinst du, ich lasse mich von Karin, Ulrike, Bernie und Angie mit Vorwürfen überhäufen, wenn ich das nächste Mal da hingehe? Die sind mir sowieso zu langweilig.“

Dolores sprang aus dem Sessel und rauschte an Carmen vorbei aus dem Zimmer.

„Von mir aus musst du nicht mehr mitkommen! Ich vermisse dich jedenfalls nicht. Außer am Freitag um fünf. Da ist wieder Therapie", rief Carmen ihr nach. „Denk dran: Wenn du nicht erscheinst, musst du trotzdem bezahlen!"

Dolores schwieg verbissen und warf die Tür ihres Zimmers ins Schloss. Sie ließ sich aufs Bett fallen, starrte an die Decke und dachte wehmütig an Monika, die sie nun mindestens noch drei Wochen entbehren müsste. Es hellte ihre Stimmung auf, dass sich das Horcher-Werk vielleicht bereits auf dem Postweg in ihren Laden befand.

Am nächsten Tag, einem Mittwoch und damit wie üblich ein Schwimmtag für Carmen, meldeten sich Tom und Holger bei ihr und fragten, ob sie willkommen seien.

„Na klar! Wart ihr bei Monika?" fragte Dolores, die den Anruf der beiden schon lange erwartete.

„Das erzählen wir dir gleich", versprach Holger. Dann hängte er ein. Eine halbe Stunde später standen die beiden Männer vor der Tür. In der Zwischenzeit hatte Dolores noch einmal versucht, Monika zu erreichen, aber wieder erfolglos.

„Und, wie hat sie euch gefallen?" rief Dolores, bevor Tom und Holger die Schwelle überschritten hatten.

„Ganz nett", sagte Tom zurückhaltend.

„Wirklich eine attraktive Frau", fügte Holger hinzu. „Ein bisschen extravagant."

„Extravagant? Monika ist einfach toll. Was hat sie zu meinem Brief gesagt?" rief Dolores aus der Küche, wo sie ein paar Flaschen Bier aus dem Kühlschrank holte.

Tom und Holger warfen sich einen vielsagenden Blick zu.

„Nicht viel", versuchte es Holger schließlich diplomatisch.

„Was heißt nicht viel?" bohrte Dolores nach und reichte jedem ein Glas.

„Sie meinte, du hättest ihr ja schon am Telefon erzählt, was los ist."

„Hat sie sich denn gar nicht gefreut?"

Holger schwieg.

Tom sagte nach langer Pause: „Doch, schon."

„Sollt ihr mir was ausrichten?" Dolores' Stimmung drohte angesichts dieser indifferenten Auskünfte abzusacken.

„Sie freut sich, wenn ihr euch wiederseht", log Holger.

Auf diesen Satz hatte Dolores gewartet. „Siehst du, also war es doch richtig, ihr zu schreiben!“ strahlte sie nun. „Prost! Auf die Liebe!“

„Prost!“ sagten auch Tom und Holger und warfen sich einen tiefgründigen Blick zu. Dann tranken sie genussvoll das kalte Bier und lauschten Dolores begeisterten Erzählungen über Monika. Derweil dachten sie darüber nach, wie sehr die Liebe Menschen dazu trieb, nur noch das zu sehen, was sie sehen wollten.

„Was macht die Therapie?“ fragte Holger schließlich.

„Nächsten Freitag wieder“, sagte Dolores.

„Du willst also tatsächlich noch mal da hingehen?“ wunderte sich Tom.

„Zu dieser homophoben Heteroschnalle?“ ergänzte Holger.

Dolores schwieg und starrte in ihr Bierglas. Dann murmelte sie: „Versprochen ist versprochen!“

„Ich würde darüber wirklich noch mal genau nachdenken“, sagte Holger ernsthaft. „Es gibt so viele schöne Dinge, die man Freitagnachmittags tun kann. Denk nur mal ans Dampfbad im Müllerschen Volksbad. Freitag ist da Damentag.“

„Ich gehe nicht ins Dampfbad, mir ist es da zu voll. Aber ihr habt ja Recht, nur wäre Carmen unglaublich wütend, wenn ich jetzt aussteigen würde“, sagte Dolores.

„Apropos Carmen: Wann kommt deine Gattin heute eigentlich nach Hause?“ fragte Tom, der momentan keinen Wert darauf legte, Carmen zu treffen. Er hatte ihr gegenüber ein schlechtes Gewissen.

„So gegen zehn“, sagte Dolores.

„Dann verschwinden wir jetzt besser“, schlug Tom vor.

„Ja, wir müssen morgen wieder arbeiten!“ beeilte sich Holger einzustimmen. Ihn plagte ebenfalls sein Gewissen.

Kaum waren sie verschwunden, kehrte tatsächlich Carmen heim. Beim Schwimmen hatte sie sich wieder einmal über Sabine und Julia geärgert. Die beiden turtelten wie üblich herum, und Carmens ursprünglicher Plan, sich bei Sabine auszuheulen, war durch Julias Anwesenheit im Keim erstickt worden. Außerdem bildeten sie gemeinsam mit den zwei neu dazugekommenen Schwulen eine unerträglich alberne Vierergruppe, deren Gejohle durch die ganze Schwimmhalle schallte. So viel Frohsinn überforderte Carmens strapazierte Nerven.

Als die vier sie fragten, ob sie nach dem Training mit zum Italiener um die Ecke kommen wollte, behauptete Carmen, sie sei überarbeitet, und lehnte ab. Dann fuhr sie nach Hause und grübelte währenddessen wie stets über das Schicksal ihrer plötzlich so schwierigen Beziehung nach. Dass mehrere leergetrunkene Bierflaschen das heimische Wohnzimmer verzierten, hob ihre Stimmung nicht.

„Wie sieht es denn hier aus? War etwa das Flittchen zu Besuch?" fauchte sie Dolores an.

„Ich kenne kein Flittchen!" zischte Dolores zurück. „Tom und Holger waren hier. Sie haben mich gefragt, warum ich die Therapie bei dieser verrückten Müller-Dobermann noch nicht abgebrochen habe. Wegen homophober Unfähigkeit ihrerseits."

„Sieh an, die Herren ergreifen Partei! Die haben doch keine Ahnung! Im Übrigen heißt sie nicht Dobermann, sondern Mittenstaller-Doberdaun. *Doktor* Mittenstaller-Doberdaun, um genau zu sein. Aber du musst selbst wissen, was du tust! Ich gehe jedenfalls schlafen."

Carmen fühlte sich zutiefst verletzt, weil Dolores Tom und Holger eingeweiht hatte und sich den Namen ihrer letzten Hoffnung noch immer nicht merken konnte. „Für Alzheimer bist du doch noch zu jung, oder sollte ich mich da irren?" stieß sie, schon auf der Schwelle ihres Zimmers, hervor und knallte dann die Tür so heftig, dass kleine Putzbröckchen neben dem Türfutter aus der Wand brachen. Dann ließ sie sich heulend aufs Bett fallen. Sie tröstete sich damit, dass in zwei Tagen Therapie war. Die, so hoffte sie noch immer, würde wieder alles in Ordnung bringen.

11. Kapitel

in dem sich die Grenzen der Horcher'schen Therapiemethode zeigen. Es kommt zu überraschenden Begegnungen mit Claudine und Renate. Frau Schirrnagl steuert ihre Lebensweisheit bei

Die zweite Therapiestunde bei Frau Mittenstaller-Doberdaun verlief ein wenig disharmonisch. Frau Doktors Gewandung war diesmal ganz in Loden gehalten und mit einem Halstuch mit Jagdmotiven garniert. Als erstes ließ sie sich von Carmen und Dolores die „Hausaufgaben" überreichen, las und kommentierte anschließend: „Bei Ihnen, Dolores – ich darf Sie doch wohl so nennen? – zeigt sich das übliche Bild: Verdrängung des eigenen Unrechtsanteils, fehlendes Schuldbewusstsein, fehlendes Mitgefühl für Ihr leidendes Gegenüber, kurz, ein moralisches Desaster. Alles schon hundertmal da gewesen. Immerhin fällt Ihnen einiges ein, was Sie an Ihrer Lebenspartnerin schätzen. Und der letzte Abschnitt, der über die Therapie: Was schreiben Sie da? ‚Zudem würde ich es nicht vermissen, dass Carmen mich zu irgendwelchen Therapien zwingt, die ganz anders sind, als ich sie mir vorgestellt habe, weil sie wegen einer lächerlichen Affäre eifersüchtig ist. Darum wäre es nicht schade.' Nun, da erübrigt sich jeder Kommentar. Widerstand, nur Widerstand sage ich dazu!"

Carmen warf Dolores anlässlich der Verlesung dieser Sätze einen bitterbösen Blick zu, während Dolores puterrot wurde.

Dann wandte sich die Mittenstaller-Doberdaun an Carmen. „Sie, Carmen, stecken in der üblichen Falle der hintergangenen Ehefrau – verzeihen Sie, Partnerin sollte es in diesem Fall wohl heißen. Sie sind wütend, aber Sie haben auch Angst, Ihre Partnerin zu verlieren. Auch sehr normal. Das kriegen wir schon hin!"

„Ich finde, Sie sehen das viel zu einseitig, und außerdem …", wollte Dolores ihrem Groll über die therapeutische Indiskretion Luft machen.

Aber Frau Mittenstaller-Doberdaun fuhr ihr mit zornesbebender Stimme dazwischen. „Natürlich finden Sie das! Widerstand, wie ich schon sagte. Sie können gar nicht anders, meine Liebe, als mir zu widersprechen! Selbst wenn Sie es besser wissen. Aber das kriegen wir schon hin!“

Dolores verdrehte die Augen und gab fürs erste auf, weiter zu insistieren. Schade, dass das Buch noch nicht angekommen war! Aber vielleicht würde sie wenigstens beim nächsten Mal die Bausteine des Horcher'schen Therapiegebäudes kennen und wissen, wo die Dynamitstange anzusetzen war, um es zum Einsturz zu bringen.

Die Therapeutin schien Dolores' Schweigen als Sieg zu werten, denn sie ordnete lächelnd an: „Wir schreiten jetzt fort im Therapieprogramm. Und zwar mit einer sehr interessanten, einfachen Übung.“

Die Übung war tatsächlich einfach. Zumindest klangen die Anweisungen so. „Sie beide gehen jetzt in gegenüberliegende Ecken des Raumes“, befahl Frau Mittenstaller-Doberdaun. „Dann verbinde ich Ihnen die Augen, und Sie schreiten langsam schnurgerade mit vorgestreckten Armen aufeinander zu. Wenn Sie spüren, dass Sie in der Nähe der anderen sind, bleiben Sie stehen. Das ist eine wunderbare Methode, um uns für das Fluidum des anderen Menschen zu sensibilisieren. Genau das brauchen Sie jetzt, Dolores: das Fluidum. Das Feinstoffliche. Nicht Sex.“ Frau Mittenstaller-Doberdaun warf Dolores einen strafenden Blick zu.

Dann stellte die Therapeutin ihren Stuhl in die Nähe des Punktes, an dem wahrscheinlich das glückliche Zusammentreffen – in ihren Augen ein symbolisches Bild der Hoffnung für jede noch so schwierige Beziehung – stattfinden würde. Auch Dolores, diese renitente, sexsüchtige Lesbe, die diese Carmen, einen wirklich weichen Charakter, bestimmt verführt hatte – so sehe ich das nun mal, bei aller Vorurteilsfreiheit, dachte Frau Mittenstaller-Doberdaun – würde das Wunder gleich am eigenen Leibe erfahren.

Währenddessen gingen Carmen und Dolores in die ihnen verordneten Ecken. Die Mittenstaller-Doberdaun legte ihnen höchstpersönlich eine Augenbinde an, durch die auch nicht der kleinste Lichtstrahl drang, und stellte beide so auf, dass sie nach aller Wahrscheinlichkeit direkt aufeinanderprallen würden.

Carmen und Dolores tappten los. Schritt für Schritt bewegten sie sich im absoluten Dunkel durch das Zimmer.

Bloß nicht in die Mittenstaller-Dummerlein hineinrennen! flehte Dolores stumm. Sie versuchte, sich in eine Richtung zu bewegen, in der das nicht zu erwarten war, und schlug einen eleganten Bogen nach rechts außen, statt weiter geradeaus zu gehen. So verfehlte sie natürlich Carmen. Das machte nichts, denn unter einem Fluidum konnte sie sich sowieso nichts vorstellen. Dazu war sie viel zu bodenständig. Irgendwann stieß Dolores mit den Fingern an etwas Hartes, das sich weder wie die Therapeutin noch wie Carmen anfühlte. Dolores riss die Augenbinde ab und fand sich vor den Papp-Eierbehältern an der Wand wieder. „Ich kann nicht mehr weitergehen", sagte sie. „Hier ist Schluss statt Carmen."

Carmen war im Gegensatz zu Dolores' Ausweichbewegung halbwegs geradeaus gelaufen, weil sie an die Wirksamkeit der therapeutischen Rezepte von Frau Mittenstaller-Doberdaun zu glauben versuchte. Doch eine heilende Begegnung mit Dolores konnte nicht geschehen, da diese ja woandershin lief. Carmen verfehlte das Mittenstaller-Doberdaunsche Stuhlbein nur knapp und erreichte ebenfalls ohne jede feinstoffliche Empfindung die gegenüberliegende Ecke. Als sie vor der Wand stand, riss sie wie Dolores die Binde herunter.

In der Mitte des Raumes saß Frau Mittenstaller-Doberdein fassungslos auf ihrem Stuhl. Soeben hatte sie beobachten dürfen, wie dieses Paar sich um einen ganzen Meter verfehlt hatte. Und natürlich war wieder diese Dolores schuld! Ein derartiger Misserfolg war, seit sie praktizierte, nicht vorgekommen. Wenn man auch nur halbwegs geradeaus ging, dann konnte man sich gar nicht verfehlen, das hatte sie mit ihrem Gatten und Dutzenden höchst zerstrittener Paare schon oft genug ausprobiert. Trafen sie sich, hatten sie ein Erfolgserlebnis, Fluidum hin oder her. Nicht wenige Paare waren sich am Punkt ihrer Begegnung sogar weinend in die Arme gefallen, da sie es als positives Omen betrachtet hatten, sich im Dunkeln gefunden zu haben. Rührung angesichts des glücklichen Treffens liebte Frau Mittenstaller-Doberdaun besonders. In solchen Fällen pflegte sie den Klienten die Hände zu reichen und zu sagen: „Sehen Sie, so fremd sind Sie sich doch nicht. Sie finden sich sogar in schwärzester Finsternis", wobei sie eigentlich die Finsternis ihrer zerstrittenen Seelen meinte.

Daran war natürlich in diesem verkorksten Fall nicht zu denken. Resigniert stellte die Therapeutin, deren wacher Sinn für emotionale Höhepunkte ins Leere lief, ihren Stuhl wieder neben das Tischchen.

„Und?" fragte Dolores. „Was ist nun? Ich fand das Fluidum Ihrer Eierkartons nicht sehr eindrucksvoll."

„Sie haben noch einen weiten Weg vor sich, meine Damen!" orakelte Frau Mittenstaller-Doberdaun mit gerunzelter Stirne und schüttelte den Kopf. „Die Verantwortung dafür tragen Sie, Dolores, nicht meine Eierkartons! Sie haben die gerade Linie verlassen und sind bogenförmig auf die Wand zugesteuert. Sie wollten demnach Ihre Freundin gar nicht treffen."

Carmen warf Dolores einen entsetzten Blick zu. Hatten sie sich wirklich schon so weit voneinander entfremdet, dass Dolores einer harmlosen Begegnung in der Mitte des Therapiezimmers auswich?

Dolores schwieg verbissen. Wozu sollte es auch gut sein, der Therapeutin mitzuteilen, dass sie in Wirklichkeit auf keinen Fall im grünen Loden ihres Jagdrocks hatte landen wollen? Das konnte sie Carmen auch unter vier Augen erzählen.

Anschließend sollten Carmen und Dolores berichten, wie die letzte Woche verlaufen war. Carmen sagte: „Es war wirklich gut für mich zu wissen, dass Dolores Monika nicht sehen durfte. Außerdem habe ich inzwischen Freundinnen, die mich unterstützen."

„Sehr gut!" sagte Frau Mittenstaller-Doberdaun.

Dolores berichtete, dass es ihr sehr gut getan habe, am Sonntag zwei Stunden zu laufen, weil sie sonst zu derartigen Anstrengungen zu faul war.

Damit war die Therapeutin nicht zufrieden. „Was ist mit dieser Drittperson?" fragte sie scharf. „Haben Sie sie gesehen? Und hat sie Ihnen etwa gefehlt?"

„Nein, ich habe sie nicht gesehen. Und ja, sie hat mir gefehlt", sagte Dolores.

„Immerhin ein Fortschritt. Sie werden sie auch weiterhin nicht sehen."

„Wie überraschend", murmelte Dolores und starrte die Mittenstaller-Doberdaun böse an.

„Das dient alles nur Ihrer Genesung. Ich bin immerhin Ihre Therapeutin und weiß, was ich tue", beharrte Frau Mittenstaller-Doberdaun. Dolores starrte stumm die Wand an und dachte sich diskreditierende Namen für die Therapeutin aus: Mittelschwaller-Trüffelschwein wäre schön, fabulierte sie, Müdeschwätzer-Dudelsack oder Madenschnapper-Dufflecoat. Sie musste kichern, was von Frau M-D, wie sie die Therapeutin zukünftig zu nennen beschloss, mit einem „Ich muss doch bitten, Frau Düllmann!“ quittiert wurde.

Zum Schluss erteilte die Therapeutin wieder Aufträge. „Sie sehen Ihre Geliebte weiterhin nicht, Dolores. Aber mit Ihrer Partnerin dürfen Sie jetzt wieder Hautkontakt haben: Arme und Oberkörper. Mehr nicht. Verstanden?“

„Dürfen oder müssen?“ fragte Dolores.

„Müssen“, sagte Frau Mittenstaller-Doberdaun mit säuerlichem Grinsen. „Wenn ich so deutlich werden muss: Sie sollen sich schließlich wieder aneinander gewöhnen.“

Carmen strahlte, während sich Dolores' Miene weiter verfinsterte. Dann waren sie entlassen.

„Warum bloß bist du in eine vollkommen andere Richtung gerannt?“ fragte Carmen auf dem Heimweg.

„Weil ich dieser Frau nicht in die Arme rennen wollte! Ich bin ihr ausgewichen, nicht dir! Und überhaupt, was soll das Ganze? Hör zu, ich habe keine Lust mehr auf diesen Mummenschanz.“

Carmen sah ein, dass die therapeutischen Interventionen bisher nicht den erhofften Erfolg gebracht, sondern die Lage eher verschlimmert hatten. Trotzdem klammerte sie sich an die Hoffnung, irgendwann werde in der Therapie etwas Positives geschehen.

„Wenigstens vier Stunden“, flehte sie Dolores an. „Wer weiß, was noch kommt!“

Dolores warf ihr einen bösen Blick zu. „Genau! Davor habe ich jetzt schon Angst! Und wenn du meinst, dass ich mir Monika so aus dem Kopf schlage, dann hast du dich geschnitten. Ich warte schon auf den Tag, an dem wir uns wiedersehen.“

„Du hast versprochen, sie während der Therapie nicht zu treffen!“ beharrte Carmen in leicht panischer Stimmlage.

„Das weiß ich. Aber sofort danach, darauf kannst du wetten.“

Carmen starrte zu Boden, während sie zügig nach Hause wanderten. So ein Ablauf war in Frau Horchers Werk so gar nicht vorgesehen. In ihren Beschreibungen begannen die abtrünnigen Ehegesponse schon nach der ersten Woche, sich wieder für ihre Gattinnen oder Gatten zu interessieren. Zum ersten Mal keimten in Carmen ernsthafte Zweifel an der Horcher'schen Methode. Dennoch sträubte sie sich vorläufig dagegen zu resignieren.

In den kommenden Tagen ging Dolores Carmen aus dem Weg. Ihre Wut auf das Therapiegeschehen steigerte sich kräftig. Erstens hatte Monika auf den Anrufbeantworter im Geschäft gesprochen: „Hör auf, mir weinerliche Briefe zu schicken. Du bist selbst schuld, wenn wir uns nicht sehen können. Ich habe dir doch gleich gesagt: Lass die Finger von der Therapie! Wir werden ja sehen, ob ich noch einmal was von dir höre. Aber ruf ja nicht an, bevor die Therapie vorbei ist! Bis dahin will ich meine Ruhe und amüsiere mich anderweitig." Die Worte trafen Dolores ins Mark. Vom nächsten Moment an schwelte sie zusätzlich zum Beziehungsleid in finsterster Eifersucht. Mindestens zehnmal an jenem Tag schlich sie zum Telefon, wählte einige Ziffern von Monikas Telefonnummer, legte dann aber wieder auf. Riefe sie jetzt Monika an, würde das alles wahrscheinlich noch viel schlimmer machen.

Zweitens kam Anfang der nächsten Woche per Post das bestellte Horcher-Werk, und weil gerade keine Kunden im Laden waren, begann Dolores sofort zu lesen. „Die Zweierbeziehung ist der natürliche, gewollte Zustand zwischen Mann und Frau. Dass in unserer Zeit manche Irrungen und Wirrungen dazu beitragen, diese Norm immer mehr an den Rand zu rücken, ändert daran nichts. Das oberste Ziel unserer Therapiemethode ist es, der natürlichen Paarbeziehung zwischen Mann und Frau den ihr gebührenden Platz zu verschaffen und störende Drittpersonen aus der Paarbeziehung zu eliminieren, damit diese das harmonische Beziehungsleben nicht länger beeinträchtigen." Lesben kamen in dem Buch nicht vor. Wahrscheinlich hielt Emilie Horcher Homosexuelle beiderlei Geschlechts für Teufelsgezücht, auch wenn das hier nirgends ausdrücklich geschrieben stand. Ob das auch für ihre AnhängerInnen galt?

Dolores sah im Anhang nach, und tatsächlich: Da stand Frau M-D aufgeführt. Sie fragte sich wütend, wie es Carmen gelungen war, im beginnenden 21. Jahrhundert ausgerechnet auf einen vollkommen heterozentrierten, antiquierten Therapiezweig zu stoßen. Aber vielleicht hatte das Ganze sogar Methode!

„Na warte!" sagte Dolores. „Dir werde ich's zeigen, von wegen eliminieren!" Sie beschloss, sich ihre Wut für einen passenden Zeitpunkt aufzusparen.

Auch Carmen war nicht recht zufrieden mit dem Verlauf der Dinge, zeigten sich doch nicht die geringsten Fortschritte. Das von der Therapeutin verhängte Berührungsgebot änderte an dieser Lage rein gar nichts, denn Dolores hatte anscheinend nicht die Absicht, sich daran zu halten. Vielmehr verschwand sie, so bald es ging, in ihr

Zimmer, aus dem alsbald finstere Achtziger-Jahre-Musik von Anne Clark dröhnte. Dass Dolores zu dieser Beschallung flach auf dem Bett lag und eifersüchtig von fremden Frauen in Monikas Armen phantasierte, wusste Carmen freilich nicht.

Am Mittwochabend nach dem Schwimmen waren die therapeutischen Hausaufgaben noch immer unerledigt. Carmen beschloss zu handeln, falls Dolores donnerstags zum Tischtennis verschwände und dann bereits wieder der Freitag vor der Tür stand.

„Wir haben noch etwas zu tun", sagte sie, in der Tür von Dolores' Zimmer stehend.

„Und das wäre?"

„Berühren am Oberkörper", erinnerte Carmen.

Dolores musterte sie verwirrt. „Meinst du wirklich, wir kommen uns näher, wenn ich jetzt deinen Oberkörper anfasse und du meinen?"

„Du hast es versprochen", beharrte Carmen, die allerdings selbst nicht sonderlich überzeugt von diesem Experiment war.

Dolores rappelte sich unwillig vom Bett auf. „Also gut. Ich massiere dir den Rücken, und das kannst du dann auch bei mir machen. Schließlich gehört der Rücken zum Oberkörper. Hier oder im Wohnzimmer?" fragte sie ohne die geringste Begeisterung.

Carmen zuckte mit den Schultern. „Mir egal."

„Also Wohnzimmer."

Dolores erhob sich und holte aus dem Badezimmer ein Massageöl und ein Handtuch. Carmen hatte ihr T-Shirt ausgezogen und lag bäuchlings auf dem Sofa. Im Stillen hoffte sie, dass Dolores vielleicht Gefallen an ihrem nackten Torso fände, doch die machte sich mit knappen, präzisen Bewegungen an die Arbeit, als wäre die Massage eine lästige Erledigung, die es schnellstmöglich hinter sich zu bringen galt. Dolores hatte einige Massagekurse besucht und wusste, wohin sie greifen musste. Mechanisch und ohne Anteilnahme lockerte sie Carmens vom intensiven Trainieren verspannte Muskelstränge in Rücken und Schultern.

„Das ist doch keine medizinische Anwendung! Sei ein bisschen gefühlvoller", beschwerte sich Carmen.

„Keine medizinische Anwendung, obwohl ausdrücklich verordnet? Was denn sonst?" fragte Dolores hämisch und beraubte Carmen damit der letzten Illusionen. Sie griff kräftig zu. Während sie in einen verspannten Muskelstrang kniff, stellte sie sich vor, dass sie eine der

Frauen peinigte, die Monika gemeint hatte, als sie von „anderweitig amüsieren" gesprochen hatte.

Einen Moment erwog Dolores auch, schon jetzt damit herauszurücken, dass sie das Horcher-Werk inzwischen gelesen hatte. Dann überlegte sie es sich doch anders, und schon hatte sie das Muskelknetprogramm für die großen Rückenmuskeln beendet. Sie wischte ihre Hände am Handtuch ab. „Jetzt mein Rücken", sagte sie. „Oder hast du plötzlich keine Lust mehr?"

„Nein." Carmen schüttelte den Kopf, denn sie war zutiefst unzufrieden über die in ihren Augen gefühllose Abfertigung, die so gar nichts mit einer langsamen Wiederentdeckung der Lust aneinander zu tun hatte.

„Und die Hausaufgaben?"

„Du willst ja gar nicht, dass die Therapeutin uns hilft!" Plötzlich heulte Carmen hemmungslos.

Dolores blieb ungerührt. „Ich glaube nicht, dass sie es kann. Außerdem habe ich nur versprochen, mitzugehen. Mehr kannst du nicht von mir verlangen."

„Du gibst uns keine Chance!"

„Wenn wir noch weiter zu dieser Therapeutin gehen, bestimmt nicht."

Carmen hatte sich aufgesetzt und starrte Dolores an. „Dann eben nicht! Du hast es ja nicht anders gewollt!" Wütend sprang sie auf und verschwand in ihrem Zimmer. Kurz darauf wurde die Tür noch einmal aufgerissen. „Aber am Freitag kommst du trotzdem mit!" beharrte Carmen.

„Von mir aus. Aber danach nie wieder."

Die letzte Therapiestunde bei Frau Mittenstaller-Doberdaun war kurz und wenig erbaulich. Nachdem Carmen und Dolores sich geweigert hatten, noch einmal die Blindekuh-Übung zu vollführen, bezichtigte sie die Therapeutin mangelnder Kooperationsbereitschaft. „Meine Damen, ich sehe nur wenig Hoffnung für Sie! Wie sollen wir weiterkommen, wenn Sie nicht mitarbeiten", mahnte sie mit gerunzelten Brauen.

Nun war Dolores beim Thema. „Natürlich kommen wir nicht weiter. Aber woran liegt das? Ganz einfach: Weil Ihre so genannte Therapie nichts taugt. Sie ist gequirlte Scheiße und sollte schnellstens entsorgt werden, dann würde vielleicht wenigstens Biogas daraus. Ich habe mich nämlich ein wenig mit den theoretischen Grundlagen des

Horcher'schen Wahngebäudes befasst. Das Buch dazu gibt es ja im Buchhandel. Die Thesen dieser Frau Horcher sind vorsintflutlich, homophob, paranoid und untauglich, uns auch nur ansatzweise zu helfen."

Bei diesen Worten zuckte Carmen zusammen.

Die Therapeutin holte anscheinend Luft für den Gegenschlag. Doch Dolores war nicht aufzuhalten.

„Ich bin noch nicht fertig. Und weil Ihre Therapiemethode so absolut bescheuert ist, wollen wir auch nicht mehr wiederkommen. Jedenfalls ich nicht. Was Carmen tut, ist selbstverständlich ihre Sache. Die war ja auch diejenige, die so begeistert von Ihnen war."

Frau Mittenstaller-Doberdaun reagierte erstaunlich gefasst, so als würde sie sich mit derartigen Situationen auskennen. Sie nestelte ein wenig am Knoten ihres Halstuchs, fuhr sich durchs dauergewellte Haar und sagte dann: „Glauben Sie nur nicht, dass Sie die ersten sind, die diese revolutionäre Therapie abbrechen! Vor dieser anspruchsvollen Aufgabe haben schon ganz andere die Segel gestrichen. Aber Sie? Nein, das wundert mich wirklich nicht! Einer solchen Anstrengung sind Sie ja charakterlich überhaupt nicht gewachsen, Frau Düllmann!"

„Jetzt reicht's aber!" fuhr Dolores auf. „Ich gehe, und zwar sofort!" Sie erhob sich und strebte der Tür zu. Schon die Klinke in der Hand, wandte sie sich an Carmen: „Komm mit oder bleib, ich habe hier nichts mehr verloren!"

„Also gut", sagte Carmen, stand auf und sah die Mittenstaller-Doberdaun traurig an. „Sie waren eine große Enttäuschung! Ich habe so auf Sie gehofft!"

Dolores verdrehte die Augen.

„Und du bist auch nicht besser!" sagte Carmen, indem sie Dolores einen finsteren Blick zuwarf.

Die Therapeutin bewegten in diesem Moment ganz andere Gedanken. „Moment! Sie schulden mir noch was, ehe Sie gehen. Enttäuscht oder nicht – gezahlt wird trotzdem. Für mindestens vier Stunden. Vertrag ist Vertrag!" Frau Mittenstaller-Doberdauns Stimme schnappte bei diesem Satz beinahe über. „Mein Mann ist übrigens Anwalt", fügte sie drohend hinzu.

Widerwillig zückten Carmen und Dolores die Portmonnees. Den Anwalts-Gatten der Mittenstaller-Doberdaun wollten sie nicht auch noch persönlich kennen lernen. Seine Frau reichte voll und ganz.

Als sie zum letzten Mal durch das Reihenhausidyll stapften – Dolores mit trotzig hochgerecktem Kinn vornweg, Carmen mit hängenden Schultern hintendrein, sagte Dolores: „Wieso bloß hast du ausgerechnet dieses dämliche Buch ausgewählt? Gab es denn wirklich nichts Besseres?“

An diesem Punkt regte sich Carmens Widerspruchsgeist. „Na, hör mal, und was ist mit deinem schwachsinnigen Wulli? Ist der etwa einen Deut besser?“

„Wenigstens hat er mir was genutzt“, beharrte Dolores.

„Ob der dir wirklich was nützt, werden wir ja sehen. Dieser Wulli: zuerst adretter Weiberheld, jetzt triefäugiger Junggeselle! Wenn du dir so was unter deiner Zukunft vorstellst, bitte schön“, trumpfte Carmen auf. „Im Übrigen: Wer zuletzt lacht, lacht am besten.“ Dabei war ihr wirklich nicht zum Lachen zumute, denn sie wusste, nun würde sich Dolores wieder mit Monika treffen.

Damit war die Diskussion beendet. Den Rest des Weges legten die beiden stumm zurück.

Tatsächlich versuchte Dolores noch am selben Tag, Monika anzurufen, um ihr die frohe Kunde vom Ende der Therapie zu übermitteln. Doch Monika ging nicht an den Apparat und war auch das ganze Wochenende nicht zu erreichen. Dolores hinterließ mehrere Nachrichten auf ihrem Anrufbeantworter, in denen sie die Geliebte bat, sich so schnell wie möglich bei ihr zu melden, doch nichts geschah. Am Sonntag gegen zwei Uhr nachmittags beschloss sie, vom Warten schon ganz entnervt, dass frische Luft ihr gut tun würde. Sie begab sich auf einen längeren Spaziergang in den Perlacher Forst. Mittlerweile war es Juni, doch von sommerlicher Wärme keine Spur. Dicke, graue Wolken bedeckten den Himmel, kühler Wind wehte.

Obwohl der Forst wegen des schlechten Wetters für einen Sommertag weniger überlaufen als üblich war, wählte Dolores selten begangene Nebenpfade. Beim Gehen sinnierte sie über den Unfug der Horcher'schen Paartherapie und darüber, wie seltsam ihr die Gefühle mitspielten.

Warum begehrte sie ausgerechnet Monika, die fast keine Zeit für sie hatte, ja, noch nicht einmal zurückrief? Warum hatte sie dafür an ihrer langjährigen Partnerin Carmen kein Interesse mehr, obwohl diese sie anscheinend noch immer wollte? Hatten sie überhaupt noch ein gemeinsames Leben? Dolores zweifelte zunehmend daran. War es nicht vielmehr so, dass sie zufällig eine, zugegeben, recht komfortable Wohnung gemeinsam behausten?

Und warum musste Carmen immer wieder auf Wulli herumhacken? Es war ungerecht, dass Carmen Dolores' harmlosen Versuch so aufbauschte, durch eine, wie es diese antiquierte Horcher nannte, „Drittperson“ mehr Pep in ihre Beziehung zu bringen. Es war geradezu schwachsinnig, dass sie diese Therapie begonnen hatten. Warum erkannte Carmen nicht einfach, wie Wulli empfahl, die Chancen dieser Dreier-Konstellation? Andererseits erkannte auch Dolores mittlerweile, dass die Beziehung zu Monika eine beängstigende Eigendynamik entfaltete, die mit Neben- oder Drittpersonen eigentlich nichts mehr zu tun hatte.

Als Dolores gerade mitten in derlei tiefschürfenden Erwägungen steckte, kamen ihr auf dem einsamen Waldweg zwei Frauen entgegen. Noch nicht mal hier kann man allein sein, dachte sie missmutig. Dann bemerkte sie erstaunt, dass die eine ein Hundehalsband trug, von dem aus eine Leine zu der anderen führte.

Dann erkannte sie Claudine und Renate. Diesen beiden wollte sie nun wirklich am wenigsten von allen begegnen. Sie sah sich um, entdeckte aber weit und breit keinen Fluchtweg. Doch es war sowieso zu spät. Die zwei standen bereits vor ihr, wobei Claudine in der Linken die Hundeleine mit Renate daran und in der Rechten eine Reitgerte hielt.

„Hallo!“ begrüßte Claudine Dolores kühl. Sie erinnerte sich noch genau an die schweißtreibende Renovierungsnacht.

„Hallo“, echote Dolores. Dabei starrte sie fasziniert Renate an. Was sie um den Hals trug, war kein normales Hundehalsband, sondern ein schwarzes, stachelgespicktes Etwas. Ihre Hände waren mit Handschellen auf den Rücken gefesselt. Ansonsten trug sie, die doch immer so viel Wert auf ein gepflegtes, weibliches Äußeres legte, eine ausgeblichene schwarze Jeans und ein formloses T-Shirt in Dunkelgrau. Claudines Gesellschaft schien zumindest ihrem Outfit nicht gut zu tun.

„Hallo!“ sagte nun auch Renate, worauf Claudine sie unwirsch zurechtwies: „Du redest nur, wenn du gefragt wirst!“

„Jawohl!“ säuselte Renate.

„Jawohl was?“ keifte Claudine in einem Ton, der Dolores einen eiskalten Schauer über den Rücken jagte.

„Jawohl, Chefin!“

„Schon besser!“

Dolores sah von einer zur anderen. „Was ist denn hier los?“ fragte sie entgeistert.

„Nichts. Ich übe für den zweiten Teil des SM-Kurses“, erklärte Claudine mit einem breiten Lächeln. „Dominanz in der Natur. Schwer im Kommen angeblich. Der Workshop findet im Herbst in San Francisco statt, und sie verlangen eine ausgezeichnete Vorbereitung. Renate assistiert mir. Nicht wahr, meine Sklavin?“

„Ja, Chefin!“ antwortete Renate gehorsam.

„Platz!“ befahl Claudine.

Renate setzte sich zu ihren Füßen auf den Waldboden.

„Wie geht es euch denn so?“ fragte Claudine, während sie heimlich auf Rache sann. Die Niederlage, die ihr Dolores und Carmen bereitet hatten, brannte noch in ihrer Seele.

Dolores starrte weiterhin Renate an, die sich recht wohl zu fühlen schien, zumindest lächelte sie gerade zu Dolores hinauf.

„Augen zu Boden“, giftete Claudine sofort. „Und lass das alberne Grinsen, sonst gibt's was auf den Popo.“

„Findest du dieses Training nicht ein bisschen übertrieben?“ Dolores konnte sich kaum vorstellen, dass der Dressurakt Renate Spaß machte.

„Übertrieben? Nein, gar nicht. Wir fangen erst an. Und Renate ist begeistert. Frag sie doch selbst!“ Claudine starrte finster zu Renate hinab. „Hältst du das Training für übertrieben, Sklavin?“ Sie zerrte auffordernd an der Hundeleine.

„Ich finde das Training total geil“, erklärte Renate laut und deutlich.

„Siehst du? Es macht ihr richtig Spaß“, sagte Claudine und stupste Renate mit der Schuhspitze in die Seite.

Verwirrt schaute Dolores von einer zur anderen. Sie spürte kein Bedürfnis, Zeugin weiterer Gehorsamsübungen zu werden. „Ja, dann. Schön, euch getroffen zu haben, aber nun muss ich weiter“, sagte sie und setzte sich in Bewegung.

„Du hast mir aber noch gar nichts von euch erzählt“, beharrte Claudine. Sie schritt nun zu Dolores' Schrecken neben ihr her, Renate im Schlepptau. „Wo wir uns doch so selten treffen.“

Heuchlerin, dachte Dolores und spürte gleichzeitig, wie Claudines Interesse sie gegen ihren Willen wieder für die schwierige Gästin einnahm. „Uns? Ach, es geht“, sagte sie vieldeutig.

„Es geht? Gut oder schlecht?“

„Wie frau's nimmt.“

„Nun rück schon raus damit!“ beharrte Claudine. „Lass mich raten: Hat Carmen eine Geliebte?“

„Carmen?“ Dolores lachte kurz auf. Warum sollte sie Claudine nicht erzählen, was los war – wenigstens interessierte sie sich dafür und war bestimmt nicht so voreingenommen wie die Stammtischfrauen. „Ich habe eine!“ fügte sie hinzu. Es klang sogar ein bisschen stolz.

In Claudine regte sich Schadenfreude. Das hatte das perfekte Paar nun von seiner Spießigkeit. Es ging Carmen und Dolores auch nicht besser als allen anderen. „Dann ist die Langeweile doch jetzt vorbei, oder?“ fragte sie schalkhaft.

„Eigentlich schon. Aber Carmen ist sauer.“

Claudine hörte es mit Freude. Vielleicht würde es ihr gelingen, ein wenig Öl ins Feuer zu gießen! Sie fand, es stehe ihr wenigstens eine kleine Genugtuung zu. Auch wenn sie Carmen und Dolores ihre Beziehung zu der wirklich sehr anpassungsbereiten Renate verdankte, war die Nachtrenovierung einfach zu demütigend gewesen. „Na und? Eine Geliebte belebt. Ich finde es wirklich gut, dass ihr mal was anderes probiert als immer nur die Zweierkiste.“

„Tatsächlich?“ Dolores fühlte sich zum ersten Mal seit langem gestärkt. Das konnte sie dringend brauchen. Denn auch wenn sie so tat, als berührten sie weder die Parteinahme des Stammtischs noch die ständigen moralischen Nadelstiche der Therapeutin, gleichgültig ließ sie das alles doch nicht.

„Ja, ganz bestimmt! Du wirst sehen: Ein bisschen experimentieren schadet nie! Nicht wahr, Sklavin?“

„Nein, Chefin“, murmelte Renate geistesabwesend. Wahrscheinlich träumte sie gerade von dem Moment, in dem sie wieder von der Leine durfte. Doch damit war es noch nichts.

„Lauter!“ brüllte Claudine und zerrte an der Hundeleine.

„Nein, Chefin!“ schrie Renate, nun wieder ganz im Hier und Jetzt.

„He, he, mach nicht so einen Krach! Das stört die Vögel.“ Claudine zog heftiger und briet Renate eins mit der Reitgerte über den Rücken.

„Hör auf damit, das kann man ja nicht mit ansehen!“ mischte sich Dolores ein.

„Halt du dich da raus! Das ist unser Spiel, und sie kennt das Stoppwort ganz genau!“ entgegnete Claudine.

„Nein, Chefin“, sagte Renate, diesmal mittellaut, aber Dolores wusste nicht, ob sie mit ihrer Antwort den vorherigen Dialog fortsetzte oder sich auf den Satz mit dem Stoppwort bezog. Angesichts ihrer Erfahrungen mit Claudine hielt sie letzteres durchaus für möglich.

„Siehst du wohl, es klappt doch“, sagte Claudine zufrieden.

Dolores' Sympathien für Claudine waren angesichts der SM-Demonstration schon wieder zusammengeschmolzen, auch wenn das ungerecht war, weil Claudine sie schließlich unterstützte, statt ihr Moralpredigten zu halten, und weil Renate ja freiwillig mitmachte. Sie verstand zwar nicht, was Renate an dieser neuen Rolle fand, aber andererseits konnten die beiden schließlich tun, was sie wollten.

„Ich muss jetzt wirklich weg“, log sie und wies in den Wald. „Ich bin an einer Kreuzung da hinten verabredet. Wenn ich jetzt nicht losgehe, komme ich hoffnungslos zu spät.“

„Verabredet – mit der Geliebten?“ grinste Claudine.

Dolores nickte, nur um Claudine so schnell wie möglich loszuwerden.

„Dann viel Spaß! Aber pass auf, dass dich die Zecken nicht in den Hintern beißen, wenn ihr euch in den Kiefernnadeln wälzt!“ rief Claudine und ging mit Renate davon, auf deren Rückseite ein großer nasser Fleck vom feuchten Boden prangte.

Dolores dagegen wanderte und wanderte bis gegen Einbruch der Dunkelheit. Gerade als ein Zug einlief, kam sie an irgendeiner S-Bahn-Station an und stieg hinein, um zurück in die Stadt zu fahren.

Währenddessen saß Carmen zu Hause und grübelte darüber, wie sie Dolores wieder für sich gewinnen oder sich wenigstens selbst besser fühlen könnte. Aber ihr fiel nichts ein. Weil Dolores anscheinend den ganzen Tag verschwunden bleiben würde, beschloss Carmen, ebenfalls auszugehen. Sie würde jetzt ein bisschen bummeln und dann irgendwo ein Bier trinken.

Sie fuhr in die Innenstadt, schaute am Marienplatz einem Schauspieler auf Stelzen zu, lauschte alle fünfzig Meter einer anderen Musikdarbietung – von russischer Balalaika bis zu Volksweisen aus den Anden –, beobachtete am Hofgarten die Boule-Spieler und warf einen Euro in den Gitarrenkasten eines jungen Mannes, der im kleinen Pavillon in der Mitte des Parks klassische Melodien zum Besten gab.

Gegen acht Uhr abends schlenderte sie hinunter zum Jakobsplatz und landete im Stadtcafé. Sie ging zum Zeitungsständer, griff nach drei dickleibigen Wochenendausgaben, setzte sich an einen Tisch am Rand, bestellte ein Bier und wartete auf eine Eingebung, wie sie ihre Lage verbessern könnte.

Die Eingebung ließ auf sich warten, dafür flötete neben Carmen plötzlich eine bekannte Stimme zuckersüß: „Hallo! Wie geht's denn so?"

Die Stimme gehörte Claudine. Sie hatte, was Carmen natürlich nicht wusste, nach dem Waldspaziergang Renate neben einem Berg ungeputzter Schuhe in der Küche mit der Auflage zurückgelassen, diese gründlich zu säubern. Während des Herbst-Kurses stand schließlich auch ein Tag über SM im Haushalt auf dem Programm. Dann war sie ausgegangen – rein zufällig ebenfalls ins Stadtcafé. Als sie Carmen erblickte, witterte Claudine eine günstige Chance, ihre Rachepläne noch viel wirksamer als bisher geglaubt in die Tat umzusetzen.

„Du hier, Claudine?" fragte Carmen leicht irritiert und kämpfte mit Fluchtimpulsen.

Aber Claudine tat so, als hätte es zwischen ihnen niemals auch nur die kleinste Unstimmigkeit gegeben. „So ein Zufall, was? Kann ich mich zu dir setzen? Wir haben uns ja lange nicht mehr gesehen. Stell dir vor, ich bin jetzt mit Renate zusammen, das verdanke ich sogar euch."

„Ich weiß", sagte Carmen. Die Wiedersehensfreude stimmte sie misstrauisch.

„So ein Zufall, eben erst habe ich Dolores getroffen, und jetzt dich!" erzählte Claudine hinterlistig.

„Ach? Dolores?" Sofort war Carmen hellwach. „Wo denn?"

„Im Wald."

„Im Wald?"

„Ja. Ich glaube, sie wollte sich mit ihrer Geliebten treffen." Mit diebischer Freude registrierte Claudine, wie Carmen erst rot und dann weiß wurde. „Oh! Du siehst aber plötzlich schlecht aus. Ich hoffe, ich erzähle dir da keine Neuigkeit. Ich dachte, du wüsstest längst Bescheid!" heuchelte sie Anteilnahme.

Carmen konnte es nicht fassen, dass Dolores solche Intimitäten ausgerechnet Claudine erzählte. Daraus machte sie auch keinen Hehl. „Ich weiß es tatsächlich, aber musst du es wissen? Also erzählt Dolores es jetzt überall herum. Dieses Biest!"

„Ich habe mich auch gewundert, dass sie mir einfach etwas so Privates erzählt", bestätigte scheinheilig Claudine. „Aber wir kennen uns ja alle so gut von früher, das erklärt, warum. Und außerdem macht es nichts. Multiple Beziehungen sind schließlich in. An deiner Stelle würde ich mir das nicht so zu Herzen nehmen."

„Danke für den heißen Tipp! Wahrscheinlich bleibt mir sowieso keine andere Wahl, denn die Therapie hat nichts geholfen. Davon hat Dolores sicher auch schon erzählt."

Claudine bedauerte, dass Dolores das nicht getan hatte, es wäre bestimmt sehr amüsant geworden: Eine misslungene Paartherapie fürs Musterduo, wie herrlich. Nach außen spielte Claudine aber weiterhin die mitleidende Freundin. „Du Arme! Therapien helfen sowieso nichts", sagte sie im Brustton der Überzeugung, als hätte sie schon hundert davon hinter sich gebracht. „Da weiß ich was Besseres!"

„Und das wäre?" fragte Carmen eher ermüdet als interessiert.

„Gegenpower."

„Gegenpower?"

„Du musst dir auch jemanden suchen. Eine Frau, die möglichst anders ist als Dolores. Eine, mit der sie nicht mithalten kann in irgendeiner Hinsicht."

„Meinst du?" fragte Carmen, nun plötzlich wieder ganz Ohr.

„Ja, das meine ich. Und jetzt muss ich los. Renate wartet." Claudine sprang auf und verschwand, ohne etwas bestellt zu haben.

Carmen war nun fast wieder versöhnlich Claudine gegenüber gestimmt. Schließlich hatte sie einen wertvollen Rat bekommen, und zwar völlig kostenlos, während Frau Mittenstaller-Doberdaun für ihre sinnlosen Interventionen Hunderte von Euros kassiert hatte. Dennoch traute sie Claudine nicht ganz. Sie hätte gern mit jemandem über Claudines Rat gesprochen. Aber mit wem? Zu nahe sollte ihr diese Person nicht stehen; auf gar keinen Fall durfte sie etwa zum Stammtisch gehören, denn sonst hätte sie am Ende das Mitleid der Freundinnen verloren.

Als Carmen am Montag wieder einmal vor einem besonders drögen Auftrag saß, bei dem sie zigfach ellenlange Bestellnummern in Zollformulare, Listen und Tabellen eintragen musste, hatte sie eine glänzende Idee.

„Traudl?" rief sie ins Nebenzimmer hinüber.

„Ja?" Die Schirrnagl streckte den frisch dauergewellten Blondschopf zur Tür hinein.

„Komm mal rein. Oder hast du gerade zu tun?“

„Gaat scho!“ sagte Traudl. „Woas is?“

„Ich habe da eine Freundin“, sagte Carmen und kam sich angesichts dieser erfundenen Person besonders schlau vor, „die hat ein Problem. Ihre Freundin betrügt sie nämlich. Mit einer anderen. Sie will sich nicht trennen, aber sie muss was unternehmen. Würdest du ihr raten, sich auch jemanden zu suchen?“

„Mei, des arme Hascherl!“ antwortete Traudl teilnahmsvoll. „Wenn ich die Freundin wär’“, sie warf Carmen einen tiefgründigen Blick zu, „ich tat’ mir sofort oane such’n. Oan ganz fesches G’wachs, wenn’s oans find’t.“

„Danke, Traudl“, sagte Carmen. „Du hast mir, äh, dieser Freundin, sehr geholfen.“

Traudl Schirrnagl legte Carmen den Arm um die Schulter. „Gell, des pack’ ma scho’, Madl!“ sagte sie.

Plötzlich musste Carmen heulen und fand sich in den tröstenden Armen von Frau Schirrnagl wieder, die beruhigend auf sie einredete. Auch das war etwas, das Carmen sich vor einem halben Jahr niemals hätte träumen lassen.

Je länger Carmen nachdachte, desto einleuchtender erschien ihr Claudines Vorschlag, zumal ihn nun auch Traudl abgesegnet hatte.

Fände sie auch eine Geliebte, würde das Dolores garantiert zur Weißglut treiben, falls ihr noch irgendetwas an ihr lag, und wenn nicht, dann hatte sie wenigstens wieder etwas zu tun, außer jeden Tag darüber zu grübeln, ob Dolores sich wieder mit dieser Monika verlustierte.

Carmens Stunde nahte schneller, als sie geglaubt hätte, denn schon am nächsten Tag war abends Stammtisch. Dolores hatte, wie angekündigt, die Teilnahme verweigert, was in diesem Fall ein glücklicher Umstand für Carmen war. An dem brühwarmen Juniabend berichtete Bernie von ihren großen Motorradplänen für die nächsten Wochen. Angie teilte ihre Begeisterung nicht. Sie hatte bereits mehrere Sommer lang die meisten Wochenenden auf dem Sozia-Sitz verbracht. Einmal musste Schluss sein, fand sie.

Deshalb sagte sie nun entschlossen: „Dieses Jahr fährst du allein! Ich mache das einfach nicht mehr mit. Ich bin doch nicht dein Maskottchen!“

„Aber warum denn?“ fragte Bernie fassungslos.

„Warum? Weil mein Hintern schon ganz platt ist von der harten Sozia-Bank, meine Ohren halb taub von dem Krach und meine

Lunge verpestet von Auspuffgasen! Jahrelang verbringe ich nun schon jeden Sommer auf Autobahnen und Landstraßen! Aber dieses Jahr nicht! Ich will auch mal ins Schwimmbad oder ein Buch lesen. Und vor allem will ich nicht mehr mit dir und diesen Mackerinnen Motorrad fahren."

„Dann lässt du's eben bleiben!" maulte Bernie. Anschließend verkündete sie provozierend: „Bei mir ist der Sozia-Sitz frei, Frauen, ihr habt's ja gehört! Welche mit will, wenn wir am Samstag auf Tour gehen, ist herzlich willkommen!"

Das war das Stichwort. Nicht eine Sekunde dachte Carmen daran, welche fatalen Auswirkungen ihr Verhalten auf den Stammtischfrieden haben könnte. Wie aus der Pistole geschossen sagte sie: „Das ist ja wunderbar, ich würde wirklich gern dabei sein!" Und damit Dolores eins auswischen, fügte sie stumm hinzu. Denn Dolores verstand von Motorrädern rein gar nichts. Sie konnte gerade einmal Fahrrad fahren.

Angie schickte Carmen einen messerscharfen Blick herüber. „Du wirst schon sehen, was du davon hast", unkte sie.

Bernie jedoch schenkte Carmen sogleich ihr charmantestes Lächeln. „Dann hole ich dich am Samstag um zwei ab. Es geht aufs Land, zum Grillen!"

Wer hätte ahnen können, dass das Schicksal Carmen so in die Hände spielte! Unter den Motorradfahrerinnen war sicher die eine oder andere interessante Single-Frau, die vielleicht auch Lust auf ein Techtelmechtel hatte.

Dass Dolores am Donnerstag wieder einmal zu Monika verschwand, störte Carmen unter diesen Umständen schon weniger als sonst.

Dolores ihrerseits konnte es kaum erwarten, als sie nach wochenlanger Abstinenz zum ersten Mal wieder die knarzenden Holztreppen hinauflief. Die Haustür hatte offen gestanden, und nun klingelte sie Sturm an Monikas Wohnungstür. Doch die Geliebte ließ warten. Erst nach einigen Minuten, als Dolores' Herz vor Aufregung seine Schlagzahl schon verdoppelt hatte, öffnete sie.

Monika trug eine lederne Augenmaske, hochhackige Schuhe mit Pfennigabsätzen und sonst nichts. „Komm rein", sagte sie mit heiserer Stimme.

Dolores tat wie geheißen. Dreißig Sekunden später wälzte sie sich mit Monika auf dem Fußboden im Flur, versunken in seligen

Wonnen. Monika hatte kurzerhand Dolores' T-Shirt heruntergefetzt und sich auf die nunmehr therapieresistente Teilzeitgeliebte gestürzt. Kratzend und beißend – Strafe musste schließlich sein – bekannte Monika, dass sie Dolores vermisst habe. Dolores sickerten diese Worte wie Honig in die Ohren. Um das zu hören, hätte sie noch ganz andere Qualen durchgestanden. Doch außer ein paar gröberen Knuschflecken am Hals und zwei langen Kratzern am Rücken trug sie keine Schäden davon. An diesem Abend lernte Dolores Pluggi, den Analplug, kennen. Monika benutzte ihn im Duett mit Vibi, um Dolores in bisher noch nicht gekannte Ekstasen zu treiben. Gegen Mitternacht wankte sie, nach diversen Höhepunkten an verschiedenen Stellen des Flures – weiter kamen sie diesmal nicht – etwas schwach auf den Beinen, zutiefst befriedigt heimwärts, als Carmen schon selig schlief und von rasenden Motorradlesben träumte.

Pünktlich am nächsten Samstag um vier Uhr dröhnte vor dem Haus Bernies BMW. Dolores saß gerade auf dem Sofa und ließ das traumhafte Wiedersehen mit Monika am Donnerstagabend noch einmal an sich vorbeiziehen. Als sie sich gerade daran erinnerte, welche wunderbaren Dinge Monika mit ihr und den Toys anstellte, kam Carmen aus ihrem Zimmer gestürmt, gewandet in ihre schwere Lederjacke, eine alte Jeans und Lederstiefel, die sie sonst nur für Wanderungen durch morastige Regionen trug.

„Wo willst du denn hin?“ fragte Dolores.

„Das wüsstest du wohl gern!“ entgegnete Carmen schnippisch. „Stell dir vor: Ich habe mittlerweile auch interessantere Freizeitbeschäftigungen entdeckt, als auf dich zu warten.“

Dann rauschte sie davon.

Dolores ging zum Fenster. Unten stand Bernie mit dem Motorrad – allein. Angie war nirgends zu entdecken. Dolores verdrängte den schrecklichen Verdacht, der in ihr hochstieg, ganz schnell. Nein, bestimmt war es einfach nur ein harmloser Ausflug. Aber der Gedanke an Bernie, die BMW und Carmen hinten drauf bohrte trotzdem weiter in Dolores und ließ sie nicht mehr los. Motorräder hatten Carmen doch nie im Geringsten interessiert. Und nun das. Sollte Carmen etwa ...?

Bernie war abgestiegen. Galant reichte sie Carmen einen zweiten Helm. Er passte ihr wie angegossen. Bernie zurrte mit Kennermiene den Riemen fest und klappte das Visier zu.

„So. Nun kann's losgehen", sagte sie.

Carmen fühlte sich wie eine Astronautin, als sie auf den Rücksitz stieg.

„Gut festhalten. In die Kurven hineinlegen und dich immer so bewegen wie ich. Okay?"

Carmen nickte, dann schlang sie ihre Arme fest um Bernies Taille. Die ließ den Motor aufheulen, und schon waren sie auf der Straße. Ein paar Ecken weiter trafen sie den Rest der Gruppe. Eine lange Kette röhrender Maschinen mit Lesben in Lederanzügen darauf fuhr hintereinander aus der Stadt über einsame Landstraßen zu einem Weiher, an dessen Rand ein Steinbruch lag.

„Wir sind da", verkündete Bernie.

Alle stellten ihre Maschinen ab und begannen anschließend, Holz zu sammeln. Auch Carmen schlug sich ins Gebüsch, um ein paar trockene Äste aufzuklauben. Nebenbei beobachtete sie durchs Unterholz die übrigen Mitfahrerinnen. Die meisten gehörten zu Paaren. Nur Bernie, sie selbst und eine dritte Frau, die sich gerade angeregt mit Bernie unterhielt, schienen allein gekommen zu sein. Die Unbekannte war mittelgroß, gut proportioniert und hatte stoppelkurze dunkelbraune Haare. Carmen hatte gesehen, dass sie wie Bernie eine BMW fuhr. Jetzt sahen die beiden zu ihr hinüber.

Carmen grinste, und Bernie grinste zurück. Die andere Frau guckte interessiert.

Kurz darauf kam Bernie durchs Gehölz gestapft. „Soll ich dir tragen helfen?" fragte sie.

„Nein, es geht schon. Danke."

„Du warst klasse auf dem Rücksitz. Bist du schon öfter mitgefahren?"

„Zum ersten Mal."

„Dafür war es toll. Wenn ich daran denke, wie viel Angst Angie am Anfang hatte. Willst du öfter mit?"

„Kommt drauf an." Was will sie nur auf einmal von mir, dachte Carmen plötzlich, weil ihr die Fragerei merkwürdig vorkam.

„Kommt worauf an?" fragte Bernie zurück. Ihre Stimme war auf einmal ganz weich und sie stand nun direkt vor Carmen. „Darauf, wie sehr wir uns mögen?"

Ein Schritt noch, und wir liegen uns in den Armen, dachte Carmen halb überrascht, halb amüsiert. *So* einfach hatte sie es sich nicht vorgestellt, eine Geliebte zu finden. An Bernie als Interimslösung hatte sie gar nicht gedacht, die war schließlich mit Angie liiert. Blitzschnell überlegte sie: Wenn sie jetzt die Augen schlösse und still hielte, bis sie Bernies Lippen auf ihren spürte, hätte sie ihr Ziel bereits erreicht. Bernie wartete darauf, da war Carmen sicher. Die Vorstellung hatte etwas Verlockendes. Aber wollte sie das? Sie dachte an die wütende Angie und die Stammtischsolidarität und kam zu dem Schluss, dass eine Affäre mit einer anderen verpaarten Stammtischfrau nicht mehr Vergnügen, sondern allenfalls neuen Stress bedeuten würde.

Die Zeit drängte. Bernie streichelte schon ihre Wange. Carmen musste handeln.

„Ich mag dich aber nicht. Jedenfalls nicht so", sagte Carmen entschlossen. Gleichzeitig bückte sie sich, um einen weiteren Zweig aufzusammeln, und geriet dadurch aus der Reichweite von Bernies Lippen. „Hör zu, ich finde den Ausflug toll, und es ist wirklich nett, dass du mich mitgenommen hast, aber mehr will ich nicht. Im Übrigen: Machst du dich an jede ran, die auf deinen Rücksitz steigt? Ist das hier vielleicht eine ungeschriebene Spielregel, die ich besser kennen sollte?" fragte sie leicht verärgert.

„Nein. Das passiert nur in besonderen Fällen." Bernie starrte mit einer Mischung aus Staunen und Ärger zu Carmen hinunter, unternahm jedoch keinen Versuch, sie zu küssen oder zu umarmen. Carmen atmete auf.

„Ich bin aber kein besonderer Fall", sagte sie. „Erstens finde ich dich nicht sexy, und zweitens möchte ich nicht von Angie massakriert werden. Immerhin sehen wir uns ungefähr zweimal im Monat."

„Schade, dass du so feige bist", murmelte Bernie. Sie hatte anscheinend den ersten Teil der Antwort einfach ausgeblendet. Dann verzog sie sich in eine andere Richtung, um dort Holz zu sammeln. Den Rest des Abends hielt sie sich von Carmen fern.

Als es dunkel wurde, zündeten die Frauen ein Lagerfeuer in der Nähe des Ufers an und grillten das mitgebrachte Fleisch. Müde und zufrieden starrten sie danach in die Flammen oder hinaus in die Dunkelheit.

Carmen saß der Frau gegenüber, mit der Bernie geredet hatte, bevor sie zu ihr ins Gebüsch gekommen war. Die Frau beobachtete sie; ihre funkelnden Augen verfolgten jede ihrer Bewegungen. Als sie bemerkte, dass auch Carmen zu ihr herübersah, lächelte sie. Sie hatte einen sinnlichen Mund, und das Feuer malte bunte Bilder auf ihre Haut.

„Wie heißt du?" fragte Carmen sie durch die Flammen hindurch.

„Rita", sagte die Fremde. Dann stand sie auf und ging ums Feuer herum. „Darf ich mich zu dir setzen?"

Carmen nickte. Schweigend hockten sie eine ganze Weile dicht nebeneinander auf dem Boden und beobachteten das Lodern der trockenen Äste. Dann rückte Carmen ein bisschen nach rechts, dahin, wo Rita saß, und Rita rückte ein wenig nach links zu Carmen. Plötzlich berührten sich ihre Körper. Bereits in diesem magischen Moment wusste Carmen, dass sie jetzt ihre Sommerliebe gefunden hatte, mit der sie den Monikas dieser Welt Paroli bieten konnte.

Die beiden redeten nicht viel an diesem Abend. Sie saßen eng aneinander gekuschelt am Feuer. Irgendwann spürte Carmen Ritas Lippen auf ihren. Später lagen sie auf Ritas warmem Schlafsack unter den ausladenden Ästen eines Baumes und liebten sich zum Zirpen von Grillen und dem spärlichen Gepiepse der Nachtvögel.

„Ich mache es am liebsten draußen", sagte Rita.

„Das kannte ich noch gar nicht, aber ich glaube, mir macht es Spaß." Carmen sah verträumt in Ritas Gesicht. „Es ist so anders – all die Geräusche und die viele frische Luft."

Sie ahnte noch nicht, wie ernst Rita ihr Bekenntnis meinte, sonst hätte sie sich vielleicht etwas weniger enthusiastisch geäußert. Vorläufig aber fand sie alles wunderbar: die Sterne über ihr, Ritas muskulösen Körper an sich gepresst und die Stimmen der Natur um sie herum. Es war ja so romantisch und viel aufregender als alles, was sie bisher erlebt hatte. Ein wirkliches Kontrastprogramm zu Dolores und ihren Zeitungsleseorgien.

Es wurde immer später. Carmen wunderte sich, dass auch nach Mitternacht niemand an die Heimfahrt dachte. „Im Dunkeln fahren ist zu gefährlich", klärte Rita sie auf.

Erst bei Sonnenaufgang fuhren sie zurück in die Stadt. Carmen saß wieder auf Bernies Motorrad, denn Rita brauste voraus, weil sie, wie sie sagte, zur Arbeit müsse. Bevor sie aufs Gas trat, hatte ihr Carmen noch schnell einen Zettel mit ihrer Adresse und Telefonnummer zugesteckt.

„Ich hole dich heute Abend ab, Süße", flüsterte Rita, und dann waren sie und ihre BMW auch schon verschwunden. Carmen erschauerte in Erinnerung an die Stunden, die hinter ihr lagen.

„Na, war's schön mit Rita?" fragte Bernie spitz, bevor die beiden losfuhren.

„Bist du etwa beleidigt? Ja, es war schön! Wer ist diese Rita überhaupt? Ich weiß nur, dass sie Taxi fährt."

Bernie lachte. „Dann weißt du ja das Wichtigste. Rita ist die Fanatischste von uns allen. Beruflich fährt sie Taxi – in ihrer Freizeit fährt sie Motorrad. Wenn sie nicht fährt, repariert sie. So eine sollte Angie zur Freundin haben, dann würde sie sehen, dass ich vergleichsweise ziemlich viele Interessen habe."

Carmen überging die Anspielung auf die Berniesche Beziehungskrise. „Hat sie eine Freundin?" fragte sie stattdessen.

„Rita? Keine Ahnung, wie es gerade steht. Für Dauerbeziehungen ist sie nicht gerade bekannt. Auf dem Sozia-Sitz hält es nämlich keine lange aus. Und einen anderen Platz gibt es bei ihr nicht."

Carmen überhörte den warnenden Unterton. Sie dachte, dass eine wie Rita genau das war, was sie momentan brauchte: Eine Affäre ohne Komplikationen.

Als Carmen nach Hause kam, schlief Dolores noch, also klapperte sie absichtlich laut herum, damit sie auch ja hörte, dass sie erst im Morgengrauen von ihrem Ausflug zurückgekehrt war. Tatsächlich erwachte Dolores und fragte sich schlaftrunken, ob Carmen wirklich mit der krachledernen Bernie eine Affäre begonnen hatte. Bei dem Gedanken zog sich ihr Herz zusammen.

Sonntagabend befreite sich Dolores von diesem Verdacht, nur um ihn durch eine wesentlich schlimmere Gewissheit zu ersetzen.

Carmen hatte bis gegen fünf Uhr nachmittags nur träge in der Wohnung herumgelungert und dann ihren uralten Schlafsack hervorgekramt. Dolores runzelte die Stirn – hatte Carmen doch geschworen, nur dann in das abgeschabte Stück zu steigen, wenn ihr um gar keinen Preis etwas anderes übrig bliebe. Auch dass der alte Wanderrucksack, den Carmen mit anderem Kram in einem großen Schubfach unter ihrem Bett verwahrte, auftauchte, beunruhigte Dolores. Denn Carmen hielt ihn normalerweise für äußerst unkleidsam.

Sodann warf Carmen sich wieder in Jeans und Lederjacke: Rita hatte auf den Anrufbeantworter gesprochen, dass sie spätestens um sechs da sein würde. In Carmens Rucksack steckten einige Sanitärutensilien und ein frisches T-Shirt, denn sie war sich sicher, sie würde die Nacht wieder mit Rita draußen verbringen. Punkt sechs hörte Carmen unten das satte Röhren des Motorrads, gefolgt von einem lauten Hupen. Sie griff Ruck- und Schlafsack und stürmte die Treppen hinunter.

Rita wartete direkt vor der Haustür. Sie umarmte Carmen und küsste sie heftig, ohne sich um Frau Barsig zu kümmern, eine alte Dame aus dem Erdgeschoss, die ihre Tage damit zubrachte, die Straße zu beobachten. Angesichts der leidenschaftlichen Begrüßung riss Frau Barsig die Augen bis zum Anschlag auf. Soll sie doch, dachte Carmen und lächelte ihr noch einmal extra freundlich zu, als sie sich von Rita löste.

Auch Dolores, die oben fassungslos aus dem Fenster starrte, schenkte Carmen ein freundliches Lächeln. Rita sah hinauf, weil sie wissen wollte, wen Carmen anlächelte, und entdeckte ein Gesicht, das sich zu einer finsteren Miene verzogen hatte.

„Kennst du die?“ fragte Rita, indem sie nach oben deutete.

„Flüchtig. Wir leben seit ein paar Jahren zusammen“, sagte Carmen und lächelte verlegen.

„Ach, so ist das“, war alles, was Rita dazu anmerkte. Vielleicht war sie solche Situationen gewohnt. Genüsslich nahm Carmen auf dem Rücksitz Platz und legte ihre Arme um Rita. „Los, abfahren!“ rief sie.

Rita gab Gas.

Dolores war gleich nach Carmens Abgang zum Fenster gestürmt. Zuerst sah sie unten nur die BMW. Also doch Bernie, dachte sie zornesentbrannt und wollte schon Angie anrufen. Bei näherer Betrachtung bemerkte sie allerdings, dass sie die Frau nicht kannte, an deren Lippen nunmehr ihre Lebenspartnerin hing, als wären sie das Mundstück eines Sauerstoffgeräts beim Tiefseetauchen. Eigentlich wollte sie etwas rufen, aber als Carmen dann auch noch hinaufgrinste, war ihre Kehle wie zugedreht. Und dann brauste sie schon auf dem Rücksitz des Motorrads sonstwo hin. Ganz zu schweigen davon, dass Dolores natürlich wissen wollte, wer den Feuerstuhl lenkte!

Wenn jemand diese Frau kannte, dann Bernie. Aber wie sollte Dolores ihr die nötigen Informationen entlocken, ohne sich restlos bloßzustellen? Sie entschied, dass derlei Erwägungen in dieser Krisensituation keine Rolle spielen durften.

Bernie war sofort am Apparat. „Dolores? Du? Wie geht's, altes Haus? Was macht Carmen denn so?“ fragte sie mit leicht süffisantem Unterton.

Verblüfft suchte Dolores nach einer Antwort, während sich gleichzeitig überlegte, wie sie am besten zu dem Thema überleiten sollte, um dessentwillen sie anrief. So harmlos wie möglich sagte Dolores:

„Danke, gut. Wie war denn eure Motorradtour?“ Schließlich wollte sie nicht mit der Tür ins Haus fallen.

„Ging so“, erwiderte Bernie. Sie witterte eine willkommene Gelegenheit, sich an Carmen für die brüske Zurückweisung zu rächen. „Soll ich dir ein Geheimnis verraten?“

Dolores schwieg und ahnte Schlimmes.

„Carmen hat sich verknallt“, verkündete Bernie. Sie rechnete mit einem Aufschrei der Entrüstung.

Aber stattdessen erwiderte Dolores trocken. „Stell dir vor, das weiß ich schon. Meine Rivalin ist eben mit dem Motorrad vorgefahren und hat Carmen mit Geknutsche abgeholt. Wer ist der Dieseldyke?“ Im Grunde war sie froh darüber, dass Bernie ihr das Fragen abgenommen hatte.

„Rita Müggel.“ In einem Anfall von Schicksalverbundenheit – schließlich hatte Carmen sie abblitzen lassen – fügte Bernie beschwichtigend hinzu: „Aber mach dir keine Sorgen.“

„Keine Sorgen?“

„Lange hält es keine mit Rita aus. Sie liebt ihr Motorrad und sonst gar nichts.“

„Sehr beruhigend. Aber trotzdem vielen Dank“, sagte Dolores. Sie überlegte einen Moment, ob sie Bernie noch weitere Details über diese Rita entlocken sollte, entschied sich aber dagegen. Dolores wollte der Stammtischgenossin nicht das Gefühl vermitteln, sie messe dieser Person zu viel Bedeutung bei. Also verabschiedete sie sich und legte auf.

Den restlichen Abend verbrachte Dolores grübelnd auf dem Sofa. Warum zog ihre Lebenspartnerin, die sie unglücklicherweise im Moment nicht begehrte, mit einer anderen davon, die angeblich nur Motorräder liebte und daher mit der kulturell und sportlich interessierten Carmen eigentlich gar nichts anfangen konnte? Warum ausgerechnet ein Motorradfreak, wo keine von ihnen bisher auch nur den leisesten Drang zum Bikertum gezeigt hatte? Immer wieder dieselben Fragen und keine vernünftigen Antworten, dachte Dolores finster.

Heimlich wartete sie darauf, dass ein Motor vor der Tür aufheulen und Carmen die Treppe hinaufstürmen würde, doch nichts geschah. Irgendwann schlief sie ein.

Carmen lag indessen hingerissen auf einem Moospolster und gab sich Ritas Berührungen hin. Rita konnte definitiv nicht nur hervorragend Motorrad fahren. Sie liebten sich ausgiebig, wobei Rita zwischendurch mit akrobatischem Geschick Mücken und andere Insekten von Carmen wegscheuchte.

Zwei lange Stunden hatte Carmen zunächst auf dem Sozia-Sitz zugebracht, bis sie dieses Wäldchen in einem abgelegenen Voralpental erreichten. Mitten zwischen den Bäumen lag ein großer Findling, dessen Oberfläche dick von den weichen Pflanzen bedeckt war. Rita erwärmte auf dem Spirituskocher eine Dose Würstchen, und sie beobachteten den Sonnenuntergang. Dann verband Rita die beiden Schlafsäcke mit dem Reißverschluss zu einem einzigen.

Später, schon halb im Schlaf, murmelte Rita: „Du bist die beste Beifahrerin, die ich jemals hatte."

In diesem Moment war dies das schönste Kompliment, das sich Carmen vorstellen konnte.

12. Kapitel

in dem es um exzessive Landpartien und häusliche Einsamkeit geht

In den nächsten hochsommerlichen Juliwochen veränderte sich Carmens bisher so häusliches Leben radikal. Sie erlebte einen wahren Freiluft-, Sex- und Motorradrausch. Transportiert auf Ritas Rücksitz, die Arme fest um die neue Geliebte geschlungen, lernte sie Tag für Tag entlegene Campingplätze, im Wald versteckte, eigentlich illegale Feuerstellen und trübe Moortümpel der Umgebung kennen. Mal übernachtete sie auf feuchten Wiesen, mal inmitten stachliger Kiefernnadeln und mal auf den blanken Steinflächen versteckter Findlinge.

Jeder Ort hatte seine besonderen Vor- und Nachteile: Die feuchten Wiesen waren, wie schon ihr Name sagte, feucht, so dass sie mehr oder minder durchnässt aufwachte. Im Wald quälten sie nicht nur Kiefernnadeln, sondern auch Ameisen. Und wenn sie auf den Steinen schlief, tat ihr am nächsten Morgen jeder Knochen weh.

Die Insekten liebten Carmen. Sobald sie vom Motorrad stieg, schien es ihr, als strömten die Plagegeister aus allen vier Himmelsrichtungen herbei, um sich an ihr zu delektieren. „Das Kind hat süßes Blut", hatte schon ihre Mutter erkannt, die sie vor längeren Spaziergängen sorgfältig mit Insektenschutz einrieb. Weil Carmen sich nicht mehr häufig in der Natur aufhielt, hatte sie das Problem fast vergessen, aber nun holte es sie wieder ein. Bald schon konnte sie juckende Mückenstiche genau von brennenden Ameisenbissen und den roten Malen unterscheiden, die schmerzlos saugende, aber gefährliche Zecken hinterließen. Sie war übersät mit roten Punkten, frischen und bereits halb verheilten Quaddeln.

Vielleicht wäre es ihr besser ergangen, wenn sie die ganze Nacht von Kopf bis Fuß vermummt und möglichst bewegungslos den Morgen abgewartet hätte. Aber sobald sie und Rita miteinander schlafen wollten – und das wollten sie dauernd – musste Carmen sich zwangsläufig mehr oder weniger entblößen, was die Insekten sofort als Einladung verstanden.

Rita dagegen ignorierten die Krabbeltiere. Kaum jemals biss sie eines der Viecher, die Carmen zur Verzweiflung trieben. Zudem schlief sie wie ein Murmeltier. Ob die Unterlage ihres Schlafsacks nun hart, nass oder stachlig war, interessierte sie einfach nicht. „Hauptsache frische Luft", das war ihr Wahlspruch.

Weil Rita ihr Romantik und Abenteuer bot, schluckte Carmen die Härten des Campinglebens. Außerdem, so dachte sie, blieb ihr auch nicht viel anderes übrig: Würde sie jetzt die Sache beenden und wieder jeden Abend in der Wohnung hocken – geplagt von der Vorstellung, dass Dolores mit Monika zugange war –, dann wäre das zweifellos schlimmer als sämtliche Quaddeln und Stiche der Welt.

Am ersten Julisamstag, einem strahlenden Sommertag, ging Carmen einkaufen und stattete sich für ihre neue Lebensweise aus: Sie kaufte einen hochwertigen Schlafsack, um den Herausforderungen des Unterholzes besser gewachsen zu sein. Außerdem schaffte sie sich eine Lederhose fürs Motorrad und einen eigenen Helm an, obwohl sie darin schwitzte wie in der Sauna. Schließlich ging sie noch zum Friseur: Der halblange Schnitt war unpraktisch und außerdem schon längst viel zu langweilig.

„Ich hätte gern einen richtigen Kurzhaarschnitt." Sie dachte noch einen Moment nach. „Und Strähnchen", fügte sie dann hinzu. „In Blau." Zuerst hatte Carmen an eine hennarote Färbung gedacht, doch dann verwarf sie diese Idee als nostalgisch: Sie wollte nicht die Vergangenheit zurückholen, sondern etwas Neues anfangen.

Dolores war schon zu Hause, als Carmen mit ihren Neuerwerbungen in die Wohnung kam. „Was ist denn in dich gefahren?" fragte sie zutiefst beunruhigt. Der Haarschopf ihrer Freundin war bedrohlich zusammengeschrumpft und hatte in der Mitte einen metallblauen Streifen. „Gehst du jetzt unter die Punks? Das war doch in den Achtzigern! Und was soll dieser Schlafsack? Noch vor ein paar Wochen hast du mir erklärt, du könntest nur noch auf erstklassig gefederten Latexmatratzen schlafen!"

Carmen warf ihr einen gleichgültigen Blick zu. „Die Zeiten ändern sich, und mit ihnen Haarschnitte und Schlafgelegenheiten", orakelte sie.

„Was soll den dass heißen?" rief ihr Dolores nach, die es im Grunde genau wusste.

Carmen überhörte die Frage und ließ die Tür ihres Zimmers ins Schloss fallen. Sie genoss es, ganz in der Gegenwart zu leben, den Augenblick zu genießen, nicht zu planen – zum Beispiel für den Winter. Dennoch schlichen sich manchmal Zweifel hinsichtlich der weiteren Entwicklung ihrer Beziehung zu Rita ein: Wollte die etwa auch bei Minusgraden weiter per Zweirad durch die Gegend sausen, die schlotternde Carmen auf dem Rücksitz, und dann zwischen schneeverwehten Tannen nächtigen? Würde sie Iglus bauen, oder setzte sie auf revolutionäre Thermo-Schlafsack-Technik? Und war so ein Motorrad winterfest? Gab es überhaupt andere Perspektiven für sie und Rita als Freiluft und Motorgedröhn? Carmen drängte diese destruktiven Ideen jedoch, sobald sie auftauchten, schleunigst zur Seite: Noch war ja Sommer, es wurde immer wärmer, die Grillen zirpten, die Vögel sangen, die Seen im Umland hatten Badetemperatur, und der Wind, der einem beim Motorradfahren um die Nase wehte, war angenehm lau. Wer mochte unter solchen Umständen überhaupt daran denken, dass diese Zeit einmal enden würde?

Außerdem war es ein herrliches Gefühl, von Rita abgeholt zu werden – sei es, dass sie mittwochs vor dem Schwimmbad auf Carmen wartete, sei es, dass sie die BMW kurz vor dem Stammtischlokal aufheulen ließ, um ihre Ankunft zu signalisieren. Beim Schwimmen glotzten nun Sabine und Julia bewundernd, wenn Carmen sich locker-lässig auf den Sozia-Sitz schwang und der Motor aufdröhnte – auf zu einem neuen Freiluftabenteuer. Feuerspeiende Drachen sind eben doch spannender als Kanarienvögel, dachte Carmen.

Gelegentlich versuchte Carmen aber dennoch, Rita für etwas anderes als Touren mit dem Bike zu begeistern. Doch die manisch Motorisierte mochte weder Kino noch Theater, weder Literatur noch Spaziergänge in der Innenstadt oder im Perlacher Forst, noch nicht einmal die schöne Isar entlang. Auch Gespräche bei einer gemütlichen Tasse Tee waren ihr zuwider.

Im Kino – es gab *Chocolat*, eine romantische französische Komödie, die Carmen gefiel, obwohl keine Schwulen und Lesben darin vorkamen – versank Rita schon bei der Ankunft der Heldin in dem Dorf, in dem der Rest der Geschichte spielte, in einen tiefen, sicher sehr erfrischenden Schlummer.

Im Theater – Carmen hatte Karten für ein modernes Stück über Umweltprobleme besorgt – musste Rita mitten im ersten Akt pinkeln und beklagte sich heftig, weil die Hauptfiguren gegen das Autofahren polemisierten. „Gleich gehen sie hier raus, und ich muss sie nach Hause kutschen!" murrte sie.

Beim Lesen musste man still sitzen, das war hier das wichtigste Problem. „Ich sitze doch sowieso den ganzen Tag", begründete Rita, warum sie nicht las.

„Aber auf dem Motorrad sitzt du doch auch freiwillig", argumentierte Carmen, die Rita gern den einen oder anderen ihrer Romane geliehen hätte.

„Eben. Freiwillig! Weil mir diese Art von Anstrengung nämlich Spaß macht: Es geht schnell, es bewegt sich was, man muss sich konzentrieren und ab und zu in die Kurve legen. Das ist besser als ein Fitness-Studio. Lesen strengt nur die Augen an. Das ist mir zu wenig", beharrte Rita.

So ging das kulturelle Leben in der Stadt in diesem Sommer völlig an Carmen vorbei. Das Filmfest, die kostenlosen Open-Air-Konzerte und Freiluft-Filmvorführungen, die Münchens Sommer bereicherten – Carmen las bestenfalls die Ankündigungsplakate, die sie, auf Ritas Rücksitz gefesselt, im Vorbeisausen am Straßenrand registrierte.

Rita kam nicht mit in die Wohnung, sondern wartete ungeduldig hupend vor dem Haus. Wollte Carmen Rita zum Bleiben verlocken, winkte die ab: „Was soll ich hier, so lange es draußen schön ist? Und außerdem kommt vielleicht gleich diese Dolores, und dann gibt es Zoff. Ich mag aber keinen Ärger." Diesem Argument konnte Carmen wenig entgegensetzen.

Immerhin begeisterte sich Rita für Ausstellungen – so lange sie sich mit ihrem Lebensthema, dem Fahren in allen seinen Varianten, beschäftigten. In diesem Fall scheute sie weder Kosten noch Mühen, um an den Ort der Schau zu gelangen, und Carmen schloss sich ihr an. Also raste sie auf Ritas Rücksitz Hunderte von Kilometern zu obskuren Zweirad- oder Oldtimer-Treffen, zu Automobilsalons, Schrottplätzen und auch dem winzigsten Ersatzteil-Flohmarkt, sofern er nur in der Reichweite einer Tankfüllung lag. Auf Schrotthalden vermutete Rita brauchbare Teile für Reparaturmaßnahmen und wanderte deshalb gern stundenlang zwischen bis zur Unkenntlichkeit zerstörten Rostlauben herum. Hingebungsvoll inspizierte sie Berge von Altmetall, als wären sie archäologische Ausgrabungsstätten. Mit Kennerblick griff sie schließlich das eine oder andere Stück und transportierte es nach Hause in die vollgestopfte Garage, in der sie ihr Motorrad aufbewahrte.

Carmen verstand diese Leidenschaft nicht, machte aber mit. Nur einmal platzte ihr der Kragen. Rita hatte ein Paar, wie sie es sagte, beinahe neuwertige und „unglaublich geile Felgen-Teile" aus dem Ersatzteillager eines Second-Hand-Motorradhändlers etwa fünfzig Kilometer von München Richtung Schwaben gezogen, den ihr irgendeine Freundin empfohlen hatte. Carmen wusste inzwischen, dass Felgen die Dinger waren, um die sich die Gummireifen spannten und dass die Felgen-Optik einen wichtigen Bestandteil der Ästhetik des Motorrads bildete. Zufällig passten die beiden Felgen auch noch zu Ritas Motorrad. „Das ist ja eine echt tolle Gelegenheit! Stell dir vor, wenn ich die Reifen auf diese Felgen aufziehe – das sieht einfach wahnsinnig aus!" schwärmte sie. Unglücklicherweise hatte nur entweder Carmen oder die Felgen Platz auf dem Rücksitz. Kein Zweifel, wer warten musste.

„Du bleibst hier, ich bringe die Dinger nach Hause und hole dich dann ab", kommandierte Rita. „Kannst so lange in der Dorfkneipe was trinken?"

„Aber …", wandte Carmen ein, doch Dolores war schon auf und davon.

Carmen suchte die Kneipe auf, die *Zum fröhlichen Lämmle* hieß und der örtlichen Metzgerei angelagert war. Ansonsten gab es keine Etablissements vor Ort. Es war bereits später Samstagnachmittag, die Dorfkneipe leer bis auf einen Doppelkopf-Stammtisch. Vier ältere Herren rauchten stinkende Stumpen, tranken Bier und droschen die Karten auf die Tische, dass es nur so krachte. Zu lesen gab es nichts, wie Carmen sofort bemerkte. Noch nicht mal die *Augsburger Allgemeine.*

Carmen bestellte ein Bier und suchte nach einer Beschäftigung. Sie begann, die Fliegen zu zählen, die an den mehrfach im Raum aufgehängten Klebe-Fliegenfängern ihr Leben ausgehaucht hatten oder gerade dabei waren, dies zu tun. Nach dem ersten Bier sah sie zur Uhr. Eine Stunde gewartet. So lange hatte die Anreise hierher gedauert. Vielleicht war Rita also schon in der Garage.

Carmen bestellte Schweinswürstl und ein zweites Bier. Dann ein drittes Bier. Draußen war es immer noch hell, schließlich brach die Dunkelheit im Juli nie vor zehn herein. Die Fliegen waren nun mehrfach gezählt, mit immer anderem Ergebnis, aber was spielte das schon für eine Rolle? Die Doppelkopfrunde drosch immer noch. Zudem waren weitere Stammtische gekommen. Außer ihr war keine einzige Frau in der Kneipe. Männer saßen redend und trinkend an allen Tischen, außer an ihrem. Der Raum war inzwischen in eine gräuliche Rauchsuppe getaucht. Sie hustete.

Carmen bestellte ein viertes Bier. Ihr war übel, aber sie wusste auch nicht, was sie an diesem trostlosen Ort anderes hätte tun sollen als Bier trinken. Sie trank sonst nie so viel, höchstens mal eine Dose, wenn sie ums Lagerfeuer saßen. Es war jetzt gegen halb zehn. Wenn Rita nicht bald aufkreuzte, würde sie hier übernachten müssen. Hier, in diesem Kaff, von dem sie noch nicht einmal den Namen wusste.

Eine weitere Männerhorde kam herein. Carmen wurde auf schwäbisch gefragt, ob die Plätze um sie herum frei wären, und bejahte. Die Männer – es waren vier – packten Zigarren aus und schnitten sorgfältig die Spitzen zurecht. Der Geruch nach rauem Tabak wurde übermächtig. Carmen spürte, gleich würden sämtliche Biere nebst der Schweinswürstl sie auf demselben Weg verlassen, auf dem sie in sie hineingekommen waren.

Sie erhob sich und schwankte ein wenig. Die Männer grinsten schadenfroh, einer haute ihr auf den Hintern. „Na, net umfallen, Mädel!“ sagte er.

Carmen warf ihm einen Blick zu, der streng und strafend sein sollte, aber wahrscheinlich nur glasig war. Vier Bier, das waren drei mehr als sonst und damit drei zu viel. Carmen zahlte eilig. Dann rannte sie zum Klo. Dort taten die Würstchen, was sie soeben befürchtet hatte. Mittendrin, als sie vor der Toilettenschüssel saß, hörte sie draußen ein Motorrad.

Rita betrat die Kneipe im Sturmschritt. Im Schankraum brüllten die Männer auf ihre Frage, ob jemand eine junge Frau mit kurzen, blau gesträhnten Haaren gesehen hätte, irgendwas von einem bleichen Weibsbild. „Aber mit ’nem feschen Hintern“, sagte einer und erntete zustimmendes Gegröle. Rita überlegte kurz, ob sie dem Kerl mit ihren schwarzen Motorradhandschuhen eine scheuern sollte, entschied sich aber dagegen. „Wo ist meine Freundin?“ brüllte sie den Wirt an, der gerade eine Runde Gläser spülte. Mit dem Daumen wies er nach hinten, zum Toilettenschild. Rita suchte und fand die Örtlichkeit. „Carmen? Bist du hier drin?“ rief sie die geschlossenen Toilettentüren entlang. Aus Klo Nummer 2, direkt am Fenster, grüßte dumpfes Würgen.

Schreckensbleich rüttelte Rita an der Tür, sprang dann auf die Klinke, hielt sich am oberen Rand der Kabine fest und schaute durch den halbmeterbreiten Spalt zwischen Tür und Decke. Tatsächlich, da unten kotzte Carmen!

„Ich komme gleich", rief sie und kletterte hinein, um der Geliebten die nächste halbe Stunde den Kopf zu halten.

„Warum kommst du erst so spät?" schluchzte Carmen zwischen zwei Würgern.

„Ich wollte sie gleich draufmontieren, sieht absolut irre aus!" sagte Rita. „Dafür bin ich dann auf dem Rückweg total gerast." Carmen schnaubte verächtlich.

In dieser Nacht, die sie in einem Getreidefeld an der Landstraße verbrachten, gab es keinen Sex, denn Carmen war sauer. Dafür aber am Morgen. Carpe diem, dachte Carmen, als ihr die Sonne ins Gesicht schien und Rita friedlich neben ihr schnarchte, während ihr ein Käfer übers Ohr lief. Carmen schnappte den Käfer und warf ihn weit weg, dann fuhr sie langsam mit der Hand unter den Schlafsack bis zu Ritas kleinen Brüsten. „Oh", sagte Rita und öffnete die Augen. Bei der anschließenden temperamentvollen Versöhnung wurden viele Getreidehalme plattgewalzt. Nach der Liebe hatte Carmen ihren Ärger vergessen, zumal Rita feierlich gelobte, fortan den Schrottplätzen fernzubleiben, so lange sie mit Carmen fuhr.

Der Bauer, dem das Feld gehörte, hielt die Verwüstung später für den unvollendeten Anfang eines Kornkreises, denn für das Lager eines Rehs war die Stelle eindeutig zu groß. Er erwog sogar, dieses Werk von Außerirdischen – denn nur intergalaktische Besucher legten bekanntlich Kornkreise an, das wusste er aus *Akte X* – gegen Gebühr auszustellen. Kollegen, so hatte er gehört, machten manchmal mit derlei gute Geschäfte.

Carmen und Dolores aber frequentierten fortan nur noch Oldtimer- und Ersatzteil-Messen. Dort kam sich Carmen weniger überflüssig vor als auf dem Schrottplatz. Kaum hatte Rita irgendwo zwischen den Motorbegeisterten eine ihrer anscheinend unzähligen Bekannten entdeckt, steuerte sie auf die jeweilige Frau zu, begrüßte sie herzlich und stellte Carmen als „meine neue Frau" vor. Carmen war das peinlich, aber tief im Inneren fühlte sie sich geschmeichelt. Dann diskutierte Rita mit den anderen Motorjunkies endlos über die ästhetische Form des Tanks unter besonderer Berücksichtigung des

Windwiderstandes, die beste Technik für das Aufbohren des Vergasers oder die Qualität verschiedener Lederkleidungsfabrikate.

Anfangs fand Carmen es noch spannend, eine völlig fremde Welt zu entdecken. Das Motorradfreak-Universum war, auch wenn sie sich dort nicht gerade zu Hause fühlte, wenigstens anders als die häusliche Zweisamkeit mit Dolores. Später langweilte sie sich und hätte am liebsten, statt stumm den endlosen Fachsimpeleien zu lauschen, einen spannenden Frauenkrimi gelesen, doch sie fand, das wäre schlechtes Benehmen. Am Lesen hätte sie im Übrigen auch der Helm gehindert, der nun ständig schwer an ihrem linken Unterarm baumelte.

Dass Carmen all das klaglos mal ertrug, mal genoss, hatte auch damit zu tun, dass sie den allgemeinen sexuellen Leistungsanforderungen zusammen mit Rita endlich gerecht wurde. Die beiden übertrumpften die statistisch geforderten 2,5-mal in der Woche mühelos, und zwar ganz ohne irgendwelche anstrengenden, künstlichen Rituale, Spielzeug oder andere Hilfsmittel. Im Bett, oder vielmehr im Schlafsack, funktionierte es mit Motor-Rita, wie sie die Geliebte heimlich und ein bisschen despektierlich nannte, einfach großartig. 2,5-mal? Lächerlich!, dachte sie bei jeder Ankunft zu Hause und ging hoch erhobenen Hauptes an dem Artikel zur Statistik des Sex vorbei, der immer noch an der Pinnwand hing.

Während Carmen also das Reich der motorisierten Freiheit erkundete, schmorte Dolores außer donnerstags deprimiert im eigenen Saft. Carmen verschwand meist um die Uhrzeit, wenn Dolores endlich nach Hause kam. Erst hupte es nervtötend vor der Haustür, dann rannte Carmen die Treppe hinunter, noch bevor Dolores Gelegenheit gehabt hätte, wenigstens ein alltägliches Gespräch mit ihr zu führen.

Dolores registrierte zutiefst verletzt, dass Carmen sie kaum noch eines Blickes würdigte, seit sie fast allabendlich mit Rita durch die Gegend brauste. Nichts anderes als Motoren, Rita und frische Luft schien sie zu interessieren, am wenigsten ihre Fast-noch- oder Beinahe-nicht-mehr-Lebenspartnerin Dolores.

Gut tut es ihr allerdings nicht gerade, dieses Leben, dachte Dolores manchmal. Zwischen Schadenfreude und Besorgnis schwankend, registrierte sie die dunklen Ringe um Carmens Augen und die roten Insektenstiche überall auf ihrer Haut.

Carmen verweigerte hartnäckig die Kommunikation, selbst wenn sich beide Frauen, was selten vorkam, lange genug gemeinsam in der

Wohnung aufhielten, um ein paar Worte zu wechseln. Dabei gab es durchaus Dinge außer Rita, die Dolores auf den Nägeln brannten – der Kühlschrank zum Beispiel. Früher immer gut gefüllt, war er seit neuestem ständig gähnend leer. Dafür quoll der Mülleimer über. Die Ursache lag auf der Hand: Einkaufen und Müll-Entsorgung gehörten bisher zu Carmens Aufgaben, während Dolores putzte und bügelte.

Doch als Dolores Carmen darauf hinwies, sie vernachlässige ihre Pflichten, sagte Carmen kurz angebunden: „Wer nicht zu Hause isst, braucht auch nicht einzukaufen!“ Das war's. Draußen dröhnte schon wieder ungeduldig Ritas Feuerschlitten.

Tatsächlich verpflegte Carmen sich meistens in der Kantine ihrer Firma, wo sie neuerdings öfter mit Traudl Schirrnagl speiste. Den Rest steuerte Rita aus ihrer Tiefkühltruhe bei, in der anscheinend unerschöpfliche Ressourcen an Grillwürstchen, Steaks und anderem Bratgut ihrer Bestimmung harrten.

Während Carmens nächtlicher Exkursionen saß Dolores stundenlang zähneknirschend auf dem Sofa und murmelte Flüche vor sich hin. „Blöde Motorzicke“ gehörte noch zu den harmloseren. Vor allem störte sie die Ungerechtigkeit der ganzen Situation: Warum ging es Carmen, die doch mit ihrem blöden Artikel den Stein erst ins Rollen gebracht hatte, gut, während sie, Dolores, litt?

Die Außenwelt, der Stammtisch zum Beispiel, sah das anscheinend anders: Schließlich hatte Dolores ja als erstes eine Geliebte gehabt. Sogar Tom hatte neulich, als er mit ihr telefonierte, gesagt: „Was willst du denn, du hast doch auch eine?“ Das empfand Dolores als schwere Verletzung der freundschaftlichen Solidarität. Warum interessierte es eigentlich niemanden, dass sie sich mit Monika nur deshalb getroffen hatte, weil sie verzweifelt nach Wegen suchte, um ihrer Beziehung zu neuem Schwung zu verhelfen?

Zugegeben, die Affäre war alles andere als harmlos. Zwar beschränkte sie sich noch immer auf zwei, drei kostbare, lustvolle Stunden pro Woche, im Kopf aber bestimmte Monika – neben den Problemen mit Carmen – Dolores' gesamtes Leben. Tag und Nacht musste Dolores an Monika denken, ob sie wollte oder nicht. Logisch, dass Carmen ihr nun die kalte Schulter zeigte und sich ihrerseits woanders amüsierte, dachte Dolores in seltenen hellen Momenten, aber was half ihr das?

Gedanken waren das eine, Gefühle das andere. Im Moment dominierten eindeutig die Gefühle: die wehmütig-traurige Liebe für Carmen, die in ihr feststeckte wie ein schlecht verdautes Essen und keinen Ausdruck finden konnte, auf der einen Seite, verzehrende Leidenschaft für Monika und ihre Sextoy-Sammlung auf der anderen wetteiferten miteinander, Dolores von Arbeit und Freizeitgestaltung abzuhalten. Und daneben gab es noch eine gehörige Portion Selbstmitleid.

Dolores spürte den heftigen Drang, irgendjemandem ihr übervolles Herz auszuschütten. Doch wer taugte dafür? Die Stammtischfrauen ergriffen Partei für Carmen. Tom und Holger waren Männer, weshalb Dolores sie ebenfalls für ungeeignet hielt. Darin bestärkte sie Toms Bemerkung wegen Carmen. Und ihren Kunden konnte sie kaum etwas vorjammern. Es ist gemein, dachte Dolores, die wieder einmal missgelaunt auf dem Sofa saß und gedankenlos durch alle Fernsehprogramme zappte. Carmen hatte plötzlich alles: die alten Freunde und eine neue Geliebte dazu. Und ich? Ich bleibe mit nichts zurück, mit nichts außer zwei, drei Stunden am Donnerstag.

Diese eng bemessene Zeit reichte Dolores schon lange nicht mehr. Mittlerweile wollte sie Monika nicht nur einmal in der Woche sehen, auch nicht zwei- oder dreimal. Am liebsten hätte sie tagein, tagaus mit ihr im Bett gelegen, aber Monika verschanzte sich hinter einem vollen Terminkalender. Je zurückhaltender jedoch Monika war, desto mehr drängte es Dolores zu ihr.

Da die Geschäfte wegen des Sommerlochs eher schleppend gingen, sperrte Dolores den Laden ganz gegen ihre Gewohnheiten im Juli gelegentlich schon früher zu als üblich und ließ sich durch die sommerlichen Straßen treiben, wobei es sie vorzugsweise in eine ganz bestimmte Richtung drängte: Auch an Tagen, die ganz und gar nicht der heiß ersehnte Donnerstag waren, strich sie am Ende ihrer langen Spaziergänge oft in der Nähe von Monikas Wohnung herum.

Meist endete das damit, dass sie, an einen Baum am Straßenrand gelehnt, beobachtete, ob sich in Monikas Wohnung etwas regte oder das Licht brannte. Immer wieder hoffte sie, einen Blick auf das Objekt ihrer Begierde zu erhaschen. Ihr größter Wunsch war, Monika möge rein zufällig sehnsuchtsvoll aus dem Fenster schauen – wobei sie selbstverständlich sehnsuchtsvoll an sie, Dolores, zu denken hatte –, Dolores dann entdecken, verzückt lächeln und sie zu sich hinaufwinken, obwohl es Montag, Mittwoch oder Freitag, auf jeden Fall aber nicht Donnerstag, war. Doch von Monika sah sie auf ihrem Lauerposten nie auch nur eine Haarlocke.

Dafür entdeckte Dolores eines Abends Lisa vom Stammtisch. Sie stieg aus der Straßenbahn und steuerte zielsicher, ohne nach rechts oder links zu schauen, das Haus an, in dem Monika lebte. Nach einem Moment des Wartens auf den Summer verschwand sie im dunklen Flur. Dolores erstarrte: Wen kannte Lisa hier? Doch nicht etwa Monika, bei der ausgerechnet an diesem Abend Licht brannte? Wahnsinnig vor Eifersucht suchte sie gleich darauf die Klingelleiste nach irgendwelchen verräterischen Spuren ab – erfolglos. Sie erwog, noch einmal hinaufzusehen, ob sich oben etwa Gestalten im Fenster zeigten. Hätten die beiden sich auf dem Fensterbrett geliebt wie sie und Monika damals – bei dieser Vorstellung durchfuhr Dolores ein heftiger Stich der Eifersucht –, dann hätten die beiden sie genauso sehen können wie umgekehrt und dann wäre sie blamiert gewesen. Deshalb unterließ es Dolores, nochmals zu ihrem Beobachtungsposten am Baum zu gehen. Von düsteren Ahnungen gepeinigt, schlich sie nach Hause.

Zunächst versuchte Dolores, das Bild der klingelnden Lisa einfach zu verdrängen, aber es überlagerte alles, was sie tat und dachte. Sie träumte sogar, dass Lisa in einem dunklen, langen Flur stand, an dessen Ende Monika, ihre Monika, mit geöffneten Armen und umgeschnalltem Dildo in einem supersexy durchscheinenden Latexbody auf sie wartete.

So geht das nicht weiter, dachte Dolores und beschloss, der Sache auf den Grund zu gehen. Wahrscheinlich würden sich ihre sämtlichen Befürchtungen in kürzester Zeit in Luft auflösen! Sie rief Lisa an. Ihre Nummer stand auf der neuen Stammtisch-Telefonliste an der Pinnwand.

„Hallo! Lange nicht mehr gesehen", sagte Lisa und schien nicht im Mindesten erstaunt, dass sich Dolores bei ihr meldete. „Komm doch mal wieder zum Stammtisch. Ich finde, du bist ein belebendes Element."

„Im Moment habe ich da schlechte Karten. Du weißt schon, warum!" wandte Dolores ein. „Aber vielleicht können wir uns mal zu zweit treffen, ohne die anderen."

„Das Ehekartell! Die können einen fertigmachen mit ihrer Moral!" kicherte Lisa, und Dolores hätte sie dafür umarmen können, wäre da nicht dieser schreckliche Verdacht gewesen.

Sie verabredeten sich für einen Freitagabend Mitte Juli.

Lisa war, seit Dolores sie zum letzten Mal gesehen hatte, regelrecht aufgeblüht. Der neue Haarschnitt mit eingefärbten rötlichen Strähnen sah geradezu verwegen aus – er erinnerte Dolores an Carmens Frisur aus den ersten Beziehungsjahren –, und ihre Augen leuchteten. Das alles fand Dolores ziemlich verdächtig.

Lisa erkundigte sich sofort bei Dolores nach dem aktuellen Stand des Beziehungskonflikts.

„Was fragst du mich das, du siehst Carmen doch alle vierzehn Tage beim Stammtisch", murrte Dolores. „Mit mir redet sie kaum noch."

„Verstehe", sagte Lisa und sah Dolores mitleidig an. „Ich finde, sie betrachtet das alles zu einseitig."

Dolores seufzte vor Erleichterung. „Das finde ich auch. Schließlich habe ich das alles nur für sie getan! Aber ich bin froh, dass es wenigstens eine zu geben scheint, die mich versteht."

„Nur für sie?" Lisa lachte und schüttelte den Kopf. „Das klingt ja märtyrerinnenhaft. Machst du dir da auch nichts vor? Es macht dir doch Spaß, oder etwa nicht? Trotzdem: Die anderen sollten dich nicht so verurteilen. Diese Langweiler! Die trauen sich doch bloß nicht."

„Na ja, ein bisschen Spaß habe ich schon dabei", untertrieb Dolores. „Manchmal. Andererseits fühle ich mich so entfremdet von Carmen, und dabei liebe ich sie doch noch. Irgendwie jedenfalls. Übrigens: Versprich mir, dass du Carmen nicht sagst, dass wir uns getroffen haben. Sonst denkt sie wieder, ich würde gegen sie intrigieren."

„Okay, versprochen."

„Was würdest du eigentlich in meiner Lage tun?" fragte Dolores, die ihr eigentliches Anliegen, nämlich Lisas Verhältnis zu Monika, beinahe vergessen hatte.

„Könnt ihr euch nicht einfach vorläufig auf eine Freundschaft einigen statt einer Beziehung? Bis sich alles geklärt hat?" schlug Lisa vor.

„Eine Freundschaft? Aber wir sind schon ewig ein Paar. Wir können doch nicht die Zeit zurückdrehen." Dolores starrte wütend in ihr Bierglas. Sie wollte keine Freundschaft. Freundschaft klang nach gemeinsamem Teetrinken und Tratschen. Das funktionierte nicht. Nicht mit Carmen, erst recht nicht mit Monika. Es war einfach zu wenig. Und schon überhaupt nicht mit dieser Rita. Da war es zu viel. Entschieden zu viel.

„Keine Ahnung, ob so etwas funktioniert. Ich habe schon davon gehört. Wichtig ist doch nur, dass es dir besser geht. Carmen geht's nämlich glänzend, so weit ich das beurteilen kann. Es hat ja auch was, wenn man dauernd von einer Frau auf einer BMW abgeholt wird!"

„Das ist Rita, Carmens neue Bekannte", sagte Dolores mürrisch. Am liebsten hätte sie Lisa sofort darüber aufgeklärt, dass Rita in ihren Augen außer Abgasen nichts im Kopf hatte, doch sie beherrschte sich und fügte nur hinzu: „Sie fahren viel miteinander spazieren."

„Ich weiß", sagte Lisa. „Sie knutschen beim Abholen, als hätten sie sich seit Wochen nicht mehr gesehen."

Dolores fand diese Bemerkung unnötig und angesichts ihres Leides geschmacklos. Das erinnerte sie daran, dass sie eigentlich herausfinden wollte, ob Lisa Monika kannte. „Und was gibt es bei dir Neues in der Liebe? Immer noch Single?" fragte sie harmlos.

Lisa grinste. „Sieht man mir nicht an, dass ich glücklich bin?"

Lächelnd bestätigte Dolores: „Natürlich sieht man es dir an!"

Lisa berichtete von ihrer Anzeigenaktion. „Ich glaube, ich habe tatsächlich die Frau meines Lebens kennen gelernt. Dabei wollte ich das doch überhaupt nicht! Stell dir vor, sie eröffnet mir vollkommen neue Horizonte!"

„Was du nicht sagst!" Dolores dachte an Monika, die auch ihr fremde Welten erschlossen hatte.

„Zum Beispiel lerne ich jetzt jeden Tag etwas Neues über Kunst!"

„Ist sie Künstlerin? Oder Kunstlehrerin?"

„Nein, ich weiß gar nicht genau, was sie macht. Wir haben kaum über den Job gesprochen, ich glaube, sie arbeitet irgendwas Langweiliges im Büro. Aber sie ist einfach wahnsinnig begabt. Sie zeichnet."

„Ach", bemerkte Dolores, während sie spürte, wie sich bei ihr die Nackenhaare aufstellten.

„Nur schade, dass sie so wenig Zeit hat! Wir können uns bloß montags und mittwochs treffen. Dienstags gehe ich jede zweite Woche zum Stammtisch, Donnerstag und Freitag ist sie besetzt. Was sie dann tut, sagt sie nicht. Sie ist ein bisschen geheimniskrämerisch, aber ich mag das. ‚Jede Frau muss Geheimnisse haben', sagte meine Oma immer. Am Wochenende fährt sie öfter weg. Ich glaube, diese Ausflüge haben irgendwas mit ihrer Kunst zu tun."

Dolores schoss ein desaströser Gedanke durch den Kopf: Montag und Mittwoch also Lisa. Donnerstag ist für mich reserviert, macht noch ein oder zwei andere, die höchstwahrscheinlich an Monikas Angel zappelten. Ob Monika einen Manager hatte, um die Termine zu organisieren? Gleichzeitig kämpfte Dolores noch immer gegen ihren Verdacht an. Schließlich war sie sich nicht hundertprozentig sicher.

Da beugte sich Lisa mit verschwörerischem Lächeln über den Tisch: „Weißt du, was am schönsten mit ihr ist?"

Dolores schüttelte den Kopf.

„Sie ist eine Bombe im Bett – so locker, so unverklemmt! Und sie steht auf Toys."

„Interessant!" Dolores mühte sich, die Fassung zu wahren. Am liebsten hätte sie Lisa sofort verboten weiterzureden.

Doch die war nicht mehr zu bremsen. „Sie gibt den Dingern Namen!"

„Lass mich raten: Vibi, Dildi und Pluggi", schlug Dolores zynisch vor und wusste, dass sie ins Schwarze getroffen hatte.

Lisa warf ihr einen seltsamen Blick zu. „Stimmt genau! Wie bist du denn darauf gekommen?"

„Weibliche Intuition!" sagte Dolores trocken. Dann bestellte sie eine Bloody Mary, weil die Farbe des Getränks an Nasenbluten erinnerte. Denn eigentlich hätte sie Lisa gern auf die Nase geboxt, aber dazu war sie zu zivilisiert. Außerdem hatte sie trotz mehrerer Wendo-Kurse keine Übung in körperlichen Auseinandersetzungen. Gerade dachte Dolores darüber nach, wie schön es wäre, Lisa vor Eifersucht zerbersten zu sehen. Das hätte ihr wenigstens eine gewisse Genugtuung beschert.

Da sagte Lisa: „Ich glaube übrigens, ich bin nicht die einzige."

„Wie meinst du das?" fragte Dolores irritiert.

„Ich glaube, sie hat noch andere Frauen. Sie ist der Typ dafür."

Bevor sie zu dem Treffen gegangen war, hatte sich Dolores eine Strategie überlegt: Zuerst wollte sie Lisa aushorchen. Dann, falls Lisa tatsächlich etwas mit Monika hatte, wollte sie die Nebenbuhlerin damit konfrontieren, dass Vibi, Dildi und Pluggi nicht nur sie, sondern noch viele andere erheiterten – zumindest eine, die ihr gerade zähneknirschend gegenübersaß. Und dann, so hatte sie gehofft, würde Lisa angesichts dieser Erkenntnis die Lust an Monika verlieren. Doch nun war dieses Vorgehen komplett sinnlos geworden.

„Bist du denn gar nicht eifersüchtig?" fragte Dolores matt.

„Nein. War ich eigentlich noch nie. Eifersüchtig sein ist spießig. Was sie macht, wenn wir uns nicht sehen, ist mir vorläufig egal. Wer weiß, vielleicht entwickelt sich ja was. Später. Im Moment kommt es mir nur darauf an, dass wir Spass haben."

Dolores fühlte sich, als hätte ihr jemand den Stuhl unter dem Hintern weggezogen. Das klang ja wie Claudine: Spießig sollten ihre tief empfundenen Gefühle sein! Nicht nur, dass sie soeben die einzig mögliche Verbündete außer der unsäglichen Claudine verloren hatte, Lisa trampelte auf ihren Empfindungen herum und spannte ihr auch noch die Geliebte aus! Denn Monika schien an Lisa mehr Gefallen zu finden als an ihr. Das sah man ja an der Zeitaufteilung: zwei Tage für Lisa, einen für sie.

Dolores nahm einen großen Schluck Bloody Mary. Die Perspektiven waren düster: Ihr blieb nur, zu warten und darauf zu hoffen, dass Monika vielleicht plötzlich doch noch von Lisa zu ihr umschwenken würde. Oder vielleicht sollte sie die Sache mit Monika aufgeben. Aber dazu fühlte sich Dolores weder willens noch fähig. Die wunderbaren Donnerstage verlieren, den einzigen Lichtblick ihres Daseins, den Höhepunkt der Woche? Unvorstellbar! Schon ganz und gar angesichts Carmens Eskapaden. Nein, sie musste sich zusammenreißen!

Zu Hause angekommen, fahndete sie in Wullis Werk nach Tipps für Situationen wie die ihre: Von der Lebenspartnerin verlassen, von den Freunden ignoriert und hintergangen und von der Geliebten aufs Abstellgleis geschoben. Aber sie fand keinen einzigen Hinweis auf ihre prekäre Lage, die war im Universum des Herrn Wulli anscheinend nicht vorgesehen. Wütend knallte sie das Buch in die Ecke und schimpfte: „Auch nicht besser als diese Horcher!“

Es folgten ein trauriges Wochenende in der leeren Wohnung – Carmen blieb gleich von Freitagabend bis Sonntagnacht fort – und vier öde Tage, in denen Dolores außer drei Bayern-München-Handtüchern, fünf Paar verbilligten Schwimmflügeln, vier Sonnenschirmen und einer aufblasbaren Gummi-Plastikinsel mit Palme drauf nichts verkaufte. Dann, am Donnerstagabend, stand Dolores wie üblich vor Monikas Tür, als wäre nichts geschehen: gierig nach Sex und bereit, alles Mögliche zu ertragen, wenn Monika ihr nur nicht die ohnehin strikt begrenzten Audienzen entzöge. Diesmal fühlte Dolores sich nicht frei und unbeschwert, sondern steckte voller Angst, Monika zu verlieren. Welch ein Zufall, dass Monika sie ausgerechnet an diesem Abend mit der Familie Klemmi, einem Paar Brustwarzenklemmen, bekannt machte!

Zuerst beäugte Dolores die metallenen Dinger misstrauisch.

„Was ist denn, hast du keine Lust, mal was Neues auszuprobieren?“ fragte Monika mit leicht verwundertem Unterton.

„Aber klar habe ich Lust!“ trompetete Dolores, getrieben von der Angst, für Monika noch uninteressanter zu werden, wenn sie nein sagen würde. Nur jetzt keine Zimperlichkeiten! Langeweile, das ahnte Dolores, wäre das sichere Ende.

„Also dann“, sagte Monika, und Dolores schloss ergeben die Augen. Sie wollte nicht auch noch sehen, wie sich das Ding weit geöffnet ihrem Körper näherte.

Doch die widersprüchliche Mischung aus Lust und Schmerz, die die beiden Klemmis ihr bereiteten, entsprach genau Dolores' Seelenlage – eine insofern perfekte Ergänzung zu Vibi, Dildi und Pluggi, die Monika virtuos wie immer handhabte. Schließlich entschwebte Dolores in einen fulminanten Orgasmus.

Was für ein unvergesslicher Abend, dachte sie auf dem Heimweg. Als sie einsam in ihrem Bett lag, strich sie wehmütig über ihre Nippel, die sich anfühlten, als hätte sie jemand durch die Nudelmaschine gepresst.

13. Kapitel

in dem Urlaubspläne geschmiedet und völlig anders als geplant durchgeführt werden

Inzwischen nahte der August, ehemals Carmens und Dolores' liebste Urlaubszeit, doch keine von beiden hatte bisher eine Reise geplant. Erstens war ihnen nicht danach zumute, und zweitens war das Geld wegen der Auslagen für Frau Mittenstaller-Doberdaun knapper als vorgesehen, wenn auch weniger knapp als von Dolores befürchtet, da sie ja das Seelenabenteuer vorzeitig abgebrochen hatte.

Dabei hätte Carmen dringend ein paar unbeschwerte, freie Tage brauchen können. Ihr neuerdings so anstrengendes Nachtleben ging nämlich nicht spurlos an ihr vorüber. Ständig schlief sie zu wenig, war aber trotz der Ringe unter ihren Augen provozierend guter Laune. Im Büro versuchte sie nach den Nächten unter freiem Himmel, sich notdürftig zu erholen. Dort starrte sie selbst dann Löcher in die Luft, wenn sie eigentlich zu tun gehabt hätte. Das kam wegen der miesen Auftragslage ihres Arbeitgebers nicht allzu oft vor, so dass sie ihre Aufgaben meistens gerade noch bewältigte. Wenn gar nichts mehr ging, verhinderte manchmal Traudl Schirrnagl in demonstrativer Solidarität das Schlimmste. So nahm sie, falls Carmen in ihrem Zimmer wieder einmal nicht ans Telefon ging, weil sie entweder eingenickt war oder mit offenen Augen träumend vor sich hinstarrte, ihre Telefonate an. Gelegentlich brachte sie Carmen auch einen Kaffee vorbei und nötigte ihre verschlafene Kollegin, ihn zu trinken, um, vom Koffein aufgeputscht, auch die letzten zwei Stunden bis Dienstschluss noch zu überstehen.

Einmal allerdings konnte auch die Schirrnagl nicht mehr helfen: Carmen war aufgegeben worden, ein Fax mit dringenden Auftragsdaten an einem Mittwoch nach Spanien zu senden. In der Nacht zuvor hatte sie mit Rita gemeinsam den Sonnenaufgang beobachtet, nachdem sie sich heftig geliebt hatten. Danach blieb fürs Schlafen natürlich keine Zeit mehr. Völlig übermüdet zwischen Träumen und Wachen taumelnd, kamen Carmen die Papierberge auf ihrem Schreibtisch nur noch lächerlich vor: Dieser Donnerstag war wie jeder Bürotag einer, der sie nur davon abhielt, mit Rita zusammenzusein. Unkonzentriert schob sie beim morgendlichen Aufräumen das wichtige Schreiben nicht in den Stapel rechts von der Tastatur, wo die noch zu erledigenden Dinge lagen, sondern nach links, also dort, wo sich bei Carmen die Vorstufe zum Papierkorb befand. Wollte sie klar Schiff machen, griff sie einfach hin und warf alle dort befindlichen Papiere weg. So auch am Morgen des Donnerstags.

Am nächsten Tag, dem Freitag, wurde Carmen ins Büro des Abteilungsleiters gerufen. Mit zusammengezogenen Brauen starrte ihr Alfons Münchmeier entgegen. „Frau Sowirowski!“ Sein Gesicht war ein einziges Ausrufungszeichen. „Soeben hat Spolinos S.A. aus Barcelona angerufen. Wir sind den Kunden los, Frau Sowirowski.“

„Ja? Warum denn?“ fragte Carmen harmlos. Sie witterte Unangenehmes, obwohl ihr das Fax zunächst nicht einfiel. Spolinos und ihr Gesprächspartner dort, Señor Muños, waren ohnehin Reizworte, denn Muños konnte man es nie recht machen. Er änderte die Aufträge mitten in ihrer Abwicklung, verlangte maßlose Rabatte und zahlte zögerlich.

„Vielleicht können Sie sich erinnern, dass Sie vorgestern ein Fax hätten verschicken sollen. Nun, dieses Fax ist anscheinend niemals in Spanien angekommen.“

Carmen stellte sich dumm. „Nicht angekommen?“ fragte sie staunend, obwohl sie allmählich ahnte, worauf das Ganze hinauslief, und im Geist schon im Papierkorb wühlte.

„Sie sagen es.“ Münchmeiers Stimme schwoll zu einem düsteren Donnergrollen. „Sollten Sie es doch abgesendet haben, dann hätte ich gern einmal das Original. Mit Sendebericht.“

Carmen sagte nichts, sondern starrte auf den Rand des rotgemusterten Orientteppichs, der den Münchmeierschen Fußboden verzierte.

„Sollten Sie es nicht abgeschickt haben, wovon ich eigentlich ausgehe, dann haben Sie, Frau Sowirowski, die Firma gerade so viel gekostet, wie Sie im Jahr verdienen. Señor Muños hat angerufen und mich wissen lassen, man habe einen anderen, zuverlässigeren Lieferanten gefunden. Wir hätten ja offensichtlich schon genug Kunden.“

Während dieses Vortrages hatte sich Münchmeier in ein heiseres Crescendo gesteigert; zum Abschluss schlug er einmal mit der Faust auf den Tisch. Allerdings hatte er dabei den Bleistiftspitzer übersehen, der direkt vor ihm lag. Münchmeier schrieb grundsätzlich mit Bleistift, und zwar mit altmodischem Bleistift zum Spitzen, nicht diesen modernen Minenschreibern, weil er herkömmliche Bleistifte immer noch für die billigste Methode des Notierens hielt. Unter der Wucht der Münchmeierschen Faust zerbarst der Spitzer mit lautem Scheppern, und Münchmeier schnitt sich in die Handkante, von der nun Blut tropfte.

Carmen hätte in diesem Moment gern drei Dinge gesagt: erstens, dass blindes Wüten nur schadet, wie man an der blutenden Hand sehr wohl erkennen könne, zweitens, dass es um den Kunden nicht schade sei, da er ohnehin den Pfennig dreimal durchbeiße, und drittens, dass ein Schaden, der so hoch sei wie ihr Gehalt, so bedeutend ja nicht sein könne. Allerdings sagte sie nichts davon, sondern bemühte sich, bedrückt-betroffen dreinzuschauen. Schließlich hatte die Firma erst vor einem Monat wegen miserabler Auftragslage zwanzig Kollegen entlassen.

Das war taktisch klug, denn Münchmeiers Verletzung schien ihn von Carmen abzulenken. „Raus hier jetzt! Wir sprechen uns noch", brüllte er, an seiner Hand saugend. „Das nächste Mal setzt es eine Abmahnung, Frau Sowirowski! Schlafen Sie gefälligst zu Hause und nicht im Büro!" rief er ihr hinterher, als sie den Raum verließ.

Carmen schwor sich, von nun an das Wichtigste in ein separates rotes Körbchen zu werfen, dessen Inhalt sie auf gar keinen Fall unbesehen wegwerfen dürfte, und begab sich unverzüglich zum Materiallager, um den Ablagekorb zu besorgen. Schon auf dem Rückweg wanderten ihre Gedanken wieder zu Rita. Wohin würden sie wohl heute fahren?

Auch Dolores ging es nicht viel besser. Sie wurde nicht nur vom Auf und Ab der Gefühle geplagt; auch die Geschäfte liefen schlechter als üblich, so dass der Umsatz gerade noch reichte, um die Kosten zu decken. Nach den Gründen brauchte sie nicht lange zu suchen: Früher hatte sie jeden Kunden freundlich wie einen Gast empfangen und ausführlich beraten. Nun dagegen saß sie desinteressiert auf ihrem Stuhl hinter der Kasse und verlor kein überflüssiges Wort. Reden hätte nur ihren Gedankenfluss unterbrochen, der unaufhörlich mäanderte zwischen lustvoll-traurigen Träumereien über die nahe und doch so ferne Monika und traurig-vorwurfsvollen Gedanken an Carmen, mit der sie zwar nach wie vor in ihrer Wohnung lebte, die aber nichtsdestotrotz sogar noch unerreichbarer als Monika war.

Meist sann Dolores deprimiert darüber nach, wie aussichtslos sich ihre Leidenschaft für Monika gestaltete, gegen die sie sich aber anscheinend nicht wehren konnte. Mit dieser Abhängigkeit war sie nicht recht zufrieden: Sie wollte mehr als Donnerstagabende, wusste aber, sie würde nie mehr bekommen, und war doch zu schwach, dann auch auf diese Stunden zu verzichten. Im Gegenteil: Sie klammerte sich noch immer an die Hoffnung, eines Tages würde sich zwischen ihr und Monika etwas ändern, obwohl sie bereits ahnte, dass das eine Illusion war. Sie verdrängte diese Ahnung immer wieder, konnte sie jedoch nicht vollkommen zum Schweigen bringen.

Stand sie donnerstags vor Monika, hing der Himmel noch immer voller Geigen. Ich bin ein Sexjunkie, und Monika ist meine Droge, dachte sie, während sie danach auf dem Sofa saß und abwechselnd die Glaskatzensammlung und den Ficus betrachtete. Beides erinnerte sie an Carmen.

An Carmen zu denken erzeugte andere, unerfreuliche Assoziationen. Denn Dolores befand sich in der typischen Dreieckssituation: Sie wollte die eine, ohne die andere aufzugeben. Deshalb gab sie sich einsamen, zornigen Aufwallungen hinsichtlich der Motorradlesbe hin, mit der ihre Lebenspartnerin über die Landstraßen brauste. Warum hatte Carmen ausgerechnet dieser Frau ihr Herz zum Fraß vorgeworfen? Konnte diese Dieseldyke nicht einfach verschwinden, am besten für immer, mitsamt ihrer verdammten BMW?

Vorläufig stillte Dolores ihre Mordgelüste, indem sie die alte Dart-Scheibe aus dem Schrank kramte, ein Phantombild von Rita auf ein Blatt zeichnete, dieses auf der Scheibe befestigte, um dann mit spitzen Pfeilen darauf zu werfen. Ziemlich schnell trafen die meisten Pfeile in die inneren Ringe. Die Zeichnung der Rivalin sah aus, als wäre eine Horde Riesen-Hornissen über sie hergefallen.

Kurzfristig erwog Dolores auch, den Führerschein der Klasse 1 zu erwerben, um Rita Paroli zu bieten. Sie verwarf aber diese Idee schnell wieder: Erstens hatte sie seit jeher ein gestörtes Verhältnis zur motorisierten Fortbewegung, zweitens hatte sie gerade im Moment kein Geld für solche Extravaganzen, und drittens glaubte sie letztlich nicht, dass sich ihr Verhältnis zu Carmen durch Motorradfahren allein reparieren ließ.

Aber durch was denn sonst? Plötzlich hatte Dolores eine Idee: Warum könnten sie und Carmen nicht zusammen in einen heilsamen, einsamen Urlaub fahren? Carmen könnte sich überlegen, ob sie wirklich bis ans Ende ihrer Tage auf dem Sozia-Sitz hocken wollte. Monika würde schmerzlich erkennen, dass Dolores auch ohne sie lebensfähig war und deshalb vielleicht etwas mehr Zeit herausrücken. Gemeinsam könnten Carmen und Dolores ausprobieren, ob sie sich vielleicht am Ende wieder verstünden, wenn sie von den störenden Einflüssen in ihrer Umgebung entfernt wären. Ob sie vielleicht eine lockere Beziehung in beiderseitiger Toleranz führen konnten, von der bei Wulli doch so oft die Rede gewesen war?

Ja, das war eine glänzende Idee. Nun fehlte nur noch eine Gelegenheit, Carmen für ihren Plan zu gewinnen. Die ergab sich schneller als erwartet: Zwei Tage später musste Carmen auf Ritas Gesellschaft verzichten, weil ein plötzlich hereinbrechendes Sommergewitter ihre Ausflugspläne kurzfristig zerschlug. Zwar versuchte Carmen, Rita zum Essen oder Kinogehen zu verführen, aber die winkte wie üblich ab: Der Vergaser benötige schon lange eine gründliche Reinigung, das schlechte Wetter sei die beste Gelegenheit dazu.

Dolores blätterte demonstrativ im Katalog von *Frauen Reisen*, als Carmen sich auf einem der Ledersessel niederließ und gelangweilt gähnte. Das Unternehmen beförderte Frauen, die lieber mit ihresgleichen reisten, auch in entfernteste Gegenden der Welt. Die Bilder der exotischen Reiseziele waren verlockend: Kamele ritten über die riesigen Dünen der Sahara, auf dem Rücken verzückt lächelnde Frauen. Junge Schöne lagen am Strand sonnenüberstrahlter Inseln oder planschten im Meer. Wanderlustige saßen auf den Gipfeln himmelstürmender Berge.

„Weißt du noch, unser Langlaufkurs in Norwegen?" fragte Dolores zaghaft.

Carmen sah von ihrem Buch auf. „Aber klar. Ab dem zweiten Tag lagst du schniefend und schlecht gelaunt mit Grippe im Bett, warst dann unerträglich bis zum achten von vierzehn Urlaubstagen. Am zehnten hast du zum ersten Mal auf Skiern gestanden und dir dabei den Fuß verknackst. Worauf die Stimmung an den Tagen elf bis vierzehn auch im Eimer war. Im Übrigen wurde es um drei Uhr dunkel, und die Heizung heizte entweder zu viel oder zu wenig. Ein klasse Urlaub also."

Das Gespräch begann nicht gerade vielversprechend. Dolores versuchte, schleunigst zum Positiven überzuleiten. „Was du dir alles merkst! Ich erinnere mich vor allem an die wunderbaren Abende am Kaminfeuer."

Carmen schwieg, starrte wieder in das todlangweilige Werk „Getriebeschäden erkennen und reparieren", eine Leihgabe von Rita, die nur Motorradbücher akzeptierte, und blätterte geräuschvoll um. Was sollten plötzlich diese sentimentalen Erinnerungen?

Doch Dolores war diesmal beharrlich. „Hast du schon Urlaubspläne geschmiedet?" fragte sie.

Carmen schüttelte wortlos den Kopf.

Jetzt oder nie, dachte Dolores, nahm ihren Mut zusammen und fragte: „Meinst du nicht, wir könnten vielleicht im August oder September, also jetzt bald ..." Weiter kam sie nicht.

„Fahr doch mit deiner Monika!" blaffte Carmen sie an, stand auf und verschwand in ihr Zimmer.

„Worauf du dich verlassen kannst!" giftete Dolores, obwohl sie daran bisher noch nicht einmal gedacht hatte. Angesichts dieser kompletten Niederlage aber schien ihr plötzlich alles möglich. Eine schlimmere Abfuhr konnte sie sich ja gar nicht einfangen. Gleich beim nächsten Treffen würde sie Monika von einer gemeinsamen Reise überzeugen. Mehr noch, sie würde Monika einladen. Eine solch großzügige Geste konnte die eigentlich kaum ablehnen, ja vielleicht würde dieses finanzielle Opfer sie sogar doch noch auf Dolores' Seite ziehen. Zu diesem Zweck würde sie, Dolores, eventuell einen Kleinkredit aufnehmen müssen, aber das war egal. „Uns fällt bestimmt etwas Besseres ein, als den ganzen Tag steif auf einer stinkenden, Krach erzeugenden Maschine zu hocken!" rief sie Carmen hinterher.

Carmen drehte sich auf der Schwelle um und starrte Dolores feindselig an. „Wer sagt, dass Rita und ich mit dem Motorrad in Urlaub fahren? Ich werde ihr einen ruhigen Inselurlaub an der Ostsee vorschlagen. Im Spätsommer, wenn es am schönsten ist. Mit viel freier Zeit. Auf Hiddensee, zum Beispiel." Dieser Gedanke war ihr in dem Moment gekommen, als Dolores begonnen hatte, vom Urlaub zu reden.

„Aber da gibt's doch gar keine Motorräder", widersprach Dolores.

„Eben", beharrte Carmen.

„Dann viel Spaß bei der Überzeugungsarbeit! Ich wette, wenn sie überhaupt mitfährt, reist sie nach drei Tagen wieder ab, weil sie es ohne ihre Kiste nicht aushält."

„Meine Güte, bist du borniert! Rita liebt mich, also wird sie auch einmal etwas Neues ausprobieren! Du bist ja nur neidisch, du Donnerstagsliebe!“ Carmen warf den Kopf zurück und verzog sich.

Der Schlag hatte gesessen. Dolores blieb, um Fassung ringend, sich selbst überlassen.

Am nächsten Donnerstag nahm Dolores das Handbuch *Frauen unterwegs* mit zu Monika. Sie hatte schon einige besonders romantische Ziele angestrichen.

„*Surprise, Surprise*!“ frohlockte Dolores, als Monika ihr öffnete. „Ich habe etwas mitgebracht!“ Dabei schwenkte sie das Buch.

„Wie nett von dir! Was ist es denn? Erotische Geschichten?“ fragte Monika mäßig interessiert.

„Viel besser! Ein Verzeichnis aller europäischen Frauenferienhäuser. Stell dir vor: Romantische Spaziergänge am Meer, Liebe im Sand, blutrote Sonnenuntergänge – ist das nicht herrlich?“

„Wir können ja mal ein bisschen blättern“, meinte Monika nicht allzu begeistert. Sie trug heute, ganz entgegen ihren sonstigen Gewohnheiten, keinerlei erotische Kleidung, sondern einfach Jeans, T-Shirt und Turnschuhe. Aber Dolores hütete sich, daraus irgendwelche Schlüsse zu ziehen.

Dann saßen sie auf dem Bett und studierten die angebotenen Unterkünfte.

„Mir gefällt das Haus an der französischen Atlantikküste am besten“, befand Dolores schließlich.

„Ich finde Elba am schönsten“, sagte Monika, was Dolores als Vorschlag interpretierte, dorthin eine Reise zu unternehmen. Die kleine italienische Insel war zwar nicht ihr Traumziel, aber kam es darauf an? „Also Elba!“ sagte sie mit einem Seufzer der Erleichterung und malte sich aus, wie neidisch Carmen wäre, wenn sie braun gebrannt aus dem Süden zurückkehrte. „Und wann? Mir wäre Anfang September recht.“

Monika musterte sie erstaunt. „Habe ich was davon gesagt, dass ich mit dir verreise? Ich dachte, wir gucken nur mal so.“

Dolores fühlte sich, als hätte man ihr eine Faust in die Magengrube geschlagen. „Natürlich will ich mit dir wegfahren, warum sollte ich das Buch denn sonst mitbringen? Ich würde dich sogar einladen.“ Das war ihre letzte Trumpfkarte. Doch sie stach nicht.

„Tut mir Leid. Vielen Dank für das Angebot, aber ich fahre dieses Jahr den ganzen Spätsommer über nach Amerika zu einem Zeichenkurs in einem Frauensommerlager: ‚Der weibliche Akt in der Natur'. Klingt doch toll! Mitte August geht es los. Und vielleicht bleibe ich dann noch ein bisschen drüben, den Indian Summer erleben, du weißt schon, wenn die Laubbäume sich färben. Das soll so inspirierend sein."

„Und dein Job?"

„Mein Job? Ich habe gekündigt. Es war einfach zu langweilig."

„Aber …", sagte Dolores mit dem Ausdruck eines Hundes, der vor der Metzgerei angeleint wird, während Frauchen nach drinnen, zu all den schönen Würsten darf. Sie sah Monika schon inmitten weiblicher Akte in der Natur sitzen und ahnte, diese Modelle würden ihr sicher nicht nur als Zeichenvorlage dienen.

Monika sah plötzlich sehr geschäftig und weit weg aus. „Es geht schon bald los. Weil ich noch so viel vorbereiten muss, habe ich leider bis dahin keine Zeit mehr. Ich brauche jede freie Minute. Stell dir vor, ich muss eine komplette Zeichenmappe mitbringen. Heute ist also unser letzter Abend für längere Zeit. Lass ihn uns genießen."

„Oh." Nun war Dolores am Ende. Wenn sie jetzt nicht sofort verschwände, würde sie entweder als heulendes Häufchen Elend vor Monika zusammenbrechen oder irgend etwas zerstören. Beides waren keine verlockenden Alternativen, denn Monika würde solche Szenen wahrscheinlich sowieso nur lächerlich finden.

Hastig sprang Dolores auf, warf sich die Jacke über und eilte zur Tür. „Ich … ich … muss ganz dringend weg … überraschender Familienbesuch", stammelte sie.

„Familienbesuch? Aber warum hast du denn davon nichts gesagt? Dann hätten wir Spaß haben können, statt in dem Buch zu blättern. Tja, nicht zu ändern. Na schön, sehen wir uns eben, wenn ich wieder da bin!" rief Monika hinter ihr her, ohne Dolores' Verzweiflung zu bemerken.

Den letzten Satz hörte Dolores schon nicht mehr. Sie rannte die Treppen hinunter und zur Tür hinaus. Wütend trat sie gegen die Mülltonne, die neben der Haustür darauf wartete, geleert zu werden. Außerdem riss sie noch eine große Ecke von einem Plakat ab, auf dem ein riesiger Strohhut vor blauem Hintergrund versprach: „Beim Urlaub mit uns dreht sich alles nur um *Sie*!"

„Aber wann dreht es sich mal um mich?" jammerte sie und ließ sich auf eine Bank am Straßenrand fallen, wo sie hemmungslos heulte. Ein vorbeischlendernder Hundebesitzer fand ihr Elend so herzzerreißend, dass er sie fragte, ob sie Hilfe brauchte. Derweil schnüffelte sein Schäferhund an Dolores' Schienbein.

„Hau ab!“ knurrte Dolores den Hund an, doch statt seiner fühlte sich das Herrchen gemeint.

„Blöde Zicke! Da will man freundlich sein …“, grummelte der Mann und beschleunigte seine Schritte.

Zu Hause legte sich Dolores ins Bett, obwohl es draußen noch nicht einmal richtig dunkel war, und zog die Decke über den Kopf. War das das Ende gewesen? Dolores verdrängte diesen entsetzlichen Gedanken. Nein, Monika meinte es bestimmt genau so, wie sie es gesagt hatte. Sie würde im Herbst zurückkommen, und dann würden sie sich wiedersehen. Blödsinn, sagte eine penetrante Stimme in Dolores' Hinterkopf. Sie hat dich verlassen, du gutmütiger Esel, und du willst es einfach nicht wahrhaben. *Ich* sollte Monika verlassen, dachte sie, ehe sie einschlief, doch allein der Gedanke daran jagte ihr einen Stich durchs Herz.

Doch auch bei Carmen lief die Urlaubsplanung anders, als sie es sich erhofft hatte. Kurz nach dem Debakel im Büro, an einem sonnigen Tag Anfang August, versuchte sie, Rita für ihre Ideen zu begeistern. Die beiden waren wieder mit dem Motorrad unterwegs ins Hinterland. Diesmal hatte Rita eine von einem kleinen Bach durchzogene Wiese zum Kampieren ausgesucht. Dort gab es zwar keine störenden Mitmenschen, dafür aber wegen des Gewässers um so mehr Mücken. Surrend bildeten sie kleine Wölkchen, die über der Wiese kreisten. Sofort nach dem Absteigen kramte Carmen eine Tube mit einer übelriechenden Pampe aus der Jacke und balsamierte jedes bloßliegende Stück Haut damit ein, um die Blutsauger fernzuhalten.

Dann sammelten Rita und Carmen ein paar tote Äste unter den wenigen auf der Wiese herumstehenden Bäumen und entfachten ein ziemlich mickriges, entsetzlich qualmendes Lagerfeuer. Immerhin hielt es die stechenden Untiere einigermaßen fern. Dafür brannte der Rauch in den Augen.

„Wenn das so weiter qualmt, kommt sicher bald der Förster“, orakelte Carmen.

„Na und?“ wiegelte Rita ab. „Dann gehen wir eben woanders hin.“

„Am Meer gibt es nicht so viele Mücken“, versuchte Carmen zu ihren Urlaubsplänen überzuleiten.

Doch Rita schluckte den Köder nicht. „Hier ist aber nun mal kein Meer“, sagte sie trocken.

Carmen verdrehte die Augen. Ritas übersteigerter Realitätssinn war manchmal schwer erträglich. „Das weiß ich auch. Aber wir könnten doch hinfahren!“ half sie der Phantasie ihrer Geliebten auf die Beine.

Rita war nicht erbaut. „Das ist mir zu weit. Und du hältst es nicht so lange aus auf dem Sozia-Sitz.“

„Wer sagt denn, dass wir mit der BMW hinfahren müssen?“ fragte Carmen listig. „Es gibt doch auch Leihwagen oder die Bundesbahn! Bahn wäre am besten, da müssen wir uns um nichts kümmern.“

„Leihwagen? Bundesbahn? Und wie kriege ich das Motorrad dann nach Norden?“ Auf Ritas Antlitz malte sich ungläubiges Staunen.

„Gar nicht! Ich dachte an Hiddensee. Das ist eine Ostseeinsel. Dort sind Autos und Motorräder verboten. Stell dir nur die himmlische Ruhe vor!“

Rita tippte sich an die Stirn. „Hiddensee? Nie im Leben! Ist ja todlangweilig! Was soll ich denn da die ganze Zeit machen?“

„Zum Beispiel könntest du mit mir spazieren gehen, ein Buch lesen oder tolle Filme ansehen. Stell dir vor, im Sommer gibt es da ein riesiges Kinozelt. Und Sonnenuntergänge angucken. Die sind da fast so schön wie auf Capri.“

„Wenn ich hier schon keine Bücher lese und nicht ins Kino gehe, weil ich dazu keine Lust habe, warum soll ich das dann ausgerechnet im Urlaub tun? Da macht man doch das, was man am liebsten mag. Oder nicht? Und das ist bei mir nun mal Motorrad fahren!“

„Du könntest dich ruhig auch mal für irgendwas anderes interessieren, zum Beispiel für mich. Wir waren noch nie zusammen verreist“, maulte Carmen und schlug gleichzeitig nach einer gefräßigen Mücke, die sich trotz Salbe und Lagerfeuer auf ihrer Hand niedergelassen hatte.

„Meinst du?“ Rita zog die Stirn in Falten. Dann rief sie: „Ich hab's! Nur mit mir und dem Motorrad ist es vielleicht ein bisschen eintönig für dich. Aber ein paar von den anderen wollen mit den Bikes nach Istanbul. Immer die Küsten entlang. Na, wie wäre das: Meer, Motorräder und wir beide. Alles auf einmal! Und dazu noch nette Gesellschaft. Einen besseren Urlaub kann es gar nicht geben!“

Carmen starrte sie entsetzt an. „Nach Istanbul? Auf dem Rücksitz? Aber du hast doch selbst gesagt, dass man so eine lange Strecke als

Sozia gar nicht aushält!" Schon sah sie sich verstaubt bis zur Unkenntlichkeit, sonnenverbrannt und mit schmerzendem Hinterteil über löchrige Balkanpisten rasen, allein mit einer Horde Frauen, die für einen Motorrad-Oldtimer selbst ihre Großmutter verkauft hätten. „Nein, so reise ich nirgends hin", sagte sie entschlossen.

„Sag ich doch", gab Rita zurück. „Für uns ist es hier am schönsten. Aber vielleicht könnte ich ja mit nach Istanbul fahren. Wenn ich's mir richtig überlege, ist das eine prima Idee! Im Spätsommer läuft das Taxigeschäft sowieso nicht, da sind alle in den Ferien."

Carmen war jetzt wütend. „Und ich? Was mache ich währenddessen?"

„Du könntest zum Beispiel allein nach Hiddensee fahren und in Ruhe Bücher lesen. Es dauert ja nur ein paar Wochen, bis ich wieder da bin. Beim Lesen störe ich ja nur."

Rita kramte ihr nagelneues Mobiltelefon hervor und telefonierte mit jemandem. Als sie aufgelegt hatte, sagte sie: „Ist gelaufen. Die anderen freuen sich, wenn ich mitfahre. Jetzt noch Urlaub bei meiner Firma beantragen, aber das ist kein Problem. In drei Wochen geht es los. Ich rufe dich aber jeden Tag an."

„Das kannst du dir sparen!" sagte Carmen bissig. „Ich lege mich jetzt schlafen – allein!" Obwohl das Feuer noch nicht ganz verraucht war, kroch sie in ihren Schlafsack.

„Weiber", murmelte Rita leise und schüttelte den Kopf.

Carmen träumte von einem riesigen Motorrad. Es war so groß wie eine der alten Fichten am Waldrand und hatte weder Fahrerin noch Fahrer, es lenkte sich von ganz allein. Führerlos raste es durch Feld und Flur und walzte alles platt, was ihm in den Weg kam. Besonders gern wollte es anscheinend Carmen überrollen, denn es verfolgte sie. Im Traum rannte Carmen vor dem Motorrad davon, sie rannte und rannte, das knatternde Riesenfahrzeug immer hinter ihr her. Gerade hatte sie nur noch die Wahl, entweder unter die riesigen Gummiräder zu geraten oder in einen mit Bleistiftspitzern gespickten tiefen Graben zu springen, da wurde sie von Vogelgezwitscher geweckt. Rita lag neben ihr und schnarchte, von rasenden Motorrädern anscheinend vollkommen unberührt. Zuerst wollte sich Carmen an Rita schmiegen, doch dann ließ sie es bleiben und stand lieber auf, um das Feuer wieder anzufachen und Kaffee zu kochen. Die Urlaubsfrage türmte sich zwischen ihr und Rita auf wie ein unsichtbarer Berg.

Nun hatten sowohl Carmen als auch Dolores mit ihren Urlaubsplänen jämmerlich Schiffbruch erlitten. Natürlich sollte die jeweils andere davon nichts erfahren, sondern im Gegenteil glauben, die Lebenspartnerin fiebere nur noch der schönsten Zeit im Jahr, die sie an der Seite ihrer Geliebten verbringen würde, entgegen.

Also buchte Carmen kurz entschlossen vierzehn Tage Nordseeküste auf Juist, denn auf Hiddensee gab es schon kein freies Bett mehr. Auch Borkum hätte zur Diskussion gestanden, aber die Form von Juist erinnerte Carmen wenigstens an die geliebte Ostseeinsel.

Dolores erzählte sie erst am Vorabend der Abreise davon. Als Dolores von Carmens Urlaubsplänen hörte, trumpfte sie auf: „An die kalte Nordsee? Igitt! Ich reise in zwei Wochen mit Monika an die Costa Brava. Genau wenn du wiederkommst, übrigens."

Die Reise hatte Dolores gerade am Tag davor gebucht, aus purem Trotz und weil sie das Gefühl hatte, dringend einmal raus zu müssen. Schließlich fuhren alle in Urlaub: Die Tischtennishalle war wegen Schulferien geschlossen, Tom und Holger für vier Wochen in Südfrankreich, ihre Kunden in allen möglichen Weltgegenden, weshalb sich die Stunden im Laden endlos dahinzogen. Sogar Stammtisch-Bernie, mit der Dolores ab und zu telefonierte, fuhr mit Angie nach Dänemark.

Carmen hielt kräftig dagegen: „Costa Brava? Das ist ja Massentourismus pur. Scheint einen schlechten Geschmack zu haben, deine Geliebte! Und dann eine Flugreise. Na, ist ja eure Sache, wenn ihr euch in die Luft sprengen lasst. Im Übrigen sehen wir uns dann vier Wochen nicht. Herrliche Aussichten! Ich werde mich prächtig erholen."

Zuerst verreiste also Carmen. Sie packte ihren Rucksack und verschwand türenknallend früh an einem Sonntagmorgen im späten August. Eine Träne lief Dolores' Wange hinunter. Sie stellte sich vor, wie Carmen nun zum Bahnhof fahren, dort von dieser Rita – ausnahmsweise ohne Motorrad, ein Wunder! – stürmisch umarmt wurde, wie die beiden gemeinsam den Zug bestiegen, wie sie sich lächelnd gegenübersaßen ... Nein, das war nicht auszuhalten! Wütend klappte Dolores die Bettdecke auf. Es musste etwas geschehen. Sie würde jetzt nicht im Sumpf einer Depression versinken! Sie würde etwas tun!

Aber was? Dolores überkam eine unbändige Lust aufzuräumen, als könnte sie mit Müll und Staub auch alle schmerzlichen Erinnerungen an Carmen tilgen: Sie warf Carmens Zeitungsstapel in die Mülltonne, riss alle trockenen Blätter vom Ficus, entsorgte drei Becher verschimmelten Joghurt, die im Kühlschrank vor sich hinmoderten – Joghurt war das einzige, was Carmen noch einkaufte. Von der Pinnwand entfernte Dolores Zettel, die zu längst verstrichene Veranstaltungen einluden, und Postkarten, die schon vor Jahren angekommen waren. Nur den Artikel über die Sexstatistik rührte sie nicht an. Dieses vergilbte Stück Zeitungspapier war in ihren Augen kein Müll, sondern ein beziehungshistorisches Dokument, ein Denkmal für den Anfang vom Ende und gleichzeitig eine Zielvorgabe: 2,5-mal pro Woche. Sie hat es, aber ich habe es nicht, dachte Dolores. Aber ich werde es noch kriegen. Irgendwann! Mit irgendeiner!

Später fiel Dolores' Blick auf Carmens Glaskatzensammlung. Diese obskure Anhäufung kitschiger Figürchen war, so dachte Dolores, bloß knallfarbiger Nippes, der das schöne Bücherregal verunstaltete. Ein optischer Störfaktor sozusagen, den Carmen sowieso nicht beachtete, weil sie nie da war. In dem Regalfach mit den Glaskatzen lag mittlerweile eine dicke Staubschicht, weil Carmen dort nicht mehr wischte. Früher hatte sie jede einzelne Katze abgestaubt und den Regalboden dazu, jede Woche. Dolores durfte die Katzen nicht anrühren. Seit sie diese Motorradfrau kannte, interessierten Carmen ihre Katzen nicht mehr. „Und ich soll mir deswegen eine Staublunge holen, wo ich doch Allergien habe!" schimpfte Dolores.

Kurzerhand holte sie den Mülleimer aus der Küche und fegte mit dem Besen alle Katzen hinein. Es klirrte scharf, als sie zersprangen. Dann wischte sie das Regal feucht aus und holte ein paar Bücher aus ihrem Zimmer, die sie in dem freien Fach verstaute. „So!" sagte sie zufrieden.

Am nächsten Tag ging Dolores zum Friseur. „Stufig, kurz, schwarz", kommandierte sie, und schon schnippelte und tönte der Friseur. Als Dolores anschließend in den Spiegel sah, schaute ihr ein neues Gesicht entgegen. Nur innen, da war es noch immer genau so düster. Denn auch Monika war inzwischen abgereist.

Dolores' Depressionen erreichten den Höhepunkt, als eines Abends Lisa anrief.

„Hallo, Dolores!" meldete sie sich gut gelaunt. „Stell dir vor, ich fahre nach Amerika! Monika hat mich eingeladen, sie zu besuchen! Ich fliege in vier Wochen!"

Dolores spürte, wie ihre Knie weich wurden. Sie setzte sich auf den Boden und starrte ungläubig den Parkettboden an. Obwohl es offensichtlich war, sträubte sich ihr Hirn gegen die Einsicht, nun endgültig verloren zu haben. Schließlich gab es noch mehr Frauen, die Monika hießen. „Monika?“ fragte sie deshalb.

„Ja, Monika! Ich habe dir doch neulich von ihr erzählt. Die mit den Toys, Mensch!“

Dolores suchte einen Gegenstand, den sie durchs Zimmer hätte werfen können, fand aber keinen. „Ist ja großartig. Grüß sie von mir, unbekannterweise!“ sagte sie schließlich sarkastisch.

„Mach' ich!“ sagte Lisa.

„Und viel Spaß auf der Reise“, wünschte Dolores scheinheilig. Dabei stellte sie sich vor, wie eine blutrünstige Indianerhorde über Monika und Lisa herfiel, um sie zu skalpieren und anschließend am Marterpfahl zu rösten. Vielleicht würde auch Lisas Flugzeug entführt und genau über dem Künstlerinnen-Camp zum Absturz gebracht.

Als sie aufgelegt hatten, verkroch sich Dolores ins Bett und haderte mit der ungerechten Welt, die Monika dazu bewog, Lisa vorzuziehen, während sie doch für weitere Nächte mit ihr alles aufgegeben hätte, vielleicht sogar Carmen.

Carmen ging es nicht besser. Sie hatte eine düstere Kemenate im Dachgeschoss gemietet; wegen der Hauptsaison war nichts anderes mehr frei. Das Bett quietschte, das Klo war auf dem Flur, und wenn Carmen den muffig riechenden Schrank öffnen wollte, musste sie zuerst den wackligen Stuhl vor dem winzigen Tisch an der Wand zur Seite schieben, weil die Tür sonst nicht aufging.

Dass Juist winzig war, überraschte Dolores nicht. Sie hatte das Eiland ja deshalb ausgewählt, weil es ähnlich geformt und ähnlich groß war wie Hiddensee. Allerdings fehlte Juist die Ungezwungenheit des Pendants in der Ostsee. Den Strand pflasterten, wo immer möglich, reihenweise nummerierte Strandkörbe. Darin saßen Familien mit schreienden Kleinkindern, deren Väter hauptsächlich damit beschäftigt waren, Sandwälle um das provisorische Eigenheim zu planen, aufzuhäufen oder zu reparieren. Zwischendurch lasen sie Zeitung oder beäugten ihre Strandkorbnachbarn und deren Sandburgen. Die Mütter beaufsichtigten derweil die Kinder, die weiter vorn im Schlick spielten, tote Krabben und Muscheln aufsammelten oder sich johlend gegenseitig mit Wasser bespritzten. Wenn sich überhaupt Lesben hier aufhielten, sah man sie jedenfalls nicht.

Für ungestörte Meeresromantik war ein stundenlanger Fußmarsch ans äußerste Ende des Eilands nötig. Dafür fehlte Carmen, inzwischen verwöhnt durchs ständige Motorradfahren, die Energie. Zum Schwimmen war das Wasser zu kalt, zum Sonnen windete es ohne Strandkorb zu sehr, und einen Strandkorb zu mieten brachte Carmen nicht über sich, weil sie dann genau so gewesen wäre wie all die Kleinfamilien. Außerdem fürchtete sie, jeden Tag von Strandkorbnachbarn gefragt zu werden, warum sie denn ohne Gatten angereist sei.

Also wanderte sie einsam über den Streifen zwischen Strandkörben und Meer, stapfte bei Ebbe durch den Schlick, zählte die Haufen der Wattwürmer und beobachtete die Krebse, die sich zu nah ans Ufer verirrt hatten, beim Eingraben.

In der ersten Woche trank Carmen abends manchmal ein Bier in irgendwelchen Kneipen mit Namen wie *Zum Käpt'n* oder *De lütte Deern*. Dort saß sie Seite an Seite mit den einheimischen Junggesellen, die davon ausgingen, dass eine alleinstehende Frau auf Juist eigentlich nur eins suchen konnte: ihre Bekanntschaft. Das ermüdete.

Also blieb sie in der zweiten Woche in ihrem Mauseloch, zappte sich durch die Kanäle ihres Mini-Fernsehers und haderte mit dem Schicksal, das sie allein an jenen unwirtlichen Ort verbannt hatte. Nebenbei grübelte sie melancholisch über das weitere Geschick ihrer Beziehung zu Dolores – oder musste sie nun, da ein gemeinsamer Urlaub von Dolores und Monika bevorstand, endgültig von Ex-Beziehung reden?

Aus dem Lesen wurde nichts, denn Carmen konnte sich nicht konzentrieren. Der Krimi, den sie mitgenommen hatte, erschien ihr zu fad, die Liebesgeschichte zu romantisch und der zeitkritische Roman kam ihr vor wie ein unendlicher Auszug aus der Tageszeitung. Schließlich fand sie in einer Juister Buchhandlung den Ratgeber: *Trennungen verstehen – Trennungen überwinden.* Magisch angezogen, kaufte sie das Werk und vergrub sich in Tipps zu dem spannenden Thema, wie man einer ausgedehnten Depression entgehen könne, wenn Partnerin oder Partner das Weite suchte.

Vierzehn Tage nach Carmens Abreise landete Dolores in einem seelenlosen spanischen Beton-Hotelhochhaus mit mehreren hundert Zimmern. Sie hatte die Abende der letzten zwei Wochen mehr oder minder tatenlos grübelnd vor dem Fernseher verbracht, abwechselnd

Bier und heiße Milch mit Honig getrunken und ergebnislos weiter gegrübelt. Nun war sie froh, endlich wegzukommen.

Allerdings entsprach die Unterkunft nicht gerade ihren Traumvorstellungen – eine typische Last-Minute-Reise eben. Das Hotel lag inmitten eines weiträumigen Touristen-Gettos. Wohin Dolores auch blickte, ragten einförmige Betontürme in den blauen Himmel, worin die Gäste aus dem Norden übereinander gestapelt wurden. Zudem musste Dolores von morgens bis abends vor rastlosen Animateuren flüchten. Die tatendurstigen Jungmänner in bunten Badehosen interpretierten jedes entspannte oder gar nachdenkliche Nichtstun als Verstoß gegen ihr Berufsethos. Ständig ereilten Dolores, wenn sie am Swimmingpool lag, Einladungen zu Schlammschlachten in aufgeblasenen Gummibecken, Inselralleys in Eselskarren, Beach-Volleyball-Turnieren und Miss-Hotel-Wahlen.

Nur in ihrem Zimmer, einer kahlen, rechteckigen Schachtel mit winzigem Balkönchen, blieb sie ungestört. Also saß sie nach einigen unruhigen Tagen meist auf dem klapprigen Holzstuhl, der neben einem durchgelegenen Bett zum Inventar gehörte, starrte in das blaue Nichts des Horizonts und dachte über ihr Leben nach, kam aber zu keinem vernünftigen Ergebnis. Vielmehr drehten sich ihre Gedanken im Kreis: Rita-Carmen-Monika-Rita-Carmen-Monika-Rita-Carmen-Monika.

Um dem nervtötenden Karussell Einhalt zu gebieten, bestellte Dolores beim Zimmerservice mehrmals täglich Baccardi-Cola, weil die Menschen in der Werbung immer so fröhlich und unbeschwert wirkten. Alkohol und sengende Hitze brachten sie schnell in eine schläfrige, gleichgültige Stimmung, die bei weitem das Beste an dieser Reise war. Leider sank der Promillestand schon im Flieger, der sie nach Deutschland zurückbrachte, erheblich und entließ sie in die graue deutsche Wirklichkeit.

Carmen, die einen Tag nach Dolores' Abreise zu Hause angekommen war, bemerkte zunächst das Fehlen der Glaskatzensammlung nicht. Dafür um so mehr die Abwesenheit Ritas, die wohl gerade die große Küstenstraße nach Südosteuropa hinunterfuhr. Rita hatte vor der Abreise auch noch schnippisch angemerkt, sie habe sich für drei Monate freistellen lassen. Es könne also durchaus länger dauern, falls sie beschließe, mit ihren Bikerfreundinnen noch ein wenig durch den vorderen Orient zu sausen. „Dann kannst du noch mehr Bücher lesen. Die sind dir ja sowieso am wichtigsten", hatte sie an ihrem letzten gemeinsamen Morgen nach einer Nacht in den Voralpen gesagt. Vor der Haustür hatte sie Carmen einen unergründlichen Blick zugeworfen, sie kurz geküsst und war dann davongebraust. Carmen wusste nicht so recht, ob der Abschied tatsächlich nur für Wochen oder vielleicht für immer war. Sie war nicht mehr so optimistisch wie am Anfang. Schließlich hatten sie und Rita sich noch nicht einmal auf einen gemeinsamen Urlaub einigen können. Und das war, bei aller Harmonie beim Sex, doch ein ziemlich schlechtes Zeichen.

Carmen hatte viel Zeit, um nachzudenken, denn die Schwimmhalle öffnete erst Ende September wieder. Sabine und Julia waren verreist und zum Stammtisch mochte Carmen nicht gehen. Die Verhältnisse dort hatten sich in letzter Zeit zu ihren Ungunsten gewandelt: Anfangs konnten alle nicht genug davon bekommen, auch das letzte Detail ihres Paardramas aus ihr herauszukitzeln. Angesichts des neuen Glücks mit Rita betrachteten die anderen die Sache aber mittlerweile als erledigt. Wozu brauchte eine Frau Anteilnahme, die jeden Abend von einer leidenschaftlichen Liebhaberin mit Motorrad abgeholt wurde? Sie ahnten nicht, dass sich auch im neuen Glück schon tiefe Risse zeigten, und Carmen hatte auch vorläufig nicht vor, es ihnen mitzuteilen. Sie fürchtete Schadenfreude.

Denn die anderen Stammtischfrauen waren inzwischen mit eigenen Problemen beschäftigt, an denen Carmen sogar indirekt Schuld sein sollte, was sie zutiefst ungerecht fand. „Kein Wunder, dass alle um dich herum aus dem Gleichgewicht geraten, wenn du so negativ daherredest!“ Zu diesem unsäglich gemeinen Satz hatte sich neulich Karin verstiegen. Und das nur, weil Ulrike plötzlich einen vollkommen ungewohnten Hang zur Eigenständigkeit zeigte: Sie besuchte an zwei Abenden in der Woche einen Volkshochschulkurs in Ikebana, statt an der Seite von Karin lesend oder fernsehend auf dem Sofa zu liegen.

Auch das Verhältnis zu Bernie und Angie war getrübt. Seit Bernie bei Carmen abgeblitzt war, zeigte sie ihr die kalte Schulter und versuchte stattdessen, durch verstärktes Süßholzraspeln Angie wieder zu versöhnen. Die hatte ihr anscheinend wegen der Ausfahrt mit Carmen den häuslichen Krieg erklärt und ignorierte Carmen aus Eifersucht.

Sogar Lisa fiel Carmen auf die Nerven. Deren vor Romantik und großen Zukunftsplänen strotzenden Berichten aus dem Land der frischen Liebe hörten alle gern zu. Der Höhepunkt des sentimentalen

Geredes kam, als Lisa eine dreiwöchige Amerikareise zusammen mit ihrer neuen Geliebten ankündigte. „Stellt euch vor, ich besuche sie in einem Künstlerinnen-Camp!“ hatte sie juchzend verkündet. Carmen fragte sich ständig, warum sie nicht genauso begeistert von Rita sein konnte.

Der einzige Lichtblick war Kollegin Schirrnagl. Aber auch sie musste sich hinsichtlich des Urlaubs, den Carmen angeblich zusammen mit Rita verbracht hatte, mit dürren Auskünften begnügen: Wetter und Unterkunft seien passabel gewesen, man habe schöne Wanderungen unternommen. Mehr rückte Carmen nicht heraus – obwohl sie sich inzwischen gut mit Traudl verstand, dieses Debakel wollte sie aus dem Betrieb heraushalten.

Einmal erwog Carmen kurz, Renate anzurufen, verwarf diese Idee aber gleich. Schließlich lauerte dort die durchgeknallte Claudine, die sie und Dolores als Spießerinnen gegeißelt und Carmen – jawohl, daran erinnerte sie sich genau – überhaupt erst in die Arme von Rita getrieben hatte. Wahrscheinlich würde sie sich nur in Schadenfreude suhlen, wenn sie etwas von den Problemen mitbekam, in denen Carmen und Dolores mittlerweile steckten. Das aber gönnte ihr Carmen nicht.

Also blieb sie zu Hause und grübelte. Dabei fiel ihr eines Abends auf, dass ihre Glaskatzenhorde verschwunden war. Doch seltsamerweise berührte der Verlust der Menagerie sie nicht besonders. Was waren schon Glaskatzen, verglichen mit dem richtigen Leben?

14. Kapitel

in dem Geständnisse und ein überraschendes Wiedersehen stattfinden. Auch die Massenmedien spielen noch einmal eine wichtige Rolle. Happy End

An einem sonnigen Septembersonntag kam Dolores aus Spanien zurück und polterte gegen Mittag in die Wohnung. Wider Willen lächelte Carmen, als Dolores ihren Kopf zur Tür hereinstreckte. Ich habe sie tatsächlich vermisst, dachte sie erstaunt.

Dolores war ein wenig gebräunt, doch strahlende Urlaubslaune spiegelte sich nicht auf ihrem Gesicht wider, fand Carmen. Ihr fielen vor allem die dunkle Tönung von Dolores' Haaren und der neue Schnitt auf. Carmen kannte beides nicht, da sie im Urlaub gewesen war, als Dolores zum Friseur ging. Bang fragte sie sich, ob das frische Styling, das Dolores hervorragend stand, etwa Monikas Einfluss zuzuschreiben war.

„Na, gut erholt?" fragte Carmen möglichst harmlos-neutral, während Dolores sich aus der Jacke schälte. Sie wollte auf jeden Fall vermeiden, sich schon in der ersten Stunde mit Dolores zu streiten, denn in den letzten Wochen war ihr klar geworden, wie viel ihr Frieden in der Wohnung bedeutete.

Dolores fror, denn trotz Sonnenschein betrug der Temperaturunterschied zum Süden etwa zehn Grad. „Wunderschön! Siehst du, wie ich schlottere? Das Wetter war einfach fantastisch! Monika und ich haben den ganzen Tag am Strand gelegen. Wir haben uns prima erholt!" log sie tapfer. „Und wie war's bei dir?"

Carmen schluckte. Also hatten sich Dolores und Monika tatsächlich glänzend verstanden, während sie allein in der Wohnung gesessen hatte! Der harmonisch verbrachte Urlaub ließ darauf schließen, dass die Beziehung zu Monika sich mittlerweile über das Stadium des belanglosen Techtelmechtels hinausentwickelt hatte. Gerade jetzt, wo sich ihr Interesse an Rita langsam verflüchtigte, waren das schlechte

Nachrichten. Keinen Moment dachte Carmen daran, Dolores die Wahrheit zu sagen. Es galt jetzt, Haltung zu bewahren und sich vorläufig keine Blöße zu geben.

„Wunderbar!“ flunkerte sie also tapfer. „Ohne Motorrad ist Rita ein ganz anderer Mensch. Und diese Ostsee-Natur! Nicht zu vergleichen mit dem Mittelmeer. Nachts haben wir uns am Strand geliebt.“ Da Rita für unbestimmte Zeit fort war und sie deshalb wieder abends zu Hause sein würde, fügte Carmen, um neugierigen Fragen vorzubeugen, hinzu: „Schade nur, dass sie jetzt ein paar Monate lang nachts Taxi fährt, weil das mehr einbringt. Deshalb werden wir uns erst mal nur noch tagsüber treffen können.“

So viel Offenherzigkeit war nun wieder Dolores zu viel. Am Strand geliebt, während sie auf einem Hotelbalkon gedarbt hatte!

„Dass Rita freiwillig auf ihr Motorrad verzichtet, hätte ich ihr nie zugetraut“, sagte sie neidisch, einer der wenigen aufrichtigen Sätze dieser Konversation. Dolores seufzte. Sie glaubte nun ebenfalls, sich damit abfinden zu müssen, dass sie Carmens Liebe verloren hatte. Dennoch freute sie sich, Carmen wiederzusehen.

Später, während sie sich etwas zu essen kochte, überdachte Dolores die Lage und befand, es sei Zeit, wenigstens die Freundschaft zu Carmen zu retten. Der Moment schien ihr günstig – immerhin hatten sie sich aufgrund ihrer Reisen seit vier Wochen nicht gestritten.

Carmen saß auf dem Sofa, als Dolores mit einem Teller voll Bratkartoffeln hereinkam und sich auf einen Sessel setzte. „Weißt du was?“ sagte Dolores und spielte nervös mit der Gabel. „Ehrlich gesagt: Ich habe dich vermisst. Aber zwischen uns ist alles anders geworden. Ich glaube, das habe ich endlich verstanden. Lass uns wenigstens wieder nett zueinander sein, wenn wir uns schon nicht mehr lieben.“

Carmen sah sie erschrocken an. Nun war es also aus. Aber hatte es einen Sinn, sich dagegen zu sträuben? Ewiger Kriegszustand in der Wohnung war unangenehm, ausziehen wollte Carmen nicht, und zurückgewinnen konnte sie Dolores durch Gezänk auf keinen Fall. Am einfachsten schien es ihr unter diesen Umständen, die Dinge zu akzeptieren, wie sie sich nun einmal entwickelt hatten.

„Von mir aus“, sagte sie seufzend.

Die Idee, das Kriegsbeil zu begraben, entpuppte sich als segensreich. Plötzlich entspannte sich das Verhältnis zwischen Carmen und Dolores. Manchmal saßen sie sogar wieder eine Weile am Frühstückstisch und unterhielten sich wie früher – einfach so. Das war seit

Monaten nicht mehr vorgekommen. Freilich vermieden beide vorsichtig jede Anspielung auf schwierige Themen – also alles, was mit Beziehungen zu tun hatte.

Die beiden sahen sich auch deshalb häufiger, weil weder Rita noch Monika in der Stadt weilte. Also saßen sie wie früher auf dem Sofa und lasen Zeitschriften oder Bücher, gelegentlich spielte Dolores eine Partie Cyborg-Amazonen am PC. Außerdem ging sie endlich wieder zum Tischtennis. Davon erzählte sie Carmen aber vorläufig nichts. Die glaubte weiterhin, sie besuche jeden Donnerstag Monika. Tom und Holger mussten einmal mehr versprechen, dicht zu halten.

Beim ersten Training verschlug Dolores fast jeden Ball, so dass Tom ratlos den Kopf schüttelte.

„Das wird schon wieder", tröstete sie Holger. „Aber nur, wenn du regelmäßig trainierst!"

„Worauf du dich verlassen kannst", versicherte Dolores. Musste sie denn wirklich die Donnerstage mit Monika verbringen, obwohl sie Tischtennis spielen wollte? Es gab doch auch andere Wochentage! Falls Monika jemals zu ihr zurückkäme, würde sie das ändern. Und wenn Monika auch nur das Mindeste an ihr lag, würde sie ihr die Bitte, ihre Treffen auf einen anderen Tag zu verlegen, nicht abschlagen. Sonst… Sonst … Weiter dachte Dolores vorläufig nicht.

Carmen ging wieder schwimmen. Sabine und Julia hatten anscheinend das Ende des Honeymoons erreicht und trugen nicht mehr demonstrativ Partnerlook. Und beim Training, als Julia wieder einmal vollkommen unmotiviert losgackerte, warf ihr Sabine einen scharfen Blick zu. „Hör doch bloß einmal mit dem dämlichen Gekicher auf!" sagte sie dann gereizt, worauf sich Julia schmollend in die Umkleidekabine zurückzog und Sabine für den Rest des Trainings in brütendem Schweigen versank. Auch anderswo dauerte der Aufenthalt im siebten Himmel also nicht ewig. Das beruhigte Carmen.

„Habt ihr etwa ein Problem?" fragte sie Sabine spitz, erntete aber nur einen bösen Blick.

An einem Freitagnachmittag Mitte Oktober hatten Carmen und Dolores zufällig beide früh Feierabend gemacht, um das schöne Wetter zu genießen. Nun saßen sie vor einer dampfenden Tasse Kaffee und tauschten die Ereignisse des Tages aus. Dolores berichtete von einer vollkommen verrückten Kundin, die sich trotz halbstündiger Beratung nicht zwischen einem roten Glasbären und einer grünen Keramikflasche entscheiden konnte und ging, ohne etwas zu kaufen. Carmen erzählte von der neuesten Entlassungswelle in ihrer Firma.

Der Tag war noch lang, und die immer noch milde Luft verlockte dazu, durch die Straßen zu schlendern.

„Lass uns ein bisschen in die Stadt gehen“, schlug Dolores vor. Carmen war einverstanden, und gemächlich wanderten sie durch das Viertel rund um die Müllerstraße. Sie studierten den Spielplan des kleinen Kinos an der Hans-Sachs-Straße, amüsierten sich über geschmacklose Schaufensterdekorationen und entdeckten ein Plakat für ein Gastspiel des Frauenkabarett-Duos *Missfits*.

Carmen hatte schon viel von den beiden gehört. „Sie sollen supergut sein. Wollen wir hin?“ fragte sie Dolores.

„Nimmst du nicht lieber Rita mit?“ fragte Dolores erstaunt zurück.

„Rita? Wie denn? Das Motorrad passt doch nicht in den Zuschauerraum.“

Beide lachten, aber Dolores wunderte sich insgeheim darüber, dass Carmen ihre Geliebte durch den Kakao zog.

Dann fielen Dolores ein Mann und eine Frau auf, die ein paar Häuser weiter gegenüber dem *Zweistein*, einer Kneipe mit Theater im Hinterzimmer, Flugblätter verteilten. Dolores kniff die Augen zusammen. „Irgendwie kommt mir die Frau bekannt vor. Dir auch?“ fragte sie.

„Kann schon sein. Sie erinnert mich an jemanden, aber ich weiß nicht, an wen.“

„Komm, wir sehen mal nach.“

Noch ein paar Schritte, und Dolores fielen die Schuppen von den Augen „Das ist doch Claudine!“ staunte sie.

Das Gesicht der Frau ähnelte dem Claudines zum Verwechseln. Aber sonst nichts. Sie trug einen mausgrauen Hosenanzug und dezentes Make-up. Wenn Claudine sich jemals geschminkt hatte, dann gleich so, dass man es absolut nicht übersehen konnte. Hosenanzüge wie diesen hier hatte sie vor ein paar Monaten noch als Spießerfräckchen bezeichnet.

Neben der Frau stand ein Mann, den weder Carmen noch Dolores kannten, im dunkelgrauen Zweireiher. Auch er passte nicht zu Claudine.

Dennoch war sie es, wie Carmen und Dolores begriffen, als sie weitergingen und die beiden erreichten. Stumm bekamen sie sofort einen Zettel in die Hand gedrückt.

„He, erkennst du uns nicht?“ fragte Carmen.

Aber Claudine reagierte nicht, sondern streckte wie ein Roboter weiter jedem Passanten einen Zettel entgegen.

Dolores las derweil, was darauf stand: „Gott liebt dich! Verharre nicht in der Sünde, sondern suche den Weg ins Licht! Der Fluch der Homosexualität kann mit Gottes Hilfe besiegt werden! Wähle 0180-15483956 und es wird dir geholfen! Und gehe nicht in dieses verruchte Theaterstück, das hier, an diesem Ort des Lasters, gespielt wird!“

Carmen sah sich um. Tatsächlich, das kleine Theater hinter dem *Zweistein* spielte *Corpus Christi*. In dem Stück war Jesus schwul, was die Ultra-Christen wohl in Rage brachte.

„Sieh dir das an! O nein. Ich dachte, diese Gotteskrieger gibt's nur in Amerika, aber jetzt fangen sie bei uns auch schon an!“ rief Dolores empört.

„Ich fasse es nicht!“ staunte Carmen. „Ausgerechnet du, Claudine.“

Claudine errötete und schaute Carmen endlich direkt an. „Grüß Gott“, sagte sie sehr förmlich. „Ich habe jetzt keine Zeit.“

„Was machst du hier?“

„Das seht ihr doch. Ich verteile unsere Flugblätter. Wir wollen diesem Sündenbabel hier entgegentreten.“

„Sündenbabel?“ fragte Carmen fassungslos. „Und das von dir?“

Der Mann neben Claudine warf Carmen einen bösen Blick zu. „Sie sind jederzeit zu unserem Gottesdienst eingeladen“, sagte er scharf. „Auch für Sie gibt es Rettung, wenn Sie es nur zulassen. Ansonsten stören Sie nicht meine Schwester Claudia bei der Arbeit.“

„Claudia? Hast du sogar deinen Namen geändert?“ Dolores musterte Claudine fassungslos. Dann wandte sie sich an den Mann. „Wir brauchen keine Rettung, aber vielleicht braucht Claudine Hilfe. Sie ist ja völlig verändert. Von wegen Sündenbabel entgegentreten! Das hätte sie vor ein paar Monaten nicht gesagt.“

Doch Claudine ließ keinen Zweifel daran, dass sie auf ihre Unterstützung gern verzichtete. „Verpisst euch“, zischte sie, „wenn euch das Wort Gottes nicht interessiert! Ich habe lang genug in Sünde gelebt, endlich bin ich auf dem richtigen Weg. Wohin ihr wahrscheinlich nie kommen werdet. Also haut ab!“

Jetzt reichte es Carmen. „Du musst grad reden. Gleich erzähle ich jedem, der es hören will, was du mit unserer Wand angestellt hast. Heuchlerin!“

„Das ist Outing!“ keifte Claudine. „Und Outing ist gemein! Im Übrigen sind mir meine Sünden alle schon vergeben.“

„Schön für dich. Ich hoffe, du findest vor lauter Bußübungen noch Zeit zum Schlafen. Aber keine Sorge, wir gehen schon! Wir wollen deiner Heiligsprechung nicht im Weg stehen.“

„Ihr werdet in der Hölle schmoren, wenn ihr euch nicht bekehrt! Ich habe mich Gott unterworfen, und das solltet auch ihr tun“, riet Claudine düster. „Ich bete für euch. Die Tür zu unseren Treffen ist immer offen!“

„Ohne Unterwerfung geht es bei dir anscheinend nicht. Ich glaube nicht an die Hölle. Und sollten wir wirklich da landen, treffen wir bestimmt dich!“ Dolores zerriss den Zettel, den ihr Claudine in die Hand gedrückt hatte, und stopfte ihn in die nächste Mülltonne. Dann gingen Carmen und Dolores davon.

„Verstehst du das? Von einem Extrem ins andere!“ Carmen schüttelte ungläubig den Kopf, während sie langsam weitergingen.

Dolores nahm es gelassen. „Von ihr ist nichts anderes zu erwarten. Weißt du übrigens, dass ich sie neulich getroffen habe?“

„Wann – neulich? Vor ein paar Monaten oder letzte Woche?“

„Kurz nach dem Ende dieser Therapie. Sie führte Renate an der Hundeleine durch den Wald.“

„An der Hundeleine?“ echote Carmen, die an ihr Treffen mit Claudine dachte.

„Angeblich übte sie für Teil zwei ihres SM-Kurses. Sie fand es auch ganz toll, dass ich Monika kennengelernt habe.“

Carmen warf ihr einen irritierten Seitenblick zu. „Du hast ihr erzählt, dass du eine Geliebte hast?“

Verlegen sah Dolores zu Boden. „Ich war wütend auf dich. Weißt du noch, es war, als wir die Hausaufgaben für diese Therapeutin erledigen sollten. Die Rückenmassage.“

Carmen nickte. „Ich weiß.“ Sie konnte sich an jede Minute dieses schmerzlichen Tages genau erinnern.

„Ich bin im Wald spazieren gegangen, um mich abzuregen. Claudine und Renate liefen mir über den Weg und Claudine fragte gleich, wie es uns ginge. Es geht, habe ich gesagt. Du weißt, ich lüge nicht besonders gut. Sie hat dann vermutet, dass du ein Verhältnis hättest. Dabei hatte ich eins, nicht du. Ich wollte unbedingt, dass sie weiß, dass ich diejenige bin, die eine Geliebte habe.“

„Altruismus oder Eitelkeit?“ fragte Carmen süffisant. Plötzlich ahnte sie Zusammenhänge, die sie bisher nur halb verstanden hatte.

Dolores errötete. „Vielleicht von beidem ein bisschen. Sie fand es ganz toll: Es wäre gut für uns, hat sie behauptet. Belebend.“

„Belebend! Dieses Biest! Sie hat sich klammheimlich an uns gerächt, weißt du das?“ Carmen war stehen geblieben und starrte wütend in die Luft. „Ich habe sie an dem Tag nämlich auch getroffen, wahrscheinlich kurz nach dir. Sie war zuckersüß, tat so, als hätten wir uns nie gestritten, und bemitleidete mich hemmungslos wegen Monika. Sie hat mir von eurem Treffen erzählt. Dann hat sie mir geraten, mir auch eine Geliebte zuzulegen.“

„Claudine verdanke ich also, dass du seit Monaten nur noch auf dem Motorrad unterwegs bist!“ zischte Dolores.

„Bild dir bloß nichts ein. Auf die Idee wäre ich früher oder später auch so gekommen“, gab Carmen zurück.

„Jedenfalls hat sie versucht, Unheil zu stiften. Und jetzt tut sie wie eine Heilige!“ Dolores schüttelte den Kopf.

„Wie heißt es so schön? Zwei bis drei Seelen wohnen, ach, in meiner Brust. Wenn's sein muss, dürfen es auch ein paar mehr sein. Übrigens, was ist eigentlich mit Renate?“ fragte Carmen.

„Keine Ahnung. Ich kann mir nicht vorstellen, dass sie auch auf den Pfaden der homophoben Radikalchristen wandelt.“

„Wir sollten sie heute Abend anrufen“, schlug Carmen vor.

Die beiden waren inzwischen in einem großen Bogen beinahe wieder zum Ausgangspunkt ihres Spaziergangs, der Kreuzung Müller- und Hans-Sachs-Straße, zurückgekehrt. „Was hältst du davon, wenn wir auf den Schreck einen Kaffee trinken?“ Dolores deutete auf einen freien Tisch im *Sax* mit Blick auf die geräumige Terrasse und den schwulen Buchladen *Max+Milian* gleich gegenüber.

Carmen und Dolores ließen sich nieder. „Wie kann sich jemand so radikal ändern? Ich glaube, Leute wie Claudine belügen sich entweder selbst, oder sie machen der Umwelt aus irgendwelchen Gründen etwas vor“, sagte Dolores nachdenklich, während sie geistesabwesend in der Speisekarte blätterte.

„Oder erst das eine und dann das andere oder umgekehrt. Was übrigens ja nichts Ungewöhnliches wäre“, bemerkte Carmen und spielte nervös mit einer liegengelassenen Zeitung. Sie dachte daran, dass sie schließlich Dolores vor kurzem selbst nach allen Regeln der

Kunst beschwindelt hatte. Sie schluckte heftig und sagte: „Ich zum Beispiel war gar nicht mit Rita an der Ostsee."

Überrascht sah Dolores sie an. „Ach. Und wo dann?"

„Nirgendwo. Ich bin allein gefahren. An die Nordsee." Endlich war es heraus. Carmen schämte sich entsetzlich, war aber gleichzeitig erleichtert.

„Allein?" fragte Dolores, die noch immer nicht begriff, was ihr Carmen da mitteilte.

„Willst du mich nicht verstehen, oder was? Allein. Mutterseelenallein. Rita ist ebenfalls weggefahren, auch allein. Sie fährt jetzt mit dem Motorrad in der Türkei herum. Oder sonst wo."

„Mit wem ist sie denn verreist?" bohrte Dolores nach.

„Mit ihrer Gang."

„Warum bist du denn nicht mitgefahren?"

„Schon der Gedanke an die langen, staubigen Straßen hat gereicht, um mich davon abzubringen."

„Ich dachte, du fährst so gern Motorrad?" fragte Dolores verwundert.

„Manchmal. Aber Rita will immer nur fahren, fahren, fahren. Tag und Nacht. Wenn sie nicht fahren kann, hat sie schlechte Laune, und für andere Dinge interessiert sie sich nicht. Ich frage mich, was aus uns im Winter werden soll." Carmen seufzte. „Ficken und fahren, das kann doch nicht alles gewesen sein."

Den letzten Satz hatte sie eigentlich gar nicht sagen wollen; er war ihr einfach so herausgerutscht. Doch nun schwebte er in der Luft und ließ sich nicht mehr zurücknehmen.

„Oh", sagte Dolores. Nach dieser Generalbeichte gab es kein Ausweichen mehr. Es war jetzt an ihr, mit der Wahrheit herauszurücken. „Ich war auch nicht mit Monika an der Costa Brava", murmelte sie und starrte auf die Tischdecke.

Carmen musterte sie, in den Augen eine Mischung aus Staunen und Ärger. „Nein? Dann bist du eine bessere Schauspielerin, als ich bisher angenommen habe. Deine Vorstellung war sehr überzeugend."

„Ich habe in einem Betonkäfig im Format zwei Meter fünfzig mal drei Meter fünfzig gesessen und den ganzen Tag versucht, den Animateuren zu entgehen", fasste Dolores ihre ernüchternden Ferienerlebnisse zusammen.

„Mit wem?"

„Mit wem wohl? Allein. Ab und zu hat mir eine Baccardi-Cola Gesellschaft geleistet."

„Und wo steckte deine Monika?" wollte Carmen wissen.

„In Amerika. Ein Zeichenkurs über den weiblichen Akt in der Natur."

„Und ich habe geglaubt, du hättest sie in den letzten Wochen besucht, wenn du donnerstags verschwunden bist. Wo bist du dann eigentlich gewesen? Etwa eine Neue? Mutierst du zur Gigola?" Um Carmens Mund malte sich ein halb sarkastisches, halb mitleidiges Lächeln.

„Nein, nein! Ich gehe Tischtennis spielen. Wie früher." Jetzt lächelte Dolores.

Carmens Gesicht entspannte sich. „Und ich dachte, du nimmst die Sporttasche mit, um mich in die Irre zu führen! Obwohl das eigentlich nicht mehr nötig gewesen wäre." Dann musste sie an Lisa denken. „Wusstest du, dass Lisas neue Freundin in diesem Sommer ebenfalls einen Kunstkurs in den USA besucht? Und Lisa fährt mit. Komischer Zufall, nicht wahr?"

Dolores erbleichte. Wenn sie schon reinen Tisch machten, dann auch gleich richtig. „Komisch nennst du das? Lisas Zweitgeliebte ist Monika. Oder andersrum. Was weiß ich."

„Eine sehr vielseitige Frau", bemerkte Carmen spitz.

„Das kann man wohl sagen." Dolores fixierte den Punkt, wo sich gleißend das Licht eines Autoscheinwerfers im Glas des Schaufensters spiegelte. Sie spürte, wie ihre Augen feucht wurden.

„Entschuldige die blöde Bemerkung." Carmen legte ihre Hand in einer plötzlichen Geste der Zärtlichkeit auf die von Dolores.

Dolores warf ihr einen traurigen, sehnsuchsvollen Blick zu. „Du brauchst dich nicht zu entschuldigen. Ich müsste mich entschuldigen, nach all dem Theater."

Ich kann sie einfach nicht leiden sehen, dachte Carmen. Noch immer nicht, trotz allem. Ich mag sie eben. Dass wir uns jetzt die Wahrheit gesagt haben, bedeutet, dass wir uns noch vertrauen. Aber was bedeutet das nun wieder?

In diesem schicksalsschwangeren Moment standen plötzlich Tom und Holger neben dem Tisch und grinsten gutgelaunt auf die beiden hinunter.

„Sieh an! Carmen und Dolores glücklich vereint beim Aperitif? Welch schöner Anblick! Dürfen wir uns dazugesellen?"

So waren die beiden Frauen fürs Erste davon befreit, weiter über ihre heiklen Empfindungen zu sprechen.

Stattdessen erzählten Tom und Holger von ihrer Begegnung mit den Ultra-Christen. Sie waren wie vorhin Carmen und Dolores an Claudine vorbeigelaufen und ebenfalls mit Flugblättern versorgt worden. „Wie im Mittelalter, nur die Klamotten sind von heute!“ sagte Holger kopfschüttelnd.

„Wir kennen die Dame, sie hat schon mal bei uns angestrichen“, sagte Carmen und erntete erstaunte Blicke der beiden Männer. Dann erzählte sie zur allgemeinen Erheiterung die Geschichte vom SM-Workshop mit Claudine.

Am Ende, als die Bedienung die Rechnung brachte, wies Holger auf Dolores: „Die Dame da drüben zahlt!“ Dolores errötete.

„Du schuldest uns was, erinnerst du dich?“ fragte Tom mit schalkhaftem Lächeln.

Dolores dachte fieberhaft nach. Ihr war gar nicht schalkhaft zumute. Die bisherige Beichte war ihr schwer genug gefallen, die Sache mit dem Botenbrief musste nun wirklich nicht auf den Tisch.

Carmen fragte prompt: „Wieso denn?“

Dolores hoffte, ihr würde noch einmal, hoffentlich zum letzten Mal, eine gute Lüge einfallen. Doch Tom nahm ihr diese Arbeit ab. „Sie hat letzten Donnerstag gewettet, dass sie uns beim Tischtennis besiegt. Aber sie hat haushoch verloren. Wegen mangelnder Übung.“

Dankbar lächelte Dolores. „Keine Sorge, das wird bald anders!“ drohte sie und zückte die Geldbbörse.

Als Carmen und Dolores spät an jenem Abend nach Hause kamen, spürten sie, dass sich eine lange verschlossene Tür wieder einen Spalt breit geöffnet hatte. Keine von beiden wusste aber vorläufig, wie weit.

Am nächsten Tag, einem Samstag, rief Dolores wie mit Carmen vereinbart vom Laden aus Renate an. „Wie geht es dir?“ fragte sie besorgt. „Bist du noch mit Claudine zusammen? Wir haben sie nämlich getroffen.“

„Hat sie wieder diese blödsinnigen Flugblätter verteilt?“ fragte Renate.

„Du sagst es.“

„O nein. Aber was passiert ist, würde ich euch lieber von Angesicht zu Angesicht erzählen.“

Sie verabredeten sich zum Abendessen. Carmen kochte Spaghetti alla Carbonara, und Dolores mischte einen riesigen Salat. Dann deckten die beiden den Tisch festlich für drei Personen.

Renate kam, gewandet in ein herbstliches Kleid mit Rosenmuster. „Hinreißend. Du bist mal wieder die weiblichste Frau von uns allen. Die Damen sollten dir zu Füßen liegen. Und die Herren auch", bewunderte Carmen das Outfit.

Renate wehrte das Kompliment ab. „Zu Füßen gelegen wird bei mir vorläufig nicht mehr. Davon habe ich genug. Aber geliebt schon!" sagte sie geheimnisvoll und verdrehte die Augen.

„Wir platzen vor Spannung", sagte Dolores erwartungsfroh. „Du kannst uns das alles beim Essen erzählen."

Während sie genüsslich die Spaghetti um die Gabel zwirbelte, berichtete Renate von der Zeit mit Claudine. „Zuerst war es toll. Claudine war die erste Frau, die mich genau so akzeptierte, wie ich bin. Mit allem, was ich habe. Oben und unten. Das hat mich sehr begeistert. Aber dann hat sie angefangen, mich als Versuchskarnickel zu benutzen. Sie wollte unbedingt für diesen SM-Kurs üben. Na gut, habe ich gedacht. Alles für die Liebe."

„Das war, als wir uns im Wald getroffen haben", bemerkte Dolores.

„Stimmt genau. Doch nichts von dem, was sie vorhatte, klappte. Das Toys-Geschäft stagnierte, sie wurde rausgeschmissen, weil die Expansion in Europa wegen Geldmangel abgesagt wurde, ihr SM-Kurs in den USA fiel aus und ihre Aufenthaltsgenehmigung lief ab. Wir steckten in einer Sackgasse. Dann ist ihr ein homophober Ultra-Christ über den Weg gelaufen und hat ihr einen Zettel mit einer Einladung zu einem Treffen in die Hand gedrückt. Ich habe sie gewarnt, aber irgendwann ist sie hingegangen. Danach war alles aus. Nur drei Abende, und sie fing an, von ihrer Bekehrung zu sprechen. Sie wollte, dass ich keine Hormone mehr nehme und ein richtiger Mann werde. Sogar die Brüste sollten ab. Dann könnte ich sie ja heiraten. Einmal hat sie meinen gesamten Hormonvorrat ins Klo gespült. Das war mir zu viel. Ich habe sie rausgeworfen."

„Und dann?" fragte Carmen.

„Dann? Nichts. Sie war noch einmal da, Sachen holen. Dabei hat sie mir zwischen Tür und Angel mitgeteilt, dass sie einen dieser Christen heiraten wird. Sie hätte sich nun Gott unterworfen. Der Kerl hat ihr Geld geliehen, was sie dafür verwendet hat, ihre Tattoos weglasern zu lassen. Er hat ihr auch einen Job verschafft. Sie ist jetzt Fremdsprachensekretärin."

„Und sie plant tatsächlich Heirat, Kind, Eigenheim mit Ehegattensplitting – kurz, den kompletten Rückzug in den Schoß der bürgerlichen Gesellschaft?" fragte die verblüffte Dolores.

„Wahrscheinlich. Dass ein Mensch sich so ändern kann ..." Es klang traurig.

„Vielleicht hat sie plötzlich Angst vor ihrem eigenen Mut bekommen. Na, wenigstens haben wir dich jetzt wieder", sagte Dolores und hob ihr Rotweinglas.

„Aber es gibt auch Positives zu berichten."

„Nämlich?" fragten Carmen und Dolores gleichzeitig.

Renate holte aus ihrer winzigen Handtasche ein Foto. „Das ist Marlene. Na, wie findet ihr sie?"

Marlene war dunkelhaarig und burschikos. Auf dem Foto trug sie einen blauen Blazer, kurzgeschorenes Haar und Bundfaltenhosen. Sie war ungefähr so männlich wie Renate weiblich war.

„Gratuliere! Wo hast du sie kennen gelernt?" fragte Dolores.

„Zufällig. Im *Café Glück*. Sie saß an der Bar und spielte mit einer gelben Plastikente, die zufällig dort herumlag. Du weißt ja, sie legen immer irgendwelches seltsame Spielzeug auf den Tresen, ein Frosch, Muscheln und so. Diesmal war's halt eine Ente. Die Ente ist runtergefallen. Ich habe sie aufgehoben. Dann hat Marlene mich zu einem Bier eingeladen. Inzwischen kenne ich sie schon ganz gut, und sie mich auch, inklusive meiner kleinen Geheimnisse, ihr wisst schon. Eins ist sicher, sie wird mich nicht zu Trainingszwecken missbrauchen."

„Wunderbar", sagte Carmen. „Wir haben auch so eine Ente, aber das ist eine andere Geschichte."

Dolores verdrehte die Augen. Sie erinnerte sich noch sehr gut an das Allergie-Desaster und die gelbe Ente mittendrin, die seitdem unbeachtet auf dem obersten Glasbord im Bad stand.

„Die Sache hat nur einen Haken: Marlene wohnt in Hamburg. Aber sie will bald umziehen. Oder ich ziehe um. Wir wissen es noch nicht", fuhr Renate fort.

„Hoffentlich landet ihr in München! Ansonsten: Auf das junge Glück", grinste Dolores und hob ihr Glas.

Am Sonntagmorgen schliefen Carmen und Dolores aus. Anschließend frühstückten sie gemeinsam und lasen nebenbei die Wochenendausgabe der *Süddeutschen.* Das taten sie mittlerweile wieder an jedem Wochenende – fast wie früher, nur dass sie nicht mehr miteinander im Bett lagen.

Dolores hatte gerade die Seite „Vermischtes" vor sich, als sie einen Bericht entdeckte, der sofort ihre Aufmerksamkeit auf sich zog. Aufgeregt tippte sie Carmen auf die Schulter.

„Erinnerst du dich noch?" fragte sie Carmen kryptisch und wies auf den Zweispalter.

„Woran denn?"

„An den Artikel mit den 2,5-mal Sex in der Woche."

„Hör mir bloß damit auf! Hängt der etwa immer noch an der Pinnwand?" Carmen zog die Brauen zusammen und raschelte mit ihrer Zeitung – ein Zeichen, dass sie gern in Ruhe weiterlesen wollte.

„Ich denke schon, oder hast du ihn abgehängt? Aber es gibt anscheinend neue Erkenntnisse!" insistierte Dolores.

Widerwillig unterbrach Carmen die Lektüre einer fesselnden Rezension über eine Aufführung der *Vagina-Monologe*, einem Stück, in dem Frauen von ihrer Vagina erzählten. Carmen wollte das Stück unbedingt sehen. Aber bestimmt nicht mit Rita. Schließlich handelte es nicht von Motorrädern.

Dolores las die Schlagzeile vor: „‚Deutsche Paare: Einmal pro Woche langt im Durchschnitt!'" Eine groß angelegte Untersuchung habe ergeben, fasste sie dann zusammen, dass die meisten Paare in Deutschland einmal pro Woche Sex hätten. Und zwar in der Regel am Wochenende. Sonst hätten sie wegen Beruf und anderweitiger Verpflichtungen wenig Zeit dazu.

Carmen schüttelte den Kopf. „Erst 2,5-mal, dann einmal, und was ist übermorgen? Täglich?"

„Ist doch wieder nur Statistik und wahrscheinlich haben alle, die gefragt wurden, kräftig gelogen", sagte Dolores. Dann warf sie Carmen einen seltsamen Blick zu. „Apropos Wochenende: Ist heute nicht Sonntag?"

„Was willst du damit sagen?" fragte Carmen misstrauisch.

„Ach, nichts", wich Dolores aus. „Ich würde dir gern den Rücken massieren."

„So herzlos wie beim letzten Mal?" fragte Carmen. „Dann kann ich drauf verzichten!"

„Nein." Dolores stand auf und stellte sich hinter Carmens Stuhl. Sanft fuhr sie über Carmens angespannte Halsmuskulatur.

„Gefällt's dir?" fragte sie.

„Mmmh."

Langsam ließ Dolores ihre Hand über Carmens Schulter nach vorne gleiten, bis sie die weiche Haut über Carmens Brust berührte.

Carmen zuckte zurück. „Komm mir bloß nicht so! Du liebst doch deine Monika. Und ich …"

„Ja?"

Carmen brachte es einfach nicht fertig zu behaupten, sie würde Rita lieben. Es stimmte eben nicht.

„Bild dir bloß nicht ein, dass daraus wieder mehr wird", sagte Carmen. Gleichzeitig schmiegte sie sich genussvoll in Dolores' Hände.

„Wer sagt denn, dass ich das will?" log Dolores. „Das ist nur eine Massage, nicht mehr und nicht weniger. Ich liebe dich übrigens immer noch", setzte sie beiläufig hinzu.

„Und wenn ich Rita weitersehen möchte?" Carmen drehte sich trotzig zu Dolores um.

„Und wenn ich Monika weitersehen möchte?" gab Dolores zurück. „Und mit Toys spielen will?"

„Schon gut", wiegelte Carmen ab. „So kommen wir nicht weiter."

„Wie wär's denn vorläufig damit: Hier sehe ich im Moment weder Monika noch Rita. Nur uns beide. Darum kümmern wir uns jetzt: um uns. Das hätten wir schon längst tun sollen. Alles Übrige hat Zeit bis später. Einverstanden?" schlug Dolores vor. Dann fuhr sie mit den Lippen über Carmens Hals.

„Der Vorschlag könnte von Claudine stammen", sagte Carmen träumerisch. „So unkonventionell ist er – für uns, meine ich."

„Eigentlich waren ihre Ideen gar nicht so schlecht", sagte Dolores, während sie an Carmens Ohrläppchen knabberte. „Habe ich dir schon gesagt, dass ich deine neue Frisur hinreißend finde?"

„Nein. Aber du hast Recht, so schlimm ist Claudine nicht gewesen, bis sie bekehrt wurde. Vielleicht waren wir wirklich ein bisschen spießig. Im übrigen finde ich deinen Vorschlag mittlerweile hervorragend." Carmen lächelte. Dann zog sie Dolores an sich und küsste sie.

Viel später an diesem Tag standen Carmen und Dolores im Morgenmantel Arm in Arm am Fenster. Sie fühlten sich liebessatt und zufrieden, müde und glücklich. Draußen regnete es; der Wind trieb abgefallene Blätter vor sich her.

„Ich glaube, ich muss dringend noch was erledigen", sagte Dolores plötzlich, machte sich von Carmen los und verschwand im Flur.

„Was hast du vor?" rief ihr Carmen nach.

Dolores kam wieder. In der Hand hielt sie den Sexstatistik-Artikel von der Pinnwand. Sie legte ihn auf den Tisch und begann, ihn zu falten. „Du hast doch hoffentlich nichts dagegen?" fragte sie Carmen.

Carmen schüttelte den Kopf. „Aber was wird das?"

„Sagt dir das nicht dein analytischer Verstand?" fragte Dolores und faltete weiter.

„Eine Schwalbe?" riet Carmen.

„Genau. Lasst den Gedanken Flügel wachsen, heißt es doch immer."

Schon hatte Dolores einen ebenmäßigen Papierflieger gefaltet. Sie öffneten das Fenster und schleuderten die Sexstatistik-Schwalbe in den Wind, der sie erfasste, ein paar Mal hoch in die Luft wirbelte und sie über die halbe Straße trug. Dann sackte die Schwalbe ab, stürzte senkrecht nach unten und landete Kopf voran in einer riesigen Pfütze am gegenüberliegenden Bürgersteig. Carmen und Dolores beobachteten mit Genuguung, wie sich das Papier langsam mit Wasser vollsog und der Flieger unterging.

Wir falten eine Schwalbe

Vielleicht wollten Sie auch schon einmal etwas unliebsames Geschriebenes möglichst schnell möglichst weit von sich wegbefördern? Nun, da die meisten unangenehmen Texte, z.B. Rechnungen, Zeitungsartikel etc., auf rechteckigen Papieren stehen, bietet sich dafür der Papierflieger, im Volksmund „Schwalbe“, an.

1. Nehmen Sie ein rechteckiges Stück Papier. Es muss nichts darauf stehen, aber wenn etwas darauf steht, macht es nichts. Außer vielleicht mehr Spaß. Legen Sie Ecke A auf Punkt D, so dass das Papier entlang der gestrichelten Linie zwischen B und C gefaltet wird. Machen Sie dasselbe mit Ecke C, die Sie auf B entlang der Linie A-D falten, natürlich ohne A wieder aufzuklappen. An der Spitze der Figur steht jetzt der Punkt P (vgl. Bild 1 und 2)

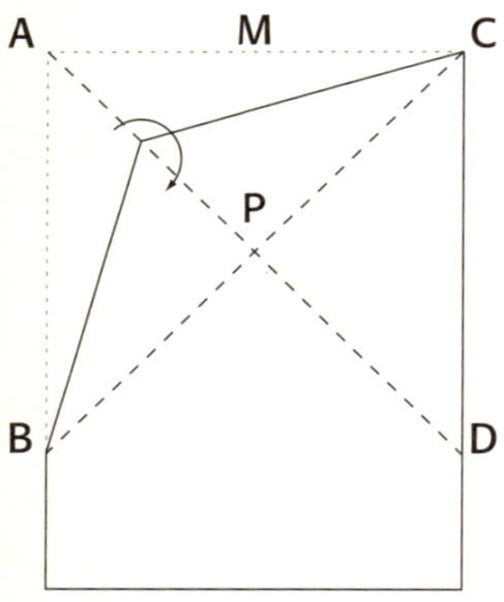

Bild 1

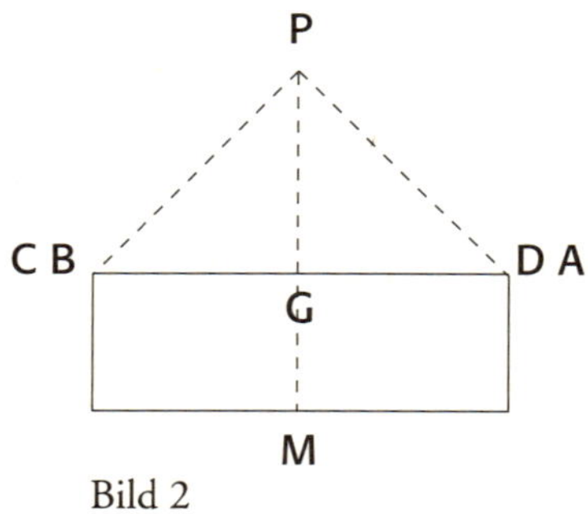

Bild 2

2. Nun falten Sie die Spitze P senkrecht nach unten bis Punkt G, der Kreuzung zwischen der Mittellinie M und der Verbindung zwischen CB und DA. Jetzt falten Sie die Schwalbe einmal genau entlang der Mittellinie nach innen, also so, dass P/G auf der Innenseite des Knicks liegt. Von oben sieht die Schwalbe dann aus wie in Bild 3, von vorn oder hinten wie in Bild 4.

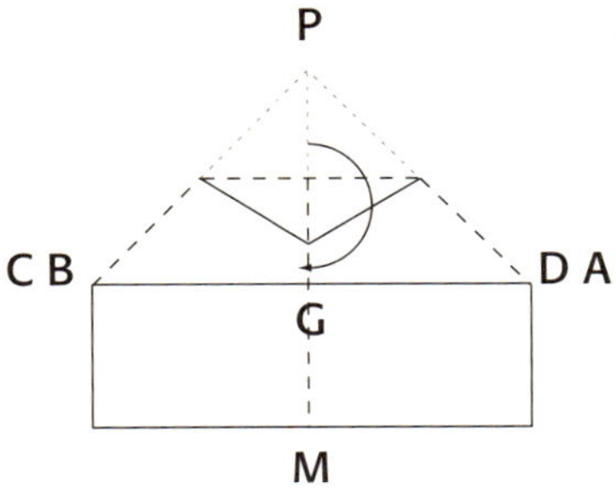

Bild 3

Bild 4

3. Als Nächstes falten Sie die Schwalbe ungefähr zwei oder drei Zentimeter rechts und links parallel von der Mittellinie (auf jeder Seite natürlich möglichst gleich weit weg), und zwar in die entgegengesetzte Richtung. Jetzt sieht die Schwalbe im Querschnitt aus wie in Bild 5. Als Letztes falten Sie noch „Seitenruder“. Dazu knicken Sie die äußeren Ränder nach oben, so dass Ihre Schwalbe am Ende im Querschnitt ungefähr aussieht wie in Bild 6.

Bild 5

Bild 6

4. Fertig! Sie können jetzt auf den Balkon oder an ein offenes Fenster gehen, die Schwalbe hoch in die Luft werfen und genüsslich beobachten, wie weit sie fliegt.

Dank

Ungewöhnlich genug für ein Lesbenbuch, möchte ich an dieser Stelle zunächst Michael Mary danken. Sein Buch *Fünf Lügen die Liebe betreffend* hat mich, obgleich für Heteros geschrieben, nicht nur amüsiert, sondern auch inspiriert. Denn der „Tod in den Betten" – und von nichts anderem handelt dieses Werk – ist auch für Lesben ein immer wieder gern zitiertes Schreckgespenst.

Jim Baker, Ilona Bubeck und Rainer Falk vom Querverlag haben dieses Buch wie gewohnt liebevoll und sorgfältig vom Manuskript bis zum Druck begleitet. Es war ein Vergüngen, mit euch zusammenzuarbeiten!

Dank gilt schließlich besonders der Testleserin Nummer 1, meiner Lebenspartnerin Barbara. Sie hat den nachfolgenden LeserInnen so manchen schlechten Scherz erspart und die Entstehung dieses Buches trotz Nacht- und Wochenendschichten mit Liebe und Geduld begleitet.